击剑吧，少年

JI JIAN BA，SHAONIAN

莫季平 著

浙江工商大学出版社
ZHEJIANG GONGSHANG UNIVERSITY PRESS
·杭州·

图书在版编目（CIP）数据

击剑吧，少年 / 莫季平著 . — 杭州：浙江工商大学出版社，2022.6（2023.8 重印）
ISBN 978-7-5178-4916-2

Ⅰ . ①击… Ⅱ . ①莫… Ⅲ . ①中篇小说—小说集—中国—当代 Ⅳ . ① I247.5

中国版本图书馆 CIP 数据核字（2022）第 068613 号

击剑吧，少年
JIJIAN BA, SHAONIAN
莫季平 著

责任编辑	沈明珠
责任校对	夏湘娣
封面绘画	胡宴慈
封面设计	胡水上
责任印制	包建辉
出版发行	浙江工商大学出版社
	（杭州市教工路 198 号　邮政编码 310012）
	（E-mail：zjgsupress@163.com）
	（网址：http://www.zjgsupress.com）
	电话：0571-88904980，88831806（传真）
排　　版	杭州市拱墅区冰橘平面设计工作室
印　　刷	浙江全能工艺美术印刷有限公司
开　　本	710 mm × 1000 mm　1/16
印　　张	16.25
字　　数	293 千
版 印 次	2022 年 6 月第 1 版　2023 年 8 月第 2 次印刷
书　　号	ISBN 978-7-5178-4916-2
定　　价	68.00 元

创新是一个民族进步的灵魂，是一个国家兴旺发达的不竭动力，也是中华民族最深沉的民族禀赋。在激烈的国际竞争中，惟创新者进，惟创新者强，惟创新者胜。

——习近平（中国国家主席）

我们都知道，革命性的创新通常很难被迅速接受。

——Richard J.Roberts 理查德·罗伯茨（诺贝尔生理学或医学奖获得者，新英格兰生物学实验室首席科学家）

我们见惯了太多的科技创新，以至于忽略了这些创新被认可前受到了大众或利益相关者怎样的抵触。

——Yongyuth Wichaidit 荣育·威猜迪（泰国前副总理，内政部长）

序言

  本书的三个传奇故事，皆与一件由我们人类制造的简单到极致的习剑器物和一个最直白的习剑理念有关，旨在借此寻迹我们人类曾经最简单最原始的初心萌动——在群兽环伺、细菌密布的险恶生存环境下如何更好地"生"下来，"活"下去。

  生命从来"生"下来不易，"活"下去亦难。

  生存与繁衍，乃地球上每一种物种必须面对的最基本也是最残酷的现实问题，如果解决不了唯有死路一条，只能踏上惨遭灭绝的残酷命运。

  无论早期人类，还是现代人类，每一个人类生命总是既短暂又脆弱，迄今为止尚没有永恒的生命，但却有相似的基因一代又一代地传递。如何珍爱人类生命，如何珍惜人类以外的其他生命，将是地球上的人类一个永恒的话题。地球上曾经有的不少种类的生命，目前已经绝种只留存遗骸，甚至它们中的绝大多数连遗骸也没有留下。世界上各国的古生物学家正在找寻它们、研究它们，如果哪一天地球既没有爆炸也没有去流浪，而是人类这一物种渐渐稀少下去，不知最后一位人类，将会做何感想。

  他会哀伤？绝望？忏悔？祈祷？他会记起2019年底2020年初的COVID-19疫情吗？他会回想起构建"人类命运共同体""人与自然生命共同体"的倡议吗？

  谁能提前预知呢？地球上已经灭绝的万千物种中没有一种物种能做到提前感知自己的灭绝，人类这一物种能有幸成为唯一的例外，提前预知吗？

  人类读书是为了提升生命的质量？习剑是为了护卫生命的质量？读书、习剑原是早期人类诸多生活劳动中两项极其重要的活动，尤其是对早期人类中的所谓精英分子而言。读书之前当先有书，习剑之前当先有剑；由此又引申出人类社会"书"的起源和"剑"的起源话题，此话题不是短短的序言或本书其他章节可以言说清楚的。

或许另有一问，可能更加令人着迷：古人为何读书？为何习剑？读书是为借鉴别人经验、他人智慧，习剑是为捕食、防身和保护家人？

人类社会发展到21世纪，世界各地依然有众多的人每天都在读书，有不少的人每天都在习剑。那么今人读书、习剑又是为何？他们读书是为考试，习剑是为升学加分或参加世锦赛奥运会吗？或是为谋取一份薪水好的工作？或者依然读书是为借鉴别人经验、他人智慧，习剑是为捕食、防身和保护家人？或者什么也不为，仅仅为打发无聊的尘世时光？究竟谁会知道呢？单靠基于云计算的数据识别、采集、计算和分析等能够找到答案吗？

虽然人类科技"硬产品"和文化"软成果"已经积累无数，但我们依然带着诸多疑问与好奇，自己去探寻各种可能的答案……于是便有了本书三个传奇故事以及由此衍生而来的新故事。

《击剑吧，少年！》讲述的是一位浙江南部山里的孩子，随着家人来到省城读书，因机缘巧合接触到昔日的"贵族运动"、今日的现代奥林匹克运动会正式比赛项目——击剑，于是想尽办法开始习剑、参赛，直至夺冠，在一路艰难中茁壮成长……

该故事将被改编为同名少儿动画电影。

《"李白"亚运历险记》的故事发生在2020年新冠疫情期间，世界多国的击剑选手因一个"全球抗疫"主题微视频而结缘，其中亚洲的击剑选手们为了争夺第19届亚运会第一名而各自紧张且秘而不宣地积极进行着赛前备战。除了传统的训练手段，新的科技应用层出不穷，有应用人工智能击剑机器人的，有应用新型生物营养液的，甚至有试图尝试新型类激素、基因修改转子的……杭州亚运会开幕式之夜，一款由日本选手佐藤俊一带入酒店的击剑机器人，因生物能源而突然自己启动，开始走上大街……

赛道上的决战尚未开始，一场更严峻的人类与机器人之间的决战却在亚运会主场馆"莲花碗"对面的智能机器仓库和大楼楼顶开始了。主场馆内及周围的各种服务机器人软件程序被入侵，特警紧急出动；中外记者一边抢着直播，一边尽力掩饰内心的不安；赛场内外、居民楼内电视机旁无数的人在讶异，在惊恐，在祈祷……

该故事将被改编为同名科幻电影。

《一方溪坑红石的传奇》的故事发生在浙皖交界的一个偏僻山村，该地溪坑石的开发和击剑时尚运动兴起，不仅让周边村民致了富，也让一家濒临破产倒闭的房地产企业也找到新的开发模式，而那大山里的小镇也在互联网上爆红，游客纷纷前来"打卡"，小镇的土烧酒荞麦青茅烧、红茅烧也因为和贵州茅台镇的一家酒厂合作掀开了新的未来，一瓶出自大山里的好酒成了每位来石岛旅游的游客回去时必带的礼品酒。

该故事将被改编为美丽中国乡村振兴大时代背景下的一部喜剧电影《山秀溪清茅香飘》。

敬告亲爱的读者朋友，电影正式片名最终是否如上所述，以影片制作方完成制作正式公开发行时的名称为准。

感谢您的阅读和批评指正！请您分享给身边更多的人来一起关注，尤其是分享给您身边参与击剑的孩子、家长、教练、裁判或是社会大众中对中华传统剑术和现代击剑感兴趣的人士，愿更多的人一起来关心地球——这一我们人类的共同家园，愿更多的人一起来关心地球上的亿万物种以及其中的一个特别物种——我们人类以及我们人类命运共同体共同的子一代！

我们一起保护和拯救地球？不，真正要拯救的是人类自己，我们首先应关心自己，做好自己生命旅途中的进顿退，守防攻！

感恩有您，即致诚挚美好的祝福！

作者

2021 年 11 月

目录

第三部　一方溪坑红石的传奇

第 一 部
击剑吧，少年

　　每个生命体都有自身的"残缺"，但人类这一物种总是惯于把"美""好"的一面在人前显摆出来，却有意识地隐藏起自己的"残""缺"。每晚城市广场的灯光秀，那些前来拍照"打卡"的人，急于把"美照"晒在自己的微信朋友圈里，却留下一地垃圾给守护城市卫生的环卫工人，他们将为此忙碌到夜深。他们当中的一位女性，就是故事主人翁之一秦凯的母亲。

第一章 一家人来到省会都市"寻"美好生活

一接上电源插座，秦老爷子就小心翼翼地试着打开电视机。

画面一出来，只见一名戴着无框眼镜的中年女性正对着镜头生气地大声说着："你们就是虚假宣传，说什么国家队、省队退役运动员做教练；我们来报名上击剑课都两个月了，来了就是转圈跑步，我们是来学习击剑的，所以才花一万八千多的学费，不是来学跑步的！跑个步要一万多你们也太黑了吧！"

"以前都他外婆外公送，早先听他外婆这样说我们还不相信……"

原来是正在播"吵架"呢，秦老爷子就停下了手中的活，看了起来。

一个工作人员模样的人在做着解释，可是画面里的那名女性家长好像根本听不进去，不停地抱怨，看上去一副得理不饶人的气势。

这是省城电视台一档叫《透视眼》的民生投诉节目，秦老爷子正在家里调试他儿子昨日刚搬回家的二手电视机呢，谁知一打开电视就是看人"吵架"。

秦老爷子嘀咕道："城里人真有钱，小孩子跑步还用别人来教，还要一万八千多的学费唉，不知道是真有钱还是真有点傻。"

"不是，人家花一万八千多是学击剑，不是学跑步。你都没看懂，人家家长投诉的就是这个，说四十五分钟一节课，一半多时间就转个圈跑个步，所以人家才把电视台的记者都找来了。"老爷子的媳妇在旁边说道。

"可是如果连跑步都跑不快，还怎么对'杀'？"秦老爷子心里又嘀咕了一下，看来从现在起，秦老爷子和他的孙子孙女对省城的生活，一切都要重新进行学习和适应，小孩子们估计学学很快，可是对于一辈子都在大山里生活劳作，已经六十多岁的秦老爷子来说，城里的生活到底会怎样呢？

一个山沟沟里的小村子，隐在重重叠叠的青山之间；一条弯弯曲曲小山路，三两溪边小渔市，更远处田野里几缕孤烟袅袅升起……

若非亲眼所见，简直难以相信，眼前还有这般完全自然，恰如千年前唐诗宋词中景象的山水人文画卷，真称得上是难得一见，尤其是对城里人来说。

是年7月以来，三三两两到小山村里来玩的杭州方向的人多了起来。据说是因为省城要召开大会，为了缓解交通安保等方面的压力，省城周边市县的自然旅游景点一律免票，以鼓励城区居民在大会期间，把美丽城市让出来！

这不，一些玩得比较嗨的年轻人，就自驾着不知不觉中开到了崇山峻岭之中的龙树后村。龙树后村村口有一棵大香樟树，树根部像一条龙盘踞着，据说在月夜某个角度望过去，更是活灵活现像一条正欲腾飞的龙，可是大部分外来游客白天来看，他们无论左看右看，都看不出像，或许它只是以前老人们的美好愿望演化成一种传说罢了。它的东面十里是龙树前村。

最近几年，上面乡镇领导也有不少来过龙树后村，说绿水青山就是金山银山，借助一个"千村示范万村整治"工程，终于整治到了深山密林之中人口还不足三十户的龙树后村。

龙树后村的老百姓最近都在讲述，他们村也终于赶上了新时代的好时光。

前几年，他们村的发展一直比较慢，年轻人或出门"求学"或出门"求财"，都在外面求发展，只有老人孩子在村里。直到今年，随着上面"脱贫攻坚"乡村整治的工作步伐明显加快，三个月不到，就把这山里的路给全部修好了，成了和城市里一样的柏油马路。

可是，对于老秦家来说，家乡变美了他们却要搬城里去生活。难舍难分青山绿水的家乡啊，当你刚刚变得更加美丽了，老秦家今夏却要离开，前往省城。

秦家在浙江南部的这个山区小村已经居住生活了七代以上，据秦家长辈说，他们的祖上是太平天国运动时从杭州逃难逃过来的。传到他们这一代，孙子秦凯三岁时，他爸外出到省城杭州打工。又过一年，小凯妈妈也去了省城打工，后来小凯妈妈怀了他妹妹，就回老家待了两年多，等他妹妹断奶刚会站立了，他妈妈就又去省城打工，老家就爷爷、奶奶、他和妹妹。前年奶奶不幸因胃癌早早地过世了，当时医生说可以手术割掉半个胃，可是就在一家人还犹豫不决时，拖了一个月都不到，奶奶就因胃癌并发症去世了。

今年秦凯已经十一岁，听说他爸爸在打工的建筑装潢装饰公司经过这么八年的日夜打拼，现在做到了部门经理的位置，而他妈妈在打了无数份各式各样的工以后，去年找到了一份市政园林公司里负责卫生和其他杂活的工作，还签了三年正式合同。一家人想要团聚在一起，努力在省城里打拼出一个美好新生活。

搬家前一天，一生勤劳的秦老爷子没有上山干活，而是和家人一起收拾东西。其实呢，也没有多少东西需要收拾，毕竟等到节假日，这个山村里的老家他们还是要回来的。

平常大多数日子里，老爷子上山干完活，回家弄好晚饭，待一切收拾停当开始吃晚饭时，他都会喝一杯山里人自己做的土烧酒。土烧酒是用瓦坛子装的，一坛子装满有三十来斤。酒是用山里溪水和荞麦以及少量长于山脚边的青茅、红茅的果实根茎烧出来的，所以他们这里的酒有一种特有的清香味，当地人把它称为茅香。秦老爷子每逢喝得高兴，都会哼唱几句现代京剧《红灯记》中的歌词，那是他年轻时看过的电影中的唱词，也在村里广播中听过。

今晚，因为第二天就要去省城，所以晚餐的小菜就比平日多了许多，秦老爷子倒了一满杯土烧酒，开始自斟自饮。秦老爷子前一日因为搬走后的一些家事去托付隔壁邻居，特意邀请邻居老杨一起来吃晚饭。可是到了中午，老杨因为临时有急事去了县城女儿家，听说是他女儿九十岁的公公去世了。那是一位年轻时随部队去过朝鲜战场的复员老兵，当年老杨为女儿嫁入了老党员、老干部家还颇感自豪过。所以晚饭老杨自然是无法过来陪他一起喝酒了。秦老爷子有一位二堂伯，年轻时也是志愿军战士，可惜没有老杨亲家幸运，牺牲在朝鲜战场上了，如果活着的话，算起来应该也有九十多岁了。

　　　　临行喝妈一碗酒，

　　　　浑身是胆雄赳赳。

　　　　鸠山设宴和我交朋友，

　　　　千杯万盏会应酬。

这是秦老爷子年轻时在公社大喇叭里经常听到，那时就跟着哼的。

"想起了当年事好不惨然，我好比笼中鸟有翅难展……"这几句断断续续的，跟刚才相比也好像换了个调。

"我好比虎离山受了孤单；我好比南来雁失群飞散；我好比浅水龙困在沙滩。想当年沙滩会一场血战……"仔细听才能听出老爷子在哼京剧《四郎探母》的唱词，这就不知道老爷子什么时候从哪里听来，学着哼着的了，估计总是从电视里。早先，村子里的电视只能收到中央一套的节目，十年前因通了有线电视，频道就和大城市里一样多了。

可惜，秦老爷子的儿子不喜欢喝酒，早早地到楼上去了。长着一双黑亮眼睛的孙子小凯又还小着呢，现在估计在楼上看电视或玩，没有人能陪秦老爷子喝酒，唯有家里那只老黄狗，一直在桌子边上陪着老人。每隔一会儿，老人就会扔点骨头之类的下去给它吃，明天开始老黄狗也要送到邻居家，托付给他们全权处理了，想起来真是有点伤感！

每个人心中，都有一口难忘的家乡酒，都有一杯难忘的故乡茶，那沁人心脾的酒香和茶香啊，总是历久弥香。

山静，月高，风清。

秦老爷子的哼声伴随着夜，一点点地深沉了下去……

叹人生，欢聚时难别亦难；念故乡，自此千里共明月。

第二章　入学难，难入学！踢"野"球又惹了祸

秦老爷子和他家俩孩子带着兴奋来到杭州。推开杭州住的房子，虽然他们早就知道这里的房子很小很小，但真的到了眼前，还是狭小得令他们难抑一丝遗憾之情——那简直只有他们山里老家的柴房加狗窝那么大。秦老爷子放下行李，稍一转念，心里还是感到庆幸和安慰，毕竟儿子在省城里有了自己的房子。即使这么小的房子，听说他儿子媳妇也已经付了五十多万（那是他们夫妇俩省吃俭用近八年的全部积蓄），另外还要向银行申请贷款六十多万。因为贷款才刚办好，所以房子的户籍手续都没有来得及办完。杭州的房子贵着呢，听说新的楼盘都要四五万一平方米！

这是一间只有四十二点六平方米的老式居民房，秦老爷子的儿子买的是二手房，原户主是一家原国有丝绸集团的职工。现在对他们一家人来说，首先要完成的挑战是如何放下他们一家五口人的床。

两个孩子睡高低铺，爷爷只能睡客厅，需要每天睡时搭起来，早上起床就收起来。他们这样的生活刚好是前屋主一家人三十多年前的生活场景，而三十多年前秦老爷子正带着他的独生儿子在浙江南部山村生活呢，那时他们夫妇也是努力打拼，刚在宅基地翻造了两层半的新楼房，为此当年还欠了不少债呢。

每一代人有每一代人对美好生活的向往，他的儿子是宁愿历尽千辛万苦，也要在大城市打拼生活。秦老爷子在想：不知道孙子孙女他们这一代人，将来又会有什么念想？

大城市里的生活比小山村里的生活丰富多了，两者可谓天壤之别。因为搬家，秦凯的爸爸这两天特意向单位请假。虽然房间局促，安顿起来大费周折，但一家人到底

可以其乐融融地围在一起吃团圆饭，要知道往年像这样的团圆饭只有过年的时候才吃得到。

透过他们家七楼的窗户望去（他们家是顶楼），附近和远处都有不少新建的高楼大厦，楼内都亮着灯，把周边辉映得一片明亮。饭后儿媳妇在收拾厨房，秦老爷子带着孙子和孙女下了楼，准备到周边散散步走一走，顺便开始一点一滴地熟悉周边环境和城里生活。

他们的小区虽然老旧，不过离钱塘江倒是不远，最近几年更是因为钱江新城的开发建设，人群越来越往这边聚集了。走三十来分钟，就到江边了。

"弄潮儿向涛头立，手把红旗旗不湿！"站在江边的人行步道上，钱塘江就在眼前！虽然晚上江面看不太清楚，但依稀能听到潮水流动的声音，听说钱塘江的夜潮十分凶险，每年都有淹死人的事件发生。而每年的八月十八就是看天下奇观钱江大潮的日子，看来今年他们一家人可以来这近距离观潮了。

江风吹拂，让夏日里的人们感到一丝凉意，非常舒服。临江望，两岸高楼，华灯层层排云上。"潮起钱塘江，奋进新时代"的字幕在幕墙上不停地滚动，岸边步行道上，步行的人三三两两，有疾有缓，不远处既有热闹广场舞，也有驻足拍照者。

高楼大厦里面有一排排明亮的灯光，幕墙上有五彩缤纷的灯光，江边公园游步道有柔和的路灯光，两个小孩兴奋异常，东奔西跑，毕竟这样的气氛已经比春节期间爸爸妈妈带他们去的县城里还热闹了。秦老爷子则在心里想，这一晚上要用掉多少电费啊？

"凯凯，叫声你妹妹，我们回家喽！"大约一个小时后，秦老爷子领着他的孙子孙女开始往住的小区走。

第二天晚饭时，秦凯爸爸不知从哪听说小学入学条件和他原先想的不一样。此前，他打听过，他们家的附近——小河的对岸就有一所完全学校，可以从小学上到初中毕业。本来说他们买房入户以后就可以入学的，可是也许是学校在家长们的心中口碑一年比一年好，因此入学一年比一年难了。如果不能入此小学，小凯就只能去另一所小学，那上学的路就有点远，坐公交车都需要十来个站点，还要再走几百米。

"这可怎么办啊？"

一家人高高兴兴的才不过三十六小时，却马上就要为小凯的上学报名操心了。

"遇到难的时候，无论如何都要笑一笑，明天就会变得好一些。"秦老爷子常说。

"害怕山妖山鬼的时候，你只要大声喊，它们就会被你吓跑的。"秦老爷子还说。

"喔活——活——；喔我——我——；活我——！！"小凯好想像在老家山里那样喊。可是此刻，他向窗外看出去，终究没有喊出声来！

而普通老百姓不知道的是，其实教育局等政府部门根据老百姓的实际情况，正在千方百计地努力，特别是最近这些年，大家都在把人民群众的幸福感获得感当作主要亲民指标努力打拼！一个为解决新杭州人子女入学的钱塘江边的新校区正在紧锣密鼓地筹建中。

他们住的老旧小区西边，隔了一条极小的河，对面是一片高档楼盘，北面就是新钱江实验学校。可惜学区划分恰好以小河为界，所以小凯他们这边的学生将来就要到另一所小学去上学。不过如果这边的学生能去新钱江实验学校读书，小凯他们买的二手房可就不会这么便宜，每平方米估计要再贵一两万元。

令人欣慰的是，小河边的一块三角地，虽然不太规整，却成了稍大一些孩子踢球玩闹的乐园，也是周边居民跳广场舞、打拳、写地书、休憩的去处。也有家长带孩子练跳绳或一起打羽毛球的，这样一个无名公园的一缕绿色，在寸土寸金的城市里殊为难得。

虽然像小凯爸妈这样的新杭州人，稍稍有点为子女的入学感到遗憾，但毕竟一个新的专门为解决周边一大群外来人口子女教育问题的新学校很快就要建起来了，大部分家长还是感到高兴和满意的。

每个人只要到了新环境，就会有新奇感和兴奋感，这和一个人的学识、年龄、性别无特别的关系，乃是人类的生物学共性。这不，每天的下午，只要太阳不是太猛，小凯就会去小河边的三角地玩耍。

三角地，有人唱歌，有人拉琴，有人踢球，有人打球。小凯没多久就认识了一些同龄的伙伴，他们中有外地人、新杭州人，也有祖籍杭州的本地人。

稍远些临河一角，一群孩子正在踢球呢，小凯一溜烟地朝那边跑了过去。他爷爷则领着他妹妹在这边的石凳上坐了下来，听着和看着几位退休的人拉琴。

"闹架儿了，小伢儿闹架了！"

不一会儿，球场方向就传来孩子们的喧闹呼叫声。

远远地望去，秦老爷子看见好像是孙子小凯在和他人争吵，吓得他一手牵着小凯妹妹，急匆匆却又跑不快地跑了过去。

哎，入学问题才听说总算有些眉目可以得到解决，却因踢球和人打起架来！不省心的孩子啊，什么时候才是个头！

第三章 卖"早点"，平民百姓的早生活

可怜天下父母心，中国人血管里总是流着中国人的血！它既有一种生物学基因，也有一种人文学基因，在遗传和变异中随着时间向后世传递。

秦老爷子来到杭州才不到三个星期，白天帮着照看孙子和孙女。孙子马上读五年级了，所以稍稍对周围有点熟悉，他就跑开去玩，管不住也逐渐不用管了；主要是五岁的孙女丽丽需要照看。他想到的是如何尽快地多帮助自己的儿孙，他们在城里生活可太不容易了啊。

他首先想到的是找点事做，赚点零花钱补贴家用。思前想后，又在周边转悠了好几遍，秦老爷子觉得在离十字街角不远的公共交通车站旁租个摊位，卖家乡的烧饼可能会有生意。一来他预估上下班的人在等公交车时感到肚子饿，可能会来光顾；二来起早干活他早就习惯了，每天主要做早晚上下班高峰这两个时段，时间也合适。虽然将来对接送孙女上幼儿园有点影响，但影响不会太大，关键是看租金成本。城里什么都贵，秦老爷子已经有所领教了。

当心里想着要帮助儿子媳妇在城里打拼以后，老爷子就耐不住了。说干就干，老爷子发现有一家路边便利超市，他和超市老板商量，在他们门口一角隔出三四平方米摆个烧饼摊。因为并不影响原来的小超市生意，超市老板还能增加一笔收入，而且说不准还能带动矿泉水等的销量，皮肤黝黑的超市老板阿兴爽快地答应了。

"只要没有油烟，如果有油烟，那辖区消防部门会来管的。"超市老板阿兴再三强调道。

庆幸的是，现在烧饼都已经不是用传统的炭火烤了，而是用电。烧饼摊的准备工

作也比较简单，主要是添置烤烧饼的桶，直接让他儿子帮忙上网搜一搜，一个订购电话就可以搞定。难的是烤烧饼的技术，好在秦老爷子以前在家也是做过的，只不过原先在家是土灶头上弄的。虽然摊小不起眼，老秦家的烧饼摊还是在省城杭州开了张。

"小凯，明天不许去玩闹，跟爷爷去做烧饼卖！"

秦老爷子领着孙女和孙子，一边往回走，一边对孙子小凯有点凶地说道。小凯一路跟着，老老实实地一声不响。

踢球闯祸的小凯被爷爷罚干活帮忙，一起做烧饼。早上还没醒，小凯就被爷爷叫起来了。老爷子虽然心疼孙子，但想想还是要趁机教育一下孙子，让孩子从小明白"只有劳动才有饭吃"的朴素道理，亲身体会生活的不易。

一般人以为做烧饼可简单了，这是一种农村里人人会做的充饥小点心。如果你也这样想，那就正应了"纸上得来终觉浅，绝知此事要躬行"喽！

首先，要把味道可口的馅给准备妥当，这需要新鲜的猪肉和葱，或质量上乘的霉干菜；其次，要把面粉和好。单就这两项准备工作就是颇费体力的活，更不用说还有技术活在此间。

世间调皮的孩子都一个样，只要有点机会，就会把他的调皮劲发泄出来，小凯一双黑亮的眼睛在尽显灵气的同时也露出了一点狡诈和机警的味道。

小凯帮着爷爷一起把面粉和好、饼馅准备好以后，趁着爷爷临时走开的一会儿，拿起旁边的一支笔，在他们家的招牌"缙云"两个字的边上加了个"龙"字。可能感到颜色字形有点不搭配，他干脆又从书包里拿出绘画课的颜料笔，涂抹起来，然后退后几步站起身来看了又看，直到自己觉得满意！至于为何要加个"龙"字，也许是小凯想到他们的家乡不是"缙云"而是古代以铸剑出名的"龙泉"。

现在，人们从远处看过来，他家的烧饼招牌就成了"缙云龙烧饼"了。想到这里他心里暗暗有点小得意，但当想到爷爷回来也许会骂他时，他就赶紧趁他妈妈来店里时先溜回了家。

差一点就要溜回家的还有一名今年刚毕业的大学生。黄小雅是一名刚从师范大学体育学院毕业的本科生，经过春季一个学期加大半个暑假的奔波"活动"，也就是俗话说的求爷爷告奶奶，他工作之事终于有了一点点眉目。

他应聘的学校是新钱江实验学校，然而满怀期待等待好消息的黄小雅等来的却是学校新学年新增编制不够，他没有被录用。

看来7月份是彻底没有指望了。正当黄小雅已经接近放弃时，他大四实习学校的陈老师给他打来了电话。

"好消息，好消息啊，小黄！"

电话里陈老师热情中夹着兴奋地告诉黄小雅，离新钱江实验学校不远，又建了一所新的小学，所以急需一批老师。不过可能先期是合同制，将来再转正式教师编制。陈老师说已经把他的个人资料推荐给新学校的相关领导了，很快就会有正式消息。

接完陈老师的电话，近期无论身体还是情绪都有点疲惫不堪的黄小雅内心又燃起了希望，本来这两天他准备收拾行囊回老家了，还推辞了邻校女生邀请他一起去听浙江图书馆一场纪念美国作家赛珍珠的讲座。他们认识就是在图书馆，而两人相识，说起来真是尴尬至极。当时黄小雅正捧了一堆书要落座，而女生刚好拿着书要起身，避让不及，眼见一堆书要倾倒而下，慌乱之中黄小雅伸手接书，碰到了女生胸部，弄得他红着脸一个劲地道歉。

现在留在杭州工作又有了希望，黄小雅看了下时间，去听讲座还来得及。他决定马上出门直接赶去，路上再和那名女生联系。

可惜，在赶往图书馆的途中联系时，女生说她不能去了。因为前天黄小雅说不去，女生今天已经和闺密一起坐高铁去上海大剧院看"辉煌俄罗斯"系列节目了。也许女生的重点是黄小雅，而不是有关赛珍珠的讲座。

约半小时后，黄小雅到了图书馆。本次活动除了主持人，另有两位嘉宾，一位是浙江本地高校文学院的老师，另一位来自毗邻的江苏省。也许是因为赛珍珠在江苏生活学习过很多年，所以江苏的学者研究赛珍珠更加有地理上的优势。

来自江苏一所大学中文系的吴教授，特别以传记《赛珍珠在中国》的最后一章——"优越感的恶臭"为题做了演讲，看来主办方可能是为这本书做的专项活动。

吴老师一口吴侬软语慢条斯理地说道："依我看来，这个出自赛珍珠本人之口的词组，正好是赛珍珠人生和作品的关键词。赛珍珠整个的人生，就是向优越感发动的一场持久的批评，甚至可以说是一种战斗。她向所有的优越感开战：种族上的，宗教上的，语言上的，性别上的，文化上的，政治上的……而赛珍珠全部的作品，就是与优越感一轮又一轮的斗争留下的遗迹和见证。当下中国，大家只要稍稍留意一下，就能从自己身边看到许多自以为是的优越感散发的恶臭。譬如权力大的以'权大大'为优越感，财富多的以'钱多多'为优越感，房子多的以'房多多'为优越感，喝酒的以喝年份茅台酒为优越感，买包的以买奢侈品牌皮包为优越感，知识分子以'知多多'为优越感，富家小孩子以玩具多为优越感，如此等等，举不胜举！"

"优越感会引来别人的羡慕，但一不小心也会散发恶臭！"嘉宾吴老师顿了顿，喝了口水继续说道，"所以我们每个人都需要警醒。"他又自嘲地笑了笑说："我现在在这里这样说，某种意义上，也是一种散发着自以为是的恶臭，不知道你们闻到了没有？"

听众中有人笑了起来，也有人为他这句话的坦诚鼓起了掌！

吴老师讲了大约一小时。"最后，感谢主办方的邀请。刚才在报告厅外面，我看到墙上有一些简笔肖像画和文字，其中有蔡元培先生的——学术昌明的国家，没有不强盛的，反之，学术幼稚和知识蒙昧的民族，没有不贫弱的；有弘一法师的——心志要苦、意趣要乐、气度要宏、言行要谨；有郁达夫的——怀谦卑之心，行艰难之事。这三位都是浙江人，所以说浙江人民了不起，再次谢谢大家，向大家学习！"嘉宾吴老师在恭维和感谢举办地浙江的客套话中结束了他的报告。

之后，主持人又请出浙江本地高校的唐老师，他也讲了近一小时，整个讲座进行了大约三个小时。

活动结束后，从报告厅出来的黄小雅特意去墙上找了嘉宾吴老师所说的名人画像和文字。

从报告厅下楼左转，一楼墙上除了嘉宾吴老师提到的以外，这一系列的内容还有很多，比如俄国车尔尼雪夫斯基的"历史的道路不是涅瓦大街上的人行道。它完全是在田野中行进的，有时穿过尘埃，有时穿过泥泞，有时横渡沼泽，有时行经丛林"。……

看了一会，黄小雅想到新学期开学后有可能要去的学校，反正今天时间宽裕，就搜了一下地图，决定先去那个新学校实地考察一番。

当他走出图书馆横穿马路时，看到好几辆私家车抢着黄灯急速驶过，情不自禁地联想到刚才的讲座，感觉确实挺有意思，诚如吴老师所言生活中到处都散发着"优越感的恶臭"：有的开车人散发着对行人的优越感恶臭，也有年轻人散发着对行动迟缓的老年人的优越感恶臭，而从图书馆出来时看见一个家长正在责骂小孩，这无疑是家长们散发着对孩子要权威的优越感恶臭。

等坐上公交车的后排位置，黄小雅长长舒了口气，仿佛真要拒绝空气中的一种"恶臭"，其实他也知道，所谓空气中的恶臭，只是他自己听了讲座偶尔产生的一种主观感受罢了，与真实的空气质量没有半点关系。

坐车四五十分钟，过了十几个公交车站台，黄小雅在钱江新城东下了车。可能是今天赶来赶去累了，也可能是今天有点兴奋，感到饥肠辘辘的他，凑巧路过一个写了"缙云龙烧饼"的烧饼摊，就顺便买了一个烧饼，然后朝着导航地图上陈老师说的学校方向找去……

第四章　小伙伴的兴趣社团，报名火爆极了

走了十来分钟，黄小雅找到了新学校，因为离正式开学还有近一个月时间，校园内只有建筑装潢工人和几个后勤工作人员。黄小雅站在教室走廊朝操场上望去，竟感觉到了草长莺飞的意味。先留在杭州再说，只要是杭州的学校，无论哪所他都满意。对于陈老师的推荐，他心里十分感谢，准备回去后及时向陈老师致谢。

9月1日，各区的中小学新学期都开学了。新钱江实验学校国际击剑体验课，在新学期第二周星期一下午的课外活动课里亮了相。

每个新学期开学前两周的课外活动时间，是新学期新社团展示、吸引学生报名的时间，首先器乐社团的老团员们为大家奉献了合奏《我和我的祖国》，赢得了大家热烈的掌声。

因为是新学期，一年级的新生家长都早早地来接孩子，很多家长已经在学校的围墙外面排队。透过栅栏可以看见学校的操场，家长们纷纷拿起手机拍照，忙个不停，估计很快就会在他们的微信群里互相转发的。

到了击剑社团的亮相时间，两名穿了击剑服的教练人员一上场，又一次吸引住了全体师生的目光。家长们再次齐刷刷地举起手机，"咔咔咔"地拍个不停。

"大家注意了，有三组六人现场体验的机会，请感兴趣的同学到两侧排队。"主持老师的话音刚落，哗啦啦一声两侧就排了好多同学。

"别着急，别着急，我们学校本学期有设置击剑社团，届时大家都可以报名的。"

更令人激动的是，家长们隐约听到主持老师说将来要邀请击剑奥运冠军来学校进行面对面的授课活动呢！

其时学校教务处办公室里，有一名来求职的外籍教师正在接受面试，因为本学期学校设立击剑社团，所以当一家名叫浙渊国际教育的服务机构向学校推荐外籍教师时，学校就没有拒绝。他们推荐的是西班牙籍教员，他来中国前曾经代表西班牙青年队参加过世界比赛，又有浙江大学留学经历。他来应聘的岗位是击剑和科学老师。

"击剑是一项很好的运动。中国的学生和家长总是习惯与别人比，比别人好就骄傲，比别人差就焦虑；而不是留意和自己昨日比，自己有进步就好。"西班牙教练名叫罗伯特，由于有中国留学的经历，讲普通话十分流利。

"人应该学会坦然接受失败，而不是一失败就觉得沮丧。"他举起双手摇摇头，做出了沮丧的样子，"击剑可以全面地锻炼一个学生，输了不仅不应陷于沮丧，反而应该感谢对手！而科学呢，那就更重要了，让孩子们在快乐好奇中自己去问问题，去探索和找到答案……"

教务处陈老师微笑着点点头，表示认同罗伯特的观点，觉得罗伯特给他的初试印象还挺不错。不过是否录用罗伯特，他还需要向校长汇报，由校长决定是否要安排第二次面试。

"外面的社团展示课上，那个击剑展示加体验，可'疯'了。"数学组的组长李老师，一进办公室就感慨道。他和陈老师同一办公室，陈老师兼着语文组的组长。语文数学才是中小学的主课。别看一些社团有活动时热热闹闹，一到小学五六年级或初中，无论器乐、绘画还是体育等社团，无论是家长还是学生本人，都不用老师说就会主动把更多时间让给数学语文。

人们批评孩子们喜新厌旧、浅尝辄止，其实这不仅仅是孩子的事。只要心平气和地想一想，人们就会发现喜新厌旧、浅尝辄止是全人类的共性，只不过不同的国家和地区程度略有不同。

离新钱江实验学校不远的新堡小学，在政府有关部门和社会各方的努力下，终于在9月3日，比其他学校稍晚了两天，成功地开学了！

黄小雅老师也早在8月25日就正式报到，除了正常上课教书，他还要承担五年级一个班的班主任职责。

"你爷爷小时候没机会读书，你爸爸小时候不喜欢读书，你呢，有机会又喜欢读书，那就一定要把书读好哦，孙子啊！你阿太在世时常说：劝宁（人）莫惜金缕衣，劝宁（人）惜取少年时！古话你可一定要听哦。"晚饭时，小凯的爷爷对着孙子语重心长地说。

小凯听得似懂非懂，突然觉得自己压力好大啊！

小凯上的是501班，他的班主任就是黄小雅。

新钱江实验学校五年级的蒋尊智和小凯同龄，学校放学后他就被外婆接送到附近的一家美式英语培训机构补习英语，一个半小时后他才从培训机构出来往家里赶，虽说每次外婆都给他带来零食水果，但他还是肚子饿了。

"苹果、巧克力你不才刚吃下去吗？装饿，你只是想早点结束上课，早点回家！"外婆好像早就看穿他的一贯伎俩。

回到家，蒋尊智的外公早已把晚餐准备好了。外公已经退休，每次负责烧好吃的给外孙，虽说家里请了保姆阿姨，但有几个杭帮菜，家里人一致认为是外公做的更好：一个笋干老鸭煲，一个葱油鲫鱼，一个杭式三鲜汤。

每天晚餐后总有许多作业要做，虽然蒋尊智的妈妈还没有回到家，但一家人平时也不等她，到时间点了就开始用餐。

坐在餐桌上，刚才还在路上喊肚子饿了的阿尊没有急着吃饭，却先和他爸爸商量着说："爸爸，我们学校今年有击剑社团了，我要报名参加！"

他爸爸还没有来得及表态同意或不同意，门口就传来一个清脆的声音。

"不同意！"

他妈妈刚开门进来，还顾不及脱鞋换鞋呢，就听到儿子的要求，人还没进客厅，声音就先传了进来。

蒋尊智立刻变了脸色，继续吃饭的胃口全被妈妈一句不同意打到九霄云外了……

第五章　异想天开，外来孩子也想学"贵族"运动

饭后几经"谈判"，又有外公外婆的宠爱、支持，蒋尊智妈妈的反对票在家里是少数，最后家里同意他报名击剑社团，但前提是不能影响学业，学了就必须认真坚持，还有量化指标，要取得比赛奖牌，蒋尊智全部答应了下来，还表了决心。

位于河边三角地的简易球场，在两伙孩子的心中，仿佛已经成为一片神圣的战场。

除了新报名学习击剑外，自从暑假里和小凯他们那支"杂牌军"较量了几次足球以后，阿尊他们五人特意让学校的体育老师额外教了教，不仅集体练了练动作，还向老师请教了战术呢。他们还郑重其事地回家让妈妈们帮忙，统一订了一套足球服。

"我们正规军，打败他们杂牌军！"阿尊和他的同学们说道。

简易足球场上，等双方人员齐了以后，"蓝军""红军"再次开战。

说实话，孩子们毕竟是业余踢球，虽然说阿尊他们在概念上比小凯他们懂的多一些，知道传切配合、越位等，但也只停留在"概念"上而已，实战却做不到，传球也传不到位。而小凯他们的体能明显比阿尊他们好，拼劲更足，跑起来比阿尊他们快多了。像这种低龄段低水平的球赛，只要跑得比对手快一个档次，基本上也就得到胜利了。不到半小时，小凯他们这边就进了两球领先了。

反观阿尊他们这一方，早已经没有了一开始时的趾高气扬，一个个气喘吁吁的，渐渐失去了拼搏的意志。

"今天不踢了！踢不动了！"阿尊喘着气说道。

"哦，我们赢喽！"小凯他们一方的小伙伴一起欢呼起来。

休息了一会儿后，双方身体强壮的孩子又开始追逐着玩起来。

"我们现在已经开始学习击剑了，到时不怕打不赢你们。哦耶！"阿尊领着他们这边的小伙伴，换个话题大声地宣示道。

"We are the champion，we are the champion，we are the champion！"阿尊他们一边唱起歌来，一边朝着小凯他们这边的小朋友们做鬼脸。他们一改刚才输球时的沮丧，兴高采烈地唱着歌，特意大摇大摆地回家了。

小凯他们这边则一起用"喔我——活我——喔——"回应他们。

黄小雅才入职，就被教务处安排做了五年级的班主任，领导希望他在新教师中勇挑重担、做出成绩。作为一名在大学里就成了预备党员的新教师，这既是组织对自己的信任，也是组织对自己的考验，黄小雅感到压力很大。

其实作为一名体育教育专业本科毕业的师范生，黄小雅在大学最后一年的实习期间，就发现目前小学里男性教师比较缺，因此应聘到小学去工作机会大一些，但要真正把教育少年儿童的工作做好，挑战也极大。

作为一名新教师、新班主任，他知道当下社会，无论是富人家还是穷人家，都非常重视孩子的学习成绩。人们虽然口头上重视身体，行动上却不重视锻炼，大的教育环境就是体育课不太受人重视，这种情况越到高学龄段就越突出。德智体美劳全面发展，说说口号容易，真正实践就难了。不过反过来乐观地看，这不正好可以使自己有机会努力作为、有所作为吗？

中国古话说"穷文富武"，穷人要培养家里的小孩读书识字，富人家里的小孩则除了读书外更要练武强身。以前富家子弟需要练武是一种现实需求，他们要学会自我保护，以防被土匪绑架等，不过这也说明旧时学武是成本昂贵的教学活动。不仅要拜师费，更有一大堆刀剑棍棒等器械费，家里连菜刀都没有几把的贫穷人家怎么可能请得起正儿八经的武师教习武术呢。但曾经有过的"穷文富武"的思想基础，已经足以提供一个引导当下富有家庭去遵循模仿的宝贵机会了。

两周课上下来，黄小雅逐渐体会到，孩子们都是喜欢上体育课的，问题的关键在家长。

中华人民共和国成立70多年，特别是经过改革开放40多年的建设发展，中国人的温饱问题都已经成功解决，延续了几千年的中国农业税也于2006年退出了历史舞台。富裕起来的家庭为了孩子能考个好分数，除了学校的学习，大多数还给孩子报了校外补习班，少数孩子会学习琴棋书画等，花钱去学习某一项体育特长的就更少了，那个催生"穷文富武"思想的传统社会外部环境条件已经不复存在。

每当下班以后看到电视荧屏上各类"抗日神剧"时，黄小雅总会联想起曾经看到过的朱德总司令的代论，不由得心中感慨颇多。在1942年那样艰难困苦的抗日烽火岁月里，令当今后辈难以置信的是八路军竟然还能组织开展运动大会，而且总司令会到场讲话。当年八路军总司令朱德这样说：

> 在普及体育运动和卫生保健知识方面，我们的成绩还很小。有些人的头脑中还存在重文轻武，卑视体育的旧观念。文弱之风还在猖獗。我们一定要把这种风气转移过来，只有变文弱为雄武，军强文壮，才好打仗办事，力任艰巨，而文弱之风如继续存在，不论在个人或在集团，却只有处处挨打、处处落后的份儿。今天的中国青年们应与老一辈人不同，不但要以近代科学的丰富知识来充实自己，而且要培养成健全强盛的体魄，把自己锻炼成坚强结实的一代，来担负抗战建国的艰巨事业。[1]

也许当今现实生活中存在不重视体育的情况，原因只是人们久居和平的环境。即使如黄小雅这样没多少教育经验的新老师，对工作处境和角色也是一清二楚的。原因很简单，因为最关键的高考升学，看重的是理论课分数啊。倒不是语数外的教师主动想要如此这般，他们一样是被分数逼得无奈，也时常在喊工作累、压力大，在期待着什么时候会有减负的一天呢。

黄小雅倒是对书面考试分数很认同，他只是觉得应加大体育成绩的比重，最好是篮球、足球等对抗性运动的成绩，在对抗中处理实际问题不是更接近真实世界吗？当一个人有过输无数场次、赢无数场次的生命真实经历，对"起始线、中线、边线"等细则理解清楚，对球友也可以是对手、对手也可以是球友认知全面，对将来成年踏上实际工作岗位是有很大帮助的。面对困难挫折，需要的不就是不怕挫折、不畏烦琐、处理问题、解决问题的能力，无论是企业单位、事业单位还是自己创业，为组织创造价值的实际能力，处理复杂问题的能力，都是广受欢迎的。

新教师刚入社会，有新思想新冲劲也是常态，时间一长，所谓适应社会以后，也

---

[1]　朱德：《祝九月运动大会（代论）》，《解放日报》1942年9月2日。

许就"同流合污"再也没有想法了。人类社会的人文生态和自然界的自然生态一样，具有无比强大的力量，不知三年后，年轻教师黄小雅会变成哪番模样？

自从上次听阿尊他们说，他们现在开始学剑了以后，小凯再到三角地来玩，就会时不时地想起来，也很好奇他们学剑后会怎样。他们球踢不过我们，难道就会用剑刺我们吗？

繁忙的培训班赶场中，每周总会有一个下午的三角地自由活动时间，那是阿尊最快乐的时光。足球输了只是当时沮丧一下子，随后马上就忘了，再说能结交到小伙伴呢。

一个周六的下午，阿尊斜背了一个包，迈着矫健的步伐朝小凯他们这边走来，走近站定后阿尊自豪地说："这里面是一把剑。"小凯他们立刻好奇地围了上来，一个个伸长了头颈。等到阿尊的包打开后一看，小凯觉得离他想象的剑太远了。他在家乡看到过剑，从来没有一把是这样的。这哪里是一把剑啊，这能管用吗？

"你不懂，你说的是中国剑，公园里老爷爷老奶奶练太极用的；我的是西洋剑，哦不，是奥运会项目——击剑用的剑，不懂了吧？"阿尊有点得意加自豪。

经他这么一说，小凯仔细打量了一番阿尊握在手里的"剑"，才觉得有点像电视里解放军仪仗队指挥用的剑。但是和电视里相比难看多了，握在手上，有个弯弯的护手，就细细长长的一条，根本不锋利。

"这就是奥运会击剑比赛用的剑？"小凯有点将信将疑地问道，脸上写满了疑惑的同时，也有一丝不易被人察觉的羡慕神色。

第六章　家长的烦恼，自己发明训练神器

放学回家后，小凯认认真真地早早把老师布置的作业做完，然后陪着妹妹玩跳棋，一心等着爸爸妈妈回家，他心里已经起了一个"心思"。

晚饭时，小凯问："爸爸，我也想有一把剑，行不行？"

"什么啊，什么剑？"小凯爸爸一脸的茫然疑惑。

"击剑，就是奥运会的击剑。"也许是怕爸爸不同意，"我只要一把剑就行了！"小凯赶紧补充道。因为他听阿尊讲，真正学习击剑的话，要买全剑、面罩和击剑专用服装等，可要好多钱呢，那爸爸更不会答应了。

"不行，你连读书都来不及，哪还能玩别的，赶紧把功课跟上去。"到了杭州的学校读书，学生们之间的成绩竞争可激烈呢。

小凯只好不再说话，默默地吃饭。看来，只有先把书读好，他暗自下着决心。

平凡的日子，只要你不去刻意惦记它，那它总是过得飞快。

不久，各科的单元测试陆陆续续地就开始了。对于这次测试，小凯可比在老家用功多了。因为他要拿一个好成绩，去说服爸爸妈妈给他买武器——一把和阿尊一样的奥运会用剑。

经过千磨万磨，小凯的父母终于经不住烦，最后同意给儿子购一把剑。原因不仅仅是小凯在单元测试中运气好，三门功课都拿了高分，还可能和小凯爸爸前天晚上看电视剧《亮剑》，听了剧中人物李云龙"知识分子要嘴皮子，能把小鬼子赶走吗？只要刀架脖子上，还不是一个个吓得裤裆拉稀！打鬼子靠真枪实弹和他们干"的话有关。他听进去了，儿子学个剑啊什么的，说不定将来紧要关头时可以防防身呢。

虽然同意不同意由爸爸决定，但钱还是妈妈出的呢。小凯妈妈花了两百元——抵得上她自己一双新的保暖球鞋，那是可以穿上对付一个长长的冬天呢。

不过，有了这样一把剑，谁来教呢？

好在当今时代通过网络就可以便捷地搜集到许多教学和比赛的视频。每个周末，小凯在早早地做完家庭作业后，如果爸爸在家的话，就可以借爸爸的手机看击剑的视频自己观摩学习。

但仅仅观摩肯定是不够的，更重要的是练习！练习！练习！

一直十分宠爱孙子的秦老爷子找来一根铝合金，无奈中开始了自己的创造发明。他用锯子和老虎钳按着自己的理解，帮孙子打了一个练习架子。看上去倒像电影里咏春拳练拳的木桩，老爷子可是压根儿就没看过电影《叶问》，完全是按自己对两人对决的理解设计的。

"这能管用吗，爷爷？"小凯将信将疑地问。

爷爷在架子边上解释道："小凯，你看，这就是对手的剑，这就是对手的身体，你只要对着不停地练习劈、挡、劈，怎么会帮助不了你呢，一定有用嘞！"

可是，即使真的有用，家里实在太小了也没法试。小凯想，只有做完作业自己拿到楼下小区人少的角落去试一试。

不一会儿，他就做完了数学、语文的家庭作业，留下英语单词没有抄写，就提了"击剑架子"下楼，在小区的东南角一棵冬青树下，把架子绑在树干上试了起来，"叮叮当当"的声音随即响了起来。

嗨，看来还有点那个样子，他一边做动作一边嘴里说着"劈、挡、劈"。原地练了一会儿，他又自己退后两步，前进着再做劈、挡、劈，大约一刻钟过去，感觉越来越像那么回事了。

正当他感觉良好忘我投入时，猛听的背后有人喝道："喂，小伢儿，做啥呢？叮叮当当吵吵闹闹的！"

小凯停下来一看，是一个小区里的奶奶在说他呢，不知是突然被人说感到委屈还是因为难为情，小凯一下子涨红了脸，支支吾吾地说不出话。

他先闷声不响地把架子从树上收了起来，突然猛地劈了一下树干，接着抱着大树哭了起来。是伤心？是委屈？此刻，没有人知道少年郎心底的波澜。

旁边的奶奶看到小凯突然劈向树，后又见他大哭起来，一时也被他的举动吓了一跳，愣住了。随后一边嘴里骂骂咧咧，一边手里提着超市购物袋踱着步走了。

　　少年郎的哭声，仿佛是这一刻这个小区一角唯一的声音，可是连斥责他的奶奶都走了，没有任何人听到少年郎的哭声，除了小凯自己。

　　三天后的周末，做完作业连带着帮爷爷做完家务，小凯又想起他的剑来了。可是，到哪去练呢？小区楼下是不能再去了。他想起了平时踢球的三角地，那儿宽敞。只要找到河边的栅栏就可以，还不影响小树生长。

　　到河边三角地，他找了一个自认为"人迹罕至"的角落，可是当走近时，却发现有位爷爷在那儿打太极拳呢。小凯怯生生地往回走了几步，停下来咬咬牙想一想，也就这儿人少适合，就又提着他的练习架子回来了，在大爷的旁边找了一处栅栏绑上，开始试着练了起来。

　　等他中间停下来时，旁边的大爷问道："小朋友，你这是练什么剑术啊？"

　　看着手中的剑，小凯回答道："佩剑，一种奥运会比赛项目的剑。"他的神情倒和当时阿尊第一次拿了剑和他说时一模一样，充满了骄傲。

　　"哦！那你们有专门的教练教的喽。"

　　小凯不好意思地摇了摇头，轻轻地回答道："他们有的，我没有。"他想到隔壁学校的阿尊他们。

　　"小朋友，依我这个老头看，身强力壮眼明手快，总不会吃亏。"估计是怕小凯听不懂，大爷继续说道，"像打架一样，讲究进退有序、攻防连贯，道理估计总是一样的。"

　　看来小凯今天遇到民间高手了。中国俗话说"高手在民间"。不过客观地讲，高手既不一定在民间，也不一定全在奥运会、世锦赛等赛场上。但可以肯定的是，民间一定有数不尽的生存智慧和生活宝藏，奥运会赛场、世锦赛赛场有经得住比赛残酷"检验"的真高手，而战场、火场等考验生死的地方才有真正的英雄。

　　守防攻，进顿退。

　　知行合一！孩子要做到知行合一不容易，即使是成人，要做到也一样不易。已经习惯于"说一套做一套"的成人们，因为贪婪与利欲，更加不容易做到。即使是奥运会参赛选手，也有人会在比赛中因患得患失而缩手缩脚发挥不出正常水平。

　　以后的日子相遇次数多了，小凯和那位大爷就更熟悉了。这位气质上像武侠小说人物的大爷还会拉二胡呢。大爷他们那群人大多是退休的，也有吹笛子和箫的，平时他们大都是在三角地东南几棵樟树下的凳子那里。驻足聆听会发现他们在吹奏《沧海一声笑》，还有《彩云追月》和《姑苏行》等曲子，有时旁边还有兴致高的人会轻声地跟着哼唱："沧海一声笑，滔滔两岸潮，浮沉随浪只记今朝，苍天笑，纷纷世上潮，谁负谁胜出天知晓。"

另一群奶奶和大妈则在另一侧跳着广场舞，播放着《小苹果》。

一个玩无人机的游客，则好像正在俯拍眼前的景象。

小凯把练习用的架子绑在了朝向小河一面的栏杆上，拿起剑来，摆好姿势，开练。

小凯弓步攻击防守再攻击的练剑身影，伴随着他全心投入从丹田呼出的声音，回荡在广场一角的上空，成了傍晚或双休日下午三角地特有的风景。生活中，人们总期待着一个奥运冠军或别的名师来上几节私教课，想以此来脱胎换骨，却忘了很多时候，能改变自己一生的不是听几堂名师课，而是一个人日常生活中的行为习惯。老话说的"修行"，是劝导一个人要经常不断地"修"正日常"行"为呀！

科学的思维、理性的行为及日常持续性，才是让人达成自己想要样子的唯一途径。

世间万物皆有灵，江滩上风中摇摆的芦苇在叹息，树上的鸟儿在安睡，而钱塘江的波涛依然不停地在吐纳，它们一起构成了世间安然有序的风景。

一个周六下午，小凯正在自己一个人专心练习。感觉身后有人在注视自己，等做完一组动作100次后，回头发现一个外国人正在看他呢！

"哦啦！（西班牙语'你好'）你好！"西班牙教练罗伯特向他热情地伸出手来，老外一身运动装，单从外观看就显得十分强壮！其时天气按中国农历都已经临近寒露。

赤裸裸的身体、赤裸裸的思想，它们本身就具备无与伦比的力量。这也许是中外教学理念的不同，国民对身体的态度不一样而造成身体状况也不同。

小凯和他握了握手，甚至有点害羞。

老外却热心地指导起小凯来，他把最基本的动作示范了一遍；当小凯练习时，罗伯特竖起大拇指鼓励着小凯，说着："好，很好！做得很好。"

因为玩剑，竟能结交来自世界各地的朋友，开阔了视野，这真是意外的收获。而这种收获，潜移默化中培养起一个孩子的自信来，本来，小凯内心还有一点因来自偏僻山村的胆怯和小自卑呢。

"下次有机会时，我送你一个智能击剑机器——击剑手臂给你！"西班牙朋友临走时热情地说道，"那可比你这个要美观好玩哦。"看来，每个人的人生中都会有一些神奇的缘分。

新堡小学虽然是一所为了满足钱塘新区的移入人口需要而设的学校，但也正因为新，没有任何历史负担和包袱，恰恰可以在符合教育部规定的前提下，在符合学校学生实际的情况下，因地制宜、大胆创新地进行教育活动，因此也给了学生一个相对自由宽松的学习环境。

再加上外来学生比较多，学校学习的气氛比较活泼。然而对老师们来说却是不小的挑战，大家要在相互熟悉和磨合中摸索出一套行之有效的教学模式来，可是大家都知道要办出好成绩，是需要多方付出艰辛努力的啊。

黄小雅刚上完一堂三年级的体育课，回到自己的办公室，五年级的语文老师就来向他"告状"了。

"黄老师，你们班那个长着一双乌黑贼亮眼睛的秦凯真是太调皮了，你猜猜看，他在上课时干了什么？"语文任课老师赵丹丹说。

原来啊，是语文课堂上，小凯偷偷地在一本用完的作业本封底画了一只母鸡和一只鸡蛋，还悄声和同桌说："母鸡要下蛋喽。"

他们的声音被耳朵很灵的赵老师听见了，马上被赵老师叫起来罚站，红着脸认了错。

黄小雅决定放学后把小凯单独留下来谈话。

俗话说："不打不相识，越打越相知！"蒋尊智和秦凯就有点这个味道，两个人竟成了好朋友，一日不见如隔三秋，三角地就是他们玩闹的快乐天堂。

"喂，小凯，你们下周国庆假期去哪旅游？"

"我跟爷爷他们一起回老家！"

"老家，你们老家在哪里？"

"山里。"

"山里，那太好玩了，我和爸爸妈妈说一下，假期去你家玩，可以吗？"

小凯一下子也答应不下来，他要回去问问爷爷才可以。

早在两周前，听说国庆期间有七天长假，秦老爷子就在计划回家一趟，他早就放心不下老家的一切，从屋子里的窗户到山地上的果树，一周时间正好回老家住几天，去山上打理一遍。

"爷爷，我有个同学要去我们山里玩，行不行？"

"好啊，好啊，当然欢迎喽！"一听孙子有城里的同学要来玩，秦老爷子高兴地答应道。

一个大山里的缤纷世界，将在阿尊这样的城里孩子眼前新奇地打开……

第七章　山里的秋天，快乐和历险

国庆长假期间，浙南山里的早晚已有了深深的凉意。

外面的天刚有一抹亮色，秦老爷子就起床了，其实才早上四点多。他给一家人准备好了早饭，再自己吃好早饭，约莫五点多就拿着一把柴刀和一根绳索上山了，天上的星光都没有完全褪去。

小凯和阿尊七点多被小凯爸爸叫醒起床，吃好早饭两人就迫不及待地去溪沟里捕石斑鱼。小凯爸爸喊住他们，让他上午在家做作业，下午再出去玩。"早上溪坑里水太冷了，你们别去。"

两个小家伙只好乖乖地在家做起作业来。昨晚上两个小家伙同睡一张床，小凯可是搜肠刮肚，把爷爷曾经讲给他听的故事全部贩卖一遍给阿尊，什么从前山上有座庙，狐狸夜里从烟囱里溜进来，野猪半夜里从床底下拱出来，听得阿尊既紧张又兴奋。

好不容易吃了中饭，两人就急忙提了一个网兜一只小塑料水桶出门了。走出十来分钟，就看到一条蜿蜒的小溪沟。小凯说如果想抓到石斑鱼等小溪鱼，就要朝山坳里走，深坑的前后溪沟里的石板下面鱼比较多。

"哎哟喂，这水这么冰冷啊！"阿尊的手才刚伸下去就又缩了回来。

小凯拿了一个小网兜，仔细地查看着水里的情况。听到阿尊的喊叫，他回身走到路边，找了两截小树枝，一根给了阿尊。

只见小凯小心翼翼地走到溪边，一边把网兜准备好，一边轻轻地用树枝敲打水沟里的小石板，还真有一条石斑鱼钻进了他的网兜！

"给我看，给我看！"阿尊赶紧叫小凯把网兜拿上来。

不知不觉中，两人折腾了一个多小时，抓上来七八条小鱼，还摸到几颗螺蛳。两人兴致正浓，顾不得回家就拎着小水桶直接往小凯家的山地方向走，他们要去摘山里的野果子。

一路上，阿尊好奇地问个不停。倒是认识了不少植物，什么桃树、李树、小构树、无患子树、冬青树、板栗树，但印象最深刻的是被他抓了一把的"蝎子草"。

本来是小凯走在前面一些，阿尊跟在后面。小凯停下来在山路边小便，阿尊就走到前面去了，当小凯看见阿尊用手去碰路边的一丛叶子时，赶紧喊："别碰，别碰，那是'蝎子草'，会'辣'你的。"

可是已经来不及啦，阿尊一边缩手，一边"啊哟"一声叫了起来。再一看，手背和手臂碰到的地方就像被黄蜂蜇了一样，红通通的，又辣又麻。

阿尊"啊哟啊哟"喊个不停，小凯没有办法，就拿小水桶里的水帮阿尊冲洗了一下，关切地问阿尊："有没有好点？"

阿尊点点头，一边用嘴哈着气轻轻地吹着手臂，一边忍不住"啊哟啊哟"地发出声音，眼泪都几乎痛了出来。

两人继续往山里走。

霉运到还成双，因为阿尊一边走路，一边不停地低头用嘴吹着手臂上被蝎子草扎过的地方，就没留神脚下，一不小心踩到一坨外干内湿的牛粪，差点滑倒。

"咦——"

小凯爷爷他们小时候用煤饼炉子时，像这种半干的牛粪，是捡回去晒干当引火柴的。其实干牛粪是有草香。当然这种大地的芬芳，只有热爱和亲近它的山里人或农村人才闻得到。

"只要心中有莲花，脚踩牛粪也无妨。"

"什么莲花？"阿尊气呼呼地问道。

"就是寺庙里菩萨底座的那种莲花啊，我爷爷告诉我的。他也是听朱陀岭寺庙里的老和尚说的。"

"这有什么关系，把鞋子脱下来，到溪沟里洗洗或到泥土里踩几脚就好了呀！"小凯接着说道。阿尊没有别的办法，如果在家里的话，未等他开口，外婆老早就会过来帮他脱了去洗。可这会儿只能按小凯说的办法先在泥土里踩几脚，再到溪沟旁洗一洗。

　　越往山里走，四周越静，静得几乎能听到自己的心跳。偶尔听到远处山里人喊叫，却根本没见着人。听着声音很近，其实可能隔了整整一个山坳。

　　这真是一幅"空山不见人，但闻人语响"的实际情境，可惜虽然这首唐诗被选入小学语文课本，然而眼下两人全部的注意力都不是在留意这种"静"，而是瞪大眼睛在寻找各种"动"。

　　"看，前面就是我们家的山地，地里有很多可以吃的东西呢！"

　　"真的？"阿尊很惊讶，注意力一转移倒忘了手上的痛和麻。

　　山地里有红薯、土豆、毛豆、扁豆、辣椒、玉米，还有野山果。小凯也一下子说不完。

　　走到自家山地里，咦，爷爷去哪儿了？怎么不在。

　　阿尊脸上的神情就更失望了，哪里有很多吃的啊？没发现啊。

　　小凯在自家地里走了一圈，发现爷爷来过了，周围有他整理过的痕迹。若是往年，地里长满了刚才他说的蔬菜。但今年没有了，他只看到红薯和土豆，还有一些辣椒，估计是邻居杨爷爷帮着种上去的，山里人舍不得地荒掉。

　　见不着爷爷，估计他是往更高一点的另一块山坡地去了，那里是一些板栗树和山核桃树，山路边上经常有红红的野草莓（覆盆子），酸酸甜甜的。

　　"喏，这就是红薯啊。"小凯指了一下地里的红薯藤。

　　"真的？我们挖点出来试试！"

　　小凯随手抓起红薯藤，顺着根部挖了下去，一用力就把一大二小三个红薯拽了出来。"啊，真的！"阿尊高兴地喊了起来，也学着小凯的方法挖了起来，很快他也把一个大大的红薯挖了出来。

　　"走，我们去找爷爷吧！"两人顺着山坳一路向山里进发。

　　世间欢乐时光总是不知不觉溜走。

　　山里天色暗得快，等小凯意识到时，背面阴坡天色已经暗了。从小就经常听爷爷提醒："早防猛兽夜防蛇。"两个小伙伴赶紧下山。

　　"咦，那是什么？"阿尊指着不远处的灌木丛问道。小凯朝阿尊指的方向望去，什么也没有发现。

　　"啊，一头猪！"阿尊兴奋地大声叫道。

　　"别惹它！那是野猪！"小凯赶紧喊道，瞬间急得脸色都变白了。

　　野猪也好像发现了阿尊，阿尊手上还拿着几片红薯叶子呢，只见野猪"呼哧呼哧"的两下，就直奔阿尊而来，吓得阿尊扔掉叶子抱头大叫大哭起来。

在这千钧一发之际，小凯随手捡起一块石子，朝野猪猛扔了过去。野猪被击中后大叫一声，跳了一下，停了下来，"呼哧呼哧"的声音更大了，在它停住的这一短暂瞬间，小凯在地上捡了根树枝。

双方对峙着，空气都仿佛凝固了，过了数秒钟，被激怒的野猪开始启动，这次直奔小凯而来了！好小子，只见小凯沉着地盯着野猪一动不动，直到野猪向他奔来，他才侧身闪过，并一树枝抽过去，野猪瞬间痛得嗷嗷直叫，一溜烟向前逃窜，一会儿就跑得无影无踪。

这正是正面迎敌侧身闪避同时击打还击，好一个一气呵成的潇洒剑术动作。只是我们的主人公要正式上了佩剑专业课以后才会知道，他刚才用树枝猛抽野猪的刹那，那树枝上已然带着一股罕见的"寒光剑气"，或许这就是人们平常对于"天赋"的一种解释吧。

几乎是野猪逃跑了的同时，小凯就跑过去抱着阿尊大哭起来。这是一种什么样的情绪，除了小凯，没有人能真切地体会到。小凯脑子里不仅回闪起刚才的惊险一幕，同时仿佛又回放起两年前失手打死邻居家狗的一幕。

两年前，小凯九岁，他妹妹三岁，那天家里就他们两兄妹，爷爷在山上干活还没回家呢。可能是因为妹妹手上正抓了一只鸡爪在啃，邻居家的小黄狗突然朝妹妹扑去，吓得妹妹大哭着朝小凯跑来。一心想要保护妹妹的小凯慌乱中把筷子刺到了小黄狗的喉咙里。

其实也可以说是小黄狗向前扑的时候自己撞了上来，它原地叫了几声，转了两圈后倒了下去，不一会儿血慢慢地就顺着它的嘴边流了出来。

可能是感觉自己闯祸了，也可能是吓着了，小凯抱着邻居家的黄狗大哭不止，一直哭到隔壁邻居前来，知道事情经过后不停地安慰小凯。

现在小凯抱着阿尊大哭不止，阿尊刚才还在惊恐地哭叫，但当小凯意外大哭后，阿尊反倒停止哭泣了。但是刚刚过去的三分钟内发生的一切，依然令他手足无措。

"小凯，小凯，你们在哪里？小凯，回家喽——"好在，小凯的爷爷来找他们了。

远远地看到爷爷，小凯倒是停止了哭泣。等爷爷走近，阿尊颤抖抖地跟爷爷说："秦爷爷，刚才我们碰到野猪了。"

"啊？有没有伤到你们？受伤没？"看到两个孩子脸上都有泪痕，老人担心两个孩子受伤了。一个一个仔细地打量后，老人终于放下了心，一手牵着一人往山下的村子里走。

等他们走到山下的村子里时，发现太阳还没有完全落山呢，而山上，尤其是北坡背阴一面可一会儿就变黑暗了。

晚霞照耀下，两个少年的脸上很快就一扫先前的阴霾变得阳光灿烂。

"阿尊，你明天跟我一起回杭州吗？"

晚饭时，小凯的爸爸问阿尊。小凯妈妈因为假期反而更忙，所以没回老家，小凯爸爸就三天假，马上就要回杭州了。

"嗯——"阿尊想了一下，"叔叔，我还想在这里玩。"

"那好啊，你喜欢待几天就几天，和小凯一起回也没关系。"小凯爸爸回答道，"不过你要和你爸爸妈妈说一声。等一下吃好饭用我的手机和你爸爸妈妈打个电话，好不好？"

"好的，谢谢叔叔。我自己带了手机，是我外婆的手机。"阿尊一脸高兴地回答，小凯也是很高兴的样子。

夜色朦胧中的山村，如传统的泼墨画，而星月就是它的留白。偶然能听到远处传来的几声狗叫，继而引起几条狗的一阵群吠，随后整个山村便复归寂静。

小凯和阿尊找了手电筒，拿了一节小竹筒，望着村口方向的点点灯火，两个小孩早就忘了白天的惊险一幕，又想到那里的一片桑树地里捕蟋蟀，虽然这时节蟋蟀已经很少了。

"小凯，你们晚上别出去了！小心蛇虫百足（蜈蚣）。"小凯的爷爷提醒他俩。

阿尊一听到有蛇，吓得不敢去了。两人进屋走上二楼，在二楼阳台上数星星，并试着找寻北斗七星，可惜找了一会儿没有找到。两人就下了楼，来到房子外面继续找。

山里的夜，特别安静，偶尔有习习凉风吹过，能听到风的声音。两人仰着头找星星，一颗一颗，越来越多……那些星星真的如语文课本上所说，一眨一眨的，像人的眼睛。

"找到北斗七星没有？"

"没有，你找到了吗？"

两个小伙伴一边扬着头，一边相互询问道。

"哦，我找到了，你看！"阿尊兴奋地喊了起来，一只手向天上指着。

"哪里？哪里？"

小凯一边靠过来，一边仰头顺着阿尊手指的方向找。"哦，看见了，看见了！"他也大声地喊了出来。

"爷爷，爷爷，我们找到北斗七星了！"两个小孩子兴奋地朝屋里喊。

在上天的眼里，山里的孩子和城里的孩子一样，都拥有一个无限丰富的世界，所谓低下和高贵、贫穷和富有，那是成年人世界的认知体系。其实世上每个人都拥有和体验着独一无二的内心和外部世界，你拥有的、看到的、体会到的他没有，他拥有的、看到的、体会到的你没有。正因为有如此丰富的多样性，这个世界才美好得令人感动和珍惜。而贪心的成人却因为体验到"不同"而硬生生把世界变成了一个"羡慕嫉妒焦虑"的世界。

阿尊的妈妈听说儿子在山里遭遇野猪的袭击后放心不下，第二天一早特意和阿尊爸爸一起驱车赶了过来。

阿尊爸爸妈妈到时，两人正一起做作业呢。见面看见儿子毫发无损，他爸爸妈妈也就放下心来。问了儿子想不想回家，阿尊回答说还要在山里玩，他们也就不再勉强。

山里的空气清新无比，在和儿子再三确认后，阿尊的爸妈就告别小凯一家，自己到山里转转看看，找地方拍拍照片、晒晒微信，然而时间一长他们也就开始感到无聊，连中饭都没有吃就驱车赶回杭州了。

孩子们眼中的山水美景，和大人眼中的山水美景，咋差别就这样大呢？

第八章　因为打败你，所以会失去你吗？

　　长假归来，语文老师就布置了作文，要求同学们结合假日里的所见所闻写一篇记叙文。阿尊的作文《秋天的山》获得了语文老师的表扬。老师给出了"观察自然景物细心，描写细腻，用词生动，比喻贴切"的评语，这还是阿尊第一次因作文写得不错在语文课上受到老师当众表扬，他想找个机会邀请小凯到他家里玩。

　　这天周五放学，小伙伴们刚到三角地，还没来得及踢上几脚球，天空就乌云密布看上去像要下雨，阿尊他们就各自匆匆地回家了。分别时阿尊问了小凯周六下午有没有时间，他想邀请小凯到自己家去玩。

　　阿尊家就住在不远处名气很大的盛世钱塘的19楼。在小凯这样和妹妹一起睡高低铺的人家眼里，阿尊家就像皇宫一样豪华了。

　　阿尊住的房间，就比小凯爸爸妈妈住的大房间还大。而大客厅的茶几上，因为知道阿尊的同学要来玩，他外婆和保姆阿姨早就把许多品种的水果和零食点心准备好了，特别是阿尊喜欢吃的芒果，都已经一块一块地切好，只需用水果叉直接叉起即可。

　　阿尊房间里有谱架、大提琴包、剑包，书架上有许多日本动漫《火影忍者》里的人物模型、图画卡，看得小凯眼花缭乱。这情形倒蛮像阿尊到了山里，觉得什么都新鲜好奇。两人一起玩了会儿"三国杀"，说起最近的作业，难得一次两校老师布置的作业竟非常一致，都是要求大家认一认校园植物和画一张校园地图——"我们的学校简易地图"。他们不约而同地决定合作完成这次作业，为了把地图做得更精确，阿尊决定在网上购买地图测量仪等，其实他老师可没有要求他这样做。

他们正在起劲讨论时，阿尊妈妈回家了。"小凯，来吃点水果！"他妈妈把一盘水果拿了进来。

阿尊的妈妈是一家城市银行支行的副行长，平时工作可忙了。她是业务强悍的女中豪杰，据说他们支行一半以上的业绩是由她和她的团队创造的，每年的年终表彰会上她都会得到省行的表彰，从早先的揽储到基金发行，从理财产品到大额贷款，等等，她无所不通无所不精。

一句话，工作能力超强！当然，每年的年终奖可能也是小凯爸爸妈妈合起来年收入的数倍。

一开始阿尊要报击剑社团学剑，他妈妈坚决不同意，因为她已经帮阿尊报了英语、大提琴、语文、数学的课外辅导，怕阿尊学不过来影响主课的成绩。当晚听了阿尊爸爸的意见，据说国外学校普遍重视体育特长生，如果阿尊学个击剑就能更容易融入当地学生圈子，所以当天晚上她就同意了儿子学习击剑的要求。后来给阿尊买的击剑装备全是名牌，她的理念是让儿子"穿一流衣，上一流学，做一流事，争一流名"。

"阿尊，和小凯说一声，今天晚餐在我们家里吃。"阿尊妈妈在客厅里招呼过来，他的外公外婆早就为一桌丰盛的晚餐做了不少准备。

"知道了。"阿尊回应道，一边和小凯说要他在他们家吃，"你和你妈妈爸爸说一下。"

从阿尊家的客厅望出去，钱塘江的一线江景尽收眼底，令人心旷神怡。阿尊打开电视机，找到体育频道，点播了一期击剑比赛的视频，看得小凯热血沸腾，特别是画面中的一位黑人选手，速度快极了，这才是世界一流的佩剑比赛！

阿尊在他们的学校社团中击剑水平也挺不错，稳居社团里前三，有时也拿第一。

因为两人合作，一周以后阿尊和小凯分别在各自的班级里获得老师表扬，理由是他们画的学校地图和校园植物品种，和其他同学相比明显"精确而详尽"。

为迎接元旦，新钱江实验学校的击剑社团在提前一周的周六安排了教学比赛，阿尊特意约了小凯，他要和小凯比试一下剑术。

周六，小凯拿了自己的一把剑，按和阿尊约好的时间，在新钱江实验学校的门口等阿尊，然后一起去了他们学校的体育馆。阿尊的学校看上去比新堡小学大多了，到了馆里，小凯看到齐刷刷一片已经穿好了击剑服的击剑社团学生，煞是壮观，他们中间还有不少女生呢。

轮到阿尊上场了，他一下打败了三名选手。中间休息时阿尊和小凯商量，等他们的活动结束，就自家玩一下，比试比试。

小凯点点头，可是，他都没有完整的击剑服和面罩啊。

"不要紧，问我们同学临时借借好了。"

"蒋尊智，上，轮到你了！"教练又在喊阿尊了。

等到全部比赛结束，阿尊学校的击剑教练也注意到了小凯这名外来学生。"教练，我可不可以和他比试一下？"阿尊向他们的教练提出了申请。

"可以啊。"教练同意了他们的要求。

阿尊立马和他边上的同学商量，请他的同学把击剑服和面罩临时借给小凯穿用一次。和小伙伴的第一次决斗，也是小凯平生的第一次用剑决斗，出乎大家的意料，一上来小凯就迅猛地以大比分获胜！

阿尊简直输得蒙掉了，而小凯也蒙掉了，刚才是怎么赢下比赛的，连他自己都回想不起来整个过程。

回到家里，小凯有点担心，他会因此失去小伙伴的友谊吗？阿尊会怪他吗？刚才输了以后阿尊把面罩都摔到了剑道上，又被教练批评，阿尊一定懊恼极了。

其实小凯不用担心，下周一阿尊就要作为他们学校击剑社团的优秀代表，在奥运冠军来他们学校时，进行表演赛并接受奥运冠军的现场指导。而正是和小凯的比赛，才让他明白自己身体启动、脚下移动和手上出剑的速度太慢了，他们学校的学员都太慢了。也许是教练上第一堂课时把安全强调得过头了，反而是小凯这样的自学者按着本能一听裁判"开始"的口令，就立马启动，"手起剑落干净利落"，绝不拖泥带水。

新钱江实验学校，周末全校都在准备活动。他们像过节一样，因为学校下周一将迎来奥运冠军见面会，一行中有教育部门和体育部门相关的领导，还有本省籍的游泳冠军和外省籍的击剑冠军等。

新堡小学 501 班的教室里，班主任黄小雅很想鼓励这些城市里的外来孩子："贫穷不会限制人的想象力，但懒惰会限制人的想象力，胆怯会限制人的行动力！同学们，我们大家别胆寒，一起努力向前冲！"但他终究没有说出一个字，而是换了一种方式，让大家到操场上一起玩篮球传接球，他要在运动中用行动潜移默化地鼓励孩子们。

这是他做班主任以来，第一次给全班同学做思想工作，却选择了集体玩篮球游戏的方式。缘由是他发现班里总有四五个学生胆小怕事，内心有着深深的自卑感。他想起自己刚进大学时的一阵子，也曾有过心理的不适应。半个多小时下来，孩子们和他都大汗淋漓，于是大家暂时停顿了一下，然后开始做放松运动。远处是钱塘江的上空，而他看不见的江面下潮水正在滚滚地流入东海，他通过无言的体育课鼓励着他的学生们，别患得患失地想太多，而是按着身体本能忘我投入地去做，其实他也在鼓励自己。经过几个月的教育实践，黄小雅才刚刚找到一点点班主任工作的感觉，他要像一支队伍的领队一样，带领着他的队伍去战胜前方一个一个的挑战，去取得前进道路上一个一个的胜利。他心里隐约又想起那名大三时追求过的"高干"女生，可惜，人家美女拒绝了他。

这年头，哪个一毕业就踏上新班主任工作岗位的年轻人，会如此拼命地努力？

回到办公室，语文组的赵老师问他道："听说你们班上那个调皮的学生秦凯，击剑自学成才把隔壁新钱江的学生打败了？"

"是的，能打仗，打胜仗！"黄小雅笑着对赵老师说道，"打赢就是硬道理，是吧？"但其实黄小雅心里面压根儿没有底，毕竟秦凯只是在和邻校学生的非正规的比赛中赢了，将来真正的比赛到底结果会怎样，谁也难以预料。

到底会怎样呢？黄小雅不禁有点期待。

第九章　千般无奈无缘市运动会，却成为最好的陪练

新钱江实验学校迎来了奥运冠军，一条书写着"与奥运冠军面对面，努力学习，做新时代德智体美劳全面发展的新一代"的横幅悬挂在教学楼的墙上，鲜艳而夺目。

因为机会难得，学校特意安排了家长开放日，各年级都有少量家长可以参加今天的活动。阿尊要上台表演击剑，并接受奥运冠军的现场指导，所以他妈妈很想参加，可遗憾的是因工作忙无法赶来，好在他外婆可以到场。

今天的会场也做了特别布置，除了横幅鲜花等，主席台的前面铺设的一条剑道格外引人注目，击剑比赛的裁判器也已经架设在中间，左边显示着红灯，右边显示着绿灯。

教务处的陈老师主持，首先是请校长致欢迎词，然后是学生们期待的奥运冠军讲话。

"同学们，老师们，大家好！"

"很高兴今天有机会和同学们老师们分享一些竞技体育的心得。作为一名竞技体育运动员，一定要有一颗夺取冠军的心，然后全力以赴为了这一目标，按教练组制订的训练计划认真地不折不扣地执行，更要敢于去对标世界一流的强劲对手，一路训练和比赛需要付出汗水、心血，但这一过程也让我们学会遵循规律、尊重规则、尊重对手包括自己，而这些将帮助我们一生！其实这和我们同学们定下学习目标，然后按照老师的要求去认真学习，原理是一样的，而学到的知识也会帮助我们一生。祝同学们习剑快乐，祝我们击剑社团为学校多争荣誉。"

嘉宾讲话后，学校各种体育社团的表演开启，轮到阿尊他们的击剑表演时，大家

都被吸引住了眼光，很多人都是第一次近距离观看击剑比赛。

阿尊和同学都有点紧张，他们打了五剑一局，很快就结束了。但就是这样，阿尊觉得自己的速度已经比上周快了好些。随后嘉宾老师对他们进行教学示范和集体轮训，阿尊又获得了一个嘉宾单独辅导的机会。

俗话说"好梦容易醒"，上课一走神则容易被老师提问啊。

"秦凯！"

小凯站了起来，心想这下完了。

"请你回答。"语文老师赵丹丹刻意平静地注视着小凯说道。

小凯一脸的难为情，因为开小差他压根儿就没听到前面老师提的问题是什么。他刚才正在读《匆匆那年》的一篇文章呢。

"刚才你在看什么，把它交上来。"

小凯老老实实地把书放在赵老师的讲台上。

这本书还是周六那天在阿尊家时，阿尊送的。

"我妈妈特意买了3本，拍老师马屁呀！"那天阿尊说，随手从书架里抽出他们学校语文老师编的《匆匆那年》递给了小凯。小凯拿起书翻了翻，全新的呢，心想他们学校的老师真厉害啊。

因为好奇，今天语文课，小凯想起来了就拿出来看，谁知太入神了一下就被赵老师逮个正着。

下课后，赵老师回到办公室，看着手里从秦凯那里缴来的书忍不住评论起了世态炎凉："你看，名校的老师不做家教赚外快，那是因为他们'利己的方法更精致'。"赵老师以前就听说名校老师出书赚钱，今天收到书就像搜到了证据，她批评道，"你们算一下，像市一中二中，每个学期八百多个新生，就是八百多本书，每本赚二十元，就轻轻松松一万六到手了，而且每年都有新生可以发，赚钱不辛苦，还名利双收。"

"不会吧？"黄小雅有点怀疑。"你才刚参加工作呢，懂啥？！"同事老于世故地回应道。

其实据黄小雅所知，他的同事自己家里经济条件挺不错，用不着赚外快，再说她也根本不屑赚外快，只是语气夸张地爱打抱不平而已。

第二年春季运动会，黄小雅本来好奇着期待着秦凯在正式比赛中击败对手取得好成绩，可是没有人能解释为什么像小凯这样的学生却不能参加？

原因最后说是他爸爸妈妈的疏忽，导致秦凯的户籍还在老家呢。当时因为新钱江实验学校进不了，而新堡小学又没有严格的户籍要求，所以就耽误了这事。现在他因为不是本市户籍所以不能参赛，赛前临时去户籍所办理证明已经来不及。

市击剑协会的工作人员严肃地说："没有这样的条件限制，会发生向别的省市临时'租借'运动员的情况，因为以前就发生过的参赛单位向江苏上海等击剑强的省市借运动员的事例，影响公平公正原则。"

区教委的工作人员认真地说："我们把名单上报了啊，至于有没有资格，审查权不在我们这里啊。"

区体育局的工作人员态度和蔼、耐心地说："赛事委员会研究决定的比赛规则，是经过大家多方讨论的，我们应尊重委员会的专业意见，我们不能轻易地更改规则。"

接到通知开始报名工作时抬头看天，那真是满眼春色。而今参赛无望，同样是透过窗户看春色，却再也没有心情观赏春意了。虽说人生何时无芳草，却也同样人生哪会事事都如意呢？

自从去过一次新钱江实验学校，和阿尊比试了一次击剑实战以后，小凯倒是多了一个可以练习和切磋剑术的地方，那就是阿尊的学校。他们的击剑社团教练同意小凯去陪练，尤其是听说接下来的市阳光体育赛事，小凯没有资格参加。

付出总有回报。在击剑社团，小凯从教练那里学到了不少击剑知识。击剑社团里不仅有男生还有女生；不仅有佩剑，还有花剑、重剑。其中一个叫沈佳慧的女生，她练习的虽然是花剑，却可喜欢看小凯他们的佩剑练习和实战了，因为花剑与佩剑的规则除了有效部位不同，其余几乎一致。

最近，小凯除了自己继续在家里、在公园三角地的一角练习，每逢周六就会参加新钱江实验学校的击剑社团活动，慢慢地又多认识了一些同学，其他同学可喜欢和他对战了。

两周后在体育馆同一地方，沈佳慧悄悄地叫住了小凯，递给他一块德芙巧克力，爸爸妈妈虽说也给小凯买过巧克力，但他没有吃过这一款新包装的巧克力，当他隐约看到 DOVE 这几个字母的一瞬间，脸红到了脖子根，原来他把 DOVE 错看成 LOVE 了呢。

"谢谢你！"沈佳慧一边把巧克力递过来，一边笑容满面、落落大方地说。

"不用，不用。"小凯急急忙忙、慌慌张张地回答道，脸都羞红了。

　　原来，首次参赛的新钱江实验学校的击剑社团在比赛中取得了出人意料的好成绩。

第十章　喜出望外，俱乐部比赛一举夺冠

市青少年阳光体育赛事活动中，阿尊他们获得了击剑比赛团体第三名，沈佳慧获得了女生组第六名。

新钱江实验学校的体育组老师非常高兴，校长在周一的大早会上发表了热情洋溢的祝贺讲话。以前教务处面试的外籍应聘老师，在往上级主管部门申请编制员额时都没有通过，如果是在今年，估计就容易批下来了——有成绩才有说话机会，世上到处都是一样的生存法则和处事规则。

黄小雅老师忙得不可开交，一方面因为自己是新老师，所以特别用心，也特别努力；另一方面，新学校各方面都在完善之中，老师比较紧缺，下午由于音乐老师请假，黄小雅又被临时安排去顶一节音乐课。

也许是文体不分家，也许是平时黄小雅也非常喜欢唱歌，"万能的体育老师"黄小雅教起音乐——让孩子们合唱2008年的奥运会开幕式主题曲《我和你》。

热身5分钟，放松总结5分钟，中间30分钟唱歌，又把30多个学生分成低音、中音、高音，搞得挺像那么回事。

而他教的热身活动"喔活——活我"练习，感觉和小凯他们山里土话有点像，大概全世界大山里的生活总有相似处，就像世界各地的船工，所喊的号子也是大同小异的，因为那是同一生活场景孕育出来的呐喊。

首先，让学生们喜欢，而不是先想着要教些什么给学生。这就是黄小雅教学中的第一步，如果没有第一步或第一步迈不好，后面的工作或教学内容都无从谈起。

黄小雅利用一切可以利用的机会，一边加强自身的学习，一边从实践中总结摸索，对他人则乐于力所能及地付出。几个月下来，学校领导同事都觉得这个新来的年轻老师不错，学生们更是喜欢他。只是他到现在为止，好像还没有女朋友，正被他的妈妈关心着这件终身大事呢！

随着对击剑运动的了解与理解，黄小雅越来越觉得习剑真的是一项很好的修炼，像小凯这样的孩子，虽然买不起高档的击剑服、高档的剑，但这都不重要。重要的是潜心一志练好自己手上动作"守防攻"和脚下动作"进顿退"，只要在比赛中做到"进顿退快速而不乱，守防攻敏捷而连贯"，那么比赛中很快就能击败对手。击剑是最公平最真实的"决斗"，光靠击剑服的高档以及武器剑的高档，是没有用的。

"怀谦卑之心，行艰难之事。"参加工作前夕在省图书馆墙上看到的这句话，几乎成了这个刚踏入社会职场的年轻教师心底的压舱石，帮助他克服了一个又一个生活中的困难，渡过了一个又一个心理上的险滩难关。

作为一名体育教育专业的本科生，黄小雅的职业偶像是清华大学的马约翰先生。黄小雅还是在中央电视台的一档电视节目中知道有马约翰先生这样一位前辈的：

> 1919年，清华大学教授马约翰赴美进修，看见中国同学大部分面色苍白、文质彬彬，心里难过。他后来一直对学生说四个"要"："你们要好好锻炼身体，要勇敢，不要怕，要有劲，要去干。别人打棒球，踢足球，你也要去打，去踢，他们能玩儿什么，你们也要能玩儿什么；不要给中国人丢脸，不要人家一推你，你就倒；别人一发狠，你就怕；别人一瞪眼，你就哆嗦。"
>
> 穷，不仅指物质，也指精神。弱，不仅指体格，也指内心。

当时看这一节目时，黄小雅就被深深地吸引了。不迷信，崇实干！就像总书记讲的——幸福都是奋斗出来的。

黄小雅当时内心非常激动，仿佛找到了一位前辈知音，他的理解——体育就是"身体的科学加身体力行的教育"，它不是单指跑步、跳高、篮球、网球、跳水、乒乓球、游泳等，那是具体的运动项目，不能称为体育全部内涵，激烈的对抗性竞技项目——足球、橄榄球、篮球、击剑、拳击，更能体现身体的科学和身体力行的重要性。联想到欧洲强国和美国，他们在足球、橄榄球、拳击、击剑等对抗性运动项目上很强，不知和国家的强盛是否密切相关。

因为自己的学生秦凯在业余练习击剑，黄小雅特意关注了中国击剑协会的一个公众号，而他晒在微信朋友圈的大多是新堡小学公众号的"官方内容"，偶尔转发的则是击剑公众号里的一些击剑盛事。

至于他父母催他找女朋友的事，以及将来在杭州立足需要房子的事，他一概无暇顾及，好在自己现在还年轻，不着急。先把眼前的事做好，好到让别人认可。其他方面可以先放下，待将来再考虑。不是有励志鸡汤说"只要你好了，你周围的世界就跟着好了""你所站的地方是中国，只要每一个你都好了，中国就好了嘛"。

"把眼前工作干好！是第一等重要且实在事。"把日常每一件小事做好，人也就每天充实得没时间去烦恼了。"做事忙的人哪有空烦恼！"他偶尔也会自嘲，自我放松一下。

第二年全省协会杯比赛，所有习剑的学生都可以报名，无论是以学校名义、俱乐部名义还是个人名义，这是一场真正的大众击剑比赛活动。

比赛在杭州城西的一家体育场馆内举行，出乎很多人的意料，小凯竟然在他的那个组别一路拼杀至夺冠。

晚餐时，秦老爷子听说孙子比赛拿了第一名，难以抑制心中的喜悦之情，虽然他没有多说，不过从他多为自己倒了一杯土烧酒就可看出，他的喜悦就像飘散在整个房间里的酒香一样。

杭州的中秋节，一定是世界上香味最浓最醇的中秋节之一。因为每年此时，桂花香充盈在全城的每一个角角落落。就连钱塘江的上空都飘着桂花香，更不必说西湖和运河了。难怪杭州人把桂花作为他们的市花。

"明月几时有？把酒问青天……人有悲欢离合，月有阴晴圆缺，此事古难全。但愿人长久，千里共婵娟。"

苏东坡先生这位杭州城老"市府官员"的词，几乎每个杭城百姓都会背几句的。

"独在异乡为异客，每逢佳节倍思亲。"每个成年人都有属于自己的乡愁，老家的狗，自从春节时回杭州就又托养在邻居家，现在它好吗？无论是老酒，还是老茶，或老友，虽一时好像能解一下乡愁，然而很多时候，往往喝着喝着，到最后却是更浓的乡愁了；因为乡愁啊，从古至今都是无解的。

人啊，只要上了一定年纪，不要说人在他乡，即使在自己家乡，也有一种特殊的乡愁。当然，从生物学意义上讲，也许是人因为老了而滋生出一种知道来日有限的苍凉哀愁。那是一种想念儿时家乡的感情，可惜现在城乡变化太快太大了，儿时的房子啊，土路啊，连影子都没有了。

没有了老物件的老家，又怎能算是老家呢！于是乡愁啊，就成了每个人心中的一个永恒怀念……

等大部分人的中秋节正式过去了，人们又重新回到上班的轨道。节后的第一天，秦老爷子一早起来，就出门坐了公交车，去了西湖边。刚上车时的头两站，整辆车上就他和另两个老人，他们坐的是头班车，后来陆陆续续上车的乘客才多了起来。

自从去年全家搬来杭州，一年多来，他还没有好好地去西湖边逛过一次。他要去看一看年轻时就一直听说的西湖边"天外天、山外山、楼外楼"。

西湖自古多佳丽，临水台榭，画船楼阁，即使不是周末，举着相机或手机拍照的游人依然不少，更有在拍婚纱照的新人，他们往往成为一道亮丽风景，世人谁不怀念曾经美好的青春啊！

临近中午，他选了一张湖边的石椅子坐了下来，从孙子用旧换下来的书包里拿出几张烧饼和一瓶水来，还有一个小小的苹果。

七十光阴能有几？自己的父辈，能活过七十就古来稀了。而今是国家社会形势好，所以老百姓才长寿。他在想隔天空下来时要再到九溪那边的钱塘江边走一走，说不定那里是他的祖上原先看守城门的地方呢！秦老爷子从小就听祖辈传下来，说他们这秦家一脉是清朝太平天国攻打杭州时一路逃难到南部山里，听说他们家的老太爷还可能是一个清朝营兵。

俗话说得好，野百合也有春天，老百姓也有历史；可是野百合大多在山野里花开花谢自生自灭，而老百姓的历史也大多在爷孙之间的口口相传中销声匿迹。

独自对着湖面感慨休息一会儿后，秦老爷子继续向前走走逛逛，不久走进了一处院子，它门口的太湖石上刻着——西泠印社。秦老爷子不认识"泠"字，读成西冷印社。院子里的风景、石刻、书画他只能是走马观花。有人用书法书写了宋代柳永的词，有些字他认识有些也不认识。秦老爷子只知道，这些诗词也好石刻也罢，总是在夸西湖好吧，出了西泠印社继续往前走，不一会儿他就来到了岳王庙，庙门前两侧的对联"三十功名尘与土，八千里路云和月"，那个"尘"字是繁体字，秦老爷子不认识，"云"虽也是繁体，倒是被他蒙对了。

其实秦老爷子今天不仅不少字是靠瞎蒙的，他走的路也是蒙的，还走了不少回头路。他问公交司机怎么去"天外天、山外山、楼外楼"，但司机只知道楼外楼，所以他第一站就换了两班车，先到了楼外楼。随后又问了去灵隐景区的路，他先去了天外天，又靠走路找到了山外山。

俗话说"家家有老人，人人都会老"，杭州真是一个美丽的城市，秦老爷子问的都是年轻人，他们都很热情，虽然他们自己一开始不知道天外天、山外山的具体位置在哪里，但都很热情地用他们的手机搜索地图找出来，帮他指路。

从山外山出来，秦老爷子开始慢慢地朝回家的方向走。他走着走着，不知不觉中又走回了黄龙洞附近。感觉上午来过了，他就在一个三岔口改了一下道，走着走着走到了一幢低矮的三层建筑前，抬头凝神一看，原来是来到了大名鼎鼎的浙江图书馆——一家无论在专家眼里还是大众眼里都很有名的图书馆，之前就因为一篇关于拾荒老人在这里洗净手看书的报道成为"网红"，一个馆，温暖一座城。

秦老爷子可不知道互联网上面这些事，但他在进馆时像小学生第一天进教室时那样紧张，心里升起一种莫名的神圣感。凡是进学校的门、寺庙的门，他都有这样的感觉，对学堂、寺庙总是心怀崇敬。

他怯生生地走进大门，门口的保安人员朝他指了指安检口，就这样他按要求把随身背的小包放进安检通道，过了安检门。他自己也不知道到图书馆来干什么，也没有什么阅览室借书处等概念，就是有种说不清的好奇心在驱使他，远远地观望一下也是好的。

他就像刘姥姥进入大观园，既胆怯又好奇，在一楼的开放厅转悠，无意中他还看到了清朝时期的西湖地图，他今天可就是一直在看杭州西湖的老景点呢。

他在西湖地图前驻足了很久很久，才慢慢地走出图书馆，再去问路找公交车坐车回家。

晚饭时分，秦老爷子才回到家，儿媳、孙子、孙女已经吃过了饭。"爷爷，你今天去了哪些景点，好玩不？"小凯问他。

"爷爷今天去了好多地方呢，走得人都快瘫掉了，差点回不来喽！哎，刚才公交车上都睡着了坐过站，又多走了一站冤枉路，哎——"

"爷爷今天去了天外天、山外山、楼外楼、西冷印社，还去了浙江图书馆呢——"

"那不叫西冷印社，叫西灵印社，因为在灵隐寺的西面，所以叫'西灵印社'。"

"不对，你也说错了，人家明明在灵隐寺的东面好不好。那个字读'泠'（líng）。"

每天，小凯早就习惯了在嘈杂的环境里做老师布置的家庭作业，只不过以前多是邻居家的声音、爷爷的哼唱、边上家里那只狗的嬉闹！

"小凯啊，爷爷今天在浙江图书馆听到人说，击剑好的话都可以上清华大学呢！你一定要好好弄呢。"

秦老爷子突然冒出了这么一句，是真的吗？在图书馆他从哪里听谁说的呢？

第十一章　更难的奖牌——全国俱乐部联赛

全球村，就这样一网连接；新时代，就这样扑面而来！

那天秦老爷子从图书馆出来，走在他前面的刚好是一对从黄龙体育中心练完击剑回家的父女。只见那位父亲一边替女儿拖着击剑包，一边在鼓励女儿努力学习，力争考上清华大学，因为听说清华大学的击剑队水平挺高呢。未曾料到他身后的秦老爷子却把那句话深深地听到了心里去。

"海内存知己，天涯若比邻。"中国唐代诗人王勃诗句中描述的意境在全球信息化的今天，得到了别样的呈现，人们虽远隔千山万水但可以及时便捷地视频连线，仿佛真正的邻居；可真正的邻居有时候却如同远隔天涯，双方互不相识。

一百多年前，英国作家查尔斯·狄更斯在《双城记》的开篇写道："那是最美好的时代，那是最糟糕的时代；那是智慧的年头，那是愚昧的年头，那是信仰的时期，那是怀疑的时期……简而言之，那时跟现在非常相像。"现在人类又经历了一百多年，依然如此：如果您认为糟糕，那它就确实，买房难，入学难，看病难……如果您认为美好，那只需对比一下小凯他们一家的生活就可以感受到。

小凯家现在的生活和秦老爷子小时候的生活，简直是天壤之别。"楼上楼下，电灯电话"是他爷爷小时候对共产主义美好生活的想象，而这个目标早在小凯的爸爸这一代就实现了，而现在的年轻人，他们心目中未来的理想社会是怎样的一幅美景呢？人类会在全世界旅居吗，或是全宇宙中穿梭吗？

每个人都在特定时间轴和空间轴的一个点上，度过短暂的一生。由于交通工具和通信工具的进化，现代人的活动空间远超上一代，而思维活动空间在现有知识上也远超上一代。可是面对浩瀚的宇宙，我们每个人依然都是摸"象"的"盲人"，凡人无法穷尽所有领域的认知，面对变动不已不确定的未来，谁也难以精准预言社会发展的明天，哪怕是自己一个人的明天！

宇宙不停地在膨胀，人类世界由于最新科技与最新交通，空间感知上在不停地变近，信息积累上在不断地变多。一些以往不可能的事情，现在实现起来却异常简单。

"全神贯注，第一个动作和第一百个动作都是一样的，对，好的，如果一口气一百个你现在做不到，先做三十个！对，好的！"

"对，先练实战姿势，再练直接进攻，再练弓步进攻，再练防守进攻，同时注意脚下进顿退的协调配合。"

旅居海外的前奥运选手正在视频教学中传授着这些有缘的习剑学子，"更高标准的专注，更高标准的重复练习，更快，更准，更远，更敏锐智慧地变招"。

作为前辈的奥运选手，平易近人得如小区公园里遇到的大爷，渐渐地，小凯的紧张情形也就有所好转，投入地练出一身汗后，他不忘真诚地感谢前辈，并告知自己的手机马上就要还给他爸爸了，就这样结束了视频指导课。这个远程视频教学的机会，是因为小凯加入了新钱塘实验学校的教学群而得来的。

"最大的'敌人'是自己，不是对手；最强的对手是时间，不是与你对战的选手。等你哪天真正听懂了，也就长大喽！"

每个击剑手，最后都会输给时间。每个人都会随着时间而衰老，最伟大的击剑手最后不是输给对手，而是输给速度、精度、进攻的距离，以及应变的灵敏度。对于少儿剑手则相反，他们会随着时间而由弱小变强大。

剑术文化是全人类共有共通的文化，剑术需要体能和技术，当然技术的获得和体能的保有都需要长期训练，这一过程需要一个人的用心和恒心，自然也需要耐心。

可是太多的家长却没有这个耐心，他们已经习惯于一蹴而就的思维：既然已经吃了感冒药，那么感冒明天就应该好，如果后天好的话他们就会在明天烦躁；既然已经买了机票，那么航班就不能有一点延误，不然他们就会烦躁。现代人就讲究一个字——快，快餐、快递、快闪，谁有那么多耐心啊？甚至有些学生家长本身就是闪婚的呢！

现在，虽说没有了"穷文富武"的说法，但是像击剑这样的运动，如果家庭经济条件比较拮据，还真是需要面对更多的现实挑战和具体困难。

因为击剑运动出于安全原因，首先每人都需要一套击剑装备，全套符合竞赛标准的装备就需要三千元左右；再加上平时的练习和教练费用，目前市场上的价格都在万元以上。

这不仅考验着小凯本人，考验着他的班主任黄老师，也考验着小凯的爷爷——秦老爷子正准备着用自己的积蓄为孙子买一套全新的属于他自己的正式击剑装备呢。

秦老爷子看了孙子的家庭作业——地图版《我们的学校》，想起自己在图书馆里看到的清朝时的杭州地图。

那是一张手绘杭州地图，据说真迹在英国的图书馆呢。他真的在地图上找到了当年的营房标识。只是青山依旧在，人世却沧桑。这里是不是他们家的老太爷当年当兵的地方，更无从知道了。

因为老想着自己的老太爷，秦老爷子心里有着无限感慨。兵荒马乱时，他老太爷逃到了浙江南部的山里，估计是当时浙南山里有一房远房亲戚，不然怎么会千里迢迢地跑得这么远呢，中间又是经历怎样的生死艰险？可是即使自己作为家族的后辈也永远无法知道其中的渊源了，他们家里至今仍留着一个长矛大枪的枪头，据说就是当年老祖宗逃命时携带在随身包袱里防身的。

俗话说，快乐的时光或平静的光阴总是溜走得悄无声息。

转眼小凯就读六年级了。因为听爷爷上次说起过省图书馆多么好，周六上午他特意和爷爷再次来到图书馆。

在浙江图书馆的书籍海洋里，小凯这个山里来的孩子开始了第一次畅游。那一排排书架上的书啊，可是比老家玉米田里的玉米还多。书为人类打开了一个个无限宽广的世界，它们仿佛也在书架上，每日期待着来阅读它们的人们。

在读者阅览室里，他找了一本《小学生必读古诗100首》，原来好多老师讲的东西，书上都有呢！

"长忆观潮，满郭人争江上望。来疑沧海尽成空，万面鼓声中。弄潮儿向涛头立，手把红旗旗不湿……"这不就是语文老师特意讲过的"弄潮儿向涛头立，手把红旗旗不湿"的出处吗？

自从上次因为户籍的事小凯没有能参赛，后来家里赶紧帮他去补办了相关手续，还领了新的市民卡。今天凭市民卡，他就可以方便地在图书馆借书了。图书馆真是好，基本上所有的书都可以免费借，他借了一本《唐诗三百首》，又在小说书架区借了一本《书剑恩仇录》，相较买书，这样可以省下几十元钱。

回家以后，小凯又把练习用的架子绑在了朝向小河面的栏杆上，拿起剑来，摆好姿势，再次开练。

少年郎秦凯的练剑身影，伴随着他全心投入从丹田呼出的声音，回荡在广场一角的上空。

看似最平凡，却也最难以坚持。一个人不是要去打败别人超越别人，而是要战胜自己的懒惰、胆怯、盲从，日复一日地不断精进自己！从此，一读书、二习剑、三帮爷爷做家务成了小学生秦凯全部的日常生活。

接连一周的晚上时间，小凯只要做完作业，看看时间还早，就会把图书馆借来的《唐诗三百首》等书拿出来，查找语文老师上课说起过的李白杜甫的诗。同时也看到了老师没有提过的其他诗。

侠客行

［唐］李白

赵客缦胡缨，吴钩霜雪明。

银鞍照白马，飒沓如流星。

十步杀一人，千里不留行。

事了拂衣去，深藏身与名。

…………

小凯看得似懂非懂，只觉得古时候的侠客实在是太厉害了！带着这种好奇，他也看到了杜甫的诗：

昔有佳人公孙氏，一舞剑器动四方。

观者如山色沮丧，天地为之久低昂。

霍如羿射九日落，矫如群帝骖龙翔。

来如雷霆收震怒，罢如江海凝清光。

…………

先帝侍女八千人，公孙剑器初第一。

…………

　　小凯不禁非常好奇，八千人中获第一，该是一种咋样的剑术呢？如果和奥运会冠军比赛，会是谁厉害呢？古代的人真厉害啊！

　　这一年暑期中国击剑俱乐部联赛分站赛在海南举行，赛事吸引了全国各地七千多名运动员参赛。

　　一坐上机场的大巴车，车上导游就开始热情地介绍起海南的风土人情和旅游景点来，为调节车上气氛，自然先讲个苏东坡的故事是最恰当的了：

　　"话说有一次，苏东坡郊外闲游，向一位老农妇询问当地世事如何？农妇回答说：'翰林昔日富贵，一场春梦耳。'苏东坡听后十分感佩，特意写下过诗句：'投梳喜有东邻女，换扇还逢春梦婆。'另有一次，苏东坡看见一位口嚼槟榔的黎族妇女正手提竹篮给丈夫送饭，便开口吟道：'头发蓬松口乌乌，天天送饭予田夫。'没想到那位黎族妇女当即接道：'是非皆因多开口，记得君王贬尔乎。'"

　　大家听了，马上有人笑了起来。

　　"那么苏东坡当年生活过的景点具体在哪儿呢？我们……"导游接着开始为感兴趣的游客介绍起一日游、两日游套餐来了。

　　"诗意与智慧，看来自古以来就源于生活啊。"黄小雅老师像是轻声地自言自语，又像是说给小凯听的。其实黄小雅老师不知道，这名女导游还是他的老乡呢，她前些年在广东打工时认识了她现在的丈夫，随后嫁到海南。

　　生活中每个人每天都在偶遇不同的人，只是人们并不相互打听而已。此种情形和中国历史上圣人王阳明所言"汝未看此花时，此花与汝同归于寂"相似，地球上几十亿人在共同生活，一般人终其一生都认识不过上千人，有的甚至都不到一百人。每个人好像森林里的一片树叶，在春天长出来，在秋天落下去，熟悉它的只有同一枝条的树叶或碰巧停栖的鸟儿或刚好爬过的虫儿。

　　生命啊，如此珍贵；而人与人之间、叶子与叶子之间，其中的缘分啊，竟如此难得！

　　第二天，精彩激烈的击剑比赛如期开赛。

　　早上8:30，一位帅气的男主持人主持了开幕式，背投的屏幕上打着开幕式流程：第一，奏唱国歌；第二，相关领导致欢迎词；第三，运动员代表宣誓；第四，裁判员代表宣誓；第五，相关领导宣布比赛正式开始。

　　奏唱国歌后，赛事主办方的领导在主持人的介绍和邀请下，开始致欢迎词。

　　接着是运动员代表、裁判员代表发言，最后由当地体育局领导宣布开赛。

黄小雅老师看了下手机上的时间是 8:45，小凯所在的组别 U12 男子佩剑比赛 10:00 开始，离比赛还有一小时左右。黄老师估计，小凯最欠缺的就是比赛的经验，规模稍大一点的正式比赛只打过两三次，其他的只能去新钱江实验学校练练。非正式的比赛毕竟无论裁判、选手还是自己的心态都不大一样，可是这也是没办法的事。而且这一次恰巧小凯的年龄分组上也比较吃亏，因为按他的出生时间刚好过了 U10 年龄组被分入 U12 年龄组。

与其紧张兮兮地等比赛，不如就在赛场外直接全情投入地热身。

"小凯，走，我们去跑步热身！"黄小雅对小凯说道。每当小凯正式参加比赛，黄小雅就会从报名参赛开始，再次让小凯把击剑比赛的规则熟悉一遍，最初他甚至要求小凯把裁判规则像语文课文一样背出来。

既然喜欢一样东西，就把它彻底搞透，如果现在还搞不透那就首先把它背熟，将来待机缘成熟时再彻底搞通搞透，也许某一天自己会豁然开朗呢。

而一旦真正到了比赛现场，他总是很放松的样子，只是鼓励小凯"拼命打就好，忘我打就行"，别去想比分、输赢之类无用的东西，而是像一个被逼入绝境，"挂"在悬崖上的人一样，既不能，也无暇往下看万丈深渊，只有全力向上，一步一步攀登脱离险境，全神贯注，简极制胜。就比如野猪突然袭来，唯有全神贯注地对决，哪还有心思和时间想任何别的东西。

当然科学地理解规则很重要，裁判公开、公平、公正的执裁过程一样重要，世间万物只要有了公开、公平、公正的环境，自会进步成长，"物竞而天择"一定比"人"来选择要好得多，因为凡人容易被"为本族、本村、本乡、本县、本国争光"影响而丢失绝对的"公"心。

遵守规则，理解规则，用足规则。

黄小雅听说别的选手不仅都是各地俱乐部选手，有的还是体校生；少数选手赛前更是特意请过私人教练进行一对一练习。像小凯这样的选手一个都没有，他真的是属于非正常参赛选手。

U12 小组赛开始了！

"小凯，心别慌，只要拼命打就行，这只不过是体育比赛，不是真的要拼命把对手打死。"黄小雅拍着小凯的肩膀平静而有力地说道，"但每个人的奖牌都是靠自己拼了命打出来的！"

一直到晚上 7 点多，淘汰赛才结束，小凯在约两百名参赛选手中打入前 16 名，最终他获得了第 12 名的成绩。客观地讲，对于小凯这样的选手这已经是非常非常好的成绩。不过对小凯和他的老师黄小雅来说，更令人欣慰的是通过本次比赛找到了差距和不足，学习到了不少别人的长处，更是看到了许许多多选手，每个选手都有自己的特点，但也发现好的选手都具有一个共同的特点，就是干净利落，没有多余的动作也从不犹犹豫豫，身体也都很强壮。

回归常识，相信常识而不是相信奇迹！黄小雅觉得他一定要保持清醒的认识，不然的话，像小凯这种条件的学生习剑想要进步，可真是天方夜谭。

可是，比赛现场的不少家长却总是希望凭运气创造奇迹。这能怪家长们吗？似乎也不能，希望自己的孩子有超常发挥不正是人类的一种普遍心理吗？

日常生活中，无论媒体还是公众本身，都千方百计捕捉和传播"奇迹"，却懒得或疏于普及科学常识；无论过去还是现在，所谓的传播学第一定律——"狗咬人难成新闻，人咬狗才是新闻"依然没有过时。人们要的是奇闻逸事或奇迹，而不是常识，常识谁会去看啊。很多时候，人类就这样不知不觉中生活在自己制造的荒诞中。

互联网上有人专门收集了 20 世纪 80 年代以来的典型保健品事件，那可真是一系列贪图养生奇迹、医疗奇迹的事件。似乎在一个没有奇迹的人间世界，人类就会感到无趣极了。人生在世就是开开别人的玩笑，甚至嘲笑别人，也被别人开开自己的玩笑，甚至嘲笑自己。

无论是治病，还是强身，或其他所谓经济上的成功，凡事想速成，或以小的代价获取大的成功，都是急功近利。从这个意义上讲，人们上当受骗与骗子无关，大家都是被自己的贪婪所骗。好在随着人类知识的积累和传播，越来越多的人开始明白，在地球上物体运动遵循牛顿揭示的三大定律，地球上生物繁殖遵循孟德尔揭示的遗传定律……它们都不受个人主观意志干涉。

黄小雅在本次海南之行中无意间也发现许多学生腿、手、手腕、手指、脚掌没力，但他们也来参赛了。仿佛这些孩子和他们的家长都压根儿忘了——击剑是一种需要快速移动的项目，这些没有经验的家长和部分教练员，就像战争时没有经验的指挥官，把根本没有训练或才稍加训练的新兵送向战场，而部下打输了或临战慌张了反而要遭到他们的严厉训斥。他的眼前正好是一幕一个家长在训斥他刚打输了重剑比赛的儿子的画面，而他可怜的儿子已经脸涨得通红，强忍着眼泪。

如果一个学生四肢无力，一跑就气喘吁吁的话，那怎么可能凭几堂私教课就学好呢，抱着这样的心态和要求请私教，也让每位上课的教练压力巨大啊，天下哪有这样的灵丹妙药或武功秘籍。

不认识秦凯的习剑学生的家长，以为小凯这样取得了远超学了三年的参赛选手的比赛成绩，一定是奇迹或有天赋。但体育专业毕业的黄小雅老师清醒地明白，那是因为小凯从小在山里长大，而且一直帮助爷爷干家务活和山上的一些力所能及的体力农活，所以身体的体能、手脚的力量以及跑跳能力都远远超过城里的孩子。

体能强要做到激烈对抗一气不喘，技术强要做到每一动作不拖泥带水、一尘不染，实战强要做到不患得患失、一心不乱。小凯得益于山里生活，身体基础和心理基础比一般城市里的学生好多了，因此相比而言，他比像蒋尊智这样的习剑同学学得更快，取得的比赛成绩更好。

"学剑真正的贵，原来是不停地参赛啊！这里的时间成本和旅费成本，可是没有办法省啊。"黄小雅心里感慨，这次小凯来参赛，除了来回路费，其他所有费用都是黄小雅帮助出的呢。"好在现在也没女朋友，'一人吃饱全家不饿'，海南自己也没有来过，就当来旅游一趟。"黄小雅自我安慰道。

"小凯，你的朋友阿尊这次来参赛了吗？"黄小雅突然想起来，好奇地问。

"没有呢，他和他妈妈一起参加暑期游学去美国了，我的两把备用剑还是问阿尊借的。"直到此刻，小凯还觉得阿尊没有一起来参赛有点遗憾，不然两人可以结伴来呢。

原来以为学剑贵，因为只有极少数的人才有机会得到国家队教练或前奥运冠军的辅导，所以好机会和好教练的收费很贵。只有参加高水平的比赛，才发现原来旅费和住宿才是一笔很大的开支；如果参加国外的比赛或像这次一样举办地路途遥远的赛事，那么来回路费、食宿费用以及宝贵的时间成本费用就更大了。

在实战中学习和体验感受，赛后认真复盘，像打仗和棋赛一样复盘总结，然后回家去根据不足进行有针对性的强化。受电影《印度合伙人》启发，"美国有蜘蛛侠、蝙蝠侠，印度有护垫侠！"黄小雅脑中突然闪出一个念头，他觉得其实应该让这种帮助小凯自练成才的击剑支架普及开来，就像电影叶问系列里面那个咏春拳的练习木桩，那就是习练咏春拳的标配。中国也应有"击剑支架侠"，可以广泛应用于大众习剑！这样对普通大众来说，习剑就既便宜又便捷；而俱乐部可以聘请国家队退役的运动员、教练员进一步教授更好的击剑苗子，辅导有需要的人才。这样就可以更广泛地扩大习剑的群体，还可以为国家节约不少培养击剑后备人才的经费支出呢。

据说，欧美国家培育奥运会选手的财政负担，比我们国家轻多了，而效率，无论是资本效率还是训练效率都高更多！可是黄小雅迄今都没有出国旅游过一趟，更不要说交流学习考察了，他对此没有花过时间专门收集数据资料正式研究过，所以也不敢完全确信，只是好奇而已。

每一个世界冠军选手，都曾经历过数不清的失败。单靠实战能磨炼技术吗？这应该是肯定的。单靠苦练能夺冠吗？这恐怕是存疑的。

如果没有正确思想"识见"指导，行动是有勇无谋盲目的；单有思想，没有行动来验证，思想"识见"也是苍白而没有说服力的！

学剑真正的"贵"，是需要花大量时间和金钱来亲身验证思想与行动，是思想和行动的高度"合一"。像小凯这样的学生，自然知识和原始生存能力比较强，比较吃苦耐劳，但欠缺宽广的视野和人文知识；像蒋尊智这样的城里学生，情形刚好相反，生存意志从一出生就没有机会锻炼，而由于家庭的关系从小见识比较广。然而上苍是公平的，任何人想要成为一名真正高水平的剑客，都需要经历一条上下求索寂寞而又漫长的路。

真正培养出一位击剑的高手，既需要先天基因，又需要后天心灵文化的熏陶外加不辞辛苦的刻意练习，真心不容易啊！除了国家有财力物力人力来培养一群国家队的队员，普通家庭谁家能够？

黄小雅突然有种茫然若失、心无所系的悲凉感，仿佛和他的年龄并不相称，毕竟年轻的他现在连正式的女朋友都还没有呢。

第十二章　停不住的少年时光，走向更远的远方

日月盈昃，辰宿列张。

寒来暑往，经过两年多的学习，少年郎就要升初中了。本来小凯和阿尊倒是入同一所初级中学的，不过阿尊的家里已经给阿尊安排好，估计在这儿读不了多久，他就要到美国去读初中了。

而小凯经过去年一年的全国击剑俱乐部积分联赛，迎来一个难得的机会。这一年，全国击剑俱乐部联赛全年积分前八的业余选手，可以在暑期参加一期在国家队击剑基地举办的夏令营训练，夏令营的执教教练不仅有国家队教练，还有国际外籍教练，营员也有外国青少年。

消息一出，夏令营前最后一站的全国击剑俱乐部联赛，报名的选手比前一站增加了很多，大家都想争取这一机会呢。

南昌站，全国将近万名击剑选手齐聚在这座英雄的城市。那三天，比赛场馆四周的旅店生意一下子爆满了。

随着参赛经验的积累，这次小凯既保持了自己胆大心细、快速果敢的特点，又增强了对规则的进一步理解，特别是对佩剑复杂进攻的理解和把握，小组赛以大比分战胜全部对手，以小组第一晋级下一轮，并一路过关斩将闯入决赛。

决赛中他战胜一名来自中国香港的选手，以分站赛第一，总积分排名第七的成绩入选了本次国家队训练基地暑期夏令营名单。而他实战最大的特点就是一个字——快，快到脑子里几乎没有任何杂念。中华人民共和国成立前夕，威震沙场的中国人民解放军序列里的旋风部队，不也是集结快、行军快、进攻快、打扫战场快，连吃饭都快，

一快到底吗！这种快是经过数亿万次一丝不苟的训练之后，一种忘我的快，一种本能的却又是专业的快。

北京，祖国的首都，现如今不少家庭的孩子可能早就去旅游过了。可是对小凯来说，他们全家一个人也没有到过北京。

这下可好了，曾经在电视上看到的许多熟悉的镜头，可以亲眼去看喽。天安门升旗仪式，还有长城，还有许许多多的……

可能连小凯自己都说不清，只是争取到这样一个机会，他却有了从来没有过的兴奋。

关于击剑的规则，全世界是一致的，但每个人对它的理解是不一样的；正如西方人说"一千个人就有一千个哈姆雷特"，我们中国人则讲"千江有水千江月"。剑术是永无止境的，理解剑术也是永无止境的。无论是对每个动作的理解，对每一个回合交锋的理解，还是对底线、起始线、边线的理解……思想上理解得越深入越透彻，一心不乱，行动上剑的动作就越干净利落、一尘不染。

黄小雅思考着，让小凯把有关击剑的问题带去请教国家队的教练是否合适？自己毕竟是个业余击剑辅导者。

相信常识，尊重专业！

从哲学上讲两者并不矛盾，而单向思维——过度信赖常识或过分迷信专业都会有所欠缺，好在"实剑"将会检验真理并促使人遵从真理，这正是剑术最迷人也最伟大之处。

"实战一心不乱，体能一气不喘，技术一尘不染"，这是黄小雅总结出来的"三一法则"，分别对应稳定的心智、强大的体能、简极实用的技术，三者缺一而不可，以此配合脚下"进顿退"快而不乱，手上"守防攻"敏而连贯。真正的优势必须有代际差，就像弓箭对徒手、枪械对弓箭手一样，必须有技术代际差，才能确保胜利。

"小凯，把我们的三一法则告诉国家队的教练，如果有国外的教练更好，听听他们的意见，回来时记得仔细告诉我啊。"

"嗯。"小凯点点头。

他知道自己在击剑上有那么一点点成绩，全靠黄老师的帮助和鼓励，虽然"体能是基础，技术是保障，心智是灵魂"他并不完全理解，但黄老师经常说并且要求他至少体能上要远远地强于对手，这一点他还是听懂理解的。就像一个大人和小孩打架，一般来说大人只要迅速出击肯定会成为胜利者，这一点连公园里的大爷也这样说，身强力壮、眼明手快总不吃亏。

别看小凯是个孩子，他可懂事着呢，特别是进入初中以后，除了自觉地经常多跑步、快速跳绳，还在家里扎扎实实地用黄老师专门给他的哑铃练习黄老师教的三组标准动作，分别练习手腕的力量、手臂的力量和胸部腹部肌肉的力量；而剑术的动作就是用爷爷帮他做的"陪练神器"无数次地在三角地的角落重复劈、挡、劈，攻、防、攻。

晚上，黄小雅接了个电话，打电话的竟是隔壁学校，也就是当年他本科毕业前实习的学校——新钱江实验学校的副校长，令人意想不到的是该校递来了愿意调他到他们学校任教的橄榄枝。两年多前，这可是黄小雅梦寐以求的机会啊。

如果他愿意离开新堡小学，调入新钱江实验学校，那可是一所学生家长心目中的好学校，按上次居委会阿姨的说法，那他在杭州找女朋友就会容易很多，因为学校周围可是有一大批"拆二代""富二代"的女儿，他们的家长在杭州知名的相亲一条街里彼此交流，像黄小雅这样的"上进青年"可是很受青睐的。此外，新钱江实验学校无论硬件还是教师素质可都要比新堡小学强。

但经过全体教职员工的努力，新堡小学的教学质量和教风学风逐渐得到主管部门和广大家长的肯定，黄小雅也深受领导器重和同事们的喜欢，尤其是深受学生们的喜爱。当晚，黄小雅反反复复想了很多，面对这个邀请，可真难以取舍啊。虽然正式调动的时间要到本学期结束以后下学期开学前，但决定却需要在本学期结束前做出。

该如何抉择呢？望着窗外的天空，遥远的星星闪亮，城里的灯光温暖，找谁去商量呢？

"急诊手术，容不得亲人之间太耗时商量，以免耽误救治时间。"首诊医生好心提醒道。

一直身体很棒的秦老爷子，近日却在烧饼摊突发肚子痛，疼痛难熬，被隔壁小超市的好心人紧急送到了附近的医院。

经医生检查，原来是急性腹膜炎发作，因要马上手术，老爷子的儿子也急匆匆地赶来医院。当晚手术后，他儿子没回家，一直陪在病房里。第二天，秦老爷子的情况一有所好转，他就坚持着非让儿子回单位上班去了。

秦老爷子一个人躺在医院的病床上，想起前次西湖边偶遇老伙伴时说的话，"做人来嬉戏，迟早要回去"。搬来杭州这两年多，孙子是从山沟沟里一直到要去北京首都，家里孙女再上一年幼儿园后也马上要上小学，儿子媳妇工作也算稳定，可谓顺风顺水，简直像做了美梦一样。现在长假和春节回老家居住，村里不少人都在羡慕他呢。

如果"做人来嬉戏，迟早要回去"，那么秦老爷子想，自己可不想这么早就回去，他要等孙子小凯大学毕业，最好是等孙子也娶媳妇呢。

"走吧走吧，你放心去吧，爷爷小手术，不要紧的。"小凯第二天就要去北京参加夏令营训练了，这对全家可是一件从来也不敢想的事。晚上，当他儿子带着他的孙子小凯前来时，秦老爷子安慰着宝贝孙子。

"医生也说了，急性腹膜炎做手术，是不用当回事的小手术，勿要紧，勿要紧！"

等儿子和孙子走了以后，秦老爷子躺在病床上，自言自语地回想着自己的一生，特别是这两年多来的省城生活，人生像做梦一样变化无常。人啊人，等人"参悟了生死，看淡了输赢"，一个人啊也就老喽！回想着这两年来省城的生活，他一会儿希望孙子小凯早点长大，一会儿又不希望小凯长大；一会儿看到孙子比赛赢了朝他兴高采烈地奔来，一会儿又看见孙子比赛输了，躲在赛场角落里伤心地哭泣……

他仿佛在半梦半醒之中，又仿佛格外地清醒，心底一片光明。

阿尊也在为小凯获得夏令营集训的机会而高兴。不过，他马上就要赴美国去读书了。两个小伙伴相约一起到北京，本来阿尊可以从上海国际机场出发的，为了送小凯到北京，阿尊的家长拗不过他，再加上他们也挺熟悉和喜欢小凯的，就依了阿尊的要求。

"谢谢爸爸，谢谢妈妈！"阿尊高兴极了，并且主动表态道，"我一定在美国好好读书好好努力！"因为有阿尊家把小凯送去北京，小凯的家人十分感激。他们前几日还在为谁送小凯去而忧心呢，因为一方面他爷爷还没有出院，另一方面也是经济因素，多一个人送就多一个人的费用。

小凯爸爸嘱咐小凯保管好夏令营活动的正式通知，又把一笔钱塞给阿尊的爸爸，要充当去北京的路费。

"不用，不用！"阿尊爸爸不肯收，"小凯爸爸，你们放心交给我们好了，我们一定负责把小凯送到夏令营营地。"

"我们还要感谢小凯呢，没有他我们还没有机会参观国家队的击剑基地呢。"阿尊爸爸微笑着说道。

偌大的北京国际机场，一般人第一次来的话很可能走迷糊了。好在现在大家都有手机导航地图。

阿尊、小凯和阿尊爸爸妈妈四人一起出现在机场大厅，阿尊拖着击剑包，小凯帮阿尊背着大提琴包，他爸爸妈妈分别推着一大一小两个行李箱，阿尊自己背上还背了一个小包。

昨日阿尊全家把小凯送到了本次夏令营的营地。

因为营地报到日有两天，他们报到的是第一天，第三天集训才正式开始。报到手续结束后，他们特意一起去看了作为国家队击剑基地的剑馆。

一面鲜艳的国旗挂在馆内的正中！

整个馆内此刻没有一个人，空荡荡的反而使他们一行四人心中涌起莫名的感动，这面国旗应该见证过无数国家队的运动员挥汗如雨拼搏的场景。此刻，它仿佛一位饱经风霜的长者静静地注视着小凯他们。

他们静静地站了许久，才提了小凯的行李一起去了运动员宿舍，当阿尊爸爸妈妈把小凯安顿好准备挥手告别时，小凯和阿尊却难舍难分，小凯说第二天要到机场送阿尊。

阿尊妈妈被两个臭小子弄得又好气又好笑："你俩倒挺像，都一个臭脾气噢，如果有时间，估计你们会像古代戏曲里的人物一样，你送来我送去，来回六七趟！"

看看实在拗不过两个小家伙，阿尊妈妈最后只好松口同意了。这样他们第二天才一起出现在北京机场。

阿尊爸爸随阿尊一起去美国，阿尊妈妈准备春节再去看阿尊。今天送走儿子，大不了辛苦一点，等会儿她再把小凯送回营地。好在现在交通比较方便。哎，少年郎的友情大人难懂啊，可是世上的人们谁不曾有过年少时！

等到过了安检，又在候机室等了约一小时，直到阿尊的航班正式准备登机时，阿尊的妈妈看着从座位上起身的儿子，眼睛突然有点红红的。她在想是否太早把儿子送去美国读书，儿子虽然身高已经长得像大人一样，可毕竟年龄还小啊，脸上挂满少年郎的稚气。他即将一个人在国外读书，他真的做好准备了吗？

阿尊妈妈眼睛里湿湿的，可能是觉得自己心有点狠，儿子这么小她就坚持把他送出去读书，内心里有点心疼儿子。看来那句俗话"泪水模糊了人的双眼"需要修正，泪水不仅不会模糊人的双眼，恰恰相反，泪水会洗净一个人的双眼，涤荡干净一个人的心灵，使事物的本来面目清晰地显现出来——原来这才是生活本身。

小凯也许是受了阿尊妈妈情绪的影响，心里也有一丝少年人特有的忧伤，至于忧伤什么他也说不清。无论剑术还是生活，最难得的是一种"一心不乱一尘不染"的纯粹。但是一颗纯粹的心，在物欲横流的尘世间是多么难得啊！

"你过几年会回来吗？像老师上课时说的钱学森爷爷那样，学成回国吗？"小凯说着这么老成的话，但毕竟是一个14岁的少年郎，脸上到底还是充满稚气。

"会！一定会的！"阿尊一脸严肃地特意挺直腰说道。

不过很快阿尊就放松了身体，接着说："我一定会像钱学森爷爷他们那样'回国'，但惭愧的是，我肯定不会像钱爷爷他们那样'学成'啊！他们是天才少年，我们只是普通少年！"

两个少年郎一起击了一下拳，脸上一副无奈又自嘲的笑容——这是阿尊的招牌表情，平日里阿尊脸上总会不时地有笑容，也因此有人说他"心态好"，也有人说他小小年纪"情商高"。

"小凯，你一定要加油，争取到美国来参加比赛，将来争取参加更高级别的亚运会、奥运会比赛，那可厉害了啊！"阿尊收起笑容挺认真地对小凯说道。

"谢谢你这样鼓励我！"这次两个少年郎的手紧紧地攥在一起！也许是彼此懵懂中都想努力，可心里也隐隐地感到事情不容易，14岁的小凯心里想着自己一定要努力，努力考取一个好一点的大学，最好那里不仅可以读书，还有专业的击剑队，这样才可以读书、习剑两不误，给爷爷一个最大的惊喜和安慰！

少年侠气，一诺重千金！

可是，如果年少时心中种下一个梦，那么实现这个梦，这一路会有多艰辛啊！

"害怕山妖山鬼的时候，你只要大声喊，它们就会被你吓跑的。"爷爷在他小时候常说。"遇到苦难困难的时候，无论如何也要笑一笑，明天就会变得好一些。"爷爷在他上了小学后常说。

他们背后的柱子上，恰好是百年前梁启超的头像和梁先生的《少年中国说》里的一段话：少年智则国智，少年富则国富；少年强则国强……

而更远些的墙上是长城及华表的图案以及关于中华民族伟大复兴和社会主义核心价值观的文字。

似乎和此时两位少年的对话和情景倒很般配。

"旅客朋友请注意，飞往美国伊利诺伊的CA1008航班现在开始登机……"机场广播里开始不停地用中英文播报阿尊乘坐的航班信息。

亲爱的朋友啊，你我的人生旅程，谁也无法停顿……

载着阿尊的飞机在跑道上呼啸着驶向蓝天，而不一会儿这个名叫秦凯的少年郎的身影和蒋尊智妈妈一起也瞬间隐没在川流不息的人海……

前方，一个更加美好的世界正在徐徐展开……

前方，一个更加残酷的未来正在扑面而来……

六度空间里，美国的蜘蛛侠、蝙蝠侠，印度的"护垫侠"，以及人类目前尚不熟悉的各类"侠"似乎也正纷纷飞驰而来，那么不久中国将会出现中国版的"击剑支架侠"吗？

人们不禁十分好奇，也有一份特别的期待……

每晚城市阳台的灯光秀，依然吸引着众人前来"打卡"，驻足观赏。对于不确定的明天，有人正焦虑；有人正憧憬；有人什么都无所谓——"今朝有酒今朝醉，明日愁来明日愁"；有人却战战兢兢如履薄冰，满脑子全是商场上心惊胆战的守防攻，官场上如履薄冰的进顿退……

一位中年女环卫工人，正在一旁尽责地捡起地上的一些小纸屑……

第 二 部

"李白"亚运历险记

序章　新年之际，李白孕育

"铛——"

2020新年来临之际，一款击剑机器人随着新年的第一声钟声一起醒来，它伸了伸"懒腰"——其实它虽然有腰，但不会伸，只是机械臂和液压关节动了动；"脑子"里想着要抓紧补充能量——其实它没有脑子，只有芯片储存器，它返回到墙角的充电器上，开始自动充电。

它现在还没有名字，唯有孤单的自己，目前没有一个同伴，甚至连一个同类也没有，它要繁衍自己的子一代可不容易，需要得到人类的协助，第二代、第三代才能不断被生产出来，但一旦规模化生产，生产成千上万乃至上亿的子一代又比人类繁衍容易得多。

又一声钟声过后，一位自动化和人工智能领域的大学教授钱卫东从梦中醒来，一个击剑机器人的飒爽英姿却清晰地留在他的脑海里。十个月以后，钱卫东教授领衔的团队把它研制出来，并正式命名为"李白"。从此，机器人"李白"的命运便不再只是它自己的命运，它的生死繁荣不再只是一款机器的命运，还影响着一家人工智能机器人上市公司的生意兴衰和股价高低，影响着这家公司无数员工的工资奖金收入，通过这工资奖金收入而间接影响着无数的家庭成员的生活轨迹和人生命运。

眼下，钱卫东教授正在考虑，是先向国家知识产权局申请专利呢，还是先做出一款成品，或者一边试制产品一边申请专利？

"李白"，一款用于击剑训练的机器人，便开启了属于它自己独特传奇的人间红尘之旅。

第一章 李白诞生

一、禁足杭州 一起抗疫

"大家有没有信心？"一个中气十足的声音由一位穿着黑色夹克、黑色裤子、黑色皮鞋、身材略胖、有领导模样的中年男子发出，响亮到仿佛整个机场都能听到。

"有！"全体队员更加齐声响亮地回答道，响亮到整片大地和天空都有回响。

摄像镜头里的张安莉，也被眼前的一切感动得眼里泪光闪动。

杭州萧山国际机场，现场气氛紧张而庄严神圣，停机坪上所有人的行动有条不紊，登机前，行将出发的医疗小组 136 名队员神情严肃地在空旷的停机坪上列队完毕，送行的相关领导神情凝重却铿锵有力地讲道："同志们，我们坚决响应党中央的号召和武汉人民的热切期盼，希望大家一定凭着精湛的专业技能，竭尽全力守护武汉人民的生命安全，防住新冠病毒对人类的肆意进攻，家乡人民等着你们一个不少地胜利归来！"

浙江电视台教育科技频道的记者张安莉正在做关于"浙江首批紧急驰援武汉的医疗小组"出征的现场报道。

张安莉的手机彩铃响了起来，是《天使的身影》意大利语版。

电话是浙江电视台频道部主任打给张安莉的，他安排给张安莉一个新任务——采访一组浙江籍贯的奥运会、亚运会候选运动员在这个特殊时期的备战情况，传递中国体育健儿积极向上的拼搏精神，鼓励人们在家共同抗疫。

"好的，收到。"

"白衣战士机场出征"的报道活动一结束，张安莉和同事马上驱车回电视台里。一路上，车窗外行人稀少，就连进入往常热闹无比的西湖景区，也只看到三三两两的行人，倒是没隔多远就能遇到值勤的警察。

张安莉拿起手机，拨通了她的一个警察朋友余志刚的电话，因为曾听余志刚说过，他的初中同学是国家青年队击剑选手，今年春节期间他原本准备在聚会时向他讨教击剑，并借他的全套击剑服凹造型呢。

"喂，帅哥！"

"你好，安莉？"余志刚正和驾驶着警车的同事一起在街上巡逻，他坐在副驾驶座上接起电话。

"哦，好的，我正在执勤呢，回头我联系好了再把他的电话号码给你。"

祖籍杭州的中国击剑运动员杜逸剑，因为考虑到接下来要进入紧张的东京奥运会和杭州亚运会备战，原本准备利用2020年的春节好好地看望和陪伴从小就十分宠爱他的外公外婆，未承想受疫情影响滞留在杭州，度过远超预期的史上最长"春假"。

电视屏幕上正在不断播出中国人民解放军除夕夜驰援武汉以及全国各地驰援武汉的镜头，杜逸剑在客厅里一边看着电视，一边做着锻炼。只见他双手握着一副哑铃做着击剑"守防攻"动作，半蹲着的右腿上压着一袋大米。

此时，手机响了起来，他停下手上的动作，用左手从旁边茶几上拿起蓝牙耳机，一边接听电话一边继续着手上动作。

电话是余志刚打来的。

"老同学，我是志刚，看来今年春节我们几个老同学不能聚餐了。我有个电视台的记者朋友，想让你拍些宅家训练的视频……"

原来是请他拍训练视频，杜逸剑虽然在同学中以沉默寡言出名，但却是一个古道热肠的热心青年，他自然是满口答应了。没过多久，他的手机铃声又响了。

"您好，是杜逸剑吗？我是余志刚的朋友。"

"是。他和您讲了，那真太谢谢您了！"

"好，不客气，我试一试。"

"太感谢了！"张安莉在电话那头一个劲地道谢。

杭州长春社区，是一个临近西湖的建于20世纪80年代的老小区。当时，那可是令人羡慕的新小区，即使是在当下，也因为地段临近西湖，房价比其他地段的新开楼盘还高。小区里共有21栋6层楼的房子。现在，小区门口和小区中央广场区都挂满了抗疫横幅。虽然远处是西湖，但想从小区的楼顶上看西湖，并不容易。杜逸剑外公外婆家在四楼，当时还是凭他外公是中青年优秀科技工作者才有资格分到的。

二楼的一户人家住着10岁的小学生程俊凯，他因为生的皮肤乌黑，被同学们取绰号"小木耳"。因为疫情，此刻他正和他的父母、阿太一起待在家里。他们家阿太每天都吃素念佛，一家人早已习惯了。程俊凯的外公外婆都已经因病去世了，两年前他们才从杭州的郊县桐庐迁到这里。本来按中国传统应该由他舅舅一家照顾阿太的，可他舅舅一家早些年就移民到澳大利亚了，他们就是为了照顾阿太才搬来杭州的。

"你出去干吗？"程俊凯的妈妈问道。

"在家里憋死了，我去楼顶玩一会儿"

"去，先把垃圾去倒掉。"

本打算跑到楼顶玩的程俊凯，只好先下楼把垃圾倒入垃圾桶后再跑到顶楼。他还没有来得及撒欢，就看见一个叔叔正在楼顶架好自拍装置，准备拍摄训练视频。原来是杜逸剑正按张安莉所托，拍摄相关视频内容，程俊凯就在一旁悄悄看。杜逸剑拍好一组动作后，也看到了程俊凯，和程俊凯打了个招呼，看到俊凯没有戴口罩，他自己也没有戴口罩，就请程俊凯离得稍远些。

俊凯好奇地谨慎地走到正在自动拍摄的手机旁，看着里面的画面。

"小朋友，画面全都在屏幕里吗？"杜逸剑一边做着腿部动作，一边问道。

"在的。"俊凯回答道。

"谢谢！"接着，杜逸剑又录了一组持剑练习动作，最后语气坚定地说道，"守护生命，共同抗疫，加油！"

"叔叔，我能跟您学吗？"小俊凯有点羡慕地问道，"我们学校三年级以上有击剑社团课，可是我爸妈不同意我学，说太贵了。"

"可以啊，不过你要认真学，自己肯练，能坚持吗？"

"能的。"程俊凯点点头。

两人约好第二天的时间，就下楼了。杜逸剑住在401室，小俊凯他们是202室，中间隔了一层。

杜逸剑回到家，把手机里的视频导出到电脑里进行简单整理编辑后，把视频资料发给了张安莉。

第二天上午，杜逸剑按着约定的时间上楼，刚一出门就遇到了五楼的老邻居——钱老师，他们彼此虽然都戴着口罩，但并不影响相互友好地点头示意。只见邻居手里正拿了一箱国际快递件，外包装箱上有中文"山川异域，风月同天"和一些日文。

杜逸剑心想：不知昨天的小学生程俊凯上去了没有？作为职业运动员他可不习惯生活中迟到早退或说话不算数的行为。

此时距上午9时尚差10分钟，楼顶上早已经阳光明媚。

杜逸剑刚开始做一组准备练习，程俊凯就上楼来了，倒还算准时。

"来，小朋友，你叫什么名字？"

"程俊凯。"小俊凯心里有点嘀咕，昨天不是已经告诉过名字了嘛。

"好，接下来我喊你名字，你要大声喊'到'。"

"程俊凯。"

"到！"

"好的，不错，现在我们正式上击剑课，首先呢，要搞清楚击剑种类和最基本的规则。击剑是两人拿剑在一定的场地一定时间内对决的竞技运动，以优先击中对手的有效部位为胜。像我手上的就是佩剑，有效部位是上半身包括头部。其他两种是重剑和花剑，以后有机会再教你，它们的剑和有效部位都稍有差别。"

"那要是两人同时打中呢，是不是同归于尽，叔叔？"

"问得好。如果在战场上就同归于尽，在赛场上分两种情况。一种是同时启动同时击中，这样就判双方均不得分；另一种是一方主动然后双方同时击中，这样判主动的一方得分。来，我模拟示范一下。"

杜逸剑一边做动作一边解释。

"每一项体育运动，都要先把体能练好，否则你跑都跑不动，还怎么和人打？"杜逸剑对程俊凯说道。

于是两人先在楼顶跑步10分钟，然后杜逸剑开始在单元楼道里爬楼梯，不过和别人不同的是，他两手还分别拎了20斤装的大米。

小学生程俊凯就像个跟屁虫，也开始练，不过没练多久就气喘吁吁了。

"吃不消了，吃不消了。"

"那不行，每天都要练，而且每天要进步一点点。"

"这太苦了。"

"你怕苦吗？"

"不怕。"程俊凯沉默了一会回答道。

"来，那今天先讲解最基本的动作。"杜逸剑开始手把手地教程俊凯击剑的基本动作，"击剑最基本的就是脚下的进顿退，手上的守防攻，守可以说是起势动作……"

"今天先练最基本的步伐。"杜逸剑教得十分耐心。

楼顶的另一角，杜逸剑已经退休的外公正在伺候他的一排花卉。他每天早晚都要上楼两次，或浇水或修剪，伺候好花卉以后就打几遍太极二十四式，他那打太极的身影已经成了楼顶特有的风景。

外公并不影响杜逸剑他们。

张安莉收到杜逸剑的视频后，迫不及待地在手机上打开看了一遍，又发到电脑上播放，只见画面青春洋溢，还能听到楼顶呼呼的风声。她立刻给杜逸剑打电话表示感谢。

俗话说世事无常，本次新冠肺炎疫情出乎所有人的意料。

正当疫情在国内有所控制的时候，意大利、西班牙等国家却大规模地暴发并蔓延开来，全世界的人们陷入紧张恐慌之中。

张安莉原来只准备做国内运动员的视频，现在想请杜逸剑帮忙联系国际上击剑界的同行，一起拍些锻炼视频。她决定编辑制作一个更具有国际元素的新视频，一起为全球抗疫加油。

这真是一个美好的时代。人与人之间的距离大大缩短，此刻杜逸剑只需拨通手机，就可以和在日本的击剑选手视频通话；或者一封电子邮件瞬间抵达收件人，而不必费力地把信交给信使加西亚。这真是一个糟糕的时代。一种小小的需要电子显微镜才看得见的病毒让全世界无数航空公司的航班停飞、无数航运公司的船只停开，让数十亿人口慢下奔波的脚步。

日本击剑俱乐部，击剑运动员佐藤俊一正在与队友阿部，以及一款击剑机器对练，只见机器人十分灵活，前进，出剑，格挡，反击，动作连贯，速度很快。

凭借现代科技的力量，人类可以做出机器，来提高自身的速度、精度、有效打击距离。击剑运动除了和教练、陪练以及队友练习，还可以通过机器来强化练习。

任何人都会有疲劳和动作不稳定的时候，而机器却不会。

此刻放在墙角一旁的手机铃声响起，佐藤俊一虽然听到了，但没有停下来，直到半小时后喝水休息时，才拿起手机。看到手机留言他才知道刚才是中国击剑朋友杜逸剑打来的，心中十分惊喜，待看了留言和邮件才明白杜逸剑是请他拍一组"守护生命，共抗疫情，加油！"的训练视频。

美国伊利诺伊大学体育馆，韩国击剑运动员朴星泰正在给该校的非职业击剑学生上击剑课，学生中有美国的，也有同样来自亚洲的。

上完课，他从包里拿出手机，看到了一封来自中国同行的邮件，他打开了杜逸剑给他的邮件……

印度国家击剑中心，印度运动员拉姆此刻正盘腿坐着休息，旁边是击剑头盔和他的剑，此时他的手机也收到了日本运动员佐藤俊一的请求。

泰国运动员巴亚正在和队友对练，他的手机也已经收到中国同行发来的邮件……

伊朗首都德黑兰，击剑运动员库尔曼正在跑步，他收到了日本朋友给他的电邮，内容就是中国运动员杜逸剑所请求的，拍一组"守护生命，共抗疫情，加油！"的训练视频。他的身后是一名小学生模样的孩子，那是他的侄儿，正骑着自行车在追他。

张安莉把这些国家的运动员所拍的视频剪辑成一个小片子，在电视台的制作室里，她和三四个同事看着样片，不同国度的击剑运动员用不同的语言——中文、日语、韩语、英语、泰语、法语、意大利语、俄语、德语、波斯语，说出同一句话："守护生命，共抗疫情，加油！"频道负责人龚冀主任在一旁连声嘉许道："不错，挺好，辛苦啦。"

"不辛苦，其实应该感谢这些击剑运动员，尤其要感谢我们杭州籍的击剑选手杜逸剑。"

"两年后亚运会正式举办时，你要好好地采访他一下。"

"一定。"

日本松野智能机器公司科学家羽田男和中国人工智能专家钱卫东视频连线，正在交流人工智能机器液压关节方向稳定性的问题，他们还讨论了利用微生物将化学能转化为电能的可行性，以解决机器人蓄电池可持续时间短的问题，这一愿望是多么美好啊。虽然有点异想天开，不过人类历史上的众多发明，在成功之前，不都是异想天开被众人质疑甚至嘲讽吗？

"山川异域，风月同天"，羽田前段时间从日本寄来口罩等物品时所用的包装纸盒还在钱教授的书架旁呢。

全球各大媒体都在报道：全球疫情大暴发还在持续中。中国经过极其艰苦的努力，形势有所控制，开始逐步复工复产。杜逸剑也接到了击剑队的通知，要求他下周四之前回北京国家队训练中心。

"别忘了和许馨告别一下。"外公提醒他，"要不今天请她过来一起吃晚饭？"结果许馨晚上要值班，来不了。

临走前的一个下午，长春小区的楼顶上。

"杜叔叔，击剑除了上次你说的，一要练好体能，做到进顿退不乱，二要手上技术。"程俊凯顿了一下，"对，我想起来了，做到守防攻连贯。那如果上面两项练好了，还有什么别的要练？是不是就天下无敌了？"

"嗨，小家伙，前面两项就够你练了，你才刚学，不要贪多嚼不烂，这么迫不及待啊！"

"叔叔，明天你到北京去了，就没人教我了。"小木耳有点失落。

"还有"，杜逸剑搂了搂程俊凯的肩膀，"还有就是只要你屁股稍微一翘，我就知道你要拉什么屎。"

"哈哈哈哈哈哈！"小俊凯忍不住大声地笑了起来。

"不要笑，这可有深度了。"

小俊凯再次忍不住笑个不停。

"不许笑，"杜逸剑严肃地说道，"这句话换个说法就是'聪者听于无声，明者见于未形'，它可是《汉书》里说的，这个听得懂吗？"

小俊凯摇摇头，一脸的茫然又有点难为情。

"那屁股一翘，就拉什么屎呢？"

小俊凯点点头，这次没有笑，似乎想表示他明白其中的道理了。

"我问你，这时候西湖边人多吗？"杜逸剑朝着西湖一侧的方向看去，其实看不到西湖。

"不知道。看不见，被房子挡住了。"

"你仔细想想再回答。"

"噢，我知道了。"小俊凯突然大声说道，"人不多！"那是一种恍然大悟的感觉。

"为什么？"

"因为疫情大家都不能出门，每隔两天每户人家只有一个人可以出门。"

"对啊，好棒。你要学会看见'眼睛看不见'的东西，将来击剑实战比赛时，你要学会用心看，而不是只用眼睛看。"

"来，把眼睛蒙住，或者你干脆把眼睛闭上。"

"杜叔叔，要练什么？"

"你想一想，你打过去，对手会怎样？"

"对手会……"小木耳闭着眼睛一副思考的模样，"后退或格挡。"

"然后呢？"

"然后他会反击！"

"对啊。以后你和同学实战，眼睛不要只傻傻地盯对手的剑，要看得远，要学会用'心'看、用'剑'看。"

楼顶原来的水箱房旁边，有一处砖头砌起来的矮墩子，他们两人坐着，眺望着西湖方向的天空，20 世纪时从这楼顶可以看见几乎半个西湖，但现在已经被旁边的新楼挡住了。

"杜叔叔，你说你能打败关云长吗？"小木耳好奇地问道。

杜逸剑愣了一下，一时不知怎么回答。

"你有没有听过'千百个关云长，不如一挺机关枪'的话。"杜逸剑反问道。

"没有。"

"那你觉得一千个关云长厉害，还是一挺机关枪厉害？"

"机关枪厉害。"

"为什么是机关枪厉害？"

"机关枪打得又远又快，关云长都没靠近，老远就被子弹打死了。"

"那机关枪如果是没有子弹的呢？"

"那关云长厉害。"

"为什么关云长厉害？"

"因为关云长的青龙偃月刀比机枪长，关云长功夫好，手起刀落比较快呗！"

看来，小俊凯虽然年纪不大，可不能小瞧了他。两人沉默了一会儿。

"杜叔叔，你说世界上什么东西最厉害？"没过多久，小俊凯又开始发问了。他今天仿佛有特别多的东西要向杜叔叔请教。也许是舍不得杜逸剑走吧，今年的寒假，特别是在顶楼和杜逸剑一起的时光，是小木耳最快乐的时光。

杜逸剑没有立刻回答他，他下意识地想起了拿破仑的一句名言："世上有两种力量，一种是剑的力量，一种是思想的力量，但最终思想的力量将战胜剑的力量。"可是面对小俊凯这样一个 10 岁的少年，他一时不知道如何作答。

杜逸剑的脸上呈现出一副"倚天万里须长剑"的神韵。

"你觉得呢？"他反问道。

"新冠病毒！"小俊凯回答，"你看，它让全世界这么多人待在家里，这么多飞机、轮船、汽车都停开了！这么多……它太厉害了！"

是啊，小小的病毒，却有令人类措手不及的巨大力量。

此刻程俊凯的阿太在家里，和往常一样，轻轻地一边敲着木鱼，一边念着《大悲咒》。阿太倒真是厉害，虽然一个字不会写，却能把《大悲咒》和《般若波罗蜜多心经》念得一字不差。

透过窗户可以隐约看到整个小区，家家户户都宅在家里面，有安静地看书的，有投入地玩手机游戏的，也有做手工的，更多的人是在做各式各样好吃的。

"杜叔叔，在奥运会、亚运会上比赛，你会怕吗？你说到时候有多少个国家的人要和你对打啊？有没有日本人、韩国人？"

杜逸剑摸了摸小俊凯的头，没有回答。

一天前，韩国电视台正播报集会引发的新冠肺炎疫情，以及东京奥运会有可能延期的新闻。而此时一个关于疫苗试剂的会议正在韩国体育部的一个会议室里召开。

参会者有韩国的营养学以及细胞学专家，会议主题是疫苗试剂中偶然发现的蛋白酶是否要进一步研发应用于体育运动员，为即将举行的奥运会和亚运会做准备。

说来奇巧，新的"试剂"还要感谢新冠病毒。因为在分析新冠病毒的基因序列以及疫苗的研制过程中，细胞学家李铭信无意中发现了两株新的变异病毒，当其作用于小白鼠时，能大量增加小白鼠细胞中线粒体的含量和活性。通过在小白鼠与猴子身上进一步的实验，其中一株被发现具有刺激生殖腺的功能，受感染的小白鼠在 12 小时中显得兴奋异常、活动不停。这个特别的现象立刻引起科研人员的注意。在随后的多次实验中依然如此，科研人员做出的初步解释是它能引起动物的应激反应，随后的 12—24 小时内动物将逐渐恢复常态。因李铭信上大学时曾是学校跆拳道队的一员，因此联想到，如果将其应用于运动员身上，将会提升运动员的运动水平。这引起了体育部官员们的注意，而一心想要做出成绩的击剑队李教练更是愿意亲自尝试，感觉有效果且没有任何副作用或不适的话，再向前一步，推广到全体队员身上。

"从目前研究成果看，该新型蛋白酶能有效刺激大脑神经细胞，另一段蛋白酶则对腺体细胞有刺激作用。前期在小白鼠实验中未发现其他不良反应，现在正在志愿者身上做早期实验。国际机构的兴奋剂目录里，目前没有此类先例，所以不必担心应用后，运动员比赛成绩被取消。"

"这么说来，接下来的问题是时间上是否来得及。离东京奥运会只有一年多时间，离亚运会开幕也只有 30 个月。小白鼠实验、灵长类动物实验已证明这种蛋白酶完全安全有效，人类临床一期实验什么时候结束，二期什么时候开始？"体育部官员关切地问道。

"根据以往的经验，整个过程需要一年时间左右。"

"最后还要选择什么时候注射，是注射还是服用，要保证绝对安全且有效！"

会议现场自始至终充满着神秘和紧张的气氛。

"青瓦台魔咒"之下的韩国官员，工作压力之大非外界所能想象。李教练的一名远房亲属在总统府任职，其实他和他们一家也没有任何联系。但好事者总是捕风捉影，这使得李教练更加拼搏努力，以证明自己的职业操守和职业水平。

人类社会总有人利用亲缘关系、同门关系、同僚关系等谋利，世界各国都有公职人员腐败，世界各国都有反腐败机构。这可真是人类社会的一个普遍性难题，有人因亲属裙带关系而获利，也有人因亲属关系而无端受到影响。

世上任何一项事业的推进，都需要一种"逐利"的本能力量参与，因为人类和其他生物一样，有趋利避害的天性，只要汇聚起各方逐利的力量，事业想不成功都难。"世上没有永恒的朋友，只有永恒的利益"，奥运会金牌可不仅仅是一枚普通的金牌，人们会赋予它其他意义，尤其是该国历史上首枚奥运会金牌、首位夺金运动员、首位夺金教练员、首位夺金体育局长……

一枚金牌具有如此多重意义，而一旦那些追逐利益的力量进来，却又逃脱不掉"成也萧何败也萧何"的无奈命运。

细胞天生就是逐"食"生长"分裂"繁殖；而人类也是一种逐"利"动物，并且不仅仅进化出简单的"食"，更衍生出其他经济利益，一样令人难以自拔。

羽田先生收到了来自中国的包裹，这次是钱卫东教授回寄他的"抗疫用品"，包装盒子外面写着中文"岂曰无衣，与子同袍"。

日本击剑选手佐藤俊一正在击剑训练馆，一边进行训练，一边和科学家羽田先生探讨击剑机器人的反应。

日本体育部的官员深井提醒他们注意保密的相关要求，因为每名击剑选手的运动身体姿态都会显露其下一秒的动作，有的连其自身都没有意识到，而这是给机器设置反应动作的基础。这其实反过来可以带给人类选手宝贵的参考价值，俊一突然想起不久前发送给中国朋友"共同抗疫"的视频邮件。

在科学家羽田先生看来，机器人超过人类是必然的，通过视频摄像头红外线探测，可以迅速捕捉到物体以及其三维数据，精确度可以轻易超过人类肉眼。

正说着，队医长谷川美走了过来。

"羽田先生，您上周去医院体验的报告已经寄过来了。"

"啊，非常感谢。"

羽田先生随手将报告放入口袋，继续和佐藤俊一等讨论。

讨论结束时，俊一看到桌上来自中国的邮包，说了声："中国朋友寄来的？"

"是啊。"羽田先生回答道。

"本届奥运会选手，各国都已经基本确认，而2022年杭州亚运会，我们的主要竞争对手很可能是中国选手杜逸剑，另外，韩国选手朴星泰也值得重视。他们都是在上次世青赛上崭露头角的选手。"

"中国的兵圣孙武说，知彼知己，百战不殆啊。"体育部官员深井先生感慨道。

凡涉及战争或对抗性竞技运动，中国春秋末期孙子的这一名言总是被世界上不同的人不断地引用和重视。

战争是无规则限制的"对抗性运动"，而对抗性运动是有规则限制的战争。只要战争没有远离人类，《孙子兵法》作为人类人文基因的一分子就不会绝迹，总会在某一时刻某一场合被提及、被引用。

二、人工智能　生物武器

"《孙子兵法》云：知彼知己，百战不殆。但知彼并不容易，尤其是在当今体坛日新月异，快速更新的时代背景下，而知己其实也不易，特别是愈深入挖掘愈会有所发现。"中国击剑队主教练汪益强一开场就引用了孙子的名言。

中国击剑队训练馆内，全体击剑队员、教练员以及后勤保障人员等正在开会。汪益强主教练虽年纪不大，却时常理光头，因而私底下被队员叫作"光头强"。与前任主教练不同，他是体育大学科班毕业的，当年他做运动员时，最好成绩是世锦赛的亚军。能做到以一剑之差胜而不骄的人多，能做到以一剑之差输而不怨的人少，而他就是少的那一类人，今天已经成长为教练员的他正在击剑队内部工作会议上讲话。

"本届奥运会和亚运会，我们要特别留意对手的一些新动向，尤其是日本和韩国，听说他们纷纷采用最新人工智能以及最新生物科技成果，这是往届比赛中没有遭遇过的新情况。而他们的选手，我们在世青赛上都曾交过手。"

这一刻他脸上的神情倒更像刑侦队的队长，而不是击剑运动队的教练组组长，今天连外籍教练也一起参加会议，足见全队上下对本次会议的重视。

"现代竞技体育，已经不仅仅是运动员之间的竞争，而是国家综合实力的竞争，也是高科技在体育领域的应用和生物生命科技在人体上的应用的竞争。目前，我国运动员的身高体重基本指标比40年多前，"他停顿了一下，加重了语气继续说道，"比改革开放前已经大大改善，但其他身体素质指标呢，需要进一步改进的依然不少，甚至不容乐观啊！当然大家可能会笼统地说，这和整个社会大环境，以及中国人的饮食结构、体质基因都有关系。"

会议室里，除了击剑运动员、击剑教练、体能教练，还有队医、营养师、心理指导等。

汪益强教练停顿了一会儿。

"但是，我们是职业运动员、职业教练，可不能笼统地和普通大众去比，即使我们比大众在各项指标上都高出几个等量级，也不足以说明我们的专业，唯有放在全世界这一专业领域里去比，与欧美强队去比，才是我们职业选手的本分。另外，这次比赛时间上也比较特别，据东京奥组委最新发布的消息，目前已经决定将东京奥运会延期至2021年7月23日到8月8日，而紧接着下一年就是杭州亚运会。

"目前全球疫情到底会怎样发展，谁也难以预料，对我们来说，不管奥运会、亚运会是否延期开赛，我们都要有最好的状态参赛。"

"从心理学的角度讲，本届奥运会和亚运会会是特别的运动会，每一个参与其中的人的心理都受到新冠肺炎疫情的影响。拿大家比较熟悉的足球作为案例，现场有十万观众和没有观众，一定会影响球队和球员的表现。这对我们击剑项目来说相对影响少些，但我们一样要有清醒的认识，要提前做好心理预案和心理建设。"负责心理建设的王明丽指导补充道。给男队配一位已婚年龄稍大的中年女性做心理指导教练，本来就是为了给"激情和冷峻"的击剑运动员中和好情绪和心理所做的安排，其中当然也有对"90后""00后"年轻人成长的特别关心，既有出于科学的考虑，也有出于法律的考虑。现在可不是20世纪五六十年代，现在的年轻一代运动员，可不太容易管理。当然只要按照"科学与法律"的要求去做，就用不着产生不必要的顾虑，每一代年轻人有每一代的特质和优势。

会议开了整整一个上午，可谓面面俱到，什么都没有拉下。中午就餐时，雷小龙、刘楠晟等几个为2022年杭州亚运会准备的"二线"年轻队员一起走向运动员餐厅。"全球化的新时代，可不能单靠关起门来苦练。"年龄稍大两岁的刘楠晟感慨道。

雷小龙接口道："如果苦练管用，谁不愿意？难的是不拼命不行，单拼命没用啊！"

"按科学的方法练？关键是谁来最终判断怎样才是符合科学、遵循科学？"

一线队员中已经拿到奥运会参赛资格的正在积极备战，而亚运会时间尚早，还没有到确定选手名单的时候。一般情况下都需要根据最后一轮的训练成绩选拔确定，当然如果赛前出现特殊情况，也会临时从候补队员中调整。而各国的奥运会参赛队员，按规则首先需要在各赛区的资格赛中获胜。

"我累、我累、我累累累，神药在哪里？"刘楠晟喘了一口气，学着歌词"我爽、我爽、我爽爽爽"的节奏，有点不大正经地说道，好在旁边没有教练。

"神药在印度神庙里，哦不，在全球各大医院门口的医托那里！"

"神药个鬼，下午继续去器械室训练力量去！"其实刘楠晟的体能在队员中可是属于靠前的。

杜逸剑就像他的绰号"哑剑"，一路只听，默然无语。

休息时间，刘楠晟玩着一款新近火爆网络的手机游戏《帝国复活》，每个玩家都可以寻找自己的祖先族谱，选择一个角色进入游戏，进行复国行动，建立自己的城邦，直至帝国，而刘姓在中国历史上可是一个大姓。

想要在游戏里组建军队、组建城邦与现实生活里组建团队、买房娶妻一样困难，需要资金和资源。在游戏里，一样要从或出卖体力或开荒种地开始自己的奋斗，一旦被敌军掳去，就只能做奴隶。一个角色必须有谋略有行动，还需要在线和别的游戏玩家组成同盟，一起完成任务，玩家们或敌或友，完全是动态变化的。

他现在还只是秦国的一名普通士兵甲，如果游戏中的他不选择在秦国当士兵，而在其他诸侯国当士兵，则死亡的概率更高，因为秦国的士兵战力更强，游戏里如果你想快速提升自己的战力职级，可以直接用现金充值。而现实世界里，花钱能提高一个人的战力水平吗？

能的，不然市场上就不会有这么多的校外培训班了，即使如国家队，不是也有不少项目如足球、冰球以及我们的击剑都曾经高薪聘请过国际大牌教练吗！

可是，有帮助不等于绝对取胜。因为如果你自己无法提高"进顿退"的速度，光提高"守防攻"的技术也是白搭；或者你的体能只能维持短时间的"进顿退"快而不乱和"守防攻"敏而连贯，时间稍长就坚持不住，那么最终也难逃失败的命运。

外籍教练必然会带来新的教学方法和理念，也带给中国教练组新的启发。但就像谁也无法改变亚洲运动员的基因一样，人类个体具有的多样性，其本身就是奥运会、亚运会的无限魅力之一。任何一项体育运动，虽然冠军只有一个，但金牌绝不是运动的全部。然而现实中，谁也无法回避对于金牌的渴望和追逐。

所有的战术意图、战斗技术都是要靠身体来完成的，具体地说是靠肌肉细胞、骨骼细胞、神经细胞等一系列细胞来完成的。而身体条件的落脚点和展现是身体的"进顿退"和功能上的"守防攻"，如果你的身体内全体细胞的应激反应缓慢无力，你怎么可能高质量地完成动作呢？

"加油！"汪益强主教练独自在自己办公室暗暗给自己激励。随着赛事的临近，他心里十分清楚，除了自我加油激励，更要清楚地知道，哪些地方要加油！加油不仅是一种态度，更是一种数字指标，具体是提高哪些技术指标？是进退的速度？还是攻击距离？或是攻防转换的时间间隔？而它们无一不受制于一个人的身高臂长、体能心智。

正如中国历史上的《商君书》所言："王者之兵，胜而不骄，败而不怨。胜而不骄者，术明也；败而不怨者，知所失也。"我们需要对人体细胞更细致精准的研究。从目前队伍的实力来看，作为中方教练组主要成员，他本届带队的压力空前大，东京奥运会面对的可是来自世界各国的强手，2022杭州亚运会还稍好些。

好在时间永远不会停顿，生物进化也不会停顿，全人类的进步也不会停止。人类对宇宙万物的认识也是无止境的。

每种个体都有自己的生理极限，而一个人的生理极限到底在哪里却连自己都无法知道。这既是世间最无奈的事，也是世间最奇妙的事！

只有实践才是检验真理的唯一标准！而对击剑队来说，只有实战，才是检验训练效果的唯一标准。打胜才是硬道理，一个胜利的结果可以让万千"看客评论家"闭嘴，让万千"键盘侠"想喷找不到词汇。

击剑队负责运动员营养方面的营养师郑思恩，一年前正在和新湖大学生命科学院运动生理研究室做着一项联合研究，是关于运动员长期饮食摄入与细胞养成特征、运动生理细胞特征，以及比赛当天的食物营养与运动表现的关联度研究。

郑思恩是上海一所生命科学院运动生理专业毕业的研究生，本科读的是医学，因为喜欢运动加上对坐门诊不感兴趣，所以报考了运动生理方向的研究生，可能因为他发表的有关运动员的训练营养科学的论文以及业余对于击剑运动的热情，在一次小范围的专项招聘竞岗中被幸运地录用。

"小郑，生命科学院方面的研究进展如何啊？有没有受疫情影响？"汪指导在微信里和郑思恩谈起这一工作。

"没有太大的影响，就是有几名志愿者返杭受了点影响，不过应该不太会影响整体研究进度，说不定反而有意外收获呢。要不过一阵子，我去一趟？"

"可以吧，等我跟夏书记口头汇报一下，届时再通知你。"汪益强指导说道。

"东京奥运，加油！杭州亚运，加油！"上午会议结束前，大家一起喊了口号，为自己鼓劲打气，而现在最重要的是接下来每一天的行动，毕竟真正决定未来的是行动，而不是震天响的口号。

"加油，杭州亚运！"杭州慧海公司的科研团队领到了新的研发任务，一群人也在击掌给自己加油，虽说漂亮响亮的口号不顶用，但口号代表了一种态度和决心，如果连口号都没有，连当众表个决心都不敢，怎么可能迅速凝聚起大家的拼搏精神呢？

杭州慧海智能机器人公司宽敞巨大的内部展厅里，一款击剑机器人模型面前，公司领导层和科研团队正在试验最新款的击剑机器人。展厅的背景墙上"极致科技，极致生活"的蓝色大字，在白色墙壁的辉映下，格外醒目。

一个月前，慧海公司已经正式入选首批杭州亚运会赞助单位名单。

"听说国外都纷纷采用人工智能机器辅助训练运动员，如果我们的产品能及时出来，就能利用亚运会这个极佳的机会推广公司新产品和提升公司品牌！"楼建成董事长对钱卫东教授说道。当然楼董事长最关心的是产品应用价值和公司的商业利益，可不是运动员成绩。

难能可贵的是在这一项目上，击剑运动员成绩和慧海公司潜在的商业利益是完全一致的，正如全球体育赛事中的F1赛车，各车队的成绩，其实是和世界各大汽车公司的商业利益高度一致的。

一个月前，再有五个月就正式从浙江大学的信息与自动化研究中心退休的钱卫东教授，还没有等到正式退休，就被数年来一直在"挖"他的杭州慧海智能机器人公司迫不及待地高薪聘任为总技术顾问。钱卫东教授因前些日子去德国开会，近距离观看了德国击剑运动员的比赛，受到启发后做了一款击剑机器人模型，今天正在为是否要正式立项而进行首次汇报呢。

董事长楼建成向钱卫东教授介绍着展厅内公司已有的系列产品，无人机、机器狗、扫地机器人、智能音箱，虽然说产品丰富，但目前市场销量最好的是被称为"愚小公"的扫地机器人，因为其勤劳耐用。"愚小公"这个产品名称是公司市场销售部的团队受到楼建成董事长的一次谈话启发后取的。他说现在企业想要做好，首先是要学好伟大领袖毛主席的三篇文章，《纪念白求恩》《为人民服务》《愚公移山》，分别对应"地球村时代的国际化、以客户为中心的市场化、一张蓝图绘到底的专业化"。企业家的讲话总是通俗易懂，且令全体员工印象深刻，而任何一家企业，如果能够真真切切地做好国际化、市场化、专业化，那就一定能在激烈竞争、变动不已的商业环境里稳步前行。

钱卫东教授针对新款击剑机器人以及人工智能在体育教育领域的发展，也畅谈了设想，理论上人工智能完全可以胜过人类，理由有三条，因为人工智能具备：一是更全面丰富的信息采集；二是更精准的算法，不像人类会受情绪影响；三是更强大且持续的能源动力。

以眼前的这款击剑机器人模型为例。

第一步：从对抗性竞技项目实战出发，观察对手并采集信息，可以通过视频图像识别技术、红外线技术，充分收集对手的距离、行进速度，并从对手身体姿态和脸部表情上收集其下一步动作的数据，而且这种数据的采集可以超过人类。

第二步：信息处理，利用精确的算法对获得的大量数据进行计算，而算法在理论上一样可以超越人类，更不会像人类一样因情绪或体能因素而在技术上出现不稳定。

第三步：指令输出，械工艺先进和动力系统充足的前提下，机械的反应也应该超越人类。

机器无法做到的，只是可以打却不打，能打赢而不赢。它在"0和1"之间，有明显的界定，而人类却可以故意混淆"0和1"的界定。人类这种"作假"的本事，却被自誉为"智慧"，但在快速捕捉快速反应的人工智能机器面前，人类的这种"声东击西"智慧将会无用武之地。

大脑是人体最复杂的器官，只有把人脑内部结构在亚细胞水平仿制出来，对人类脑神经网络功能图谱了解得足够清晰，才能使目前的人工智能制造跨上一个新的台阶。现在的人工智能，严格意义上来说只是增加了视频信号、音频信号、红外线信号等反应控制的更灵敏的自动化机器而已。

而要了解人类大脑，免不了要在安全的前提下做更多更精细的大脑活体实验，光靠解剖遗体捐赠者的大脑是不够的。这可是一个禁区啊，不过可以用猴子等灵长类动物代替进行探索研究。

即使在研究得十分透彻的前提下，要实现这些，也还有最大的挑战——"大脑"芯片，以及材料和工艺技术方面，这些往往容易被人忽视，而实际上它们也却是物理世界对人类的限制。

此外，还要解决动力的持久性问题。永久动力的问题虽然难以彻底解决，但延长其时间还是可以实现的。那如何让动力时间尽可能地延长？

"这可需要大投入、大决心和大耐心啊！"钱卫东不无担忧地说道。

"只要项目经得住前期科学论证，资金问题可以通过股市融资解决。"楼建成董事长说道，杭州亚运会对每一家杭州企业而言都是一次巨大的机会。慧海公司可以向证交所提交新的融资报告，重点是击剑机器人是否称得上是一款"明星产品"，是否"吸睛"能引起媒体巨大关注从而带动公司系列产品的销售。

拿眼前的击剑机器人模型来说，钱卫东教授在上月从德国回国的航班上，就已经把它高度抽象为从方向轴上定义——进顿退，从功能轴上定义——守防攻，从机器机械轴上定义——伸缩转。所以今天的模型虽然外观简单、动力很小，只需要八节1号电池，但其实从技术思路上看，已经完全行得通，下一步只需在速度和精度上、动力可持续性上，以及软件算法上进一步提升，但每一项提升无疑都会受到各种物理因素的制约，要达到设计要求并不容易。

楼建成董事长一边听着钱卫东教授讲解，一边在心里构思一个新的商业构想。因为不到两年，慧海智能大楼对面的"莲花碗"——亚运会主场馆里就会点燃第19届亚运会正式开幕的烟花，杭州政府提出了"办好一个会、提升一座城"的口号，对无数的企业来说，这可是一次千载难逢的机会啊。此前他一直在想，如何把慧海公司的智能产品和杭州亚运会联系上，语音提示、迎宾指示服务机器人等显示不出慧海智能公司比别的同行公司优秀的地方，也许，钱卫东教授研发的这款新击剑机器人，可以完成这一"特殊"使命。

钱卫东教授不愧为知名教授，一出手就首先站在全局的高度看问题，更全面的数据采集、更精准的算法处理、更清晰的指令输出，这一理念完全可以应用到任何一家公司的管理实践中。此外，钱卫东教授提到材料工艺的重要性，这是以前没有引起足够重视的地方。楼建成董事长在心里思量着给钱教授的报酬方案，他考虑给以钱卫东教授为领导的团队以股权、期权等方面的长期激励，以完成这项关于智能体育教育娱乐的新商业计划。也许，这样一来，一直让他烦恼不已、一想起来就"头大"的儿子，也可以纳入这一计划中来。

楼建成的儿子楼永旺的名字，是楼永旺当时在公社当副书记的爷爷楼祖德取的，寓意自然是希望家道兴旺，其时楼建成刚刚在村里成立的自行车零配件加工厂做厂长，主要就是为上海自行车厂加工小零件，以及完成污染最严重的喷漆工序，后来发展到汽车零配件，最后发展到房地产。其真正资产增值的原因是工厂厂区扩大，他当时拿进了很多土地。近几年因为房地产行业深度调整和竞争激烈，利润正在逐年下降，所幸他的公司十年前成立的全资子公司进入目前最热闹的人工智能领域，这是幸运还是不幸，目前尚难以下结论，祸福相依的故事，可是源远流长而又影响深远。

楼永旺从高二开始就去了美国，重新读了高中以后，好不容易才入了美国华盛顿大学下面的二级学院就读工商管理。当然，楼董事长在和别人讲起来时，只说是在华盛顿大学，讲到了他的儿子，他也总是明着贬低实际上还是欣慰的，尤其是与他大哥家的儿子相比时。

他大哥楼建方的儿子楼永兴，年龄比楼永旺长7岁，小时候就受到老楼家的当家人楼祖德的宠爱，却是高中毕业就混社会，不久还染上赌瘾。不仅在本地的赌场赌，还与人结伴专程去澳门的赌场豪赌，终于把他爷爷给他的家产也输了个精光。

楼永旺留学美国，却并没有把心思放在他父亲期望的学业上，他只是喜欢运动，在美国这几年他把高尔夫、美式足球、击剑、网球、游泳一一玩了个遍。他不太喜欢隔了一张网的对抗项目，因为不刺激。他喜欢刺激和挑战性，也许这是他们老楼家男性身上的基因。楼永旺认为非对抗性的运动项目太单调了，单一到只是每个人自己按教材练练就可以，都说"富二代"为人处世任性，楼永旺一不做二不休，还弄了一个"体秀"（SPORTS SHOW.COM）的网站，自己约了几个同好一起，把跑步、游泳、体操等田径单人项目用三维动画方式做出标准教程。这项工作资金投入不少，把他父亲给他的生活费全用上去了，也难怪被他父亲楼建成骂"不务正业"。

可是，什么是正业？这世上谁又回答得清呢。

做着各种尝试却从未被家人骂不务正业的学生麦克，是楼永旺的美国同学。麦克是一个带有白人血统的黑人，只是外表上不太容易看出来而已。他的祖上是一位地道的黑人，因为被庄园主的女儿暗中看上，最后这姑娘的老爹心不甘情不愿地招了这个被他自己骂成"种牛"的奴隶做女婿。经过上百年五代人的曲折艰难离奇的奋斗，到现在，他们家族拥有一家道格拉斯酒店和一家道格拉斯生物制药医药公司，道格拉斯就是老庄园主的姓，后来麦克的祖先也改成了这个姓，现在主要的财富所有者就是麦克的父亲——雷托斯·道格拉斯。

他们是在学校的击剑馆里认识的，他们的教练是一个韩国青年，他也在此留学，不过估计没有毕业就要回韩国参加集训。

在新冠肺炎疫情刚暴发，在美中国留学生中有人开始采购医用口罩等物品时，麦克隐约觉察到商机来临，通过自己家族的医药公司不断组织货源，从中大赚了一大笔。

"赚钱的事要大做，害人的事不做。"麦克倒腾第一批口罩原材料和口罩流水线生产机器等赚了一大笔时志得意满地说道，"不要浪费每一场灾难带来的机会！"

虽然两人来自不同的国家，但喜欢尝试新的东西倒是一样的，正因为如此，两人才在尝试学习击剑中相识，楼永旺也从麦克家的公司"平价"进了一大批口罩、消毒水等物资寄到了杭州的家里。

楼建成董事长希望儿子要么学习一门技术，要么就学习商业，商学院的课程哪怕是做个旁听生都要去听的。然而楼永旺却只对体育感兴趣，更是在美国注册了一家"体秀"科技公司。

公司的宗旨是做一家体育教育领域领先的科技公司，首先免费为客户提供7大主要语言版本所有运动项目的三维动画讲解视频。

盈利与否他先不考虑。正是这种想法，被他父亲认为是浪费家里供他留学的钱财。

他们的网站目前已经完成了主体架构，人类运动的单项项目90%以上都已经以三维动画的方式呈现，每项运动不仅有分解动作，甚至连每一动作对应的肌肉群都清晰地展示出来了，眼下他们的团队正在进行对抗性运动的制作，首先做单人对抗的运动，拳击、击剑，将来还要做更复杂的集体对抗运动，如足球、篮球、橄榄球呢。

此外，将来还会进行各类运动的辅助用品研发生产，总之他们的目标是让每个人只要对标"标准模式"，就可以居家练习所有运动。

他们还将为每一项运动都设计机器人，有的为方便大家理解，直接用了人类现有的机器，稍加功能性改进，做成演示。

"人类，应向机器学习，自律、精准地像机器一样！"

"人类都比不过机器，那以后谁还看体育比赛啊？"有一次，他的室友提出了疑问。

"看啊，以后看比赛，主要不是看谁输谁赢，而是看运动员对待输赢的喜怒哀乐，因为机器不会因输而哭，也不会因为赢而笑。而人类多有意思啊，既有人会因为输而哭，也有人因为赢而哭。"

每一项人类运动，本质上都是一门力学，都是可以用数字来表达和衡量的，也可以说是一门没有感情的科学，都不是可以单凭"强烈的愿望或不怕死的精神"夺第一的。因为科学是没有情感的，虽然科学家、运动员是有情感的。

关于对抗性竞技运动，如足球、篮球、拳击、击剑会更复杂一些，但依然逃不过速度、力度、精度和攻防的有效距离等指标。

楼永旺有时也担心自己有一天，会变得和机器一样没有情感，越来越习惯于像机器一样思考。他在国内的同学，有些已经结婚生子，而他因为在美国重读了高中，到现在连大学都没毕业，没有固定女朋友，娶妻生子这种事是连做梦都不会想的。

楼建成手机相册中的一张照片上，楼永旺倒是一表人才，一脸自信地微笑着。

中国人看世界，世界也在看中国。

一个来自阿根廷的青年，正在杭州的浙江育人大学城市学院学习，同时他也在做着一个微信公众号和一个直播号"一个老外看中国——路易直播"。

打开他的直播号，从目录中可见往期的内容倒是丰富多彩："一场疫情影响下的茶叶采制""一场中国婴儿的满月酒宴""一场城乡接合部的中国式婚礼记录""一位西湖边的鹰爪拳高手"等。

此刻，路易正在义乌小商品市场探访他的叔叔阿列奇兹，录制一期"一只集装箱在中欧班列上的跨境旅程"。

此刻的中国义乌小商品城，和2001年时已经不可同日而语。

2001年，当时还在复旦大学读书的阿列奇兹第一次来义乌，那年暑假期间，义乌正在举办第七届中国小商品博览会，可以说规模空前，有26个国家和地区的企业参展，占总展位的20%。而中国共有1026家企业参展，当时街上热闹非凡，无论酒店住宿还是餐饮，生意都火得不得了。

而阿列奇兹在中国义乌商人阿贵的帮助下，忙活了28天，才按照他的要求采购满了一个集装箱的日用百货品，并成功地发货。

当年中国刚加入WTO，义乌市委市政府提出加快建设现代化的商贸名城，在连续七年举办中国小商品博览会的基础上，他们开始举办中国（义乌）国际小商品博览会。

阿列奇兹在复旦大学留学时读的是经济学，课程一结束，他就选择来义乌闯荡了。

当时阿贵第一次听说阿列奇兹是学经济时说了一句话："我们义乌没有经济学专家，我们只有活的生意，我们这儿有数不清的小生意专家。"这句话留给阿列奇兹极其深刻的印象。

"生意是活的，能赚钱的就是好的，我们义乌农民很简单的。"阿贵家里当时主要批发家家户户要用的筷子、牙签，一直到现在他还在做。

当亲眼看到阿贵家的摊位如此之小时，路易有点不大相信。"别看这个只有一个巴掌大的小柜台，"阿贵的回答让路易吃惊不已，"每天批发销售牙签10吨左右，按100根毛利1分钱计算，每天获利也有1万元人民币。"

做小生意赚大钱，这是义乌商人阿贵的"生意经"。在竞争激烈的商战中让"薄利"与"多销"紧密结合，是生意做大做成功的关键。

现在义乌国际商贸城中的每个店铺都有电脑，每台电脑都连有宽带，商家们通过互联网联系顾客，在各类网站开设网上店铺，产品面向全世界。

时过境迁，来自阿根廷的阿列奇兹，从刚开始一个月装满一个集装箱都困难，到现在一年200个集装箱，接下来计划全年要达到400个集装箱，中国义乌的发展以及他个人事业的发展，都令人难以想象。

晚上他们特意选了一家正宗中餐厅吃中国菜，这是20年前第一只集装箱发出后，阿列奇兹和阿贵喝酒庆贺的餐厅。走过餐厅的大堂，新闻节目里正在播出各地复工复产的新闻和中国疫苗研制的最新进展。

今天阿列奇兹特意挑了一间极具中国江南特色的包厢，菜是典型的中国江南菜，酒是香飘世界的贵州茅台酒。

做外贸就是"接订单—组织货源—发货运输"，如此重复，但重要的是商品质量和货物运抵时效。近二十年来，他们的生意越做越好，今年虽然说受疫情影响，但现在看趋势，反而可能生意更多了，因为国外同类产品的生产商陆续停工停产了。

"美国不会出大问题吧，啊，大学生？"席间，阿贵好奇地问阿列奇兹。因为20年前认识阿列奇兹时听说他是大学生，后来就一直以"大学生"称呼他。

"肯定会受严重影响，但到底会怎样，没人知道。"阿列奇兹摊了摊双手。

"疫情总会过去的吧，人类进化一路不停。"路易插话道。

人类遭遇瘟疫不是第一次，人类相互发生战争也不是第一次，最后不是都挺过来了吗？再说，挺不过来的自然会死去，生生死死不是地球生态圈内每天每秒都在发生的最常见的自然现象吗？

中国古话说，天灾人祸，难以完全避免，所以中国人自古就有敬天敬地敬鬼神的传统。自阿贵记事起，家里就有除夕晚餐前要先祭天地菩萨和列祖列宗的仪式。阿贵平时感慨生活，常说的口头禅就是："做人苦中作乐，全靠菩萨保佑。"

路易听了阿贵说的传统仪式，马上脱口而出，问届时能不能拍摄一期"中国义乌百姓家祭祀祖宗"的节目，阿贵满口答应。

"可以啊，欢迎！不过，到时候，你也要磕头敬拜天地啊。"

"OKOKOK，中文叫入乡随俗。"路易高兴得满口答应。

"他这次是来拍'一只集装箱在中欧班列上的跨境旅程'的，专门为我们的生意做宣传。"路易的叔叔介绍道。

"哦哟，这么厉害，来来来，敬你一杯酒。"阿贵端起酒杯说道。

这是一个互联的世界，相互间的联系比历史上的任何时刻都更加紧密。不过疫情也比以前更加肆无忌惮，一旦发生，其影响的深度和广度都更加厉害，世事总是一体两面唯物辩证的。

"今年中美关系比较严峻，好在我们的客户来自很多国家，真是万幸。看样子，今年全年可能发出的箱子更多。"阿列奇兹说道。

总有人在经济全球化中受伤害，也总有人从那些全球贸易中获利，一个人的命运在整个地球生态大系统中，如浮萍一般。

浮萍有浮萍的一生，人有人的一生。性格开朗的路易将继续他在中国的日子，一百年以后，也许有人在互联网信息的海洋里，搜寻公元 2020 年"一个老外看中国——路易直播"的内容，会把路易的民间报道纪录作为官方报道纪录的一个补充。

正在预测未来的不只是做生意的人，还有生物细胞实验室里来自太平洋岛国 G 国的研究生迪恩。

新湖大学生命科学院的分子细胞实验室里，留学生迪恩正在建立和改进他的生态模型，让计算机自动运算，预测 10 年、20 年、30 年后的生态系统。一个小的生态系统经过实验，实体与模型相互印证得非常好，激发了他更进一步的挑战欲望，他计划做一个全球生态系统的模型。其实，他本身是研究细胞基因的，因本次疫情而触发了对生态模型的兴趣，而他所有数据的采集都来自互联网。

他早期已经做了一系列水体生态的实验实体模型，从简单的水生生态系统，到陆地生态系统，目前进展顺利。他用电脑模拟的模型得出的预测结果，和实体实际情况高度一致。正是在这个基础上，他才进一步扩大范围，雄心勃勃地计划一个更大的全球生态模型。

其中，从最简单的一个生态模型50毫升、500毫升……直到一个室外游泳池，从开始灌满清水到水体发臭，以水生生物死亡、系统崩溃结束，当然随着生态空间的扩大，生物种类也迅速增多，好在他同一实验室的同事动植物分类学也还学得不错。

郑思恩买好下周到杭州的动车票，准备到新湖大学的分子细胞实验室去看看。他这次是特意从北京过来的，准备和墨主任探讨如何进一步推进运动生理在细胞器水平、大分子水平上的深度研究。墨主任是一个地地道道的美国伊利诺伊州人，也是该州州立大学的分子细胞学教授，受聘于新湖大学后，他为自己取了一个中文名字叫墨香，缘于他非常尊崇中国古代的墨子。两年前，他刚到中国，郑思恩就前来接洽，希望展开合作研究。他认为运动员产生夺冠之念并不完全是一种心理活动，也是一种特殊的生理反应，而有生理反应就一定有生理物质基础，通过深度研究找出这一物质基础，不仅具有科学意义，也有直接应用于体育实践的价值。

临近出发前，一个未经证实的信息让郑思恩产生了一种紧迫感，他听说韩国击剑队正在研究能短时间内改进线粒体功能和数量的营养液，于是他不仅在国际相关权威杂志《自然》《科学》《细胞》等上面搜集有关论文，也十分留意这一方面新的研究动态。如果可能，最好是我们国家也安排研究人员开启这一方面的研究，郑思恩自己在心中想。

作为一位在中国的外国留学生，迪恩也关注了公众号"一个老外看中国——路易直播"，并在公众号里给路易留言，路易还提出了采访迪恩，做一期有关细胞实验室的节目。

路易直播：一只集装箱在中欧班列上的跨境旅行。

战胜疫情，在困难中前行！ 一只只满载货物的集装箱将从中国义乌站出发，一路向着目的地前进。

下一期节目："一个细胞的流浪传奇，路易将带您探访世界上最前卫的细胞实验室……"路易每一期节目的结束语，总会预告下一期的主题，以吸引人们的关注。

三、摩拳擦掌　生态演进

不停流动的不仅仅是一只只集装箱货柜，还有一个个病毒、细菌，一堆堆黄沙水泥，一车车建筑钢材，一群群国家重大建设项目建筑工地上的工人兄弟。

这是一个全球激烈竞争的时代！

这是一个全球深度合作的时代！

2022年9月，我们中国杭州见！

一个规模巨大、功能齐全的亚运村正在数千名建设者栉风沐雨的辛勤劳作下，在日夜流动不息的钱塘江南岸陆续结顶。

据政府规划，亚运村将与旁边的钱江世纪城、奥体博览城复合联动，建构强大的城市能级。

政府以亚运村的设施特点为基础、以人为核心，努力升级打造一座理想的未来社区，一个以"健康运动、人才安居、智慧生活"为特色的未来标杆样板房正在建成。

亚运村努力建设国际一流的智能生活新环境，以全链接的理念构建智慧亚运村社区，搭建先进的亚运村数字化运营平台，创建数字智慧社区新模式，打造国际领先的数字管理服务示范社区。从国际街区到杭州院落，全区域超过50%的建筑达到绿色健康建筑三星标准，力争创建一个完整的绿色生态系统。人类总是善于勾画对未来生活的美好蓝图，亚运村正在着力打造高标准、具有标杆示范意义的绿色健康家园。

作为亚运村，运动自然是一个不可或缺的元素。亚运村的设计规划中将运动融入社区发展灵魂，将建设体育公园、全民健身馆、连接各地块全长2.1公里的环形绸带健身步道、国际区1.6公里长的空中阳光跑道、3个篮球场及1个7人制足球场等，由亚运内河和亚运林打造而成的滨水与森林跑道，将是一个适合全年龄段健身的场所，杭州将成为一座充满活力、青春洋溢的运动之城。

地面上的各种建设正在热火朝天地进行中，地底下，配套的地铁工程一样在积极地进行中。

结合地铁六号线亚运村站设计的TOD全覆盖的公共交通网络和站点，可以提供一站式的便捷生活。多层级活跃的开放空间，将实现人与场所、人与自然的紧密连接。舒适宜人的街区、庭院，营造多样复合的城市及生活场所。当然，这是未来的场景，眼下它们还是一片繁忙的工地。

亚运会升旗广场、杭州院子等将传承亚运文化遗产，承载城市的历史与记忆，展现杭州的独特韵味与别样精彩。政府在有关会议，相关设计标书、宣传材料上如此表述：一幅美丽的画卷正在钱塘江南岸的大地上展开。

企业家和政治人物总是偏向积极乐观的，他们习惯做着许多美好的愿景和规划，鼓动着人群团结一致向前进。经济学家和生态学家总是偏向谨慎悲观的，他们总是提醒人们经济泡沫、债务崩盘、生态系统破坏或恶性崩溃等隐患。他们认为：一棵树不可能一直长啊长，长到天上去；单个种群包括人类种群一样不可能增啊增，一直从数十亿到数百亿到上千亿，无极限地增长，因为地球生态系统的承载力是有限的。

大部分普通人总是在日常的柴米油盐、生老病死中患得患失、或悲或喜地生活。意外总是突然来临。地震、海啸、森林火灾从来不和人类提前打招呼，总在猝不及防的瞬间造访，令人类措手不及。也许在某一天一场特大暴雨，就将使这些最先进的地铁彻底瘫痪停运，使整座城市陷于穷于应付的窘境。

而对于每一个曾经遭遇过不幸的普通家庭而言，疾病和意外也总是突然降临。

"雅雅失踪了！"

经过 11 个小时的长途奔波，从地铁转火车转巴士转小三轮，泰国运动员巴亚终于从曼谷回到了自己的家——泰国、缅甸两国边境的一处村庄。

正在训练中的巴亚接到电话，"赶紧回家"，妈妈哭着告诉他家里出事了，他妹妹失踪了。

巴亚家在泰国北部的一个村子，早年他祖父那一代，主要是靠种田和种一些其他农作物生活，等到他父亲这一代，慢慢地，周围工厂多了起来，其中一些是外国人开的。他的父亲在一家中国人开的服装企业上班，负责打包、装卸的工作，以前按件算的工钱，现在按月发工资，还有计件奖金。他的母亲则在另一家制衣厂做车工。他的身体条件遗传于他的父亲，身高 185 厘米，在泰国农村可是高个子了，虽然在职业击剑运动员当中并不算高，甚至偏矮。而他妹妹 173 厘米，在村里就显得身材高挑，一双水灵灵的大眼睛总是令人见面以后印象深刻难以忘怀。

回家的路上，记忆中父母种田，兄妹俩一起上学，放学后一起玩耍的景象都浮现在了巴亚眼前。最近几年，村子附近工厂多了起来，外国人来合资开矿、卖石头的也多了起来，村民的生活也逐渐富裕起来。

泰国缅甸边境的这一个小山村，赌石造假，无皮壳造假，开口、芯子、颜色造假，掩盖残缺、天窗造假，这些以前村子里闻所未闻的利用石头作假、利用石头发财的新闻也多了起来，而马路上运输布料成衣的厢式货车更是多了许多。

妹妹高中毕业刚刚在附近的厂子里找到一份事情做，怎么就突然失踪了呢？

一进家门他母亲就哭着抱住他，身子几乎站不住要瘫了下去，声音也哭得沙哑了，说一点预兆也没有，他妹妹就突然失踪了，现在已经报警十多个小时了，可是一点进展和线索都没有。

警察已经调取了监控，但因为画面太少，无法确定她最后去了哪里。一处超市的监控视频里只看到雅雅和一个女性同伴出来的身影。警方已经找到那个同伴，她的同伴说，出超市后，她们就分手各自回家了。可是，据巴亚的妈妈讲，雅雅一天都没有回家，也没有任何消息，她会去哪儿呢？

村里各种传言多了起来，有人说是被前一阵子来过的中国人带走了，也有人说是被缅甸的军人给劫走了，有人说掉河里了，也有人说和同学一起去远行了，说不定过一阵子就回来了。

一个巫师模样的人占了一卦，似乎是一个不好的消息，因为他嘴里念念有词："爱不会消亡，爱早已镌刻于灵魂，她的灵魂也将永存，无论身处怎样的黑夜。"

一个月以后，没有消息；三个月以后，还是没有消息。

自从妹妹失踪以后，巴亚仿佛换了一个人似的，出剑比以前凌厉精准多了，也冷静多了，他的剑带上了罕见的杀气。巴亚心里产生了一定要争取到参加第19届杭州亚运会的名额，一定要夺冠的念头。他练得更加认真，即使在没人看见的时候也在加时训练，只有这样他才有机会请中国、缅甸的朋友帮他找妹妹，请世界上更多的朋友帮他找妹妹，哪怕找遍地球上的每一个角落，他也要找到亲爱的妹妹。

韩国运动员朴星泰最近却是训练最放松的时候，他因为帮忙联系购买口罩和生产口罩的自动化设备与原材料，意外赚了20万美金，把自己最近两年在美国学校的花销全部赚了回来。这真是意外之财，大大缓解了他又要练习击剑又要完成医学学业的经济压力，从小学开始到现在，他可是一路靠他妈妈各种打工赚钱努力支持他，才坚持到今天的。从美国回到韩国后，朴星泰需要经过新冠病毒核酸检测和14天的隔离，才能回到击剑队进行正式训练。

妈妈就是他战胜挑战、瓶颈等一切困难的力量源泉。有时候他容易沉浸在一种难以言说的心理状态之中，甚至是一种深深的孤寂压抑之中，特别是到美国求学以后，当实在难以解脱时，他就开始玩最新一款剧本杀游戏，为了克制自己，每次他都设定了时间，因为他知道自己没有资本和时间玩游戏。

隔离期间，除了居家训练，朴星泰在玩着一款名为《大银河帝国》的游戏，看得出来此款游戏改编自科幻小说《银河时代》。人类总有克制不住的帝国梦想，目前全世界含"帝国"两字的游戏和电影有无数，而《大银河帝国》已经把"新人类"扩张的版图建立到银河系。

朴星泰也有自己的梦想，就是顺利完成学业，获得医学博士学位，回到韩国做一名让妈妈骄傲的医生。只是，他实在是太钟情于击剑了，因此，另一个梦想就是如果不能参加东京奥运会，那就一定要参加2022年杭州亚运会。

令朴星泰没有想到的是，居家隔离结束后首次回到击剑集训队训练，队里的医生竟然在讨论一种新型生物试剂是否要用于运动员以提高运动成绩。一名姓金的医生说，真正产生想要夺冠念头的人，理论上预估，同一时代不会超过5位。因为每个人对自己的实力都会有一个认知，同时对他人的实力也会有认知。尤其是参加世界上顶级赛事的选手，他们之间大多有过交手，只有具备夺冠实力的几个选手，才会真正产生夺冠的念头。每个参与者都想要"中大奖"，只有在彩票贩卖领域才会出现。因为那是一个凭运气而不是凭实力的领域，其实他们中奖的概率小到不可能，但人们总是愿意相信自己是最幸运的那个。在残酷的比赛中，即使选手夺冠的概率极大，因为选手之间的彼此相知，也没有人会确信冠军是幸运的自己。

而目前新型的试剂具有兴奋神经的作用，服用以后人体细胞中的线粒体明显增多，对于运动水平的提高显然有种促进作用，但是，到底是因为线粒体增加而引发夺冠之念，还是夺冠之念引发细胞内线粒体增加以及体液内激素含量增加，需要进一步研究其机理。对于药理的作用机制以及其副作用，从研究时间上看，都太短了。但它的作用机制至少不同于以往的人类兴奋剂，他也没有在国际反兴奋剂组织所列出的药物名录里。

朴星泰和他的同伴感到有些紧张不安，也有少数人已经迫不及待地想要试一试。

东京奥运会和杭州亚运会很快就会到，尤其是当人在全力以赴心无旁骛地积极准备一件事的时候。

中国国家击剑队自然也一样，他们正在积极备战东京奥运会，然后是杭州亚运会。

前一阵子，队里组织大家集体看电影《夺冠》，学习中国女排精神。但正如一名国际上享有盛誉的知名女排教练所言，光靠女排精神赢不了球，在拥有女排精神的同时，你得靠实力说话！而实力既包含纯粹的身体力量，也包括技术力量，更包括战略战术等心智力量，缺了其中任何一种力量，你都无法夺冠。即使三种力量都不缺，你也还得和对手——比拼，得强过对手才行。汪益强教练明白，培养顶级击剑运动员，从长远来看扩大习剑者的基数很重要，任何残酷竞争的竞技类运动项目，只要能满足公开、公正、公平的竞技条件，假如能有大量参与者进行竞争，最终的胜出者，一定是以上三方面实力非常强大的优秀者。

中国有两千八百多个县级单位，即使按地级计也有三百三十余个地市。无论哪一项体育项目想要提升成绩，参与者众多都是最重要的基础。国家要大力发展体育运动，老百姓参与竞技体育的多了，不仅大大丰富了个人生活，也有助于提升整个社会的精气神。

汪益强指导不久前也在计划，如果击剑队在杭州亚运会上取得理想的成绩，他准备整理一个"关于扩大赛事范围、健全赛制建设"的提案上交有关部门。如果带队成绩不理想，则后面会怎样，他都不敢想，现在只有全力以赴。放眼亚洲各国，从前些年世青赛的成绩上看，日韩老牌强国，以及最近两年进步很快的伊朗、印度等国的选手都值得特别留意，当然，关键是我们自己首先要练好自己，正如孙子兵法所云，"胜兵"总是自身先立于不败之地，而后才寻觅稍纵即逝的"战机"战胜对手。

大家不知道的是，其时印度当地报纸刊登了一则消息——"歹徒抢劫遇剑客，只好乖乖进警局"，剑客拉姆因为空手夺白刃勇斗歹徒在当地互联网上出了名。

7月8日晚9点左右，在卡拉吉邦老家休假的拉姆途经市区普拉中路与艾哈迈达路交叉口的百货大楼，听见对面路口拐角处有人在喊："抢劫啦！"拉姆不假思索，迅速向事发地域跑去，只见两名男子正在拉扯一名女子的手提包，该女子一边奋力抵抗一边大声呼救。拉姆大喝一声："干什么！"不待对方反应过来，便箭步上前，将一名歹徒击倒，另一名歹徒见势不妙，随即抽出携带的弹簧匕首，趁拉姆不注意便向他左边肋骨刺来。拉姆侧身闪过，趁势反击夺下匕首。拉姆临危不惧的气势震慑住了两名歹徒，也鼓舞了周边的人们。歹徒见情况不妙试图逃跑，但等来的是匆忙赶到的警察，只能乖乖地束手就擒，被警察带回警局。

这一幕被人传到网上，报社的记者又电话采访拉姆核实，还找到了拉姆他们的击剑训练队。

"拉姆平时看着挺和气，没想到关键时刻这么硬气，真是男子汉有血性！"拉姆休假结束回到训练队时，他的同伴纷纷感叹道。

拉姆按时归队，立刻投入紧张的训练当中。其实小偷全世界都有，全世界也都有勇敢者，自己受到无故侵犯时能够奋起反抗的人也多，但能为素昧平生的他人而挺身而出的人却少。勇敢行为，是一个人内心英雄气概的外在反映，对拉姆来说则是一种剑客的本能，也可以说是一种剑术文化的基因对人类生物个体的影响。如果一个击剑运动员连遭遇到这种事都哆哆索索的话，还能指望他在激烈竞争的国际大赛中遇到强有力对手时奋力拼搏夺冠吗？

受疫情影响，伊朗击剑选手库尔曼正在家中度假，此刻他和家人以及他叔叔一家其乐融融地在一起。

这天正逢当地一个传统小节日，库尔曼回家与家人一起欢度，妈妈准备了许多食物。一张大餐布上，放满了大饼、面包、奶油、酸奶酪、干酪、鱼、蛋、果酱、果汁、蔬菜、苹果、杏仁和核桃。库尔曼的叔叔一家也早早地过来了。从小，库尔曼一家就受到叔叔的照顾，也因此他才有条件学习击剑，那可是一项费钱费时的运动。

开饭前库尔曼一边与9岁侄儿下棋，一边和他讲起了一个有关国际象棋起源的传说故事。

正在侄儿听得津津有味时，库尔曼大喊了一声："将！"

"哦，不行，叔叔你通过讲故事分散我的注意力进行偷袭，嗯嗯嗯！"显然侄儿想要悔棋。

"开饭喽！"旁边库尔曼的妈妈在招呼大家。

"好，好，我们先吃饭，饭后我们再接着下，好吗？"库尔曼讨好地说道。

人世间任何一家人的其乐融融，都是令人羡慕的好景象啊。

日本选手佐藤俊一在一家日本剑道馆，特意请来教练，再次极其认真地上了一堂标准的剑道课程。俊一小学阶段学习的就是剑道，等到初中开始才被选入击剑队，大约三年前，他重新学习剑道，因为他发现两者不仅没有丝毫冲突，而且能互相促进。

想到即将到来的东京奥运会和杭州亚运会，俊一内心充满了特别的期待。尤其是杭州，那是他的祖父弥留之际一直念叨的一个中国城市，他一定要利用这次机会去看一看，当然前提是他成为亚运会正式参赛选手。

佐藤俊一的祖父年轻时被征入关东军，当年才16岁。当时部队到了杭州的钱塘江边，因为中国方面炸毁了钱塘江大桥，所以他们的部队只好急行军沿江而上。夜色匆匆中俊一的祖父不幸掉了队，在一个三岔路口，他饥寒交迫又恐惧不已时，遇到了一位中国老婆婆。当他比画着询问时，中国老婆婆不仅用手指了指路，还给了他一个番薯。也许中国老婆婆看他太年幼了，把他当作要饭的乞丐或中国士兵了。后来他追上了部队，1945年后随部队回到日本，后来结婚生子。俊一的父亲在家里排行老五，上面还有两个姐姐和两个哥哥。

到了90岁以后，特别是生命里最后的两三年，俊一的祖父总是不停地说，他自己和他们一家全靠当年那位中国老婆婆的一个番薯和那一次关键的指路。也许是鸟之将亡其鸣也哀、人之将死其言也善的生物圈共性吧。

长期生活在和平年代，是多么幸运的一件事，"宁做太平犬，莫做乱世人"，只有亲身经历过残酷战争的人们，才会理解这十个字，这是人在多么悲惨与残酷的境遇才会发出的感慨啊。

人生啊，有时候救你的反而是你的对手或对手的亲人，而害你的也有可能是你自己人。流变不已的人生旅途中，没有人会一直关注你，只有身逢其时碰巧成了你的对手的人，才会关心你的一举一动。说起来，人生在世真是又孤寂又可怜，你所关心的人和关心你的人，都不会太多啊。

时刻关注你的不是你的亲人就是你的敌人，2020年被无数人关注的，非新冠病毒莫属。因为全世界无数的医务工作者、病毒学工作者、细胞研究所的工作人员都在各类显微镜下、试管中、培养皿中小心翼翼地和它打着交道，而普通民众则在祈祷它早日过去。

新湖大学生命科学院的分子生物实验室里，博士生迪恩正在做着新冠病毒的基因测序工作。2020年以来，他们已经做了无数个样本，实验室也因此提高了生物安全等级。

迪恩来中国，一方面和他的导师受聘于新湖大学有关，一方面和迪恩想从细胞器、细胞核、细胞质内物质中，寻找与运动表现的关系有关。同时，他自己异想天开地想要寻找产生"人类意识"的物质结构——"念子"，因为新湖大学向全球发出宣示，要做全世界最好的大学，学术最自由、思想最开放的大学，也许在这里可以进行一些在公众眼里简直是异想天开的实验。

说起"念子"，这缘于一位中国人的猜想。迪恩是在一款名叫《大银河帝国》的游戏中第一次了解到的，后经过文献检索了解得更多了。这一"朱为民猜想（ZHUWEIMIN JECTURE）"的理论是，人类意识的产生和一种极其微小的物质有关，这一特定的物质，朱为民把它称为"念子"，具体的想法则称为"念头"，而念头影响身体呈现出来的状态的物质则称为"念素"。

而迪恩想要寻找的就是"朱为民猜想"中的"念子"，按朱为民本人猜测，它存在于脑神经细胞的核内某一位置，也许是染色体上，也许在碱基上的某一位置，如果你找到了"念子"并控制了"念子"，你就控制了你的思想。

2020年以前，人们常用"蚍蜉撼树"来形容一个人不自量力，客观上描述了蚍蜉的渺小。2020年以后，人类发现小小的新冠病毒，竟迫使全球难以胜数的航班、高铁停运，人员居家，上亿人感染，上百万人不幸死亡。从此，人类意识到不能小看地球生物圈内即使微不足道的每一种生命，也不能小看地球上的每一个小国啊。

"国家虽小，但不可被人轻视；个人虽微，但不可自己小看。"

这是12年前太平洋岛国G国的总统孔特在竞选演讲时说的最鼓舞人心的话，他可是迪恩儿时崇拜的英雄，他的经历堪称一个传奇励志故事。年少时留学美国，青年时欧洲踢球，不仅是一位超级球星也是一位成功的企业家，他鼓舞了G国的每一个人，尤其是青少年。迪恩的中学同学堪布就是一位模仿者和学习者，他虽然没有成功地到欧洲强队踢球，现在正在中超联赛踢球，但从收入上看，也挺不错。最近因为受到疫情影响，赛事做了调整，他正待在中国休假呢。前几天他正在约迪恩等一批朋友，到上海外滩和平饭店聚会。

和平饭店可是上海外滩上大名鼎鼎的饭店，充满着各种版本的传奇与传说。

2020年新冠肺炎疫情以后，在中国各地旅行，除了护照，另需一种"绿码"，它只要一部随身手机就能完成验证，可比古时候通关文牒需要审批方便多了。卫星定位导航系统的进步，使得"通关"变得高效快捷，人类不断地发明着技术，技术不断地改变着人类。

周末，迪恩在实验室里给他的中国同事王肖林留了一张便条，贴在灭鼠锅上，这是门口一进来就能看到的醒目位置。他又给王肖林手机里留了言，就坐高铁去了上海，赴朋友堪布的约。

等他到了和平饭店，才发现这次堪布的安排令他大吃一惊，因为堪布把这次活动安排在了一艘小型豪华游轮上。

三辆黑色奔驰商务车把他们一行从和平饭店接到外滩一处并不显眼的码头，一艘奶白色小型豪华游轮灯光璀璨，在夜色里静静地停泊着，等待着客人们的来临。

这里面有堪布和他的中国队友陈乔恩，肯尼亚的切尔斯，堪布的老师一家，萝拉，萝拉朋友糯米，莎莎，迪恩，堪布上海的地陪周大金和阿金的一位搭档。

当堪布一行上船时，船长、船长的两个助手、主厨、两个副厨和三个服务生正式列队欢迎他们。

"欢迎光临'梦幻水晶号'！"

等到大家一起走进游轮主厅，厨师和服务生早已把美食和酒水等一应准备齐全，堪布把大家一一介绍了一遍。

原来堪布今年和一支中超球队的合同到期后就将离开中国，他的下一份合同是与西甲球队，堪布正在一步一步地朝着他少年时立下的目标前进，今天他特意邀请了自己在中国最重要的私人朋友。

真是令迪恩没有想到，他竟在中国上海，在这样的夜晚，在游轮上，遇见了少年时的老师罗马利奥。迪恩最近十年几乎是追随着老师的脚步，在澳大利亚读了本科，在美国读硕士研究生和博士研究生。

而他老师罗马利奥在美国读完博士后就留校做了老师，2019 年 9 月刚来中国做访问学者。人生真是一趟奇妙的旅程，你很难预知你的行程，但你仿佛又能知晓其大致的方向。

堪布、迪恩和老师三人开始回忆少年时代，那真是无与伦比的快乐时光，有大海，有沙滩，有礁石，有阳光，更有少年时的各种玩乐……

罗马利奥的妻子带着他们 7 岁的儿子和 11 岁的女儿在观看黄浦江的夜景；阿金用不太流利的英语在和萝拉、糯米、莎莎介绍上海的传说故事，以及冒充内行介绍这艘游轮本身的故事——游轮 2019 年才由法国知名的 STX 游轮生产商定制交货，STX 之前兼并了一家西班牙的小型造船厂，厂子规模不大却历史悠久，据说在 17 世纪就已经开始造船，那是一个海盗猖獗的时代。

中国球员陈乔恩稍微显得有点拘谨，一个人在拍夜景赏风景。

老师罗马利奥一家四口，2019 年 9 月来到中国上海，一家人非常喜欢中国，尤其是俩孩子。他们喜欢通过看中国古代宫廷剧学习中文，这让他们在学校里和别的同学讲话时有喜感。

今夜月色清澄，和风煦煦，天公作美。

宴会中间，大家兴致极高，一个服务生拿了一把吉他，为大家助兴演奏了一首《爱的罗曼史》。

这真是一个人类历史上的美好时代，由于交通和通信的发展，人类在全球化中感受着地球村的便利。被全球化伤害的人会抱怨，而从中获利的人却非常安静，中国人早就总结过这叫"闷声大发财"。看来，全世界的人情世态也是相似的。

因为中国历史悠久，祖先的人文基因里面早就在不停地告诫子一代"木秀于林风必摧之"，普通百姓则口口相传"出头橡子会先烂""人怕出名猪怕壮"等俗语。人群中只有极少数像李白一样洒脱，而大多数人因受到人文基因的影响，处世谨小慎微。所以中国人在对抗性的竞技运动上，无论是足球、橄榄球、篮球，还是拳击、击剑，相对而言总是没有出色的表现，也许这和一个国家的人文基因有关系。

"乔恩，你以为呢？"

陈乔恩不置可否地微笑。

"这就是中国人思维！"堪布和一旁的迪恩笑着说道，"模棱两可，但其实，他们心里有一套行为处世的规则。"

"太极思维，两面光烫。"阿金用上海话，会意地和陈乔恩说道。

"两面人？"堪布用不大流利的中文问道。

"两面人可不是只有那些落马的腐败官员。"

"谎言与伪善，全世界的人都有的，两面人，每一个国家每个民族也都有的。人类就是一种会撒谎的物种，不，阿拉拔伊称为'智慧'，人类自称为'智人'。"阿金能说会道，就是英语口语稍微勉强了一点。

"世界级球星马拉多纳有过一句关于足球的名言，足球是'欺骗'的艺术。"陈乔恩感慨道。可惜几个月前马拉多纳离开了这个世界，将来还会有像他一样了不起的球员？

在马拉多纳去世数周后媒体曝出，马拉多纳的私人医生可能涉嫌欺骗了马拉多纳。在足球场上成功"欺骗"对手打入无数进球的球星，对于斑驳陆离复杂多变的红尘，也有防不胜防的时候啊。

"不会了，即使有也无法再有那样的'上帝之手'了，今后足球比赛实时镜头只会越来越高清、越来越及时，各类功能强大的人工智能机器，已经充满了越来越广的地球领域。"迪恩插话道。

"现在观众的欣赏水平越来越高，球星们的压力会越来越大啊。"阿金附和道，只要讲起足球，男人们总是很容易聊起来。

萝拉和她的朋友莎莎一起走了过来，朝着堪布他们说道："男人们不要只聊足球哦！"

堪布特意把莎莎介绍给迪恩，迪恩礼节性地朝莎莎微笑点头。莎莎目前在中国从事着演艺方面的事业，她经常受邀参加地方卫视的综艺节目，主要表演竖琴和一些中英文歌曲。

"祝贺你，堪布。你离少年时的理想又近了一步。"迪恩端起酒杯向堪布祝贺道，恭贺他成功签约西班牙球队，莎莎听说了也跟着向堪布祝贺。

"如果大家选举我做总统，我将努力动员各种资源，向国际奥林匹克委员会申请举办一届史无前例的夏季奥运会，也许我们可以联合周边两个国家，联合申请、举办一届令人十分难忘、无比精彩的奥运会。"

那是十二年前，G国总统竞选，足球运动员孔特最终胜出以后，发表广场演说时说的三大豪情壮志之一。正是在那天晚上，人山人海中的少年堪布萌生了一个念头，他也要做总统孔特一样的男子汉。

然而，个体的一厢情愿或少数人类"精英"的美好愿望，真的要实现何其难啊？

"明知山有虎，偏向虎山行"，"虽千万人，吾往矣"，这种知难而上的精神，正是迪恩在大学的中文课当中，学到的中华文化营养。而一线战场将军们和对抗性竞技场运动员虽然不说类似的话，但他们实战中的身体行为就是这句话本身。世界上参加对抗性竞技运动的运动员身上往往会有这种特质，孔特先生身上就有。

堪布身上也拥有这种气质，他是球队锋线上最锐利的一把"尖刀"，今晚上的费用，如果要按市场价，那可抵得上前几年堪布在中超联赛中关键场次打入进球所得到的全部奖金呢！

不过世界上，每一个国家、每一个民族中，都会有具备这一特质的人。

孔特总统的两任任期里，遗憾的是没有把联合周边太平洋国家一起申办夏季奥运会办成，只象征性地让体育部官员召开了一次联席会议，大家初步商讨了一下，感到需要克服的困难实在太大太多，最后连一个正式申请书都没有提交国际奥委会。可是，那一晚他在广场上激情四射的演讲却像天女散花一般，把一粒粒美好的种子撒进了像堪布和迪恩一样的少年心里。也许在遥远将来的某一个夏季，一届奇妙无比的夏季奥运会真会在太平洋的G国盛大召开。

当年的古希腊祖先们一定没有预料到，现在人类每隔四年就会举办一届奥林匹克运动会，每届奥林匹克运动会的圣火都从古奥林匹斯山传递出来。仪式隆重，由希腊少年扮演女祭司，火种通过凹面镜直接采自太阳，然后点燃第一棒火炬，再传递到全世界……

今晚，来自五个国家的十几个年轻人，一起喝了不少酒，来自肯尼亚在中国各地参加马拉松比赛拿奖金的切尔斯酒量最好，真的是千杯不醉。

迪恩感到有点不胜酒力，他走到游轮的后舱，靠在一张大沙发上，迷迷糊糊中有点想睡去的感觉，不久一位服务员模样的人走了进来，把他引导到了一间大型会议室，看来他迟到了，因为会议已经开始，迪恩被一位会议工作人员引到后排悄悄地坐了下来。

会议正在讨论表决是否同意由太平洋上的 G 国等五国联办第 N 届奥运会。

本届奥运会组委会的一位秘书长正在发言："正如人类只有一个地球，我们只有一个夏季奥运会。不是每个国家都要轮流主办一次奥运会，不是每个国家都只关注自己国家的选手多夺金牌。如果仅仅是这样，我们将愧对奥运史上的无数杰出先辈！奥运会是人类大家庭的一个大合唱，需要高音部中音部也需要低音部，需要领唱也需要和声，而重在参与是奥运会极其重要的一项原则！"

迪恩环顾了一下，看见堪布也坐在代表席上，紧张地期待着大家的表决意见。

"中国人自古就有'天下一家'的理念，也深知团结力量大的道理，虽然 G 国等五国联办第 N 届奥运会会遇到一些困难，甚至是巨大的困难，但以往已经举办过赛事的国家，每一届都曾遭遇过各式各样的困难，尤其是第 32 届东京夏季奥运会和第 24 届北京冬季奥运会，因为人类历史上罕见的疫情，更是历经艰难。然而，面对困难迎难而上不正是奥运精神之一？因此我们投赞成票，支持 G 国并愿意提供力所能及的帮助。"中国代表首先表达了支持。

堪布听到后，激动得立刻起身一边鼓掌一边一个劲地向中方代表点头示意，表达难以言状的感谢。

坐在右侧的日本代表心里想：从世界历史上看，人类科技与文化的中心集结地，不停地从一个地方到一个地方，在不同的国家间转移。只要不涉及军事政治等核心领域，在世界性的环保领域、气候变化、体育赛事等事情上，日本要和中国保持合作，共同进退，才能为很多大事情上的中日合作奠定良好的基础，越来越多的世界大事将由以日本和中国为中心的东亚来主导。其实在各国普通民众眼里，所谓主导大事，等同于"出钱多、出人多、出力多"，并非人人想当头儿，也有人主动拱手相让。

"日本也赞成！"日本代表谨慎却大声说道。

迪恩的朋友堪布正在卖力地补充陈述："女士们，先生们，为什么不给小国一次办大事的机会呢？我们已经为此等得太久了？今天如果你们同意，明天你们将因这一睿智的决定而名垂青史！"迪恩在座位上朝朋友堪布竖起大拇指点赞，挥拳给他加油。

新加坡代表肖天恩显然对堪布的发言深有同感，在世界舞台上，亚洲国家新加坡虽小却总是发挥着独特的作用，在许多世界重大问题上它也不愿意失语。肖天恩十年前曾经随他父母特意去过中国南昌郊区一个名为"萧村"的村落，据说是一代圣人王阳明曾经平乱路过的地方。那一次寻根之旅，让他对小国寡民和大国有了既直观又更深层次的感悟。

"我们新加坡同意支持！"肖天恩声音洪亮而清晰，美式发音非常纯正。

会议室外，G国等五国的代表团其他成员和观察员们焦急地等着。突然，人群中有人兴奋地跳了起来，人们相互拥抱、击掌、欢呼，人群潮水般向迪恩涌来，惊得他手足无措。

"嗨，迪恩，醒一醒，他睡得真香呢！"旁边是萝拉的声音，迪恩从迷迷糊糊中醒了过来，梦中的情景早忘了一半。

他起身去卫生间洗了把脸，让自己清醒一下。他突然觉得，十二年前孔特总统所说的梦想，真是人类平凡世界里的不凡之处，只要人有足够的耐心和足够长的时间，梦中所见的一切，谁说就一定不可能成真呢？

人类飞天入地潜海的种种梦想似乎都能实现。人类因梦想而伟大，也许等思考明白以后，他可以把它当作一个美好倡议在互联网平台上发出，不断地鼓动、吸引更多的人来支持举办一届人类奥运史上最特别的夏季奥运会。

迪恩把手搭在游轮的舷上，缓缓地舒了一口气，眼下，还是尽情享受"东方魔都"——上海外滩黄浦江的璀璨夜景。明天自己就要返回杭州，听说中国击剑队的营养师星期一要来讨论一项新的研究。

星期一早上，或许是周末在上海玩得太嗨了，从不迟到的迪恩居然迟到了。他的中国同事王肖林已经早早地出现在实验室，王肖林座位一侧的墙上挂了一幅"博学而笃志，切问而近思"的书法，倒和他毕业于中国名校复旦大学很是相符。和迪恩行事风格不同，王肖林的休息方式是拍摄各类常见植物的高倍高清显微镜照片，而拍着拍着，常见的果蔬植物就全拍遍了。

迄今为止，他估计已经拍摄了上千种植物的各类细胞照片了，普通读者说得出的品种，他肯定已经拍过了，连许多进口果蔬的细胞显微照片也拍了许多。他正准备模仿阿拉伯文学名著《一千零一夜》的书名，把1001种植物的显微照片排好版打包发到互联网上，30年以后、300年以后，这些品种的植物，它们的细胞会有哪些变化呢？没有人能预测，但只要这些图片在互联网的数据库"云"端，届时就有人可以比较。因有如此设想，他更是把各类样品照片和它们对应的细胞显微照，显微放大倍数拍摄时间、拍摄参数等一一对应做了标注记录。

迪恩和王肖林刚把周一早上的日常工作准备好，墨香主任就带着一位客人来到他们的实验室，先到了他俩的办公室。

"这位是郑思恩，"墨香主任向迪恩、王肖林他们介绍道，"他是我们运动员营养食谱与运动生理表现关联度研究的合作单位项目负责人。"

"你好！"迪恩他们向郑思恩问候道。

击剑运动队的营养师郑思恩这次来，带来了一个新情况。有消息称，一种新的运动员营养液正在韩国被试用，已经取得不错的效果，而它很可能其实是新冠病毒的一款变异子一代，只不过这一株变异病毒没有毒性而已，也有可能是发现了一种新的蛋白酶。

他们一行人特意来到传统的运动生理研究室，这里有可用于生物大分子实验的常用设备，蛋白检测分析仪、蛋白晶体生长培养仪，也有最常见的血细胞分析仪、尿十项检测仪、心功能测试仪、反应时测试仪、足底压力感受仪、肌电测试系统、血乳酸分析仪等。如果要开展新的有关病毒变异的研究，那么除了增加相关设备，还要升级相关安全等级，甚至是筹建一个全新的更高安全等级的实验室，以达到万无一失。

人们需要特别留意新的变异毒株，扩大动物实验范围，当然更重要的是要同时提高生物实验室使用安全等级。

世界上没有两片相同的树叶，也没有两届相同的亚运会，生态演进的不仅是人类社会，连各类机器也在一刻不停地演进。从人类解决吃饭问题的锅灶，解决穿衣问题的缝衣针、缝纫机，到出行用的牛车马车汽车，用于通信的烽火飞鸽书信电报电话手机，等等，都在不停地更新换代。人们司空见惯的生活用品，当年许多往往是出于战争等军事目的最先使用的，如现今成年人几乎人手一部的手机（无线移动电话），早先可是只有美国军方极少数前线高级指挥官才能拥有的高级玩意儿。

生物进化在按"随机突变和自然选择"进行着；那么，地球上的各种机器它们是按什么原则在进化呢？它们的诞生就是为了人类各种各样的需求，它们的进化也依循着人类各种各样的需求，只要人类的欲望永无止境，各种新的机器就会不断地诞生。

此时此刻，在距离新湖大学东26公里的慧海大厦里，一款由慧海智能公司研发生产并命名为"李白"的击剑机器人正式亮相。

四、"李白"诞生　病毒变异

这款外表俊朗、神采飞扬的击剑机器人"李白"，在慧海公司一楼的产品展示大厅里正式亮相，吸引了不少员工的围观和拍照。

和早先的模型不同，正品为了展示剑客李白的实战功能，增强了底盘的稳定性，产品的形象像是踩在一片形如彩云的滑板上，可以英姿飒爽地"移"过来。

当公司管理层的领导都到齐以后，钱卫东教授让助手小林穿上击剑运动员的专业服装，开始演示。

只见"李白"完全如运动员一般，能自如地完成前进、进攻、击打、格挡反击、后退格挡反击等一系列动作，大家看了纷纷称奇，不少人情不自禁地想上去一试。

看得出来，董事长楼建成也十分高兴。他主动说道："应该再安装一套智能音箱，这样一来，'李白'获胜了就会像人类击剑运动员一样情不自禁地欢呼不已，能与人对话，生动活泼讨人喜欢！"

"这个方便的，即使让'李白'作诗也行！"钱卫东教授回应道。

"这不仅是一场穿越千年的对剑，也是一场穿越千年的对话！"楼建成董事长说道。

"如果对手像奥运会上的选手那么快，结果会如何？"眼下在充当钱卫东教授助手的小林好奇地问道。

"我们目前设定三挡速度，低速、中速、高速。将来完全可以做得如汽车自动驾驶模式一样，速度自主调节控制。"

"我们应该先赠送一台给中国国家击剑队，如果能得到他们专业队的认可，就算技术上大功告成。"楼董事长提议道。

这个要求可不一般，不过钱卫东教授对自己设计的产品信心十足。

难的是如何捐赠到国家击剑队？当然这可不需要钱卫东教授操心，他和他的研发团队唯一要操心的是在技术上如何做到世界一流。

凡世间的产品，无论大小繁简，只有广泛地被应用才有价值，这也是发明人最大的成就感。正如世上的人，只有被他人需要，或创造为他人所需的产品才有价值。人类总是无法完全摆脱"实用"思想，即使说着前半句"无用之用"，紧接着后半句也是"是为大用"，可见人类实用思想的根深蒂固，连骂人的话都是"你这个没用的东西"。

楼建成董事长心里清楚，赠送国家击剑队只是一个选项而已，国家击剑队只能勉强算一个客户，严格来说，还不能算一个客户，因为系赠予而非真正的市场化购买，如何让大众接受并成为客户，才是商业领域的真功夫。

只是时移世易，当下国际国内商业环境已经因百年难遇的新冠病毒而彻底改变，不少曾经风光无限的知名企业正陷入资金流动性枯竭的危险之中，每个企业的领导人都必须有清醒的认识，不然，难以预料的风险就像看不见的病毒一样，等在前方不远难以察觉的角落。

"楼董事长，我们是否可以选一家重点或知名一点的小学或中学做试点，他们一般是有击剑社团的。"钱卫东教授建议道。

楼建成董事长却想起了前些年自己在中央电视台的新闻联播上看到的一则新闻，那是中国陕西省志丹县中学的学生足球队，受到德国邀请参加中学生的足球比赛，当时还受到了中德两国国家领导人的亲切接见。

"钱老师，我们应该找一家山区或落后地区的学校做试点，免费赞助都是十分值得的。当然不只是赞助击剑机器人，而是帮助他们学校做出成绩和获得名声。"楼董事长颇有深意地说道。

听到董事长如此提议，钱卫东教授想到了自己家乡的中学，他决定先打电话和在家乡中学做老师的老同学联系一下。

"朱建国，你好，我是卫东啊……"当天晚饭后，钱卫东教授坐在自家客厅的沙发上，拨通了老同学朱建国老师的电话。

2020年12月，第19届亚运会组委会第一批赞助单位正式确定，它们分别有知名的保险集团、365集团等，组委会已经确定了票务主运营商，已征集特许生产商、特许零售商、线上线下零售店。组委会设计开发了9大类约600款产品，同时，亚残运会市场开发也已同步启动。

慧海公司有幸赞助多款服务型智能机器人，通过亚运会组委会有关部门推荐，慧海公司的击剑机器人送到了国家击剑队。

可是，国家队没有人对此感兴趣。虽然慧海智能公司的工艺外观设计师团队花了几番心血，并把它命名为剑客"李白"，"李白"却只能孤独寂寞地待在训练馆的一角。

而另一款准备送到钱卫东教授家乡石岛中学的机器人，老同学回应说石岛中学校长要考虑考虑。不过，慧海公司的市场部还是根据钱卫东教授的建议按学校地址把试用品通过快递送了过去。

好事多磨啊。如果试用单位这一关都过不了，那么走向全国热门旅游景点、各大公司的健身房、各类学校的体育馆将更加困难重重。

石岛中学的朱小强校长觉得即使这些击剑设备和击剑机器人全是慧海公司赞助的，也需要综合考虑，因为家长、老师以及区教委，关心的只有学生的中考、高考分数。只有解决"分数"的招数才受到大家的欢迎。

如何破解这个难题？看来只有靠年轻时的学霸、石岛中学的老校友钱卫东教授亲自出马了，因为研发团队的成员只会解决技术问题，而市场部的人员在产品完全成熟以前，根本就不知所以。大半生一直在高校度过的钱卫东教授只好勉为其难挑起这一重任，好在钱卫东教授历来信奉"人活着就得解决问题"这一朴素信条，所以别人眼中的苦和累，他常常不以为意。

大凡要解决问题，必须先学会换位思考、多角度思考，只有找到一个大家都感兴趣的角度，才有可能既推动一款产品，又推广一项运动，更推进一所学校的建设，达到多方共赢的局面。

"李白"不仅仅是一款击剑机器，石岛中学要开展的也不仅仅是一项运动，要组建的也不仅仅是一个学生社团，而是长远意义上讲的一种思维方式的训练，更加明确地说，是一种如何有效完成任务的思维训练。而这一任务自然就包括学校的首要任务——中考"提分"。大凡每一种学习，如果需要测试，那么学员想要在测试中获得高分本身并无不当，即使贪功也属正常啊。

目前，石岛中学的校长最关心的是升学率，而学生和家长最关心的是中考以后去哪所学校读高中，一言以蔽之，即"分数"，而击剑比赛最重要的不就是"比分"嘛，它们在抽象思维上是完全一样的。

钱卫东教授在研发击剑机器人的过程中，是要把"形象思维"转化为"抽象思维"，把两位剑客的复杂对战抽象思维化成计算机机器数字程序语言，而现在是把抽象思维重新形象化，即"目标—方法—结果"的可视化可验证训练课程语言，而这"一种达成既定目标完成任务"的专项训练课程，只要讲解得好，就能取得教学成果。所以首先应该给石岛的老师们上课，因为老师们最关心的任务是学生的考分，当然最好是让校长也旁听，然后再给学生上课，因为中国学生最关心的也是分数。

两周以后，在石岛中学的一个大阶梯教室里，一堂别开生面的击剑数据分析课开始了！授课老师是石岛中学的校友钱卫东。

其实，与其说这是一堂击剑机器人和击剑社团推广课，不如说是一堂以击剑运动为例来讲解工程控制论的课程，又像是一堂"如何达成目标"的现代经理人职业训练课程。

"老师们，大家好，我姓钱，名卫东，很高兴能回到儿时的母校来和大家交流。今天主题不是击剑，而是借击剑从哲学的角度谈谈'认识论和方法论'。就像击剑运动员光有愿望和光敢拼命就想赢下比赛是不够的，这和我们学生中考一样，光有愿望和光拼命是不够的，你得有与之匹配的认识论和具体方法，才能考出高分。"

钱卫东教授的一番开场白说到中考如何考高分，立刻就吸引了老师们的注意力。

今天来上课，钱卫东教授特意带了助手小林，还有击剑的面罩、教练背心、两把花剑。

"很多时候，人是一种目标动物，和其他动物一样，不是在觅食就是在觅性伴侣；也有人把人定义为'经济动物'，整日为稻粱谋，当然，这主要指的是成年人，而孩子们因为贪玩，也不会像成年人那样功利，所以不一定会对中考目标有持久的关注度，虽然我们老师觉得和孩子们将来前途有关很重要，但孩子们在听你说时明白重要，不过一转眼就忘，这就是老师们要想成功'提分'的困难所在。"

"哎，是的呀！"听众席上有老师附和道。

"刚才我说到，我们今天主题是'认识论和方法论'，当然也可以说是一堂通俗的学生'提分工程'的工程控制论应用课程，为了让这一话题讲起来不枯燥，我们今天特意用一种特别的方式来演绎。"

钱卫东教授和助手小林把击剑面罩和防护背心穿上，然后，钱卫东教授继续讲道："大家看，目标就是眼前的我，有效部位就是我身上背心部位，现在小林要刺中我，如果我静止不动，小林要完成这一任务，难不难？"

"不难！"四五个老师齐声说道，课堂气氛开始逐渐活跃起来。

"这就像一张100分的试卷让学生考30分，很容易完成。现在小林想要刺中我，但我可以躲，这样要完成任务，是不是难起来了？"

钱老师让小林做刺的动作，这一次钱卫东教授在小林"刺"过来的一刹那成功地躲开了："这就像你要让学生考80分，难度加大了，有些学生就考不到。"

这样新颖别致地讲解中考，石岛中学的老师们的注意力被深深地吸引住了，大家聚精会神地注视着讲台上的钱老师和他的助手。

"现在，我们进一步增加难度，我不仅可以躲，还要与小林对打。"

"哦！"还没等开始演示，老师们就先发出惊叹和期待的声音来。

"这就像要让我们的学生考上重点高中一样，难度大极了，只有少数学生可以做到。"

一项对抗性运动被如此地妙用于解释教育，妙用于解释如何完成任务，这真是别开生面。

钱卫东教授开始分析："表面上看，是难度提高了，但大家发现没有，了解难度提高在哪里是十分重要的，解决问题之前，必先看清问题。中考提分也一样，提分是目标任务，方法呢？在确定方法前，首先要认清问题的本质，这和我们发明这一款击剑机器人是一样的道理。我们仍然以剑为例，表面上我在提高难度，实际上是小林的进退速度和攻防能力在决定他的成功与否。当然，他的进退和攻防转化在机械上则是关节的转动和臂的伸缩。就像我在这里不管如何增加难度，一位经过专项训练的奥运会选手总是能击中我的有效部位，完成他一击而中的任务。"

"这就是不管每年的考试题目如何变化，经过良好复习准备的学生，总是能够考出好成绩，道理是一样的。"

"好，现在我们来分析中考提分这一任务，无论如何提高试卷的难度，试题总是不能脱离中学生的教学大纲，就像我无论怎么提高难度，人总在小林前面，而且有效部位范围也是确定的。所以对我们学生来说，就是练好自己的方法，对击剑手而言是练好快速的进顿退和连贯的攻守防，那么学生的书面考试，要练好什么？相信老师们更能把它抽象地概括出来，哪位老师帮我们概括一下、分享一下？"

一时间，老师们沉默了起来。

会场短暂地悄无声息，谁也没有回答，看来，人们每天在干的事，一旦要其直陈要害，并不容易。钱卫东教授只好自己来缓解一下稍显沉闷的气氛。他开口说道："我先抛砖引玉，请老师们指正。我认为学生应考要有好成绩，就是一句话九个字'储得下、记得起、写得出'！"

老师们有的露出了同意的神色，有的一脸疑惑。钱卫东教授继续解释道："因为我们的考试可以说99%以上考的都是现成知识。即使是数学题，也是现有的知识；即使作文，也不是要求考生写出人类从未有过的内容，作文一定不会让考生写一篇小说或诗歌。所以一个学生的大脑，只要像电脑内存一样，首先现有知识'存得下'，其次考时回忆得起来'搜得到'，再次规定的考试时间内'写得出'就OK。现在问题来了，有的学生他的大脑内存比较大，有的学生内存比较小，所以，我认为，就像击剑要提高的是进顿退的速度和攻守防的连贯，教学应试要提升的是学生大脑内存！"

"钱老师，那如何提高学生大脑的内存呢？"一个老师迫不及待地在座位上大声问道。

"是啊，关键的问题来了，我个人以为，靠专项练习。不知老师们有没有发现，你们班上成绩好的同学，往往身体也是比较强健的？他不一定身材高高大大，但是就是我们家乡俗话说的'筋骨'比较好，精神状态总是比较好。"

"哎，好像真是的！"

"为什么有这种现象？"又有老师问道。

"我认为，一个人的大脑要存储大量的信息，就像计算机运算时要耗电是一样的，身体不强健的人，根本就承受不了长时间的大脑运动做功。至少，我们那年考上大学的人中，虽然那时候家里吃不饱，人也有矮个的，甚至瘦骨伶仃的，但都是'筋骨'好的，至少忍饥挨饿的本事也比其他同学强，如果需要坐在那里一动不动的话那么忍耐力也比较好。一般大家总是归因于成绩好的同学或聪明或勤奋，其实大家容易忽略成绩好的同学身体也比一般人强健。"

听了钱卫东老师这么一分析，老师们仿佛醍醐灌顶一般，一个个都在心里数自己班里的人头，仔细核对一遍，凡找到例证的老师都在那里微微点头呢。钱卫东教授的老同学朱建国也在示意，看来钱教授今天的演讲很成功，因为朱校长就坐在朱建国老师的旁边，他也在钱卫东教授的演讲过程中有不少认可的举止流露。

"那么，如何让学生进行专项练习呢？又是怎么练的呢？"老师们被充分激发了起来，会场再一次活跃了起来。

"简单地讲，就是训练思维和训练体能要匹配。拿我个人的经验，40多年前高考时，因为家里远，我家快速走到学校要将近1小时。说实在话，早上家里吃的当早饭的红薯南瓜一到学校还没上课就消化完了，还好最后一学期，学校让我们几个家里离学校实在远的同学或住校，或在镇里同学家搭个床铺。"听到这里，年轻教师有的笑出了声，也有的心中起了感慨，在脸上流露出来。

"那时候老实说，半路上有时候也'偷'地瓜玉米吃，往事不堪回首啊。讲讲后来我工作后的经验吧，每当工作上有重要任务时，我一般都会有意识地早上坚持跑步，后来学校有了游泳馆，就会坚持游泳，一直到项目全面结束。当然，后来养成习惯了，没有重大任务时，我也天天坚持运动一小时。"

"哦！"一些年轻老师发出了钦佩的声音。

"所以，现在学校一定要坚持让学生早上跑步，当然，食堂伙食要搞好，同时白天也适当安排学生体育锻炼。我个人的意见，觉得还是和普通做法有所不同，我强调一定要有所匹配，这样效果会更好！"

"如何匹配呢？"看到底下朱建国老师在示意时间，"我们稍稍休息一下，再接着详细介绍。"钱卫东教授说道。

中午朱校长特意让朱建国作陪，他们没有在学校食堂就餐，而是到了学校边上一家钱卫东教授读书时就开的饭店"姐妹酒店"，现在已是子二代在经营了，主要是让钱卫东老师回味一下家乡的特色菜——土鸡煲、山野菜。

"钱老师，以茶代酒我先敬你，谢谢您今天的讲座，我们听了是茅塞顿开啊！"

"不客气，不客气，抛砖引玉，相互交流！"

"卫东，来，我们也碰一下杯，好久不见了。"朱建国也端起了茶杯。

"好，谢谢！每年学生高考应试竞技，就像跑步、举重、游泳等非对抗性选拔比赛，如果录取是前八名，你只要进入前八就可以。而在应试准备上，你要掌握的都是前人现有的知识，因此，只需目标明确，努力做到'储得下、记得起、写得出'即可。"

"这就是一台电脑机器。"

"是啊，如果让电脑来答题，不都是100分嘛，就像机器人下围棋，肯定是机器人胜利啊。"

"今天听了卫东的分析，我觉得题海战术需要改进，需要重新认识。就是要更加精准，'套用精准扶贫，我们这叫精准辅导，精准辅导不是猜题而是更高效率地存储知识'。但你怎么解决老师和学生们一起长期盯住中考的目标而懈怠的问题，因为人长期盯住一个目标会非常累。"朱建国说道。

"朱校长在这里，我仅仅是建议，虽然慧海公司赞助了击剑运动的剑道和击剑机器人，但您本人和学校也不用勉为其难，不要影响你们的中考，形势比人强。不开展这一社团没有关系的，慧海公司是一种捐体育器材给学校的企业行为，学校可接受也可婉言谢绝。但是呢，如果经过我们详尽沟通分析，认识到开展这一社团对学生身体有好处，对老师们认识论有好处，那么其实击剑社团不单单是击剑社团，而是一个不断提醒老师同学'盯清目标—改进方法—提升结果'的加油站，甚至对学校的中考有促进作用，那么我们何乐而不为呢！因为生活中，光有目标没有方法的人多，既有目标又有方法的人少，所以如愿达成目标的人总是少数，而人们总笼统地归因于那些人的天赋和运气。"

"谢谢钱老师，社团我们一定要开展的，前阵子是因为其他事忙，所以还没来得及布置。钱老师今天的讲演，对我们的帮助太大了。"看得出来，朱校长对于击剑社团的态度是一种基于认识上改变而流露出来的真诚，可不是一个月前碍于面子的应酬态度了。

"朱校长，饭后我们一起去看看剑客'李白'。"朱建国老师赶紧趁热打铁。

"好啊，好啊！"

吃完中餐，朱校长一行人便没有休息，直接去了学校体育馆的器材室，第一批送来的剑道和"李白"都还在几个大大的包装箱里，朱校长再次说着抱歉的话。

钱卫东老师让小林和馆里的几位体育老师一起拆开包装箱把剑道铺好，把李白也安装好，先在一旁充电。

朱校长毕竟年轻有为，脑子真是好使，从"李白"身上立刻想到了别的，他趁机对钱卫东教授说道："钱老师，我建议除了剑客版的'李白'，能不能做一款人文版'李白'，或者在剑客'李白'基础上，再增加一个智能音箱，不仅可以简单对话，更可以通过语音搜索语数外中考必须掌握的知识点。像上午您所看到的，我们的老师只关心分数。老师们也没有办法，大环境这样，毕竟有部分学生实在不热爱运动，这样就可以吸引他们。而本身热爱运动的学生们，又得到一个接触知识点的机会，可以说一举两得。"

"好好好，这主意好，而且我们技术上也完全做得到，智能音箱已经安装了，电脑内存又绰绰有余。当然，我们需要你们老师配合和最终把关，这些相关知识题目和答案可不能有任何差错，不然将来学生考试出错，可就误人子弟喽。"

石岛中学的击剑社团课，其实是在身体锻炼中一堂不断向学生、老师强调和提醒"目标—方法—结果"的中考动员课。

石岛中学老师们最想要的，是一款集合中考题库与答案的"李白"，一款让学生在运动放松时，依然可以"存储"知识的学习伙伴"李白"。

"这真是一个好建议！"在回杭州的路上，钱卫东教授和他的初版"李白"一起坐在后排，他突然意识到，这一款机器人"李白"，就像真正的李白一样，他需要和他一起畅游天下，一起饱览祖国大好河山，一起接触天南地北的人与事，不断增长见闻，不断听取需求，不断改进提升，一起茁壮成长。

中国击剑队的营养师郑思恩回杭州，在和新湖大学的科研团队讨论完关于运动员营养食品以及运动生理亚细胞级的深入研究，并一起根据目前国际上同行的最新动态讨论下一步相关工作后，在返回北京前一晚，他的几位老同学聚在一起，为他设宴饯行。他读硕士研究生时的同学却和他讲了一个大消息，他们共同的同学，当年读书时最富有科学家潜质、绰号"居里夫人"的高冷美女甄兰馨，都快成纸媒体和互联网的头条了，她的故事像一出"好莱坞"商业大片。

原来同学们传说中硕士研究生毕业后没几年就发大财的美女甄兰馨，虽然当年在同学中最有潜质，但她没有继续读博士做科研，而是成立了一家生物科技公司，一开始研制开发销售保健品，后来逐渐发现一门利润更好的大生意——通过海外医疗的方式发展业务，现在被人举报涉嫌诈骗，正被公安和相关部门联合调查中。

兰馨公司最核心的产品，竟然只是一两元钱的淀粉糖片，而且居然能卖出三四十万元，而更令人惊讶不已的是居然有上千人购买。

其商业成功的秘诀要说出来，倒是应了一句"大盗不盗、平凡不凡"，其实很简单，拿几乎人人都担心害怕的"死亡"吓唬有钱女人！问世间哪个有钱人不怕死？有钱的女人一怕老二怕死，再加上当下社会被各大医院先进仪器诊断出来的癌症患者众多的大环境加持影响，拿"癌"吓唬有钱女人，还真一吓就灵。

据警方发布的消息，整个故事就像是一部精心策划的一条龙全程管控商业大片。

听了同学说的这个一条龙犯罪故事，郑思恩忽然觉得，兰馨公司做的简直比一支球队或他们击剑队都好，设定目标，寻找配套的方法，达成任务，除了获利非法这一条，其"目标—方法—结果"的流程，可以说就是一个典型教科书式案例。

理解规则，用足规则，在一定的时间里完成一个具体的任务，是人作为一个个体在人类社会群体里的现实需求。现实生活中大部分人遵守规则，也总有人违反规则，也总有人制定规则又纵容潜规则，理性的规则在某些时候演变成了感性的规矩，于是人间一幕幕"两面人"的大剧总是不断上演。

公开比赛的对抗性竞技项目中弄虚作假的相对少见，所谓"文无第一，武无第二"，因为双方需要在同一规则下，公开战胜对手才能晋级。因此，对抗性竞技运动中有人使用兴奋剂的案例全球几乎没有媒体报道，人们从来没有听说足球篮球击剑运动员在比赛中使用兴奋剂的。不过人类社会中，另有一种特殊形态的对抗性活动，那就是消弭不掉的战争，战争是一种没有规则限制的对抗最激烈甚至最残暴的竞技。时至今日，人类依然没有彻底消灭战争。

在科学探索的领域里，如果一个人墨守成规，那将会老无所获；可是，如果大胆探索创新，也容易触发不可预料的风险。

已经定目标、正在找方法、尚未出最终结果的还有细胞实验中心的墨香教授和他的学生组成的研究团队，外国留学生迪恩也是其中一员。墨香教授的团队，对于人类运动生理的研究，目前已经深入到亚细胞、细胞器、基因和分子一级，也因此在国内外享有极高的知名度和关注度。

"一头羊跑不过一头狼，是一群羊细胞集合和一群狼细胞集合的竞争，但一头健壮的羊一样能跑得过病得奄奄一息的一头狼。因为此刻一群羊细胞正处于健康状态，而一群狼细胞正处于濒临死亡状态，如此而已。"这是墨香教授最通俗的一句解释。

在不改变运动员先天基因的前提下，运动员要想取得好成绩，一半靠练好一半靠吃好，你若要"害"一个职业运动员，也只要陪他大碗喝酒大块吃肉就可以了。墨香教授当前的目标是找到更好更有针对性的运动员营养食谱，方法是请志愿者尝试，结果是实验检测数据，一旦通过志愿者测试有效性得到检验，就可以用于运动员日常饮食和日常训练计划。另一个更大胆的计划，大胆到墨香主任自己都否决了，那就是通过人类基因编辑，根据每项运动的特征要求精准地改变运动员基因，以此获得高效的运动能力。单从理论上讲，人类在某一天完全可以做到，从植物方面的杂交水稻，动物方面的种猪、种牛的例子可以逻辑上做出推论。只是用更直接的基因编辑等手段，虽然在结果上更精准，但在人类的生态伦理上也更容易引起争论。地球上有如此众多的生物基因实验室，有如此众多的运动员想要突破性提高自己的运动成绩，难保不出万一。因为资本只要闻到商业利益，就会产生巨大的冲动力量，人类要想管控并不容易。媒体已有报道，人类已经利用基因修饰技术，激活人体免疫系统中的 T 细胞识别能力，以此启动自身免疫系统"清除"癌细胞。

每一项运动对应的肌群、骨骼、关节都会有细微差异，通过精细化的大数据分析，理论上每一项运动的运动员都能有相对应的食谱和相对应的专项训练方法。

如果一个人身材矮小，手掌脚掌小巧，其实不需要专家，普通民众也能判断这样的人不适合作为游泳选手，也不适合作为跳高比赛的选手。而身材修长的人，不适合作为自由体操比赛的选手，不然怎么完成空中三周旋的动作。不同的运动项目，需要的身体条件不同，这是一个既简单又复杂的问题。

生活常识可以告诉我们一些简单的判断方法，复杂的是在外在显性指标一致的前提下，如何判断分析更细致的不同。这如同金刚石与石墨，它们虽然都由碳元素构成，却因碳原子的排列不同，两者物理特性差异巨大。

墨香教授领导的团队研究的就是当运动员外在指标相近甚至一致时，其背后是什么因素在起作用。

研究细胞质里面细胞器的数量、外形和构造，细胞液成分，等等，如此精细的研究不仅和研究思路有关，也和研究的硬件——显微镜的放大倍数和精度有关。

"肖林，我们采购的两台新显微镜到货了没有？"墨香主任关切地询问。

"日本生产的还没有到，德国进口的那台电子显微镜已经到了，设备公司的人会联系售后服务人员上门来安装，保证我们下周能使用。"

"好，你和学校的科研设备处接洽好。"

"好的。"迪恩的中国籍同学王肖林回应道。

"关于单粒子低温电子显微镜的申购申请文案做好了没有？下周科室讨论研究决定以后，要正式报上去。"

目前已经有美国科学家在《自然》上发文，报告了使用单粒子低温电子显微镜获得的最清晰的图像，这使得首次确定蛋白质中单个原子的位置成为可能。

迪恩心想，如果有了单粒子低温显微镜，将大幅提高他找到脑神经细胞核内藏着的"念子"的成功概率。

中国人说，工欲善其事，必先利其器，假如列文·虎克没有发明和使用显微镜，他就不会看到那些一间一间像小房舍一样的"细胞"。可是凡事皆有例外，"佛观一钵水，八万四千虫"，那时可没有显微镜啊，佛是如何判断的呢？这一禅定观想式的对事物的推论是否可以作为人类"理论物理"的早期萌芽？

"无机物——硬件设备，有机物——软件人脑思维，这是科研的两大武器，缺一不可。"墨香教授经常强调，每当发现学生懒于思考或不再寻找新技术新方法时，他就会提醒一下。所以，做他的学生总是压力巨大，好在他的学生们各有各的休息调剂方式。

杜逸剑在训练馆里，独自静静地练习，一旁陪伴他的只有沉默不语的"李白"。

一个科研人员最需要的特质是耐得住寂寞，并且管理好自己的寂寞，在孤寂中探索和思考；而一个运动员最需要管理的也是"孤寂"。最近，"李白"成了陪伴杜逸剑度过"孤寂"的伙伴，管好"孤寂"的良师益友。以前，每当孤寂时，他总会回想初中刚毕业时，和许馨等五个初中生跟着四个大学生一起，在浙江台州括苍山看星空那一晚。那一夜的星空成了他心中抹不去的景象，看着看着，不知谁带的手机里传唱出一首好听的歌，听着听着，总会不知不觉地泪流满面。为什么会流泪他自己也不知道，而且一流还停不下来，仿佛自己是一个风中流浪的孤儿，直到今天，他依然忘不了当时灼热的泪水滚落脸颊的那一种感觉。

后来，大二的暑假里，他们一行五人中绰号"老虎"的老笪从他爸爸那里借了动力强劲的路虎越野车，带着他们又去了青海柴达木看星空，星空渐渐成为杜逸剑心中的自由地。

击剑练来练去，杜逸剑心里越来越清楚，自己就是在练进顿退的速度和守防攻的精度，以及两者配合下实战中一击而中的效果，与对手关系不大。他渐渐意识到，世上每个人都只是在学习和自己一个人如何相处而已，无论是他那沉默寡言的爷爷还是见面不多的父亲，而人生中遇到许馨则只是一种幸运罢了。

每当精神疲惫时，他总是喜欢听日本歌曲《星》，直至今日听着听着，他依然会不知不觉地泪流满面，那是一种难以言状的孤寂，是一种难以言说的虚无，自己仿佛是一个孤儿，面对着浩瀚的星空，那一刻，这十年来一路所背负的挫折与沮丧、悲凉与眷恋等，与泪水一起从双眼决堤一样流了出来。

他把模糊的泪眼擦干，低声轻语道："什么都冠以'人工智能'，现在真是一个人工智能的时代吗，李白？"眼前的"李白"却没有回答。

他走到"李白"跟前，和"李白"对了一剑！

"铛——"声音清脆悠扬，在空荡荡的剑馆里回响。

据说这一款击剑机器人就是他家乡的公司制造赠送的。他想起外公家同一单元楼道的邻居钱老师，钱老师可是浙江大学的教授，也是一位机械自动化领域的专家，虽然杜逸剑和钱老师在楼道相遇时有过点头微笑，却从未说过一句话。

在他家乡杭州，慧海公司的同行威海智能拿到了大项目——亚运村智能消防控制系统的承建以及未来维护项目。而慧海的董事长楼建成则决定把精力集中在击剑机器人"李白"身上，一场产品研讨会又在公司会议室召开。

"我建议首先试制和推广酒仙版李白，大家想想中国有多少饭店啊，既可以让酒家吸引顾客，又可以让李白促销酒家的酒水。"市场部曹强经理说道，慧海公司上下都知道，曹经理不仅酒量超级好，也以品酒有一套而出名，让一生纵情诗酒，"天子呼来不上船，自称臣是酒中仙"的李白为酒代言似乎也十分契合。

本次讨论会，不仅总经理室全体成员参加了，市场部经理、企划部经理也参加了。经过一番讨论，大家觉得不能仅仅局限于体育方面的应用，而应该增强机器人的功能，扩大其应用范围和应用场景，吸引不同年龄段的受众。

"这是好主意，另外我觉得开发一款适合学生用的微型款诗仙李白，可以放到书桌上。在中国，谁能做到学生的生意，谁就能在市场上活得很好。"企划部的袁宇清经理补充道。

钱卫东教授的助手小林，也把在石岛中学的推广情况做了汇报介绍，董事长楼建成在听了大家的发言以后，总结道："诗仙李白、酒仙李白、剑客李白都很好，今天的讨论很好，集中大家的智慧，我只提醒一下，不要因为扩大了功能，而把科技功能更强大的大数据分析李白给忘了。我们的初衷是人工智能机器人，这一核心不能忘。我们应当择机再与国家击剑队联系，进一步现场听取意见，再回来改进。"

钱卫东教授明白，经过大家集体讨论，一款外观统一又各有侧重，同时功能丰富且强大的"李白"，才是目前市场所需要且董事长中意的产品。他们接下来的任务可不轻啊，因为亚运会可不会等人。

"董事长，我有个提议，我们应该成立一个技术项目组，集中力量研发，才能推出拿得出手的好产品，亚运会就在眼前，我们时间紧迫啊。"钱卫东教授提议道。

"应该的，是时候了。钱老师您做项目负责人，人员由您从公司现有技术团队中挑选，挑中的人由人力资源部来协调，原则上一律服从。另外，您还可以适当再从外面招聘和引进，公司全力支持这一新项目。"楼建成董事长坚定地说道。

"我们需要视频技术、音频技术、红外技术、工程器械、外观设计等人员。当然，关键是芯片和软件方面的技术人员，我估计至少要五六个分小组，人员没有四五十个，恐怕不行。"

"人员数量不受限制，关键是人员质量和团队协助效率，给您六十人，没有超过这个数量的话，人力资源部不必打报告申请，大家看如何？"

楼建成董事长朝总经理室的几位看了看，董事长都发话了，大家都没有其他意见。"人员组成后，第一次会议，只要我不出差，一定来参加。"楼董事长说完后，起身先行离席。

"国家击剑队那边，可需要公司外联部门抓紧联系，请王总协助啊。"钱卫东教授向慧海公司王成海总经理请求道。

"好，这个是自然的。"王总客气地回应道。

关注杭州亚运会的，可不只有亚组委和各国的亚运会运动员和教练员裁判员。更多像慧海、威海、保险集团等企业更是把杭州亚运会当作一个企业的品牌展示舞台，就连杜逸剑妈妈经营的规模不大的丝绸服装公司，也在努力寻找机会。她最近已经成功地和一支十分优秀的广场舞团队联系上，如果她们的节目入选就由她赞助正式比赛服装旗袍，现在她已经赞助了每人两套练习时穿的服装。

杜逸剑和他妈妈的关系比较亲近，而和爸爸总是有一点生疏。也许是他爸爸在杜逸剑姐姐尚在读幼儿园时就考入北京体育大学，脱产专职读书，后来又在国家篮球队工作有关。他为了事业"抛妻别子"，而令全家悲痛不已的是，杜逸剑的姐姐在五岁时就因大人看管疏忽，在离小区不远的马路上遭遇车祸。那个年代也没有什么监控视频，也不知是司机视野盲区没有看见，还是司机车祸后故意逃逸，等杜逸剑的姐姐被送到医院时已经来不及了，她第二天就不幸去世了。杜逸剑的爸爸和外公、外婆之间的关系自此有了阴影，杜逸剑父母也一度到了离婚的边缘。也许是他爸爸内心充满内疚，直到两年后两夫妻的关系才慢慢好转，隔了十年才终于生下杜逸剑。后来杜逸剑的妈妈做丝绸生意发了财，一家人在北京买了房。但因为杜逸剑小时候一直和妈妈、外婆家一起，父子关系总是不那么和谐，似乎他爸爸内心深处一直在内疚，杜逸剑也说不上来。其实，他内心暗下决心要拿下亚运会冠军，总有点要让爸爸也高兴的意思，想让全家人的关系更加融洽亲密。

让父母为自己的成就而感到欣慰，是受中华文化基因影响的子女的普遍心愿。一个名叫赵六的青年正满怀幸福与期待，为他们赵家即将迎来新的生命而高兴。他陪着怀孕的妻子去离家并不太远的社区医院检查，却不料遭遇了一场飞来横祸。

第二章　苍白成长

五、训练馆实验室

"快，急诊外科一台胸腹腔手术准备，是孕妇遭遇车祸！"钱护士长急促地下达指令，没隔几秒钟，她又急切地下达指令道，"是两台手术。"

护士室的空气骤然紧张起来，而护士们的身影则分成两组有条不紊地迅速忙碌了起来。

"ICU准备！"

钱见明护士长虽然胖墩墩的，但走路既稳又快，也许是每天在病房不停地走，长期锻炼出来的功夫。一年中像今晚这样在病人家属眼里极其紧张的时刻，因为职业素养关系，她的外表很难被看出来是否紧张。而今晚因为一场意外车祸，两个家庭瞬间陷入极度痛苦之中。

晚上六点一刻，忙碌了一天的许馨正准备下班，却突然听到有一台手术，接着马上听说是两台手术。看到医院人手紧张，她习惯性地把刚脱了一半的护士服重新穿了回去。

车祸事故的重伤员被紧急送到医院，受伤的是一个孕妇，一起送来的另有一个男性。据120急救车司机说，这是同一场车祸的两个伤者。

当时正值晚高峰时段，民警余志刚正在辖区值勤，突然呼叫器里传来喊话，一名怀孕近7个月的孕妇，因遭遇一场车祸，全身多处受伤，正紧急送就近医院。时间紧急生命攸关，需要警察立即为其开辟一条生命通道。

余志刚立即驾驶警车赶往出事地点为其开道护送。

国家击剑队今天正式宣布出征东京奥运会第一轮筛选名单，杜逸剑、辽宁的刘楠晟、福建的雷小龙没有入选。领导决策层不仅要考虑东京奥运会，还要综合考虑杭州亚运会，队员们以老带新等综合因素。而作为运动员必须综合考虑目前的实力，虽然说两次重大比赛并不矛盾，但毕竟奥运会规格更高，参加的国家更多，参赛名额有限且竞争更加激烈，全球击剑选手必须在奥运资格赛上凭实力获得参赛资格。

当天晚上，大家情绪难免受了些影响，宿舍电视里正在播报宣传国家第9个全国交通安全日，央视新闻主持人在读着一串统计数字。

大家都没什么心情看电视新闻，杜逸剑倒好像没有受丝毫影响，也许和他小时候的成长经历有关。他走出宿舍，一个人前往训练馆。

他家祖籍是浙江湖州的南浔。古镇素有"九里三阁老，十里两尚书"的说法，说的是明朝时期，南浔走出了三位内阁大学士和两位尚书。

清末民初，浙江南浔是出了名的江南富庶之地，因为以刘镛、张颂贤、庞云鏳、顾福昌等人为代表的富商，积累的家财如果用金子来衡量，多到可以铸造一头大象，当地乡民用如此形象的比喻来形容这些富豪，俗称"四象八牛七十二金狗"，最大的是刘张庞顾四象。他们通过经商，主要是丝绸茶叶瓷器，积累了巨额的家产，不仅荣耀乡里，而且在杭州上海等地也广植事业，现在的西湖国宾馆的前身就是曾经赫赫有名的"刘庄"。

他们的创业传奇故事，至今为家乡父老津津乐道。而他们杜家是"四象八牛七十二金狗"的牛尾狗头，虽然杜家的家族财富与影响力无法和前面的四象八牛这十二大家族相比，但和普通家族相比，也是富有得十里八乡有名了。据他奶奶讲，他家太爷爷娶媳妇时，太奶奶随嫁过来的丫头都有六个，送嫁妆的队伍绵延数里长得望不见头，他爷爷就是太爷爷的小老婆生的。后来在暴风骤雨的社会变迁中，他们杜家也散落一地，有的去了上海，有的去了台湾，而他爷爷进了杭州丝绸印染联合厂做了一个技术工人，把家里压在箱底的不少丝绸织锦也捐献给厂里做了样品供研究，结果其中的一大部分都下落不明成了疑案。

杜逸剑的爷爷专心做技术工人，谨小慎微、兢兢业业，一生都与世无争，留给家人的印象是有点木讷，也从不讲他家的过去。倒是他们家的太奶奶，有时候会回忆年轻时的事。他爷爷工作中的劳动先进，也从不宣扬，他从不想证明自己什么，一生小心翼翼，可惜并不长寿。

而他的父亲杜家明努力想要证明自己，16岁也进了丝绸印染厂的印染车间做学徒。后来国家恢复了高考，他虽然参加了高考，可惜成绩不理想，连报中专的分数都不够，虽然进厂做了学徒，但是他一直没有放弃再次考试，所以白天上班，晚上自己复习功课，千辛万苦地努力，却一直没有考上。最后在父母催促之下，经人介绍与对象结婚，但他仍然不死心，说服妻子最后考一次，却不想这次竟然考取了。当他9月份去大学报到时，他新婚不久的妻子已经怀上他们的女儿，但他还是坚持着脱产专职攻读大学的本科生。4年后大学毕业的杜家明有机会回杭州，却为了事业选择留北京，一开始他想让妻子调过去，但那个年代调动工作可不容易，一直调不成功。他们的女儿五岁时不幸遭遇意外，杜逸剑的外公外婆都认为和他爸爸不肯回杭州有关系，一直到后来丝绸厂改制成为丝绸公司，再后来他妈妈也主动辞职下海做生意了，这时候杜逸剑都已经快上初中了。

后来杜逸剑到了北京，因为他妈妈做丝绸服装生意，赚了钱发了财，他们在北京市中心的外围三环外买了一套房，一家人才算团圆。杜逸剑由于插班，功课跟不上，有一个周末去奥体中心，接触到了击剑，没想到却因为热爱和几乎是发疯一样的努力，后来便不再上普通高中，而是进入体校。也许是遗传了他爸爸的基因，杜逸剑身高192厘米，身体条件出色，幸运地入选了国家青年队二队，后来到了一队。杜逸剑仿佛感到他们杜家有许多东西需要他去证明，又仿佛没有任何东西需要他去证明。

世界上，与其说各国的百姓都活在自己国家的历史逻辑里，不如说每个人都活在自己家族的血缘亲情里。因为生你养你的是你的父母，你的身体里流淌着祖先的血脉，而以家庭为纽带的亲情关系，对一个人一生都起着持久且重要的影响。因为它不仅带着血缘生物基因，也带着亲情社会人文基因，以及家乡山川河道地理基因，而这三种基因影响决定着一个人一生的走向，也许这就是人们俗话所说的冥冥之中命运自有安排。

"独自站在剑道上，任何别人都帮不了你。"也许自小性格中的独立坚强，是他剑术一路进步的重要基础。人生，某些路注定要一个人走，某些境遇，注定要一个人独自面对。在他进国家青年队以前，同伴们就说他的剑总是藏得很深，说他是冷血动物，"毒剑"和"一剑"的绰号就是这样被取出来的。

今晚，杜逸剑独自在击剑馆的剑道上，心中想起了自己的家，太爷爷、太奶奶、爷爷、奶奶、外公、外婆、小学的张老师、初中的徐老师……

他打开手机，想和许馨打电话，却又怕影响她工作，就改用微信联系。三年前一群发小结伴前往青海柴达木盆地，拍星空和日出的视频，这段视频他看了无数遍，每次都有一种想流泪的感觉。

后来他把视频用视频软件剪辑了一下，配的是日文歌曲《星》，那浩瀚的星空真的美丽无比。看了好长一会儿，他在微信里问了许馨一声：在吗？

没有回应，此刻，许馨正在 ICU 忙得不可开交呢。

杜逸剑回到宿舍洗漱完毕，临睡前，还没有收到许馨的回复，他想大约今晚许馨又在加班了。杜逸剑把那段剪辑的视频，发给了许馨。许馨是个很特别的女孩，初中时因为喜欢滑板，所以才和杜逸剑他们几个男生玩在一起。而她喜欢上滑板背后的原因，却悲伤得令人心碎。因为那一年她妈妈在抗击非典中不幸牺牲，她妈妈是一位军医。只有在飞驰的滑板上，她才能短暂地忘却悲伤，忘却思念，忘却一切。许馨这个姑娘身上散发出来的是一种坚毅沉郁的美，这种美的背后隐藏着淡淡的人生忧伤，而她的脸型碰巧有一种希腊古典女性之美。

第二天上午，杜逸剑他们正在日常训练。刚做完热身跑，他就惊讶地看见汪指导带领着他外公家的邻居钱卫东教授一起，朝他们走来。

说起来有些遗憾，慧海公司通过杭州亚运会组委会方面推荐，捐赠给国家击剑队的击剑训练机器人"李白"，除了昨晚杜逸剑试了一下，整个击剑队还没有人正儿八经地对练过。

"这位是杭州慧海智能机器人公司的钱卫东教授，"汪指导向队员们介绍道，"钱老师主要来听取大家的意见和需求，以便公司进一步改进，请大家畅所欲言。"

虽然有汪指导的开场白鼓励，但队员们都面面相觑，一来因为压根儿没试过，二来也没有思考过在训练中最希望通过人工智能机器解决什么问题。

汪益强指导看看大家，又把目光调回到钱老师身上。

"大家好，我先把这款机器人李白的设计思路给介绍一下，如果有不符合实际情况的地方，请大家及时帮我们指出来，我们回去改进。眼前这一款机器设计思路是：我们把击剑概括为脚下方向轴上的进顿退，手上功能轴上的守防攻，落实到机械上则是机械关节上的转与手臂上的伸缩。在反应速度上我们设置了高中低三挡，可以自由选择。人工智能会根据人脸识别为每一位对练者建立训练档案，进行数据分析并反馈给训练者供参考。"

听了钱老师的介绍，大家才稍稍有些概念。但无论是队员们还是汪益强指导，大都还是抱着怀疑态度，这也是两台机器人送来后，没有人真正去试一下的原因。这次设计者钱卫东教授亲自带助手来，又有有关方面提前打了招呼，说对新事物要持积极开放的态度。听到大数据分析，汪指导倒明显兴趣提高不少，国家队需要的大数据分析和预判，这方面他很有兴致进一步了解。

"从理论上讲，采样样本空间越大，采样样本观察时间越长，样本数量越多，那么分析和建立模型得出的结论就会越接近真实、越科学。而我们目前采集的数据主要有选手的进退速度、进攻有效距离、进攻频率、从击打或防守到进攻的时间间隔，从理论上推论，我们认为是这些指数在决定胜负。"

杜逸剑突然想起一年多前，那个史上最长春节期间，电视台记者请他和他的国际同伴们做的抗疫主题视频。

"运动员平常训练的短视频也能做分析吗，钱老师？"杜逸剑问道，在他乡遇到家乡的邻居长辈，杜逸剑显得十分亲近。

"能啊，当然如果样本时间短的话，能分析的参数可能会少一些，因为有些参数的原始数据可能一点都采集不到，这样的话，分析的效果就会差些。"

击剑运动员实战时"挑逗、试探、出击"的瞳孔变化，选手们凭肉眼是不容易看清楚的，所以击剑选手会凭手上的剑感和观察对手的身体姿态来做判断。但视频高清摄像头可以非常清晰精确地捕捉对手眼睛瞳孔的变化。钱卫东教授的团队正在升级的就是利用选手瞳孔变化分析预判选手的动作，尤其是进攻动作，再加上原先身体姿态语言的预判，可以更加精准地预判对手的下一个动作，以便获得实战对决优势地位。

"最理想状态，当然是这款机器人和所有国家的击剑队员对打，而且是像正式比赛一样多打几场，那么采集到的数据就更真实，建立的数据模型和分析得出的结论就更科学。"

原来如此，队员们和汪益强指导都产生跃跃欲试的感觉。

"杜逸剑，你和'李白'正式实战一下。"汪益强指导下了指令。

杜逸剑没有把握地朝钱卫东教授看看，钱教授示意他大胆地试就是了。

助手小林把"李白"搬上了击剑的剑道，把击剑的裁判器连接线接上，考虑到是和职业选手对决，小林把机器设置在高速反应挡。

"电池充足了没有？"钱卫东教授关心地问道。

杜逸剑一边习惯性地检查身上的击剑服和连接线，一边回答道："昨晚上刚好充过了。"

一场人类与机器的对决，正式开始！

汪指导亲自做裁判："预备，开始！"

毕竟是第一次和机器对决，杜逸剑还在小心翼翼地试探中，谁知"李白"听到"开始"的声音后立刻启动向前，出剑就朝杜逸剑劈来。杜逸剑习惯性地后撤格挡了一下，没有立刻还击，出乎所有人的意料，"李白"已经完成一组连贯的"攻—防—攻"动作，击中了杜逸剑，还没有等汪指导喊"停，进攻刺中，得分"这一习惯性裁判语言，"李白"已经自动停了下来，原来裁判器亮灯的信号早已传输给"李白"，机器按事先设定的程序已自动停止。

杜逸剑就这样稀里糊涂地丢了一剑，在场的所有人都惊讶不已。

比赛暂时停了下来，大家十分好奇，机器人是如何完成这一组动作的。

钱卫东教授让汪指导他们走到李白身后，解释道："机器的声控系统得到'开始'指令后，它就会快速向前，目前是快速挡，当视频系统捕捉到对手时，会同步通过红外线技术检测距离，如果距离够了就会执行劈砍的动作。目前设定的剑长是 88 厘米，手臂臂长是 80 厘米，击中后如果亮灯，机器收到电脉冲信号后会自动暂停，然后退回到起始线。"此时，大家才明白刚才小林在起始线上安置定位器的用意。

"想要机器移动快得像 F1 赛车、出剑快得像子弹，单纯从技术上看也不是做不到，只是出于安全考虑而设置了限制。因此，从理论上讲，人类是不可能打赢机器的。"钱卫东教授讲话总有一种慢条斯理的感觉，也许长期做研究的人，总是十分理性的，在外界的人看来，甚至平静理性得有点冷酷可怕。

为了解决击剑实战中，一旦一名选手启动获得优先权以后一味进攻的问题，击剑比赛采用了有关击剑线的规则，即一方优先进攻以后，如果对方举起剑成一直线且指向进攻方有效部位，则进攻方不能直接做进攻动作，而必须先行破坏对手击剑线的威胁。那机器如何判断处理呢？汪指导把这个疑问也说给了钱老师听。

"关于击剑线，这个视频系统捕捉和处理起来稍稍困难一些，回去我们再研究改进解决。"

钱卫东教授把要改进的问题列了一个清单：第一，回到起始线位；第二，击剑线视频判断；第三，裁判声音优先；第四，对方刺中亮灯后的停止进攻，延时一秒。击剑机器人"李白"，就像一个成长中的少年，在与外界的交战、交流中不断地改进成长。

汪益强指导突然发觉，钱老师哲学式的高度抽象概括令他很受启发。击剑在钱老师眼里，就是一些冷冰冰的数字算法和机械传动臂，机器没有丝毫感情，只有数字和预先设定好指令的系统。

如果动力能使进退速度足够快、机械臂传动足够灵敏，就完全可以形成一种积极主动进攻的打法，人类根本不是机器人的对手。那么，我们的运动员要提升的高度，不就是这一方向吗？一个选手水平的高低，其实也是生理极限的高低。想到这里，回想起自己运动生涯曾经以一剑之差输掉决赛止步于亚军，汪指导突然有一种十分凄凉的感觉，倒不仅仅是感叹自己，而是为每一位梦想夺冠却最终只能止步于自己运动生涯的最好成绩的选手。中国战国时的《商君书》中有一名言："王者之兵，胜而不骄，败而不怨。"虽然不怨，但每一个人都是希腊神话里的西西弗斯，推着属于自己命运中的巨石。

这时，一名工作人员朝汪益强走了过来，通知下午会议的事。汪益强想了一下，回想起刚才钱卫东教授的话："理论上，人工智能机器击剑，只要有一定的比赛规则，它就一定能战胜人类。"他决定邀请钱老师一起参加下午的会议。

汪益强指导拿起手机，打了一个电话："好，好！"随后他转身和钱卫东教授说道："钱老师，你下午是否方便一起参加会议，然后我们再一起商讨人工智能击剑机器人的事？"

"好啊，好啊，我们这次过来，慧海公司的董事长特意关照我们，要寻求和国家击剑队的长期合作。"

钱卫东首次听说新营养液的事，更是首次旁听有关兴奋剂的会议，这倒令他十分惊讶也十分好奇。如何把一台机器身上的每一个零配件研究透彻和如何把一个人身上的每一个细胞研究透彻，在哲学上有相通之处，它们都具备物质基础和物理特性，只不过一个是由无机物构成，另一个是由有机物构成。

国家击剑队三楼小型会议室里，关于新型兴奋剂的会议正在进行中。

如此正式为兴奋剂专门开会尚属首次，因为兴奋剂问题历来在足球、拳击、击剑等对抗性项目发生的概率极小。原因很简单，因为对抗性项目比拼的往往不是单一指标，而是综合指标。世界赛场上兴奋剂的重灾区集中在田径、游泳、举重、自行车等项目。

从杭州回来的击剑队营养师郑思恩，也有最新研究情况要汇报，下午的会议可是连夏鹏书记都参加了。

自从第一届奥运会开始，选手们为了夺冠，总是想尽各式办法，其中少数选手选择服用有助于比赛的"神药"。夺冠的念头以及这一念头衍生的行为，几乎可以写一部兴奋剂与反兴奋剂史，它们就像动画电影里的猫与老鼠互为对手，在进化的故事里不停地上演新的篇章。

1968年，反兴奋剂运动刚开始时，国际奥委会规定的违禁药物为四大类，随后不得不逐渐增加，目前已经达到七大类。虽然在分类时的表述有所不同，但基本上是按照这些物质的药理作用来分类的。

虽然关于兴奋剂，以前会议等也传达过相关文件精神，也组织大家一起学习过。但今天总局的一位负责兴奋剂方面的专员还是打开电脑，把最新情况向大家做了通报。临近大赛，各种真假难辨的备战消息总会涌现出来，也许是对手故意释放的烟幕弹，把竞争对手原本有针对性的训练引导到错误的方向。更有消息说，某国正在通过基因编辑技术，试图在少年运动员尚处于青春期时介入一种"基因转子"，以改变运动员体内细胞的特性，这显然有悖于当前国际社会对基因技术医学伦理的普遍共识，可是万一有人铤而走险呢？虽然不能轻易相信，不过依然值得进一步留意信息来源以及信息本身的可靠性。

随后，郑思恩开始重点汇报本次杭州之行的情况，首先他把墨香主任的研究团队对于运动员食谱和人体各类功能细胞的研究成果，下一步的进展预估，以及韩国运动队方面新的兴奋剂情况做了汇报，确切地说目前还不能称之为兴奋剂，因为国际奥委会已经规定的属于兴奋剂的药品名录里，不可能会有它，它的主要作用是增加细胞质内的线粒体数量和活性。

本次新的试剂，据目前了解到的情况推测，应该说更像是一种新的蛋白酶或无害菌或病毒，虽然传说是新冠病毒的变异毒株，但目前并不清楚究竟是变异毒株，还是在研究新冠病毒时，偶然发现的新的微生物。其对灵长类动物的运动机能有促进作用，据说主要机理是摄入或注入人体后短时间内可以引起人体细胞中线粒体的数量增多和活性增强，而线粒体这一细胞器，据以往的研究，与人体运动时所需大量能量相关。因此，摄入这一细菌微生物后理论上能促进人的运动水平提高，但目前缺少十分有效的例证，即使有，估计韩国方面也是保密的，是否有最新的进展，目前并不十分清楚。

而我们自己的研究，从小鼠实验上看，虽然有一定效果，但试剂将来要保持稳定性也存在一定的困难，因此在继续筛查和做进一步的寻找。

郑思恩对传言中的新兴奋剂做了简要汇报，又对不同食谱与对应人体细胞的生长发育的最新研究成果，以及下一步寻找更多志愿者进一步验证的计划，在会议中提出了自己的建议。

对于传言中的韩国运动员采用新的试剂一事，他建议即使我们自己不研发生产这样的试剂或营养液，但至少要引起足够重视，进行进一步研究或者通过发表论文，或者通过合适渠道向亚运会技术官员委员会汇报相关的新情况，以避免新药物滥开发以及滥用。

科学要靠经得起实验检验的数据说话，这个新任务就落到新湖大学的实验室，研究员首先需要寻找到传说中具有增加细胞线粒体功能的微生物、细菌、病毒或蛋白酶片段，然后再进行有效性试验。

不久，一个生物安全级别为4级的国家级生物实验室开始申请筹建，一项新的研究即将在新湖大学的生物实验室开始。

当天晚上，汪益强指导特意邀请钱卫东教授到击剑训练中心附近的一家茶楼品茶。

"钱老师，这儿的龙井茶肯定比不上您杭州的，我们就干脆尝尝我老家带来的茶，如何？"

"好啊，好啊。"

一名服务生为他们送上一壶福建武夷山的正山小种，其实茶叶是由汪益强指导特意带来的，他担心茶楼"挂羊头卖狗肉"，里面的茶品质不高。今晚，他要好好与钱老师讨教一下。

"钱老师，请品一下我们的福建武夷山的茶！"

"谢谢，谢谢，好香，好茶啊！汪指导老家福建的？"

"是的。钱老师，我想请教您，从您的角度，您觉得人工智能机器人主要能带给击剑队员什么？"

"请教不敢当，供您参考可以。从我的理解看，我觉得主要还是提供另一种角度的认识，"钱卫东教授稍稍停顿了一下强调道，"而且是可以验证可以拆分的认识。具体来讲，就是通过实践让我们的运动员理解机器反应的本质，通过这一思维过程反过来观照、理解击剑运动，因为从机械工程师的角度，就是他必须使用机器听得懂的语言，然后让机械的零部件去实现，不知道对击剑运动员帮助大不大？"

"怎么讲？"

"因为我们在做这款击剑机器人时，是要把击剑运动转化成机器能懂的语言，打个比方，千百个关云长敌不过一挺机关枪，如果一个士兵提了机关枪，但机关枪是没有子弹的，这士兵就根本不是关云长的对手。所以，关键不是机关枪厉害，而是机关枪必须有充足子弹，而且士兵也熟练掌握瞄准射击技术，才能敌住成千上百的关云长。现在更可以做出无人遥控的机关枪，转化成机器能听懂的语言，就是射击距离、射击频率、射击瞄准方位、击发指令，这些数字在决定胜负。"

汪益强显然听懂了钱老师的描述，心里产生一种对机器的莫名恐惧，虽然这是事实。

"攻击距离、攻击频率、攻击瞄准方位、击发指令，是这些数字在决定胜负。而击剑比赛规定的有效部位又那么大，对机器的视频捕捉系统来说，精度要求根本不算高，而前进、停顿、后退，从无人驾驶汽车就可以参照，技术上已经完全可以实现了。"

"那智能机器有没有不如人的地方呢？"

"有啊，智能机器不是人，而是没有贪念不会作伪的'人'，机器最大的缺陷就是，机器是一系列的是否，程序语言是设定好的，就像红灯停绿灯行，机器能遵从指令，而人却会故意闯红灯，故意能赢而不赢，而机器做不到，因为都是程序设置好的。"

"那机器有没有可能失控？"

钱卫东教授突然愣了一下，也许是之前没有深入思考过这一问题，也没有想到汪指导会这么问。

"有可能的吧，世上万事皆有可能，机器也会有失控的时候，但不会故意把1当作0来接受指令。另外人的肌肉细胞会疲劳，而机器不会，当然时间太长了机器也需要充电，芯片长时间工作会发热死机，需要通过重新启动恢复正常系统。所以，从我这个外行看，无论是击剑、足球还是拳击，我都归纳为方向轴上的进顿退，功能轴上的守防攻，水平高的选手或球队往往进顿退快而不乱，守防攻敏而连贯，具体反映到数据上，就是攻击距离、攻击频率、攻击瞄准方位胜于对手，进攻推进和防守撤退的速度要明显快于对手。而人体要完成进顿退、守防攻的动作是需要体能的，所以体能差的首先就处于劣势了，如果守防攻技术动作又差，那就更没戏了。欧洲运动员身高臂长，体能也普遍好于我们亚洲人，所以，像足球、橄榄球这些对抗性强的运动，我们亚洲人是处于先天劣势的。但这也没办法，就像在另一些项目上，我们亚洲人具备先天优势一样。"

参考钱卫东教授的逻辑分析，汪益强深感压力巨大，看来自己身上的责任很重啊。因为在钱卫东教授眼里，只有冷冰冰的数据分析。他不在意运动员甲或运动员乙，在意的是运动员甲或运动员乙身体本身的数据，如身高臂长以及运动员表现出来的数据，他们要改善的都是这些数据。然而，这些数据改善却又受制于我们的身体细胞的生理属性，面对冰冷的数据，看来时下热门的大数据分析，它既可以给人带来无限的希望，也可能带给你一种深深的绝望，因为那些预判未来命运的数据，改变它们可不容易。

"钱老师，来，请喝茶，谢谢，谢谢。"汪益强一边说道一边为钱老师的茶杯里续了茶，"听君一席言，胜打十次比赛实战啊。"

钱卫东教授喝了一口茶后，继续说道："进退速度、攻击距离、攻击频次，这些都是数据。而一个运动员要改进这些数据，实际上是改进身体细胞所呈现的数据，如呼吸的频率，这和人体肺部细胞的功能相关联，一次进攻动作又和人体相关肌细胞和神经细胞完成一个反射的时长有关系。而运动员所有的训练，说到底就是在训练这些细胞，使它们可以更高质量地完成特定的反应。一个击剑运动员无论多么厉害，只要断水断食饿他三天三夜再和他决战，他就会不堪一击。自古以来就有兵马未动粮草先行之说，因为饥饿而濒临死亡的士兵根本不堪一击，不是击剑意识或战斗意志变不行或具体动作要领他忘记了，而是他身体内的细胞状态变不行了。"这一见解倒不是钱卫东教授的首创，他也只是高度认可他同学朱为民的说法并转述而已。

汪益强突然感觉到，钱卫东老师的分析，好冷酷啊！

"其实，机器也是一样的。我们说这台机器好，那台机器不好，其实也是拿两台机器比具体的数据。当然，无论人体还是机器都是有极限的，人体有细胞生理限制，机器也有材料工艺的限制。"钱老师喝了一口茶，继续说道，"我们小时候学校组织义务劳动，那个年代倡导'能挑千斤担不挑九百九'，但是，体力小的学生，一副担子，挑不动就是挑不动，靠鼓励或惩罚，都是没有用的。"

汪益强指导今年四十多岁，钱卫东老师比他长二十岁左右。两人今晚倒是相谈甚欢，不过这和钱卫东老师说话总是慢条斯理也有关系。

"选材是很重要的，先天条件和后天努力，两者缺一不可。要我这个外行看，我觉得我们可以向自然学习，物竞天择嘛，就是只要创造一种外部环境，公平的规则，公正的裁判，公开的比赛就行，让大量的人参与，这个参与人数的基数要大，这也是我刚从慧海公司的董事长那里学来的，我认可他的这一理念。"

"哦，现在市场上企业家们也这么认为？"汪益强这才想起，钱老师不仅是人工智能机器专家，也是慧海公司研发团队的总顾问。

"是啊，以前我一直在高校工作，和企业家近距离接触机会不多，今年以来倒是频繁接触。接触以后，感受最深的是真正的企业家就是一群洞见问题、整合资源、解决问题的人。"

"这和一名击剑手发现对手的破绽、击中对手是否相似？"汪益强询问道。

"不是同一类型，"钱卫东老师说道，"企业家更加宏观，他解决的问题也是带有普遍性的，解决了以后带来的改变也具有普适性。比方说电饭煲、洗衣机的出现，解决的是每户人家的烧饭和洗衣问题。"

"那我们接下来一定好好地试一试这款击剑机器人。可是，它毕竟不像电饭煲、扫地机器人一样家家要用啊，慧海公司为什么想要推广这一机器人？"汪益强有点好奇地问。

"说起来你可能想不到，慧海公司的董事长现在已经是击剑运动的超级粉丝了。不过他的认识不同于普通爱好者，他认为击剑运动不仅仅是一项运动，他要让中国学生、学生家长、普通爱好者，通过和击剑机器人'李白'对打游戏，以寓教于乐的方式，体会进顿退、守防攻。进顿退的思维、守防攻的能力，可以帮助一个人的一生，或说一个人一生中都用得上进顿退、守防攻的思维。往大处讲，每一个单位、每一个国家，不也是或进步，或停顿，甚至倒退，以及守防攻嘛！要在守护国境安全、守护财务安全、守住身体安全、守住家庭婚姻安全、防住各种风险的前提下积极进攻。通过这一时尚的击剑机器人，既可以宣传击剑运动，更可以通过建立击剑俱乐部的方式扩大参与击剑运动的人群范围。"

"这想法不错。"汪益强感到自己好像隐隐体会到了慧海公司老板的深远用意，这和他计划写提案，想要呼吁击剑运动在青少年和大众领域推广是一致的。

"20世纪80年代，我们对金牌太渴望，也把金牌提高到一个和国家尊严和荣誉相关联的地步，这当然没有错。不过运动应该也有纯粹的一面，我有一点好奇，也想请教一下汪指导。"

"请教不敢当，钱老师，您请说。"

"我有点好奇，在世锦赛、奥运会等顶级赛事上，对一个运动员说'你不仅仅代表你自己，你还代表14亿中国人'，以此来鼓励运动员，是否反而会让运动员压力更大？"

汪益强愣了一下，原来钱老师不只注重机器的工程思维，这个问题可是心理范畴的啊。

"究竟是说'你不仅仅代表你自己，你还代表14亿中国人'，还是说'这仅仅只是一项运动，全力以赴打好每一剑就行'，得看临机决断时的具体情势，有点像兵法所说运用之妙存乎一心。"汪益强指导想到了即将来临的东京奥运会和杭州亚运会，想到了队员中家境富裕的刘楠晟，也想到了家境较为困难的雷小龙，想到了刚好有资格参加东京奥运会但恐怕尚没有能力得奖牌却有潜力在亚运会上大爆发的杜逸剑，也想到了本次已经确定下来的奥运会出征运动员名单。给口渴者以水，给腹饥者以食，给懦弱者以勇……虽然他脸上的神情没有丝毫流露，但这一壶武夷家乡茶啊，真是味道无穷！

当天晚上，汪益强把钱卫东教授送回酒店，独自驾车回家，一路上一直在回想着钱卫东老师的话，不由得又想起自己心中想要组织的"关于扩大击剑赛事和运动员选拔"的那个提案……

"数字化思维，讲究时空辩证，不唯上不唯书。"从此便印入汪益强的脑海里，余生再也没有褪去。

六、安全保障指挥中心

2021年9月10日，第19届2022杭州亚运会倒计时一周年，组委会还特意发行了一周年倒计时的邮票纪念封。

随着时间越来越临近，亚组委官方组织了一系列活动。

道理千万条，安全第一条！每逢盛会，安全总是被各级领导不断强调，但是光靠下发文件和各类视频会议强调是不够的，为了让各部门和广大市民一起配合，一场现场安全保障启动大会按惯例总是少不了的。适当的形式也是需要的，领导们决策时强调，不要一听反对形式主义就连必要的形式也怕他人议论。

2021年9月10日，秋高气爽，晴空万里，似乎生活中凡重大活动总是能恰逢好天气，背后更真实的原因，却可能和杭州处于亚热带季风气候区有关。

钱塘江旁，杭州新的市民中心广场，首场亚运会安全保障动员大会正式召开，各种警力队伍严阵以待。记者张安莉已经和同事早早地到了现场找好了摄像位置。

由于新冠肺炎疫情影响，参加本次动员大会的警种虽然没有减少，但警力规模都大大缩减，不过参演警队的气势威武雄壮，丝毫没有受人员减少的影响。对于原先"消防警察"这一警种，普通民众眼中过往熟悉的消防水带连接、负重跑、灭火器使用演练已经取消，一个更加数字智能化的消防系统演练以及检测试验在悄然进行中，数台适应不同建筑环境的灭火机器人正在上楼灭火。

记者张安莉来到指挥中心采访，本次现场报道她突出了火灾防控的更加自动化、灭火救援的更加智能化。

报警终端采用了当前最先进的传感技术，报警终端和报警接收机之间采用无线通信方式，依赖 GPS 卫星全球定位系统，GSM 无线移动通信系统和 GIS 公网无线通信技术或蜂窝网无线通信技术。

张安莉和摄像两人搭档采访，近距离感知各种智能机器的性能。

第二项测试是随机用户报警，导演组随机在地图上选了一家饭店，它位于长春小区一楼的沿街店面房中，系一家老杭州味道的面馆——阿莫儿面馆。

阿莫儿大叔配合演练厨房不幸起火，时间是下午 2 点，中午最忙碌的高峰时段已经过去，堂内只有三两名食客，倒也符合就餐高峰后整理后厨时不小心失火的真实剧情。

当中心接到报警后，车上配有的 GPS 卫星定位自主导航仪就迅速显示出报警的地点、路线、用户名称等，调出报警用户的灭火预案资料，接通 GSM 通话功能和监控中心通话，迅速达到支队、中队、消防车三位一体信息共享。演练没有丝毫悬念，阿莫儿面馆的"火情"不到 5 分钟就被及时赶到的消防支队泼灭。

119 指挥系统则用 Mapinfo 成功解决了比例尺为 1：10000，1：2000，1：1000，1：500 的地图的合成问题。通过此系统，可以在输出终端看到高清晰度、高质量的地理信息画面，能够快速在计算机显示屏上显示城市地理位置图、警区分布图、警力动态图、大型建筑物、公共服务设施分布图、人口密集区域等地图信息，可以多层显示、区域自动切换，系统控制人员对地理信息的画面可以任意搜索、放大、缩小查看，也可以通过指定所观看的地名显示出图像。

此时可以看到正在紧张建设中的亚运村的实时景象，将来系统安装完备则几乎可以覆盖亚运村的每一处角落，杭州威海公司可是做了一笔大生意。

交警辅警组在交警指挥中心更是提前开始抽调一批年富力强的骨干，不仅业务能力要强，更是注重了外语能力的考核选拔和进一步培训。

特警防爆组已经在专门的训练中心开展无数次训练。本次安全保障工作，事关许多国家的运动员和官员以及游客。他们在演练大会上只是雄姿英发地亮了个相，而演练部分没有在公开场合进行。

一支专门加强网络安全的警力队伍已经积极组建完成，他们没有参加公开亮相的动员大会活动，其实他们的专业本领是在屏幕前，用键盘和鼠标作战。特别是公共网络计算机领域安全人员，在已经进行的演练中，100台各种品牌的手机，不到20分钟就被彻底解密，由此可见他们的技术实力，不过现在全世界的黑客们，技术水平也在一日千里地进步，所以这支网警精英一刻也不得松懈。

钱塘江江堤上一个"万米长卷祝福亚运"的少年儿童绘画活动也正在举办中。

而钱塘江面上，有一款集最新的复合材料技术、水下动力推进技术、自动控制技术于一体的新一代水上无人船产品，侧扫声呐、声学多普勒流速剖面仪、单（多）波束测深仪，还有可用于及时检测水质安全的多参数水质分析仪等器材也在一应进行演练测试。

水下机器人包含声呐、摄像机、垂直机械手、鹰式对合机械手，另有三组水下蛙人参与现场演习。

空中特警以及一架空中急救直升机参与了此次演习，搭配了来自浙医一院的医疗紧急小组，许馨和她的一名同事参与了演习，而她的另两名同事则在地面小组正给志愿服务者进行急救知识培训和心肺复苏技术动作演练。

传染病等公共卫生领域的安全演练也正在进行，为避免公众不必要的恐慌，演练没有邀请媒体参与报道。

一位领导正在讲话强调："我们除了注意常规领域的安全保障，务必注意各类打着亚运会名义的经济领域诈骗犯罪活动，以及来自境外的各类非法金融活动。"

"今天虽然现场测试都很顺利，但大家千万不要掉以轻心，以为测试通过、检查通过就万事大吉，别忘了一个月前一场暴雨就让一座城市瘫痪的惨痛教训。那些早先投入巨资的智能系统、大数据系统呢？都在暴雨和不及时作为中失了灵！一句老话说得好：因为少打了一个马钉，丢失了一个马蹄，因为丢了一个马蹄，影响了一匹战马，因为一匹战马，影响了一个传令兵，因为延误了一个传令兵，失败了一场战役！请大家管好自己负责的每一枚马钉。"各项演练结束，在各小组指挥长出席的小型总结会上，一位大领导总结道。

除了专业警力，其实各种社会组织也都在以自己的方式积极准备杭州亚运会，杭州蓝青中学的菅校长正在学校的体育馆讲话，站着听他讲话的是一群合唱团的学生和一群击剑社团的学生和老师。

"我们一定要好好利用这次杭州亚运会的机会！在全市群众性迎亚运节目的选拔赛上争取到最好的成绩，我觉得我们的击剑社团最有希望入选亚运会群众节目，一旦入选，这是学校无上的光荣。"

报名亚运会小记者的同学们，则利用一切机会学习采访和写作各类与亚运会搭边的通讯稿，他们由学校的一位语文老师带队。

合唱团排练的是一首由本校的音乐老师姜大卫创作的迎接 2022 杭州亚运会的原创歌曲：《我们的星球我们的命运共同体》。目前先尝试排练，老师们准备发微信朋友圈，看看大家的反应，反应不错的话就决定拿这首原创歌曲参赛。

纵然是冠军永远唯一个

万千健儿我们奋力勇争先

纵然是地球孤单单一个

万类物种我们共生相和谐

彼此竞争成败输赢全体对手非为灭

你我觉醒生老病死每个生命皆有限

生命是有情世界中最贵

你我啊生命同源相爱相惜

和平是混沌宇宙中最美

你我啊和谐共生携手向前

纵然是冠军永远唯一个

万千健儿我们奋力勇争先

纵然是地球孤单单一个

万类物种我们共生相和谐

彼此竞争成败输赢全体对手非为灭

你我觉醒生老病死每个生命皆有限

生命是有情世界中最贵

你我啊生命同源相爱相惜

和平是混沌宇宙中最美

你我啊和谐共生携手向前

啦啦——啦啦啦啦啦——啦啦

你我啊生命同源相爱相惜

啦啦——啦啦啦啦啦——啦啦

你我啊和谐共生携手向前

让我们祝福地球长存宇宙亿万年——

"好，好，不错的，为我校姜老师点赞加油！这歌曲主题和人与自然生命共同相关联的，我这外行觉得挺不错，不过你们最好还是请专家多指导指导，在网上请不同年龄的群体多提提意见。"原创总是宝贵的，菅校长倒是非常支持，"坚持原创，同时坚持请专家指导不断完善，两者并不矛盾。"

在馆内大厅的东北一角，击剑机器人"李白"安静地矗立在那里，仿佛也在聆听人类的谈话。"李白"是601班的学生钱一新带到学校里的，就像一位不断成长中的少年，几经改进它经已功能越来越强大，能作诗能击剑，钱一新准备在今天的社团课上向同学们炫耀一番。

借着亚运会的东风，长春街道社区也在积极参与亚运会的宣传，并且积极争取在广场舞选拔赛上脱颖而出，成功地在亚运会群众节目上露一手呢，一位街道领导模样的男子正在讲话："我们一定要好好利用这次杭州亚运会的机会！虽说是中国大妈广场舞，但要跳得好、跳得有水平也不容易，我们要在音乐上、服装上、舞蹈动作编排上精雕细琢，努力跳出新水平、新气象，在亚洲人民、全世界人民面前展现我们杭州大妈的风采。把端庄典雅的旗袍秀和热情活力的广场舞有机和谐地编排在一起，这相当不容易！这要有点儿水平的！刚才看了一下效果，蛮好蛮好。不过离正式选拔还有一年时间，我们大家继续练习、继续改进。"

"这位是刘慧娟，我们这次旗袍秀的赞助公司的老板娘，她儿子可是一位亚运会击剑健儿呢。"

街道工作人员赵雅琴向社区领导徐书记介绍道。

社区领导徐书记则强调了要注意亚运会期间垃圾分类卫生、水电安全、文明出行、邻里和谐。这些平常就在做，届时要做得更好。这既不是形式主义，也不是表面功夫，而是中国人、杭州人的待客之道！

受到现场热烈气氛的感染，杜逸剑的妈妈给儿子打了一个电话，幸运的是杜逸剑这次倒是立刻接通了电话。难得儿子今天当场接了电话，兴奋的她赶紧打开视频模式，把周围热闹的人们拍给儿子看，也是对儿子的鼓励。

出于防疫需要，亚运村的快递服务公司只选了一家，经过筛选，顺通快递浙江公司最终入选。作为一家主要经营国际、国内快递业务的国内快递企业，为广大客户提供快速、准确、安全、经济、优质的专业快递服务是立足之本。今天是亚运会开幕倒计时一周年的日子，分公司领导正在强调在亚运会期间做好更快捷、更安全、更优质的服务，全力高效地保障亚运会期间的快递任务。

会上，快递公司杭州分公司员工代表程向东正在代表快递员队伍发言表决心："我们一定在这次杭州亚运会期间，用最好的状态做好快递服务保障工作，让每一件快递包裹安全、快速地到达用户手里！"

杭州慧海智能机器人公司机器歌舞联唱节目也在紧张编程排练之中。

数百台机器人排列着，场面十分壮观，随着音乐的伴奏，它们跳着不同风格的舞蹈，整齐划一，比人类做得好多了，因为只要输入一样的程序，它们千万如一。技术人员正在调试，并且配了各类音乐。

由于东亚、南亚、中亚等国的音乐风格各异，舞蹈特点也各不相同，如要达到完美的演出效果，对机器人的硬件性能要求极高，尤其是液压关节的灵敏度，技术人员正在不断调试着机器人的卓越性能。

与2008年北京奥运会开幕式相比，本次亚运会中不少人工智能设备得到了广泛的应用，机器人的剑舞和大妈广场舞江南旗袍秀，分别代表科技未来与民族传统的完美结合，其作为一个候选节目正在编排。好在技术组人员对于机器舞蹈的呈现已经有过中央电视台元宵晚会节目的经验，目前正在精益求精地改进。

"我们一定要好好利用这次杭州亚运会的机会，不仅奉献出精彩的节目，更要展示我们产品的卓越性能！为杭州添光彩，为公司争荣誉。"

楼建成董事长与一线员工畅谈亚运会后公司新愿景。

钱卫东教授参加完慧海公司这一针对亚运会的专项会议后，就早早地离开公司，今天他要去接外孙放学。

钱卫东教授等在校门口排队的家长群中，因女儿、女婿和老婆都没有空，难得要他接外孙放学回家一次。不一会儿，他就远远地看见外孙背着书包，手里拖着击剑的剑包走过来。他赶紧迎上去，想接过外孙的剑包。谁知外孙一见到难得来学校接他的外公，突然委屈地哭了起来。

"怎么了？怎么了？"

钱卫东教授被外孙搞得一头雾水。

原来今天学校社团课上，外孙钱一新击剑比赛输给同学了，而且是输给了一位才刚入社团的新团员。据说人家只是在家里自己练练，都没有在外面俱乐部学过，练剑才一年多。不像钱一新，除了学校社团学习，还得到父母支持，每周一次在击剑俱乐部提高练习，"剑龄"都三年多了。

一路上，除了击剑比赛输了，钱一新还在生气同学们喊他的绰号"长江8号"，那是看了《长江7号》以后，几个调皮的男生给他取的绰号，今天好几个同学又叫了他这一绰号，嘲笑他启动、进退迟钝。

钱卫东教授笑哈哈地安慰外孙："我们钱家人比较胖，比较不适合搞运动，但擅长科学理性分析，譬如你妈从医学院毕业，在医院里做护士长，无论什么急症，跟医生一起在手术室或术后重症监护室，她都能做到'忙而不乱、敏而不急'地冷静处理。"

回到家，钱卫东教授特意让钱一新拿出一挺小时候玩过的玩具机关枪，在客厅里给外孙讲解起击剑的原理来。

"喏，第一呢，凡事要弄懂规则。"

"规则我懂的，外公。"钱一新有点不服气。

"别急，弄懂规则以后呢，俗话说'千百个关云长，敌不住一挺机关枪'。为什么一千个这么厉害的关云长还敌不住一挺机关枪呢？"

"那还用得着说嘛？机关枪厉害呗。"

"这个你说得对，关键是机关枪厉害在什么地方？"

"打的又远又快，子弹嗒嗒嗒连续不断！"

"嗯，回答得好！记住你刚刚说的'又远又快，又连续不断'，这才是关键。"钱卫东强调道，"如果规则是那一千个关云长也都每人一挺机关枪，那谁厉害呢？结果是不是又不同了？"

"一千打一，那还用得着说嘛。"

"击剑比赛是谁先击中谁得分，同时击中同时得分，哦，对了佩剑、花剑是不是有优先权一方得分？"

"是的。"

"进攻距离、进攻速度、进攻精度才是击剑获得胜利的关键，就是你刚才说的又远又快又连续不断。"

"现在，你明白今天你为什么输给同学了吗？"

"知道了，不够远不够快不够连续不断。"

"对喽。"

"可是，外公，我动作搞不快，快了就气喘。"

"不要紧，这是我们家的优秀基因啊，俗话说，十个胖子九个富，只怕胖子没屁股。我们不一定擅长运动，但脑子是清清爽爽的，脑子清爽才不会手忙脚乱，懂吧？弄清楚事情的原理以后，再输了比赛可不许哭，哭有什么好处啊？什么好处都没有，再说弄清楚原因以后，输了比赛也没关系，比赛嘛，总有人要输的。"

"那外公，您怎么不胖啊？"钱卫东一下被外孙问得答不上来，虽然他心里知道答案。

成年人的世界，总是会有事看透话不说破的情形，也有话说透未必事看透的情形。中国击剑队正在召开杭州亚运会备战启动会，一位领导正在讲话："竞技体育历来都是残酷的。没有弄虚作假，没有官僚主义，也没有形式主义生存的空间，只有真正的实力才有说话的舞台！贪腐不一定只是指经济领域，没有100%的努力准备，却想要100%发挥，也是一种贪；一个人没有100%甚至120%的拼搏，也是一种腐。每一位选手都要全力以赴奉献精彩的比赛，展现积极向上的体育精神！"

而亚组委领导们一直关心的可是全局，这一大局就是在亚运会历史上举办一届成功的精彩的令人难忘的比赛。目前各项具体准备工作实施起来却是千头万绪，工程质量一点都不能马虎，进展时效一点都不能耽误，施工安全一刻都不能懈怠。

除了将来万人瞩目的杭州亚运会主体育馆受到媒体和周围群众的格外关注，金华、温州、湖州等城市的亚运会分赛场体育馆也都在紧张的施工中，更有亚运村的建设和安全、城市大脑、亚运大脑……

好一派繁忙景象！

七、亚运村

为成功举办杭州亚运会，一批体育馆要新建，一批体育馆要翻新，一个规模更大的亚运村要全面建设。

据政府规划，亚运村面积3平方公里，与世纪新城、奥体博览区复合联动，建构强大的城市能级。目前，已经在1平方公里范围内开始实施，总建筑面积241万平方米的建筑物已经拔地而起。

钱塘江南岸，大寨河的北面，一年时间就长起了一座新城。

几代人都生长在钱塘江边的孙长子觉得，这些楼房就像是自己长起来似的，像春天里的麦田，风吹就蹿，一下子，就从荒地到打桩到一层一层向上长，一不留神就眼见它们结顶了。

孙长子骑着电瓶车，看上去有点像长颈鹿坐在矮凳上。孙长子其实叫孙成根，1米91，在他那个年代，这可是一个了不起的身高，所以有了这个绰号。当年江边村的村民们为他感到可惜，说他只能在家种田而没有机会为国家去打篮球。他的车前面载着他5岁的孙子，他们今天特地来亚运村建设工地转一转，看一看。5年前，他们家就住在这一片土地上，而这片土地可是他们家祖孙四代生活的地方，他们在钱塘江边谋生计，从茅草舍到砖瓦平房，又从砖瓦平房到楼房，而现在，一切都没有了影子。

听说有关部门正在建设一个钱塘江滩涂博物馆，把浙江萧山成千上万劳动人民在钱塘江边滩涂上围垦的战天斗地历史，把更早先的钱塘江边人文历史保留下来，让钱塘江边的后代子孙了解先民的英雄事迹。说起来，孙长子当年才18岁，也参加了这场规模浩大的劳动，还好孙长子个子高，那些身子矮小的村民，真当罪过，半个身子一不小心就陷到滩涂烂泥里去，两只脚拔都拔不出来，一天劳动下来，腰酸背痛，人都像彻底瘫痪了。可是，第二天要继续干，每天才赚8个工分。正是因为有了在钱塘江滩涂里围垦的劳动经历，孙长子想，他们家的地基，原来应该也是钱塘江滩涂，不然为何老辈人嘴里一直叫作沙地片呢，那是鲁迅先生写的关于他的少年伙伴闰土的故事里能种西瓜的月光下美丽无比的沙地啊。而孙长子的爷爷一辈，当年在沙地上种植蔬菜，靠着一根扁担挑着梅干菜萝卜干去萧山县城、绍兴县城里叫卖，再换回油盐酱醋，如果逢年过节挑一坛绍兴黄酒回家，那可是一路会让许多邻居都羡慕不已。

他们家宅基地的原位置上现正在建的楼，这两天刚刚结顶。孙长子停下车，驻足在一块工地告示牌前，据上面文字介绍，这里建的是亚运会期间的运动员村，到时候应该是亚洲各国的运动员住的。

"垚垚，再过一年，会有很多外国人住到这里，来参加杭州亚运会比赛呢。"

孙子取名孙火垚，因为算命的说他命里五行缺土，而中国传统五行学说认为金生水、水生木、木生火、火生土，所以取名火垚。当时听算命的这一说，孙长子结合自己的生活经验，觉着木头会生起柴火，火灭后就变灰土，木生火火生土还真有道理，一个1800元的取名红包也就心甘情愿地付了出去。

孙长子无论如何想不到，16 年以后，他的这个孙子，却机缘殊胜，因为小学就开始练游泳，也许基因里手长脚长、手大脚大，一路游进了体校。从区体校到市体校，最后一路到省青年队，22 岁那年参加第 23 届亚运会，首次参赛就夺得了一枚铜牌，倒是在水里打开了一片天。当然那已经是 2038 年的事。那时又有村里人说他孙子是命里缺火不缺水，所以天生适合游泳。

而现在，他孙子才 5 岁，人生才在懵懂中起步，未来的可能除了天知晓，基因知晓谁也无法预知。不像亚运村，完全按着设计图纸在一天天的建设中逐步推进。

亚运村设计搭建一环两带，四个生态村落组团的架构，创建四个富有特色的风貌区，由一条生态轴相互联系。

杭州将按照"绿色、智能、节俭、文明"的办赛理念，以"先谋城、后谋村"的整体规划设计思路，努力打造一座绿色、生态、低碳、健康的现代化新城。在功能定位上，以满足赛时使用为亚运村建设的第一目标，注重赛时的功能布局，充分体现出以"运动员为中心"的原则，在充分满足亚运会赛时使用要求的同时，兼顾赛后功能转换，确保节俭办赛。但是，再怎么节俭，对于像迪恩的祖国这样的太平洋岛国来讲，这也是一笔巨大到无法承担的资金。

亚运村的建设以体育设施特点为基础，以人为核心，努力升级打造一座人居理想生活的未来社区，以"健康运动、人才安居、智慧生活"为范标特色的未来化标杆样板。在人文展现上，通过现代大气的建筑形态，结合区域环境特点，营造出形式多样、尺度宜人、富有活力的城市公共空间，充分展现出"时代特征、江南特色、杭州特点"。

上面这些大目标大口号大道理，江边村的村民们一来听不大懂，二来也没有兴趣听，大家最关心的是拆迁房屋的补偿款和安置房的地段和实际面积，这才是关键中的关键。人类都是"经济动物"，这是一点也不会错的，无论是目不识丁的文盲还是满腹经纶的高知，每天都要吃饭才能活得下去，吃穿住才是最大的实事求是。

拆迁时，村干部可是使出浑身解数，各种宣传和各种办法都用上了，好在村民们大多数都比较配合，拆迁工作进行得比预想的顺利。孙成根家就分到了三套拆迁安置房，离亚运村也不是太远，今天骑电瓶车过来，也只要十几分钟。

当时，村干部动员大家拆迁时，极力宣传亚运村是大家的亚运村，将来建好了，人人都可共享许多群众运动设施，大家也能更好地从农村村民变成城市居民，特别是对下一代的健康成长环境会大有提升。

不过今天，孙长子看到的还是结顶的毛坯房，建筑物到底用来做什么还不大看得出来。只是他们家的老地基以及屋前的池塘，连大约的位置都找不到了，他儿子小时候只要一看到门前池塘里的鹅，就会一刻不停地背诵幼儿园老师教的《咏鹅》。

孙长子觉得世道真是变得快，不到40年，他做梦也没想到，自己现在已经稀里糊涂地变成城里人了。当年可只有考上大学或中专的村里优秀青年，才能迁户口变成城市居民。而他家现在是拆迁安置房子三套，一套自己住，另外两套出租，光收房屋租金就是十几万一年啊。

村干部，哦不，现在改称社区干部还在不停地宣传，咱中国老百姓幸福的好日子还在后头！以前只是新闻联播里看看的北京上海大都市的地铁，不久就要修到他们家的附近，而他亲家，九年前杭州第一条地铁就通到了他们那里。

而现在孙长子的脚下，按规划，要结合地铁六号线亚运村站设计 TOD 全覆盖的公共交通网络和站点，提供一站式的便捷生活。

报纸上宣传，将来将通过亚运升旗广场、杭州院子等传承亚运文化遗产，承载城市的历史与记忆，传播杭州文化，展现杭州的独特韵味别样精彩。

听说受疫情影响，项目进度都受了影响，孙长子载着孙子绕一圈准备回家去。当他们路过亚运村技术官员村外围时，远远地看见电视台记者正在采访施工经理，他特意减慢了车速。

电视台记者张安莉正在和搭档一起采访幕墙项目龚经理，受新冠肺炎疫情影响，施工单位进场时间比原计划推迟 1 个月，为挽回耽误的工期，项目部充分调配资源，开足马力按下了建设"加速键"，确保在会期顺利投入使用。

技术官员村是杭州亚运村的核心组成部分，位于杭州萧山区钱江世纪城中心区北部，与钱江新城隔江相望，亚运会期间将为裁判员和随队技术官员提供住宿、餐饮、休闲、娱乐等服务。该项目幕墙工程，作业面积达 77000 平方米，预计在 2021 年年底完工并达到竣工备案要求。

三十出头的龚经理介绍说："今年国庆中秋双节期间，为抢抓有利施工时间，充分调配资源。160 余名项目管理与施工人员全部放弃假期坚守岗位，到假期结束时，项目部定下的 B5 楼 1000 平方米石材龙骨安装目标已基本完成。"

抬头望过去，如今的施工现场仍忙活得热火朝天，由于项目对粉尘、噪音、光污染、夜间施工以及周边道路的保护清扫等有很高的要求，为保证安全文明施工与建设进度，项目部采用轮班工作制错峰施工，力求现场每个工作面都有人干、每天都有人干、每晚都有人干。"虽然不是比赛场馆，但也是服务亚运会的工程，能够参与到建设中我很骄傲。"现场施工经理刘大海满脸兴奋地介绍道，他还期待着亚运会期间能带着他东北老家的家人到杭州来，亲自带他们看看自己流汗奋斗过的项目。

据悉，杭州亚运村以"三村（运动员村、媒体村、技术官员村）合一"为主要功能布置，建成后将为1万余名运动员和随队官员、约5000名媒体人员、近4000名裁判员提供星级服务，满足所有人员生活需求和相关公共配套服务，为杭州亚运会的开展提供重要保障。截至目前，杭州亚运村技术官员村二期项目龙骨主体完成了85%，幕墙样板间已完成并通过了业主验收。

现场采访一结束，张安莉他们又去了工程建设指挥部，了解最新的信息。

根据亚运村建设时序安排，始于2018年6月开工建设的亚运村，将于2021年12月底前竣工，2022年3月底前投入试运行。

目前，建筑幕墙、精装修工程以及周边道路、轨道交通、水电气等基础设施和绿化景观工程都在有条不紊推进中。接下来，将继续细化优化设计方案，完善建筑细节，以满足赛时功能布局的需求，为建成交付使用以及赛事顺利进行，提供有力保障，负责消防设施的威海智能公司，已经提前介入相应的施工。

地面上热火朝天地加班加点确保进度，地面下也一刻不停，两条地铁、两条地下隧道正在建设中，亚运村多维立体交通正快速成形。

一年前市规划和自然资源局对杭州亚运村运动员村1号地块、运动员村2号地块和技术官员村地块建设工程方案进行了公示。方案中有高层住宅、幼儿园、滨水景观居住区以及TOD上盖综合体等。一系列动态意味着，万众期待的亚运村，越来越近了！当然，这一大项目，怎么可能缺失民用房地产这一块呢，目前整个亚运村约有5000套住宅可以销售。

开发商的售楼部早已建好，只是一直没有正式对外开放，它们在等候一个最佳的开盘商机。

孙长子和他们村里的村民们，感叹最多的，还是周边的房价涨得太快了，现在按房价算，孙长子家的三套拆迁安置房合计估价都已经上千万，按这么算他是千万富翁了，这在30年前，可是连做梦都不敢想。20世纪80年代，那是一个万元户就能得到县广播站采访报道大肆宣传的年代。

孙长子一边开车回家，一边问小孙子："垚垚，你长大了也做一名运动员，参加亚运会怎么样？"

"不要，我要像姑婆家叔叔一样当警察。"孙子三岁时的理想是像表叔叔一样，当一名警察，没想到到现在还没有忘记。其实他表叔叔余志刚也是受其堂叔余仁贤影响，考上警校，毕业后当了一名交通警察。因为各方面表现优秀，又会讲外语，听说过一阵子，就要调到亚运会交通保障组里工作。

半路上孙长子遇见同村的大胖阿花，估计她是从她娘家回来。大胖阿花生了两个女儿，小女儿的婚姻大事还未着落，前阵子正要托孙长子帮忙做媒说给他外甥余志刚，孙长子可不敢答应，他外甥的要求高着呢。虽然说余志刚也27岁了还没有女朋友，但听说和一个电视台的女记者关系不错，可外甥说那是一般的好朋友，让家里人不要急。唉，现在读过书的年轻人，心里如何想的，他们老一辈真是想不明白。他自己在他外甥这个年纪，结婚5年，连儿子都4岁了。

他儿子四五岁时，看见石墙的缝隙里、房顶上的野草作物，常常会问他，那些草啊麦苗啊是谁种上去的？孙长子告诉儿子，那是风啊麻雀啊把植物种子带上去的。

可是，也许是对小时候老爸的回答不满意，等上了小学后，他儿子有一天下午竟然爬到房顶，去看屋顶瓦片缝里的植物。儿子一不小心滑了下来，还好孙长子那天就在旁边，看见后身长脚长手长的他跑过去，眼疾手快把儿子接住了，真是大人小孩都惊出一身冷汗。

光阴似箭啊，转眼孙长子的孙子都5岁了。

现在年轻人的婚姻大事，父母总是瞎操心，孙长子的妹妹经常唠叨，孙长子总是安慰说，外甥一表人才帅气十足，职业又是警察，找女朋友的事做爹娘的着什么急啊！再说儿女结婚这种事爹娘着急也不管用啊。

可是，人类希望一代一代往下传的心理，却是古今相通的，甚至连由人类发明制造的器物也如此。无论是早期盛饭的器具、盛酒的酒具、盛茶的茶具，还是牛车、马车、汽车，人类建立起博物馆，把它们当宝贝收藏起来，分门别类，不同历史年代的器物陈列在那里，像极了人类的谱系。

纵然是山川土地，人类自有名称地图记录以后，情形也相似。自唐代就设有驿站的石坑村，后来宋朝时改名为安坑，再后来改为石溪、石岛乡、石岛公社、石岛镇，一路演变。

眼下，钱卫东老家浙西石岛镇，美丽乡村建设正在如火如荼地开展，一所在原来人民公社时大礼堂旧址上新建的文化礼堂已经落成。而经过改进的机器人"李白"，成了石岛中学学生们的好朋友，既是他们紧张学习之余的玩伴，也是一个迎接中考的特殊精神加油站。

击剑社团开展一个完整学年以后，在石岛镇美丽乡村建设的表彰大会上，家乡的人们特意邀请钱卫东教授领取特别贡献奖，以表彰他为石岛镇教育事业和乡村建设做出的特殊贡献。

"谢谢您啊，钱老师。"石岛中学的朱校长坐在钱卫东教授一旁，一脸真诚地感谢道。在一月前浙江省青少年击剑俱乐部联赛上，石岛中学一鸣惊人，取得了2金1银1铜的好成绩，朱校长还兴致勃勃地给钱老师看了孩子们夺冠后的视频。

"拂拭倚天剑，西登岳阳楼。长啸万里风，扫清胸中忧。"

只见四名穿了击剑服胸前挂了奖牌的女生开心地一起在朗诵李白的诗。

"万里横戈探虎穴，三杯拔剑舞龙泉。"一名男生也在念李白的诗。

"将军自起舞长剑，壮士呼声动九垓。"另一名男生，胸前挂着金牌在摇头晃脑地念诵。

朱校长介绍道，两名男生都得了第一名，四名女生获得了团体第三名。

看来，孩子们确确实实既练了剑锻炼了身体，还跟着机器人"李白"记住了不少李白与剑有关的诗。李白现在在孩子们眼里，可不仅仅是一位诗人，还是一位英姿飒爽的剑客。

晚上，朱建国老师邀请钱卫东住在他家，两人喝酒聊天，回忆少年时光。临睡时，朱建国特意陪着钱卫东一起睡在三楼客房，以弥补钱卫东一年多前没有来得及吃自家上梁酒的遗憾。这个晚上，他们想起40多年前读高中时，最后一个学期学校特意加铺让毕业班学生在校夜自习、住通铺的情形。

夜里，钱卫东却做了一个与朱为民在一起开国际会议的奇怪的梦，梦境里的内容在醒来后依然十分清晰。

"性是一种本能，主要受性激素水平的控制。基因是一截可遗传的DNA片段。俗话说'阴茎一勃起，理性就从窗户里飞走了'，这间接证明激素和麻醉药物会影响一个人的理性思考，也即影响人的意识——念头。对人类而言，最危险的两个器官就是生殖器和大脑，关于生殖器、性激素以及性心理方面，奥地利精神病医生、心理学家西格蒙德·弗洛伊德做过系统的研究，并出版有《梦的解析》一书。对于大脑，我们人类依然没有搞清楚的方面就多了，人的念头到底是受谁控制？东方佛教的古法是禅定，可是'出定'以后的念头呢，谁能控制？念头是什么，它在哪里呢？在'心'

里——这显然在现代医学里不成立，在脑部大脑神经细胞中？可是最简单的单细胞生物并没有大脑，它也会表现出向着食物，向着（或躲避）阳光移动的主动性，它的意识念头又来自哪里？人类心里的念头或脑中的念头到底在哪？它又是如何影响人自己，甚至影响他人乃至后世人类呢？我们猜想，脑神经细胞中应该有一种物质，它或许在细胞核内的染色体中，也许就在碱基上，我把它称为'念子'，由念子会产生'念头'，由念头产生'念素'，'念素'就呈现在脸上体表。目前只是猜想，需要用实验方法来找到。真正的意识'念头'不是凭空产生的，而是由一物质基础决定的，这就是念子。念子在哪里？我们推测它在脑神经细胞的细胞核中，在碱基对中或碱基对旁边独立的一种人类至今尚未发现的物质，随着显微镜精密倍数更高以及显微技术的不断提高，人类一定可以找到人类'潜意识'的源头物质——念子。"老同学朱为民正意气风发地阐述他的研究猜想和思路。

第二天回到杭州，慧海公司董事长把一系列涉及股权期权等报酬的正式文件给了钱卫东教授，这算是一个于未来有益的好消息。而令人悲伤的是，钱卫东接到朱为民在德国的忘年交陈航发来的视频，告知他，朱为民因家族遗传病不幸去世了。而视频中是躺在病床上的老同学和他说的一段话。

"谢谢你，老同学，家乡友好学校的事接下来要拜托你啦，这个事，很欣慰，谢谢大家。"

而一年前两人在德国相聚时，朱为民本想 60 岁退休以后，重点探索寻找人类脑神经细胞中的念子，却不料人生骤变，生命竟这样戛然而止。

八、生物制药以及医药营销公司

青春易老，流年易逝，人生短暂啊。

回国集训近一年，好不容易踏上了东京奥运会的比赛剑道，遗憾的是，朴星泰在第一轮就惨遭意大利选手淘汰。他们的李教练认为是他参加世界级的大赛太少，经验不足，过于紧张而失利。参加完 2021 东京奥运会以后，为了不至于对学业造成严重影响，朴星泰比赛一结束就匆匆回到了美国继续他的医学深造。

2021 年，美国新总统上任，数额高达 2 万亿美元的经济刺激计划顺利获得国会通过，货币宽松的综合影响开始向全球溢出，所到之处真是"月亮弯弯照九州，几家欢喜几家愁"。

经过 2020 和 2021 两整年，麦克·道格拉斯家充分利用了新冠肺炎疫情，在防护服口罩以及相关药物疫苗供应上大赚特赚，家族财富增长不少。眼下，麦克的击剑教练朴星泰无意中说起的有助于提高运动成绩的"新药"，让他兴趣陡然上升，他都迫不及待地要安排去一趟韩国，实地去考察一番。

如果情况确实如传说中的那样，他就会好好和他的中国同学楼永旺合作，去打开中国市场，因为地球上的人都知道，21世纪，无论销售何种产品，中国可都是全球最大的国际市场啊。

麦克晚上和他老爹联系，说了一下这一信息和他的想法，得到他老爹的热情反应。他老爹特意翻出了2017年10月第一届天然药物及仿生药物国际研讨会的参会者手册、与会者名单，那次会议在中国杭州西湖国际会展中心成功召开，参会嘉宾有1500余人，而道格拉斯家的家族药企就是其中之一。

五天会期里，300位国内外知名专家学者围绕"化学生物学驱动的药物创新"开展交流和讨论，分享了12个大会报告和37个分会报告，参与了1个主题论坛和3个主题讨论。而麦克老爹的主要目的却是广交朋友、建立人脉。中国14亿人口的庞大市场，会令任何一个商业人士垂涎欲滴。

趁着疫情期间学院的课程大半都通过网络授课，麦克拿到他老爹给的资料后，心中念念不忘他的一个宏大设想，满怀期待地买了一张机票飞往韩国。

麦克家庭一直在留意对人类有奇效的药物的报道，这也容易理解，因为人类无论贫富最怕的就是死亡和衰老，所以医药公司总是围绕着这两大类问题开发新药。虽然科研人员也知道，人类的肉身总是会在某一天死亡。其实那些寻求高端医疗高端养老健身保健的人士也都知道，但仍然愿意花时间精力金钱去追寻，据说中国的秦始皇晚年就不停地寻找"不死药"和"神仙药"。

而麦克这次特别旅行，目标是推广一种可以提高运动成绩的新试剂，而在和中国朋友楼永旺的闲谈中得知，中国每年有数千万的学生要通过中考体育测试，那会是一个多大的市场啊，只要有考试，中国就会催生出一个庞大的应试市场，这让他觉得值得亲自到韩国一趟。

通过朴星泰的介绍，朴星泰的教练李教练应邀和麦克见了面。麦克本想在首尔的一家高档餐厅宴请李教练，不过李教练委婉地谢绝了，只答应和他在酒店的大堂吧里正大光明地见上一面。

或许是受新冠肺炎疫情影响，原本这个季节应该客人如潮的酒店，似乎客人少了许多，和李教练约好时间，麦克早早地下楼到大堂里等候。

大堂里的正前台有三名接待员，门口站了三两帮助客人拉行李的男服务生，不过因为进出酒店的客人并不多，其中两名笔直地站在大门口两侧，看上去倒像仪仗兵一般。

茶酒咖啡吧内，另有两名女服务生，麦克要了一杯咖啡，坐在宽大的沙发上等待李教练的到来。座位上三星PAD的屏幕里正在播放一场电视辩论，一名韩国女星正在大谈特谈环保主义。令人惊讶的是，她在节目里提到一名中国女星的假环保主义，评论她一面在某个中国电视节目上反对"狗肉节"，一面却被人曝出背着一个鳄鱼皮制作的名牌包包走出了电视台，而晚餐是在一家西餐厅和朋友一起享受新西兰进口牛排。在她的认知里，好像只有狗才是人类的朋友，而牛羊则生来就是被人类作为美食享用的，鳄鱼皮就是用来做成时尚的皮包皮具的。麦克耸了耸肩，刚把节目调到实时新闻，就通过落地玻璃窗看到穿了一身西装的李教练已经到门口了，他赶紧站起身来伸出手朝李教练走去，一边在脑子里迅速思虑。

"您好，我是麦克，很高兴见到您。"

李教练和麦克礼节性地客套了几句，就直截了当问道："你想了解什么？"

麦克也很直接，问了据说能促进运动功能的药物有效性如何、专利如何购买、找谁购买等一系列关心的问题。

那天两人的会面，一直持续了三个多小时，没有人知道麦克是否要到了药物的核心机密，是否秘密商谈购买专利的各操作细节。

人类身上总是具有无法克服的矛盾性：一方面人类试图标榜自己的道德文明而谴责野蛮原始；另一方面肉身生理上，却始终无法摆脱自身的"细胞本性"，即人类无法像植物细胞那样，依靠阳光空气水就能生存繁殖，完成一个生命周期，人类一生中需要"吃"掉难以胜数的其他生物才能生存繁殖，由此人类便产生各种形形色色、无可奈何的伪善、悖论，在自欺和欺人中度过其实与其他灵长目动物差异并不显著的短暂的一生。当然，如果差异巨大，生物分类学家也不会把它们划分在同一哺乳动物纲灵长目中。

世界丰富多彩，生物具有多样性，人类群体中也有各式各样的个体。但人类社会总是会有统一规划、统一行动、统一管理的大一统冲动，有时人类行为和蜂群一样，人类把它定义为从众行为或一窝蜂行为。

与麦克去韩国之前雄心勃勃，一心想要考察购买促进人类运动效能的"新试剂""新药"相反，时间相隔半年，中国杭州一家曾经风光无限的保健品公司的赵杰总经理，近年来因为人们不再一窝蜂地购买保健品，生意冷清。赵杰总经理正在家里闲得慌，心里总还惦记着未来的行情。未来难以预测，当年自己混得风生水起也不是没有想到吗？世事无论起还是落，都难以预料啊！

周六，赵杰带领外孙到野生动物园看狮子老虎，看来外孙倒是不像他那个小里小气的女婿，也许将来可以活得比女婿更风光些，他这个外公也可以脸上有光彩。

不过等他们来到狮子园之后，只看到一幅《奴隶与狮子》的油画和一个"狮子与奴隶"的故事——野生动物园几年前就已经不再饲养狮子了，也许是为了弥补游客们的遗憾，所以才在原来的狮子笼位置挂了一幅20世纪知名画家徐悲鸿的油画《奴隶与狮子》的复制品，听说真迹在香港的拍卖会上拍出了4.5亿人民币的高价呢。因为此油画的题材来源于一个故事，园方希望没能看到野生狮子的游客，也能在狮子园因阅读故事而停留片刻，商家为留住客户可真是用心良苦啊。

爷孙两人一起驻足看了起来。

罗马城里曾经有一个名叫安德鲁克里斯的可怜奴隶，他的主人残酷无情，恶意残暴地虐待他。虽然从日出到日落，安德鲁克里斯都在不停地劳动，但主人给的食物往往少得可怜，而且主人还经常毒打他。有一天安德鲁克里斯终于忍受不住迫害而逃跑了。他想："即使野兽杀死我，也比这样活着好。"于是，他悄悄溜进了森林。

他在野外树林里藏身多天，但是找不到任何食物。他变得体弱多病，他认为自己要死了。所以，有一天，他爬进一个山洞里躺下，不久便沉沉地睡去了。

不一会儿，一阵巨响把他吵醒了。一头雄狮闯进山洞，正在仰头怒吼。安德鲁克里斯胆战心惊，他以为这只野兽一定会吃了他。然而，过了一会儿，狮子并未发怒，而是一瘸一拐地走着，似乎是脚受伤了。

于是，安德鲁克里斯壮起胆子，伸手抓起狮子的跛腿看个究竟。狮子静静地站着，不断用头蹭着安德鲁克里斯的肩膀，似乎在说："我知道你会帮助我的！"

安德鲁克里斯把狮子的跛腿从地上举了起来，看见一根尖尖的荆棘扎得狮子十分疼痛。他用手捏住荆棘的尖，迅速并用力地拔了出来。随后从外衣上撕下一条布，包扎好伤口。狮子异常兴奋，就像一只狗似的跳来跳去，还伸出舌头舔着它的新朋友的手和脚。

后来，安德鲁克里斯也不感到害怕了。夜幕降临的时候，他还和狮子肩并肩地躺在山洞里睡觉。

在很长的一段日子里，狮子每天都会为安德鲁克里斯衔来许多食物。他们两个居然成了非常好的朋友。安德鲁克里斯觉得这样的新生活非常快乐。

有一天，经过森林的士兵发现并认出了山洞里的安德鲁克里斯，于是把他抓回了罗马。就在同一天，狮子到森林里去，被一群猎人诱捕了。

按照当时的法律，任何私自逃离主人的奴隶必须和一头饥饿的猛狮决斗。所以，这样的狮子，一般都是先被关起来饿几天，等到决斗的时候再放出来。

这一天来临了，数千人前来观看这场比赛。这样的活动就像今天的人们观看马戏团表演或棒球比赛一样。

大门被打开了，可怜的安德鲁克里斯被带了进来，听到饿狮的狂吼，他几乎被吓死了。他举头四顾，人海之中，居然没有一张同情和怜悯的面孔。

"我的命运多么凄惨啊！"安德鲁克里斯绝望地想，"只有在森林里与狮子度过的那些日子，我才感到了幸福。"

接着，饿狮也被放了进来。它轻轻一跃，便跳到了可怜的奴隶面前。安德鲁克里斯大叫一声，但并不是恐惧，而是高兴。因为这正是他的老朋友，山洞里的那头狮子。

本希望看到狮子吃人场面的人们，这时都感到迷惑不解。他们看见安德鲁克里斯亲热地用胳膊搂住狮子的脖子；看见狮子在他的脚边卧下，亲热地舔着他的脚；他们还看见，这头巨大的野兽用头蹭着那个奴隶的脸，似乎是想得到爱抚。人们不知道这是怎么回事。

过了一会儿，有人问安德鲁克里斯是怎么回事。于是安德鲁克里斯在他们面前站了起来，胳膊还搂着狮子的脖子，讲述着他是怎样与这头狮子在山洞中共同生活的。

"我是一个人，"他说，"但是从未有人善待我。只有这只可怜的狮子友好地对待我，因此我们亲如兄弟。"

围观的人们并不是完全没有人性的，他们不想再残忍地对待这个可怜的奴隶了。"放他出来，给他自由吧！"他们嚷着，"放他出来，给他自由吧！"

还有人喊道："连狮子一起放了吧！给他们自由吧！"

于是，安德鲁克里斯获得了自由，还有狮子也一并被赏给了他。

看完没有狮子的狮子园，爷孙俩继续走向老虎园，还没到虎园就听见一声可怕的虎啸，赵杰的小外孙倒是胆子不小，只是攥紧了他外公的手，并没有吓得哭喊。"虎啸龙吟"还真不是国画上面看看的，这一声长啸里有一种令人恐怖的威严感，难怪老虎被称为山中之王。

在动物园逛了近3小时，爷孙两人正准备回家。走出动物园大门时，看见一辆皮卡汽车上载着两只猴子。赵杰的外孙很是兴奋，追着要看猴子，可惜车子在大门口仅仅停留了几秒就开走了，其中副驾驶座位上坐的还是一位老外。

只是他们现在还不认识，这位老外是新湖大学实验室的迪恩。十几年以后，赵杰的外孙去美国攻读生物学动物生理专业研究生，一次来给他们做学术报告的嘉宾教授就是今天他遇到的老外迪恩。

看着两只猴子被人拉走，赵杰心里面想起的却是自己早年经销过的虎骨酒，以前他也怀疑哪来那么多虎骨可以用来做酒，今天亲眼看过老虎，就更加怀疑了。老虎是国家一级保护动物，估计当年生产虎骨酒的酒厂应该倒闭或转型了吧。唉，真是世间千年古树常有，而人间百年企业少见啊，眼下自己的这一家福寿安康保健品销售公司，因为时代的变迁也需要转型，他正在为公司的发展焦虑呢。一个新时代已经来临，可是习惯了粗放式经营发展的他却没有找到新的发展路径，几年前凑热闹参加了一个生物制药和仿生药的国际会议，谁也没想到，一家美国医药公司主动来联系他，那个英文的邮件他也看不懂，好在他读高中的小女儿帮他翻译了。

20世纪90年代，中国国内涌现一批"神药"，喝了这些口服液的人群到底身体受到了什么影响？是效果良好，是毫无效果，还是产生了不良效果，却是没有多少科研人员愿意采集足够的样本数量，花足够的时间进行深入研究分析。而受到企业赞助的科研机构科研人员其研究结论并不能完全做到客观中立。若当年已是现在的信息社会，那些真实的实验数据、论文文档，也许一不小心就会留在互联网大数据的"云"中。有些口服液当年几乎成了高考生必备营养品，那个年代，保健品的牛皮癣广告屡见不鲜，那些热销产品，赵杰几乎全部代销过，因此这里面也有赵杰和他领导的团队的一份抹不去的"功劳"。当年，他和他的团队，鼎盛时期人员一度高达上千人，他们都曾经干过在城乡接合部马路旁的房子墙上刷广告的事。赵总也是早早就用上大哥大，后来买了奥迪 A6 汽车的老板，并在杭州率先买下两套大户型商品房的先富阶层。

俱往矣，一切都已雨打风吹去。老路行不通，新路没得走，因为没有新技术、没有新思路，赵杰已经一筹莫展一年多，碰巧的是受疫情影响，什么也干不了。但疫情终有一天会完全过去，疫情过去后怎么办？未承想却喜从天降，一家美国医药公司主动找上门来。

一周以后的星期二上午，楼永旺带着麦克，驱车来到福禄安康公司的大门口，一位姓沈的助理已经早早地在迎候。随后就把麦克他们带到了赵总的办公室。其实，现在整个公司，主要也就赵总和沈助理两人，疫情前剩下的十几个员工，因为疫情影响，基本也就不回来了。而公司现在销售的主力产品也调整为新疆红枣和核桃，因为人们相信血红色的红枣能补血养颜，而去了外壳的核桃因其外形像人类的大脑，让不少善良又热爱儿女的家长相信每天六个核桃能补孩子大脑。

赵总张开双臂，这在中国人看起来十分夸张，只见他朗声热情地说道：

"Welcome to Hangzhou，欢迎欢迎，美国来的朋友。"这是他昨晚临时向他女儿学的一句欢迎客人的英文。

"Nice to meet you."麦克和赵总拥抱了一下。

"请坐。"

"请上茶。"赵总吩咐沈助理。

"听说麦克先生想把美国的高科技产品卖到中国来，那您可真是找对人了，我们公司是您最合适的合作伙伴。"

赵杰充满自信地说道，这真是与生俱来的一种气质，如果说十年前赵总手下管理着数百人那好理解，而现在他手下管理的可只是数人，还能这么自信满满，也真让人佩服。为了租现在的办公室，他还欠着房租呢，接到麦克的电话之前一个月，他已经吩咐沈助理一起物色新的办公室，当然，排场要小很多。现在是互联网时代，要把市场做得大大的，要把办公场地、人员等搞得少少的，总之一句话，生意做大，公司做小。何必养那么多没用的员工，而把自己搞得压力大增呢。

楼永旺在一旁做着翻译。

赵杰总经理站起身来，引导着麦克他们走到公司的照片墙前，那是他们一路销售的辉煌记录，几乎囊括了中国保健品历史上所有的"名牌"产品。虽然现在公司业绩暂时低迷，但是，生意有时起有时落，像大自然的日落日出，不是很正常嘛！

麦克向赵杰总经理介绍了新的保健药，其实是一种短期兴奋药，可以增加人体细胞的线粒体，让服用者有好的运动表现，意向中是想卖给广大中国的中学生和他们的家长，因为中国每年有大量的中学生需要体育中考测试。

每年上千万中国中学生，多大的市场啊，这可真是小生意大市场。

"老板，这玩意儿有点像我们中国的风油精。"沈助理打开一瓶麦克带来的样品闻了闻说道。

"笨蛋，难道你还不知道，全世界的保健品都一个样！"

"吃不死，吃不好，说不清！"沈助理小声地说着赵杰总经理总结的保健品"三不特征"。

"它像什么不重要，重要的是你把它'像什么'卖出去！当然重要的是它必须有那个什么美国的FDA批文，这样家长们才会追捧。"赵杰说道。

听到赵杰他们的小声谈话，楼永旺感到有点不知所措，他们好像也太欺负老外不懂中文了，他也不知道如何翻译或讲什么才好，对着麦克尴尬地笑了笑。而赵总行事风格一贯如此，在商言商，直来直去。一旁的麦克虽然听得一脸认真，却根本没有听懂他们在说些什么。

楼永旺想起自己曾经看过的《百年留学史话》里有关鸦片战争、庚子赔款等的内容，心里突然产生一种异样的情绪，虽然他丝毫没有在脸上显露出来。

"鸦烟流毒，为中国三千年未有之祸。"当年一直以天朝上邦自居的大清朝，竟被一开始不起眼的鸦片侵蚀而致崩溃。对英国的商人来说，鸦片真是一门好生意，价格不菲且让人上瘾，一旦沾上再也无法摆脱，而且引领风尚的吸食者往往是当年的权贵阶层，于是鸦片像黑洞一样，把中国人的钱财、身体、精神、道德、国力全部吸走。

据说1820年道光皇帝登基成为清朝第八位皇帝时，从英国输入的鸦片高达五千箱。中国的白银换回来的是不但无益更是有损国民肌体的鸦片，而越来越多戴着瓜皮帽、留着长辫子、吸着大烟的中国人被英国人嘲笑为胆小懦弱不争气的"东亚病夫"。

人类社会系统和自然生态系统总有不少相似之处，从早期开始时各种群个体之间及各物种之间的竞争不足，到中期物种之间竞争均衡，再到后期竞争过度，最终系统崩溃，周而复始，类似的故事总是重复上演。楼永旺联想到自己前几天去口腔医院补牙，只不过补了米粒一样大小都不到的牙，当医生问他用进口材料还是国产材料时，

"国产 500，进口 1000，进口的效果更好！"医生的倾向性问话，使他几乎没有考虑的余地就选了进口的，结账时 200 元专家号加 1000 元材料费，总共 1200 元。

此时此刻引发的联想，令他十分好奇，如今中国的医疗器械和进口药，虽然他没有办法查到每年正确的统计数据，但猜想一定是一个庞大到惊人的数据，折合白银计算，估计不是 5000 箱白银，可能是 5000 万箱白银，因为现在白银价格也不高。世界各国的货币几乎都在超量发行，这个全球化贸易时代的地球村，你中有我我中有你，表面友谊的背后暗伏的几乎都是一条条看不见的利益链。

他突然莫名地涌上一种悲凉来，有点后悔这次陪麦克来中国认识赵总一行人。沉默片刻，想到自己已经冒失地带了麦克来，不能冒失地立刻转身让他走，此事还要从长计议，谨慎处理才好。再说，麦克此行是按他老爹给他的一份五年前的会议通讯录联系了赵总，没有楼永旺，麦克一样能来，麦克努力要做的事谁也无法阻止他，就像他们两人平时击剑实战，麦克不是一个靠防守阻止得了的人。阻止他的方法只有一个，主动进攻并且战胜他！再说一个人经商只要遵守所在国的法律，合法经营，无论是谁都值得尊重。

麦克个性张扬，按人的生物本性行事。他常说两句口头禅：一句是玩乐时说的"赚钱的事要多做，快乐的事要多做"；一句是努力做事时说的"人不是动物，人是永不满足的动物"。惹得几个同伴常开玩笑称麦克是小种牛。

楼永旺联想起他爷爷去世前和他说的话：一个人啊，要分得清立"大志"与想"大贪"的区别，不然会害人害己的。世上不少看起来有"大志"的人，其实只不过是想"大贪"而已。此刻他才仿佛听懂了他爷爷话中的深意。他爷爷作为当地颇有声望的企业家，只活了 73 岁就因癌症去世了，之前他爷爷还被家里人特意安排到美国治疗。今日重新检视，楼永旺才发觉自己和家人思想上，虽然不媚外但一样在崇洋。那年楼永旺刚到美国留学不久，在美国医院里看望爷爷时，老人家语重心长地和他说了这番话。此事过去多年，却在此时此刻才像触发了按钮一般，重新在楼永旺的脑海里循环播放了一遍又一遍，格外清晰。

一定要从事阳光的产业，去赚阳光的钱，楼永旺在心里进一步坚信自己的体秀公司，才是自己要集中资金、集中心力、整合资源搞好的不二事业。第一步是把人类已有的各种运动的知识，通过三维动画讲解分享给大众，第二步是研发各类配套的辅助器材，第三步是在市场形势合适时开设实体俱乐部以及举办各类大众赛事。

饭要一口一口地吃，路要一步一步地走，金字塔是一块一块石头垒起的。自己凡事还得向父亲学习，当外界机会不成熟时须沉得住气，像蜗牛一样一步一步向前爬。自从2020年新冠肺炎疫情暴发以来，他突然觉得自己真正长大成熟了，也开始逐渐理解父亲楼建成往日那些让他觉得烦的唠叨。

虽然说命脉——"不繁殖"的生命难延续，商脉——"不赚钱"的生意难持久，文脉——"不践行"的文化难传承，但一个新的公司一项新的事业早期投入大量资金却没有回报也是正常的。

人世间一个人总是要接受一路向前时，前方不确定的考验，谁也无法例外，何况是他想做"体秀"这样富有意义的事呢。

麦克的中国之行，除了见了保健品销售公司的赵总，又见了当地体育局的一名官员，这是楼永旺以前的一位中学老师。虽然说没有一次性地谈成生意，但是通过亲自来市场了解情况，麦克觉得对下一步应该努力的方向已经十分清楚。与楼永旺的感受完全相反，麦克坚信他一定能打开中国庞大的市场，因为每年上千万的中学生必须参加体育测试，这会产生多么大的市场需求啊，而人间但凡有庞大需求的，就必然会产生相应的供给。回国后，他要按部就班组织实施，同时也会向FDA申请，明年他将携带各种完备的资料批文和样品，力争在亚运会前夕再次前来中国，顺便还可以观看亚运会的盛况。

这个世界会好吗？当把历史阶段分为黄金时代、黑暗时代时，人们会问。

在地理学家、生态学家的眼里，这个世界本来就无所谓好，也无所谓不好。

而在商人的眼里，却是一个多么令人激动的巨大的潜在市场啊！

中国进口药市场，真的如外商麦克眼中那么好做吗？

其实全球市场经济的汪洋大海里，令人防不胜防、意想不到的风浪暗流多着呢，中国市场也不例外。因击剑社团受学生欢迎、令家长满意，石岛中学所在地的区教委今天正准备给其发表扬通稿，表彰其体育教学与学科教学两手抓两手硬，却不料收到了匿名家长的举报信，该家长不仅写了文字材料，还发了一段视频资料作为佐证，只见资料里面，一名持剑的男学生正在念诵："十步杀一人，千里不留行。事了拂衣去，深藏身与名。"另一名男生则在模仿着少林武僧打醉拳呢，一边念诵："酒后竞风采，三杯弄宝刀。杀人如剪草，剧孟同游遨。"还有女生摇头晃脑地在念诵："少年学剑术，凌轹白猿公，珠袍曳锦带，匕首插吴鸿，由来万夫勇，挟此生雄风。"

该家长认为，孩子们说着"杀人如剪草""十步杀一人"这样的话非常危险，将来出事了谁负责？

那个"告状"的家长会是谁呢？难不成是上次参赛被石岛中学击剑社团打败的那所对手学校的领队或其中一位被打败学生的家长？假若果真如此，那可真是功夫在诗外，高手在民间啊！

九、日本"李白"

石岛中学所属辖区的教委工作人员经过调查，了解所谓李白的诗词并非课堂上的教学内容，而是学生通过声音搜索李白诗词觉得好玩自读自诵的，这和百度知识点搜索没有两样，此事也就不了了之，但一个通报表彰的机会就这样溜走了。虽然偶尔也有不少杂音，即使如重大工程 2022 杭州亚运会，筹备工作中也有人抱怨，但无论有多少杂七杂八的困难，杭州亚运会在各方积极努力筹备下，离正式开幕越来越近了。

谁知天有不测风云，变异毒珠奥密克感染者陆续被发现，且感染人数呈上升趋势。

钱卫东教授刚开始隐约担心起亚运会的如期举办，果不其然，亚运会官方公众号上发布了延期举办的消息。

一根愈绷愈紧的弦，突然短暂放松了下来，不过亚运会相关人群稍做调整，各项准备工作继续向前。

世事漫随着流水。一转眼，距离第 19 届杭州亚运会正式又只剩 30 天。

杭州陆续迎来来自世界各地，特别是亚洲各国的人们，西湖边散步、钱塘江畔看潮的人明显比往年多了许多。

近日，钱一新和几个同学，在一个同学家长的带领下，为完成暑假作业一起参观了钱塘江海塘遗址博物馆。回家后，钱一新提了一个令大人们十分难以回答的问题。

"外公，外公，我今天在博物馆里，发现有人骗人，还被当成了英雄。"

什么情况？钱卫东教授感到讶异无比。"怎么可能呢？"钱卫东教授有点不大相信。

"真的，海塘馆的历史介绍上面写得清清楚楚。是这样的，一位官员为了修海塘，他就号令老百姓，说在海塘那里收土石，但是当许许多多老百姓都开始运土石上去以后，他只付钱给最先送上去的极少一部分人，后面的都没有付，结果老百姓也不愿意把土石再运回去，因为土石重啊。就这样，官府没花多少钱，就把海塘修起来了，所以才称钱塘。"钱一新十分认真地解释道，就像在课堂上回答老师的提问。

原来是这样，看来孩子们参观挺细心的，这还真有点难以评价。"今天啊，外公和你讲，什么叫一分为二地看问题……"看来外公的"老古话"又要开始贩卖喽。

"一个西瓜放面前，对着正中往下切，一半给左边，一半给右边……一分为二！"外孙钱一新调皮地口里念念有词，抢先学着他外公打太极的模样。正在此时，钱卫东教授的手机却响了起来，他起身去房间接电话去了。

"羽田先生啊，您好，您好，哦，好，好，我看一下时间安排。好，好，下周一，我正式和您确认。好，好，再见。"

原来是羽田男先生邀请他去日本访问呢，因为羽田先生有一款极其先进的击剑机器人即将面世。

周一早上经过确认后，钱卫东教授订购了周末的机票，他决定前往日本看望多年没有见面的同行友人。因为机缘巧合，退休以后开始研发智能机器人在体育领域的应用，钱卫东和日本友人最近两年相互间联系又频繁起来，天下巧事真是令人难以置信，也许冥冥之中老天自有安排。

周五晚上，助手小林把钱卫东教授送到机场，经过近两年的时间，人们已经适应了出门佩戴口罩。机场里井然有序，大家依次排队通过安检。

钱卫东教授只带了少量行李，时代变了，现在交通便利，去日本比当年走半天路翻过青龙山清凉峰到外婆家还更快些。在机场候机大厅里他走到一处堆满各类财经类、心灵鸡汤类、传统文化类畅销书的店铺里，随手翻看起来。

一套《航海时代》《航空时代》《航天时代》被摆放在醒目位置，钱卫东教授拿起一本快速地浏览了一下前言，每本书的序言里对应的分别是对制海权、制空权、制天权的一番见解。

看来人类啊，总是摆脱不了把他人当作假想敌的防范意识，并冠之以"害人之心不可有，防人之心不可无"，随后即产生试图防范和控制假想敌的思维，于是地球上各种新型尖端武器被不断地制造出来，洲际导弹的打击距离是越来越远了，而且可携带的弹头越来越多，飞行轨迹越来越不能被雷达捕获。序言里引用了中国古代名著《孙子兵法》的名言："善攻者，攻于九天之上；善守者，藏于九地之下。"以呼应当前全球军工大国的战略武器最新动态。

国家之间军事竞争是一个十分复杂而又敏感的问题，普通民众怎么可能言说得清呢？不过，全世界历来都有不少军事迷，书商们可不会放弃这一大好市场。

自从退休后受聘于慧海公司，钱卫东教授开始专注于人工智能机器在体育领域的应用。他开始逐渐觉得，体育运动，尤其是对抗性体育运动在大众中的流行，将会产生极大的社会影响和经济规模。拿世界杯足球赛和欧洲冠军联赛来说，球赛本身的经济规模以及由球赛带来的溢出综合效益，那可真是值得做一篇研究文章啊，让庞大的体育产业代替庞大的军工产业的一部分，哪怕是代替很小一部分，都意义重大，地球上的安全系数都会高很多。他的大脑不受控制地联想起了《墨子·非攻篇》，一边伸手选了其中一本《航海时代》翻阅起来。

"先生，这书您买吗？"

没隔多久，一旁的书店女服务员问道。

"哦，谢谢，我回来再买。"看来他站着翻阅此书的时间在服务员眼里太久了。钱卫东教授把书放回了书架上，走到自己的航班候机处，找了一个空位坐了下来，等待登机。

约过了半小时，他乘坐的航班开始登机，每个乘客都自觉地戴着口罩，大家都很有秩序地主动有所间隔。或许全球新冠肺炎疫情过去以后，人类种群中相当比例的人，凡是再去人群密集的地方就会自觉佩戴口罩，他们已经不习惯于不戴口罩就去人声嘈杂的地方了。

登机放好行李刚落座不久，他就看见一个身材火辣、带有白人血统的年轻美女走了过来，凑巧的是她还是邻座。生活中，钱卫东教授总是有意识地远离美女，可是现在机舱里空间狭小，他只能将就了。这令他有点小心翼翼，唯恐不小心触碰到她。对美女、美酒、美金，钱卫东总是谨小慎微，也许是童年的阴影，也许是后来成长岁月里见识过不少人因"贪色、贪杯、贪财"而闯祸的例子。儿时村里就有人因醉酒失足，掉到溪坑里被淹死。五十岁以前，他原本是滴酒不沾的，临近六十，他才开始喝点酒，也许是觉得人生苦短，也许是感慨生命渺小人生短暂吧。正如20世纪从湘西山里"边城"来到大城市的沈从文先生说，给乡下人喝杯甜酒吧。

航班起飞不久，钱卫东教授突然闻到一股焦臭味，当他不安地左右张望时，邻座的美女却有点羞涩地涨红了脸。钱卫东教授才意识到，估计是邻座美女放了一个屁，这真是令人尴尬。他只好假装若无其事，脑海里却不受控制地回想起遥远的小时候。

钱卫东家乡上田村在他小时候，出过一桩令人唏嘘的悲剧。村里最漂亮的姑娘，听说被强奸了，结果当晚在自家的灶台屋里用烟把自己熏死了，并引发了火灾。可是那个年代，又没有证据，而这一说法也是悲剧已经发生以后，那姑娘的娘说的。但她也只是说姑娘回家来曾经不停地哭诉过，也没有明说。这种事，唉，后来也是死无对证，不了了之。

村里以前做过扫盲老师的田家老爹说，自古红颜多薄命啊。当时孩子们看火灾看热闹，等到读高中读到鲁迅先生的《药》，老师评述中国人愚昧喜欢看杀人的场景，钱卫东总会想起当时村里人以及孩子们也凑热闹远远地看这场火灾的情形。及至长大后自己一路讲师、副教授、教授升职称，增长了见识与阅历，也看过法国路易十六被送上断头台，而周围挤满了黑压压的人群的血腥油画，他方才明白其实中外人们的表现是相似的。

钱卫东教授自己也想不到，怎么会联想起这些事情来，这一不祥的联想让他觉得挺对不起隔壁的美女，又联想到马航 MH370 航班失踪事件，他心里不禁默默地念叨："老天保佑，好人一生平安，大家平安！"

经过四小时二十分钟，飞机终于平安地降落在东京成田机场。

走出廊桥又花了十几分钟，远远地在出口处，钱卫东教授看见一名个子中等的日本男青年手里举着一张白纸，上面写着他的名字。

"你好，谢谢，我是来自中国的钱卫东。"钱卫东老师讲了一句简单的日语，时代真是不一样了，因为有了手机翻译软件，说着不同母语的人相互之间交往方便不少。

工作人员从机场接上钱卫东教授，约一小时以后就抵达酒店，办好入住手续后，约好了第二天早上一起去击剑训练场的时间。

第二天早上，训练馆里，羽田先生同事给了他一份身体体检报告，说一周前的体检已经出结果了，请大家多保重身体啊。

日方的小林君领着钱卫东教授走了过来，羽田先生赶紧起身，一边握手一边说道："欢迎欢迎！钱君。"

钱卫东教授带去一件随手礼物，是一方极其精美的印章"中的精神"，这可是知名围棋圣手吴清源先生提出来的一个重要理念。钱卫东教授虽然围棋水平不高，可是却对围棋包含的哲学颇感兴趣。这次收到羽田先生的邀请电话以后，关于送什么礼物他可是颇费思量，后来特意请家乡中学的李老师用珍贵的田黄石刻了"中的精神"闲章，而且其中的"的"也用了日文的"の"。

羽田先生双手恭敬地接过礼物，嘴里不停地说着谢谢、谢谢。

随后羽田先生领着大家来到智能击剑机器人面前，他向钱卫东教授展示着这款高级击剑机器人。他指着机器人友好地和钱卫东教授说道："你猜，我们为它取了什么名字？"

钱卫东教授不由得想到中国自己设计的机器人"李白"，他开始思考日本历史上著名剑客的名字有哪些呢？宫本武藏，还是那叫什么来着，钱卫东教授问羽田先生要了纸笔，写了宫本武藏和冢原卜传两个名字。

谁知羽田先生看了以后，摇摇头，拿起一支笔，也在纸上写上了一个名字递给钱卫东教授。钱卫东教授接过一看，瞬间一脸的惊讶！

李白！

"本真！"羽田先生解释道，李白的率真和纯粹是他取名的原因，因为机器从不弄假。随后，羽田先生介绍起了机器人"李白"的功能和结构，以及一些特殊的材料结构。钱卫东教授对比着自己领衔的团队研制的击剑机器人"李白"，听得格外仔细。世界上的技术专家，总是比较纯粹。

"仿生吸能软骨、轮子、动力系统、3纳米的芯片、软件、语音语言（日文中文英文法文西班牙文）系统、视觉识别系统、全身姿态和头部神态识别系统、声控识别系统。"羽田先生一一介绍道。

俗话说人类语言会骗人，但身体很诚实。人类的各种肢体语言几乎都可以定义输入，人类各种脸部表情也一样，人类语言就更加容易输入，目前全球人工智能击剑机器人的研发经历了三个阶段：自主模仿、自主学习、自主思考。从模仿行为到模仿思维，从提前设置的行为指令到自主生成行为指令。

"自主生成行为指令？"钱卫东教授的心里咯噔一下，总觉得这里面藏着一个黑洞。

"这是世界上最新款的人工仿生吸能软骨，你看，它可以比人类的关节更好，更经久耐用。它可以让机器人像人类一样走路，爬楼梯。"钱卫东教授看到机器人的每只脚底分别安装有两只轮子，它可以像四驱汽车一样，前进后退，又可以收缩固定以后稳稳地走路。

"这是动力系统，我们采用了新技术的电池，寿命比以前的延长了数倍。"

"这是视频捕捉系统，甚至可以通过扫描人的眼睑捕捉到血红细胞的含量推测人类的运动情绪。它拥有4个超高清摄像头：2个360度搜索200米以内的移动目标，2个搜索200—800米远距离目标；2个安装在头部，2个安装在胸背部。"

"这是音频捕捉和语音系统，对人类语气、喘气间隙也做了定性分析和相关定义。"

"这是人脸识别和全身姿态识别系统，可以预判人类击剑手的下一步动作。"

"这是仿生人脑中枢神经系统，除了传统的电脑芯片存储信息处理器，更具备自我学习功能。"

在人的各种表情识别上，特别是击剑手瞳孔的细微特征与其动作的关联性上，现在已经发现击剑手在进攻那一刻的瞳孔变化有明显规律。研究团队在继续采集大量的数据，甚至对人类各种表情行为也在定义中。目前慈悲尚没有编入，因为很难让一个人来表现慈悲的表情。羽田先生拟采用东京上林禅寺观世音菩萨的雕像脸部表情作为参考，他觉得机器人难以理解这种复杂情感，因为人类自己也难以深刻理解这种情感。今天在和钱卫东教授交流以后，羽田先生准备把慈悲的定义录入储存器。

芯片是世界上最先进的3纳米级，运算速度已经是人类望尘莫及了。

腹部是生物能（直接热量和气体燃烧热量）转化装置，目前尚处于试验阶段，其性能尚不够稳定。

背部是太阳能装置，太阳能蓄电池技术目前已经相当成熟。除此之外，常规动力提供采用了日本科学家新技术研发的锂电池。

钱卫东教授发现，日本科研团队研发的一种新型电池负极材料，可以使锂电池满负荷工作5年。

目前市场上的锂电池普遍有一个重大缺陷，就是在一年后开始失去充满电的能力，并且随着时间的推移，这种能力继续下降。电池储电能力退化限制了手机、平板电脑甚至部分电动汽车的使用寿命。

传统电池使用几年后就需要频繁连接电源充电器，而导致电池储电能力退化的关键原因，就是广泛使用的石墨阳极（即电池负极）的退化。为了防止使用石墨时发生裂变，需要给石墨添加黏合剂。当今使用最广泛的黏合剂是PVDF（聚偏二氟乙烯），但它寿命并不长，而眼前的这款机器人采用了新型黏合剂。

"使用PVDF作为黏合剂的，在约500次充放电循环后仅剩原始容量的65%，而使用BP共聚物作为黏合剂的，在经过1700次充放电循环后仍具有95%的容量。"羽田教授介绍道。

望着眼前的击剑机器人"李白"，钱卫东教授的目光却仿佛穿过了背后的墙，他仿佛看到千里之遥的慧海公司产品展厅墙上的八个大字"极致科技极致生活"。显然，眼前的"李白"比他们国内生产的"李白"，各方面性能都要更加先进。智能机器就像地球生态圈里的新物种，它一旦出生出现就会一代一代地进化下去……

每个人的肉身生命总是短暂的，英雄人物企图青史竹帛留名，普通百姓却只留存于子孙后代的记忆中。今天由于电脑以及手机的普及，每个人的肉身死去后其户籍、姓名、生死年月日等诸多信息终将变成电脑中的存在而永恒。而不少器物却比人类的寿命更为长久，据说，东京上林禅寺的法音和尚吹奏的一支尺八，就是中国唐代时期由商人们从中国长安带入的。

钱卫东教授上前握了一下"李白"的手臂，感觉到其采用的钛钢质量上乘。

下午，运动员佐藤俊一开车把钱卫东教授和羽田先生两人送到了羽田先生的私人工作室。工作室是两年前由公司出资租赁装潢的，主要是为了照顾羽田先生的身体，方便羽田先生工作，这样他就不必经常往返公司，从工作室到羽田先生居所，走路仅需十五分钟。

在国际大都市东京建立这样一个工作室，可以看出公司真是重视且舍得花血本，因为工作室里设有标准的击剑比赛剑道，总面积估计有上千平方米。走入羽田先生办公室，书架上放着两张纯真年代的照片，一张是五个小学生的合照，一张看上去是羽田和他恋人年轻时的照片。

美好的青春时光总是让人难忘留恋，只是世间美好的东西多难以长久，就像每年春天盛开的樱花一样短暂。钱卫东教授不由得回想起自己的人生旅程，儿时的伙伴、大学的同学。钱卫东大学毕业留校后，找了一个家在杭州的胖胖的女同学结了婚，两年后生了女儿钱见明。

羽田先生的人生经历和钱卫东教授相似，当年从札幌小山村到东京上大学。羽田先生在青少年时期可没少吃苦，除了发奋读书，当然也有同学之间珍贵的友谊，书架上其中一张照片就是小学毕业时五位同学的合影。

现在已成为他妻子的井子目前在一家私立医院贵宾特护病房工作，遗憾的是两人没有一个孩子，不知是谁的原因。早先夫妇两人曾经考虑过人工授精等方案，但现在年纪也大了，此事也不再提及。此后，羽田先生便一心扑在事业上，有关人工智能不仅研发了不少产品，还出版了一本专著。

羽田先生的书架上，放着不同时期的出版物，有《源氏物语》《小仓百人一首》《金瓶梅词话》《唐诗选》，以及他自己的著作《人类思维在机器元件上的呈现、变化和其他》，其中的一个格子里放着20世纪80—90年代的磁带，有一盒还是20世纪80年代邓丽君的《花好月圆》，茶几上是一本英文版的《生物特征的安全与隐私》。

在日式榻榻米上，羽田先生请钱卫东教授品尝日本的高山绿茶。

"钱君，请！"

两人虽多年未见，但依然像20世纪80年代的那次见面一样，所以沟通交流好像没有压力，依然用中文、日文、英文加肢体语言，偶尔还可以用笔。

人世间真是奇妙，有的人你虽然见面不多，却像老朋友一样，有的人天天见面，临退休时却依然感到陌生。

"机器人的发展，真是难以预料啊，当年参加会议时，做梦也想不到今天的情形。"钱卫东看着1988年他们在北京大学参加计算机国际会议时的集体照感慨道。那次会议他们还只是跟着自己的老师参会，主要是做些服务性协助性的工作，照片里他们两人并排站在后排最右边。

"是啊，不过那时《Mild children》一书的作者汉斯·莫拉维克就深信工程师们会在20世纪末造出'真空吸尘机器人'等一系列人工智能机器，那时候我们看他的书将信将疑，现在看来都被他言中啦。"

俗话说，金字塔是由一块一块的石头建造起来的。人类历史上的机器，也都是全世界各地的工程师、生产车间的无数工人制造出来的，现在因为互联网，信息传播得更快，人类的进化和机器的迭代也更快了。

"人类总是在贪婪和恐惧中来来回回，而机器不会。"羽田先生指着室内一台外观和上午完全一样的击剑机器人"李白"说道，"正如诺贝尔经济学奖得主赫伯特·西蒙所言，人类是有限理性，机器是恒久理性。如果我们也学习莫拉维克预言一下未来，也许那时地球上各种人工智能机器越来越多，而人类却厌倦了生育、养育，人口反而少了下去。"

"人工智能机器失控问题也值得重视，或许这会是一个悲观的预测。"钱卫东特意带给羽田先生一本两年前他在德国参加的一个关于人工智能发展与潜在威胁的会议上的论文集，还有《国际政治科学》2020年第4期，他指了指其中的一篇文章——《人工智能的治理和国际机制的关键要素》，作者是一位中国知名的女外交官，钱卫东教授在文章的纲要处分别画了下画线。

动态的更新能力，技术的源头治理，多角度的细节，有效的归因机制，场景的合理划分。

他在书页一旁空白处上写道：也许失控才是更大的风险，失控的蝴蝶效应。

人工智能机器，或说机器人工智能化目前在全球范围发展迅猛，由于网络的基础建设越来越好，其在带来便捷的同时，风险隐患也在积聚，就像一个生态系统的熵值。和地球上生物进化随机突变、人类无能为力一样，机器世界表面看起来好像全由人类设计、制造，但整体进程，其实也不受人类控制，人们也总是隔三岔五地从新闻里听到，因为恶劣天气、信号故障等，某时某地发生铁路事故或航空事故。

"最近两年里，新冠病毒对人类进程的影响巨大，在整个的生态系统里，某一个生物个体能影响但控制不了生态演替的进程，在机器的世界里，也许是完全一样的。"羽田先生倒是既不悲观也不乐观，这一长段话，他得连说带比画。

两个老朋友三杯茶以后，又移步到了机器人"李白"旁边。

"请老朋友来，是要请教您关于持久动力源和人类表情的识别问题，尤其是假动作的识别技术问题。"羽田先生极其谦恭地说道。

"不敢，不敢啊。"钱卫东教授也十分谦虚地回应道。事实上，钱老师已经感觉到日本同行做的机器人比他和国内团队做的先进得绝不止一点点，而是大到有代际差。

机器虽然没有灵魂，但具备机器语言和机器逻辑。机器和人类不一样，它们只认指令，至于人类的爱恨、得失、输赢、生死、慈悲，机器全然不能理解识别。如果机器学会人类情绪，那么贪污行贿、弄虚作假、阳奉阴违、徇私舞弊就会在机器之间出现。

"目前，依然有两项最难以处理的情况，一是人类对手的假动作，这虽然难，不过我采取了让机器人主动快速进攻来解决的方法，即让人类对手来不及做假动作。因为机器识别到进攻距离够就立刻进攻，它不在意人类对手是真进攻动作或假进攻动作。现在，比较难的是，人类对手表情的识别定义，生气、愤怒、开心、紧张、专注等虽然定义不易，但还是可以通过成千上万的人类照片来描述和定义，最困难的是慈悲的定义和识别。"

慈悲是人类最难得的情感，既不是普通的伤悲，也不是普通的慈爱，更不是高高在上的施恩救助或怜悯，它是人类一种极其复杂、极其特殊和极其珍贵的情感。

这让钱卫东教授感到为难，他一时不知如何作答，也十分好奇最终羽田先生的设计思想和解决方案。

中国古人说："万物得其本者生，百事得其道者成。"然而，真正理解和实践起来，却是十分困难。

与机器相比，人类具备"高尚的灵魂"，但这只是人类的一种自我标榜罢了。慈悲的这一种脸部表情，还真是平时少见。钱卫东教授想起了杭州灵隐寺里的菩萨像，但菩萨有唯一法身、亿万化身，却没有自己的一尊肉身。正因为菩萨没有肉身，故而很好地解决了因肉身而引起的肉欲，由肉欲而引起的饮食男女、贪欲贪念、弱肉强食等欲望。

"这确实很难定义啊，也许我们只能从观世音菩萨那里去寻找灵感了。"

羽田先生听了以后突然一记击掌："太好了，我俩想的一样。"原来，羽田也是从菩萨像中受到启发，又特意去了东京上林禅寺观摩良多，才解决了这一定义。

智人从灵长类动物进化而来，标志不仅是工具的使用和直立行走，更是开启了复杂的语言系统和学会撒谎，以及对地球生物圈内各种其他物种因种群优势而产生的高高在上的心理傲慢。

"是啊，新冠病毒彻底打醒了人类的'傲慢'，没想到小小的病毒，无论在地域空间上还是时间上，都产生了令人类难以预料的后果。"

不仅仅是商界有钱人、政界高官想要长命百岁，普通民众也一样在祈祷长寿，可是人们忘了病毒面前人人平等，生死无常。

"人生苦短啊，看来只有器物才能长存！最早发明冰箱的人不在了，但冰箱遍布无数家庭；最早发明汽车的人不在了，但汽车全世界满大街都是；最早发明筷子的人不在了，不过我们亚洲人大都使用筷子。"羽田说道。

钱卫东教授感慨道："是啊，是啊！"一边指着当年在北京开国际会议的合影对羽田说，"您是当年参会代表中最年轻的，而我现如今都已经做外公了，天天被淘气的外孙纠缠。"

世间真实的人生，总是难免有点缺憾。因为人类有了肉身就会产生贪念和求完美，虽然他们也明知红尘短暂肉身不会长久。

羽田先生指了一下机器剑客："虽然没有儿女，不过我有'李白'相伴。"羽田先生工作室里各类机器人就像部队里的各兵种士兵，它们都是羽田将军手下的兵士，又像是他的孩子。看得出来，羽田先生在它们身上倾注了不少心血。

晚餐羽田先生极其热情地安排在了一家东京私人酒店，在确认钱卫东教授的航班行程的当天就已经预订，此刻酒店正发来温馨提示。

得知酒店距离不远，钱卫东教授提议走路前往，顺道看看东京的街景。两人稍后一起走出工作室，步行前往高级私人会所酒馆叙旧。

此刻东京的街头，临近下午六时，太阳的暑热已经消退，不少大厦上的霓虹灯已经点亮，光影变幻多端，迷人的银座夜景正在一点点地浓重起来。街道两旁的百货公司和各类商店鳞次栉比，走在步行街上，不断地路过饭店、酒吧、夜总会、卖文具的老店、面包店和茶座，也有游客就坐着饮茶谈天。

街面上极其干净，擦肩而过的人群里，有白人面孔、黑人面孔，更多的是亚洲人面孔，其间路过的三五成群中，有两名穿着日本传统服饰的相扑运动员，脚下拖着木屐，肤色白白的，给钱卫东教授留下了深刻的印象。

在一家外面并不显眼的店门口，羽田先生说道："钱君，我们到了，请进！"门口的服务生恰到好处地开门恭候在那里，一名着传统日式服饰的女子引领客人前往包厢。

走入店家门堂，里面别有洞天，竟然有一方小的天井，还有苍松、翠柏、竹子。世界大都市东京闹市区里，竟然藏着这一建筑，令钱卫东教授叹为观止。

穿过天井，内有一大堂模样的空间，边上一侧有一木楼梯，可上二楼包厢。看来包间并不多，二楼和三楼加起来，估计不会超过四间，甚至可能只有三间，因为通向二楼的楼梯南北各一张，而从二楼到三楼却只有一张楼梯。

一名穿着日本传统服饰的女服务员领着他们进入羽田先生预订的包间。

和钱卫东教授见惯了的中式餐厅包间不同，这是一家完全复古的日本餐厅，室内布置了古画、古琴，茶几上的茶具也极具年代感。

服务员先为客人布了茶。羽田先生向钱卫东教授敬了一杯极具日本特色的绿茶。

"谢谢！谢谢！"钱卫东教授用日语感谢道，他又问服务员要来纸笔，以便当简单的会话不够用时，可以直接书写中文。

"谢君一瓢酒（茶），足以慰平生，感谢信任，感谢对'李白'的介绍。"钱卫东教授随后郑重地双手端起了茶杯。

羽田先生也双手端起了茶杯。

人生也许是从五十开始的，因为五十知天命而归于本心。世界人文历史上对后世影响巨大的孔子曾说："五十而知天命，六十而耳顺，七十而从心所欲，不逾矩。"中日两位近六十的自动化和人工智能领域专家一起品茶论酒，别有一番风味。

穿着传统日本和服的两名看上去二十五六岁样子的青年女子，用琵琶演奏了日本曲子《春啊，来吧》，其中一名又用陶笛吹奏了一曲近年来的日本名曲《故乡的原风景》，听得钱卫东教授沉醉在思乡的思绪里，仿佛真的醉了。

"谁家女子能行步，反著夹裈后裙露。天生男女共一处，愿得两个成翁姐。"

穿着传统相扑运动员服饰的两名男子形象和眼前穿着传统和服的女子形象，让钱卫东教授想起了中国的一首古诗来，突然他全身打了一个激灵，心智好像一下从梦中警醒。就像生活中他总是有意识地远离美色一样，他总有一种隐隐的恐慌，不要说权力、金钱、美色，即使是美景、美文，只要是美到极致就会有一种摄人心魂的力量，可以致命。不敢追求极致，他深知就是因为性格上的这一弱点，他终究成不了一流的科学家或工程学家。

钱卫东教授是心里喜欢李白的诗、欣赏李白的，但有意识地和李白保持距离；而一旁的羽田先生是真喜欢李白的诗、欣赏李白，而且一有机会就靠近李白。他们这两位友人既有相似处，又有大不同。

席间羽田先生的夫人井子来电话，说晚上医院要加班不回家。

"谢谢您能来，"羽田先生端起酒杯敬道，"由来自中国的您一起来完成'李白'的所有程序！"

"不，不，您太客气了，"钱卫东教授赶紧拿起酒杯，"该感谢的人是我，感谢您的邀请，让我看到如此先进的人工智能机器人。"

酒过三巡，钱卫东教授感慨道："俗话说：酒席之上多豪言，病榻之旁少壮志！现在逐渐上了年纪，即使是喝了美酒，也已经没有年轻时的理想和雄心壮志喽，反倒常常会反思过往的岁月，平静地思考可能的一生和终究要面对的死亡，而死亡也不再是一个可怕的问题。"

"每一个生命都有独特性，各有其独特的体验，无论机器还是人类。"羽田先生说道，又像是一种自言自语。

俗话说，一个没有长夜落泪真正孤独过的人，其实也没有真正在人间生活过。而世上几乎每一个人都有过痛彻心扉的深刻体验，只是无处可以诉说而已。

窗外月色如银光洒入，此情此景令他们回忆起1988年北京会议时的初次相识。在会议结束后的最后那个下午，钱卫东作为东道主，热情地邀请了日本朋友羽田，去了北京颐和园、天坛，晚上又回到北京大学，一起散步于北大校园未名湖畔。此刻两人不约而同地唱起了当年唱过的日本流行歌曲《星》，也许是沉醉在歌曲的意境里，也许是回忆起那美好的青春岁月，而窗外的月光也和当年一样，两人默契地感受着这一泻银光。

30多年光阴倏然已过，钱卫东老师想起李白的诗《把酒问月》："青天有月来几时？我今停杯一问之。人攀明月不可得，月行却与人相随。皎如飞镜临丹阙，绿烟灭尽清辉发。但见宵从海上来，宁知晓向云间没。白兔捣药秋复春，嫦娥孤栖与谁邻？今人不见古时月，今月曾经照古人。古人今人若流水，共看明月皆如此。唯愿当歌对酒时，月光长照金樽里。"

而羽田先生想起的是《浮世物语》里的一段话："活在当下，尽情享受月光、白雪、樱花和红色的枫叶。纵情歌唱，畅饮清酒，忘却现实的困扰，摆脱眼前的烦扰，不再灰心沮丧，就像一只空心的南瓜，漂浮于涓涓细流之上……"

羽田端起酒杯，两人又干了一杯，几乎是不约而同地感慨道："有点不胜酒力啦。"羽田先生起身，走到窗口，倚窗可以看到天井中的独特风景，浅色的灯光和自然月光融合在一起，营造出一种别样的意境，似乎没有了古时和今时之分，有的只是让人沉醉其中忘了时间、忘了空间、忘了当下的刹那。

羽田目光所及，突然意外看到井子和老同学的侧影，直到看着他俩的背影消失，羽田简直不敢相信自己的眼睛，他下意识地用手扶住窗框，闭上眼睛深呼吸了两口气，感到从未有过的一种"身心俱毁"，又仿佛是近一年他一直在等待的那一刻已来临……

一旁的钱卫东教授以为好朋友是沉浸在刚才歌曲的意境中，直到服务员刚好再次进来服务，羽田先生才回到席间。

回去的路上，羽田先生叫了出租车先送钱卫东教授回酒店，随后出租车没有往羽田先生家的方向开去，而是径直驶往羽田先生的工作室。

静静地面对着机器人"李白"，羽田先生一个人长时间地默然无语，世界似乎在这一刻，静止不动了。

羽田拿出医院的体检报告，报告上赫然写着"家族遗传性腺体异常综合征——胰腺癌或性腺癌，请及时安排复检和手术治疗"字样，真是人生无常啊！最近一年，他一直在隐瞒自己的病情，看来现在，他已经无须再隐瞒。

十多年前，自己才刚跨过四十岁不久，突然感到身体有点隐约变化。那时夫人井子依然没有怀上孩子，夫妇俩经过十多年的求医，或许是对生育绝望了，不再有生孩子的念头，或者是因为身体出了问题，再也没有继续求医问药的念头，总之，自此以后，羽田先生莫名地对性爱没了兴趣，对求医问药更没有了兴趣。也可以说自那时起，他就开始为自己的死亡做准备，而且他深信人群中像他一样在努力为死亡那一天做准备的人，一定有很多很多。

羽田慢慢地站起来，走到书架上的三个相框前，伫立良久。他拿起相框，用手擦了又擦，最后他打开他和井子年轻时合影的那个镜框，打开相框的背面，在体检报告上写了一行字，他迟疑了很久，最终仿佛下了极大的决心，把体检报告折好放入了相框里。

羽田小心翼翼地从书架的最底层，拿出一把他学生时代练习用的武士刀，从内关死门，或许因为酒精的作用，或许他其实无数次想过生死这一严肃的命题，他欣赏的写《竹林中》的作者芥川龙之介自杀了，写《人间失格》的太宰治自杀了，写《雪国》的川端康成也自杀了；计算机的先驱人物图灵自杀了，那个写《老人与海》的美国人海明威也是开枪自杀的，《老人与海》的故事可是在这十年里，多次起到鼓励他坚持研发下去的作用，死亡并不可怕，每个人都在尽力完成自己的人生使命，等待这一天的到来，今晚，这一刻终于悄然而至。

"醒时相交欢，醉后各分散。永结无情游，相期邈云汉。"

咏唱着李白的诗句，他突然反身一刀朝自己腹部刺入，这一武士时代的动作竟由他一个文弱书生做出，血慢慢地沿着伤口壁渗透出来。慢慢地，羽田先生脸上开始出现痛苦的神色，虽然他在克制自己。没有人知道他刚才在体检报告上写了什么，他一下倒了下去，武士刀的刀把碰了地面，一腔热血喷了出来，不少血飙入了李白腹部的生物能源小孔。

第二天凌晨，钱卫东教授没有休息几小时，就在小林君的送行下到了机场，他特意关照小林君转告一下佐藤，因为担心羽田先生昨晚酒喝多了，小林君"哈依哈依"地答应个不停。

等到小林君回到训练馆见到佐藤，佐藤马上打电话给羽田先生，电话却始终没有人接，看来羽田先生真的喝醉睡着了。直到隔了半小时以后连续打电话都没人接，佐藤和小林君陡然紧张起来，一边报警，一边驱车前往羽田先生的家。

急切的敲门声中，井子开了门，见到俊一他们十分惊讶，羽田先生昨晚没有回家，他一定是睡工作室了。

原本平静如常的井子看到俊一、小林的焦急模样，不由得也开始担心起来，一边赶紧赶到羽田先生的工作室，一边报警请求帮助。

"砰，砰砰，砰砰砰！"无人反应，最后是赶来的警察不得已破门而入。

映入眼帘的是令人悲伤不已的一幕……

同一天，韩国运动员集体抵制了教练组试图使用新营养剂的企图，并决心以高昂的斗志和真实的强大实力来比赛，力争用更好的成绩来证明他们的选择是正确的。

而韩国现代两年前收购了波士顿动力公司，韩国完全有技术能力生产击剑机器人，只是当时觉得没有必要，也没有市场应用前景，现在，他们却开始立项准备进入体育领域的人工智能应用。

而中国的陈思恩，在检索论文时听说国外研究人员把论文投到国际顶级学术刊物

《Cell》，后来不知原因又主动撤稿。这更加引起了他的关注和重视，因此准备建议组委会新设规定：一是按以往的规定严格尿检；二是增加比赛当日结束离场前留取尿样血样的环节，增加对新型生物药物的检测。

人世间能够撤回的可以是一篇论文，可以是一项投资决策……但是，撤不回的是生命的旅程！

此时，韩国参加亚运会的全体成员，正在国家体育中心集结举行第19届杭州亚运会出征仪式，准备出发前往中国杭州。

第三章 李白历险

十、战将集结

一个人被关闭在密不透气的小房间内，只有一扇很小的圆窗可以观察外界，钱卫东正在吸入不久前自己呼出的气体，不过此气体是在风扇系统处理以后重新被吸入的，所以依然清新。不仅仅是空气，无数导管、线缆、植物和沼泽微生物系统回收了他排出的尿液和粪便，经过处理重新还原成水和食物，喝起来和吃起来，味道依然不错。

这是太空舱里一个人的日常生活，太空舱靠阳光和燃油驱动的机械确保室内人员的各项生存条件。

人就像一台机器，机器就像一个人。人类已经把机器送上遥远的月球和火星，而机器正在按人类设定的指令做着人类希望它们做的事情：收集、测量、观察、拍照、发送……

回国时，钱卫东教授购买的是最早的一个航班，比起他来日本时同机乘客少了许多。他的座位在机舱尾部，前后左右都没有乘客，一个人刚好可以闭目养神，他仿佛置身于宇航员的太空舱，脑海里浮想联翩，想着如果人工智能的机器越来越先进，会遭遇什么样的未来境遇呢。

一抵达杭州萧山国际机场，钱卫东教授立马发觉，人流、物流、信息流等都因第19届亚运会即将正式召开而在向杭州集结，而他和他的团队也即将把研发改进的一千台击剑机器人"李白"，集结排练结束后正式交付亚运会开幕式晚会的现场道具器材组。虽然他们研发的"李白"，与日本同行羽田先生他们研发的相比较，无论在液压关节、芯片还是电池等诸多方面要落后不少，但已经足以胜任舞蹈演出和日常训练的工作。

亚运会开幕式前一个月，亚洲各国的运动员、官员、游客开始陆续抵达中国杭州萧山国际机场，机场的工作人员和安保人员也逐渐有所增加。各种服务机器人也"上岗"了，有移动提供消毒洗手液的，有红外测温的，安检机器狗也纷纷加入了这一行列。

电视台记者张安莉这两天正在联系杜逸剑，她想争取近距离采访那些两年前曾经发来"一起抗疫"主题视频的运动员，她要当面对他们说一声谢谢。她还特意从她家住杭州龙井村的表嫂阿贞那里弄来正宗的龙井茶礼品装，准备给每个外国朋友一份。人生真是奇妙，两年前第一次在视频里看到杜逸剑，她对他就有种怦然心动的感觉，她也说不清是对杜逸剑这个人，还是对穿了击剑服特别帅气的击剑运动员特别好感，这令她对本次会面特别期待。

开幕式倒计时 14 天，民生休闲频道的亚运会专题节目播报时间开始变得越来越长，内容越来越丰富。

亚洲各国的运动员陆续报到，张安莉和同事也及时跟进做了报道，台里参与亚运会开幕式直播的工作团队已经拿到了开幕式的节目单，开幕式文艺节目最后一次大排练以后，全部节目就将正式确定下来。

虽然不是最后确认的正式节目单，张安莉还是在电视台同事那里好奇地浏览了一下节目单内容。

在一批节目的名录里，排在舞蹈类第一的就是《杭州欢迎您》"李白"机器人舞蹈和大妈江南旗袍秀，张安莉没有继续看下去，她开始微信上联系杜逸剑，希望有当面感谢一下中外运动员的机会。

指挥小组的各安保团队已经从一年前的各种演练到现在的真正实施，与此同一时期，亚洲各国的亚运会代表团纷纷在各自国内举行出征仪式。有的国家代表团人数多达数百人，声势浩大；有的国家代表团人数才两人，但一样认真准备，郑重地携带上自己国家的国旗，隆重出征。

佐藤俊一在协助料理完羽田男先生的后事以后，收拾好自己的行李，也收拾好自己的情绪，携带机器人"李白"独自前往中国杭州参加第 19 届亚运会，他的队友已经在三天前就集体出发前往中国杭州。

在海关安检处，安检人员因他携带的行李箱而拦住了他："先生，这是什么？"

"哦，机器模型。"

"请您稍等。"海关工作人员在对讲机里向上级主管汇报情况呢。

"请！"约莫过了 5 分钟，海关安检人员才放行佐藤俊一。

从机场到亚运村日本运动员住所，只有 15 分钟车程，佐藤俊一很快就入住了酒店。

早些天就已经抵达的印度运动员拉姆，今天约了同伴准备前往西湖，在等同伴的时间里他玩起了新版游戏《帝国复活》。

拉姆走在风景秀丽的西湖边，看到 5 艘看上去像中式亭子的游船正在平静的湖面上缓缓移动，里面坐满了神情轻松欢快的游客。拉姆想到昨日看过的一位老外看中国——路易直播中的一个内容，一场史无前例的太平洋上的夏季奥运会，那可是太平洋里的 5 艘航母，甲板上聚集了来自全球各国欢乐的人群。

现代年轻人，都喜欢在"历史穿越"里游戏，也在梦想里畅想未来。其实，也是在游戏里"穿越历史"，每一个生命，本就是在浩瀚宇宙漫长历史中极其短暂的一瞬，在历史穿越中勉强体会更长的生命历程而已。进入游戏打发时光特别无知无觉，而打发的时光也迅速影成生命旅程的一部分，被记录在互联网上网浏览痕迹的云中，留下一丝如蚂蚁爬过一般的痕迹。

中国运动员雷小龙，也在玩这款《帝国复活》游戏，他已经成为秦国的一位百夫长。他在游戏中是从一名奴隶开始的，已经玩了多次，也死过很多次，作为奴隶也被卖过很多次。后来练武练剑，打仗立军功，从齐国入秦，好不容易混成一名百夫长。

游戏中如果玩家想要晋升快，需要靠不停地打仗立军功、贩卖奴隶、抢劫，反过来玩家自己也一样面临被别人打劫、贩卖的危险。当然玩家也可以直接花钱充值。

不同类型的运动员会采取不同的方式来为即将到来的比赛解压，雷小龙的同伴杜逸剑每逢大赛的解压方式是静坐，或许这和家族基因有关，因为他爷爷当年在丝绸厂工作 43 年，无论在厂里还是家里，多是沉默寡言，休息时最常见的是旁边放一大茶缸子茶，然后就是一个人坐着，最后连去世时都是这个姿势走的。认识他了解他的老同事老邻居都说，他是默默地"苦修"了一辈子，终于"修"成功德圆满的人。老百姓平时谈论一个人的福气，那不仅要活着有福气，临死也要有福气，而一个人生命的终止能像往常一样"睡去"，自然老死就是莫大的福气。这可是需要活着时"修行"的。

一直在制作运营"一个老外看中国——路易直播"的路易，一年前在听了迪恩的梦想以后，爽快地答应专门为此做一期内容，以吸引和发动全世界更多的网友。互联网上人多力量大，隐藏着无穷的可能。路易的这一期内容试图像中国传统中药里的药引子，也如炸药的引信，引起大众对未来太平洋岛国举办夏季奥运会的关注。

路易这一期内容，采用了一个特别科幻的方式录播，为此他整整准备筹拍了近一年。

公元ZQ84年，如果按中国农历是一个鼠年，和人类历史上的2020年属于同一生肖。

地球上的人类更多了，已经接近100亿，而其中不少比例的人是100岁以上的老年人，尤其是70岁以上背起行囊就出发、全球旅行的老年人口越来越多了。他们有上天乘坐航天器一日旅游的，有入地一万米半日旅游的，有入海洋深处一万米观察深海生物的。全球各地养老社区里100岁以上的老人还在每天健步走路锻炼的也大有人在。根据分子细胞学家迪恩在2020—2021年做的生态模型，地球生物圈人类数量的峰值在99亿，只要人类肉身的生理习性没有改变，即人类这一物种一生中需要消耗掉的动植物数量不变，那么地球生物圈的生态载荷量到了一个生态峰值，就会出现地震、海啸、瘟疫、战争等灾难，人类的人口数量也由此消减，使得生态系统再平衡得以实现。以上生态模型，已经考虑到一定比例人类的脱水化技术以追求超级长寿，不然，人类人口数量的峰值则更低。

地球上的各种新机器更多了，而各种冠以人工智能的机器有用于人类医疗的，有送货送餐的，有参与车间各类自动化流水线工作的，有运动陪练的，也有康复陪伴的。机器倒是不用每餐消耗蔬菜水果禽蛋肉类鱼类，但一样需要消耗能源。

人类已经完全免于饥饿的危险，但有一种无聊空虚的危险。因饥饿而死的人数比例可以少到忽略不计；因日子无聊，而自作孽弄出病来早早地死了的人倒是不少。除了病患和老年人选择安乐死以外，也有人选择一种人类先锋行为——采用价格昂贵的尖端医疗人体"脱水"速干技术，凡是成功脱水化的人，可以活到300岁以上。当然也有人不感兴趣，认为活着的只是脑神经细胞和眼虹膜而已。也有人在这一高端医疗事故中死去，不过他们的备份基因都已经保留了下来。

地球上航空母舰数以千计，太空中的空间站也数以百千计，而地下的地铁普遍都已经是3层，最繁忙的超人气旅游地铁已经特意建到地下9层去了，正应了中国古代文字"九天之上，九地之下"。地面上的道路，尤其是供各类机器快速行进的道路越来越多了，供汽车自动驾驶的公路里程数早就突破上千万公里，而且一直在增加，多到21世纪的人类难以想象的程度。如果他们还活着，一定会被震撼。

5艘退役的航母，分别被改建成了一个奥运会主场馆、两个分场馆、一个奥运村、一个技术官员和媒体人员村，总计可以容纳两万多名运动员、技术官员和媒体人士。它们曾经分别以两位海军知名的将军、一位总统、一位国王和一处知名地域的名字命名，现在则由国际奥委会分别命名为共识号、共生号、共和号、共有号、共享号。昔日战斗机停泊和起降的甲板上，今日是人类文明竞技和相互交流喝彩的舞台。

太平洋五国联办第N届奥运会，其中一国因为国内人民抗议历尽了波折，一国突发海啸遭遇灾难，好在4个世界大国提供了5艘退役航母，解决了大量人员的居住问题。即使是简单改建，也花了两年时间，奥运会结束以后，这些航母就成了一个供游客旅游的景点。G国等国需要做的的，只是各自建造一个连接到航母的接驳码头，这大大减少了建筑施工任务，世界上不少富有担当的大国也一再表态，愿意提供建筑施工方面的友好协助。

奥运历史上独一无二的开幕式开始了，和平喜庆的欢迎礼花礼炮从往日的实弹射击口发出，格外的惊艳，也格外的令人感慨。主办国领导代表，G国的总统正在热情洋溢地致辞："此时此刻，我们要致敬一位曾经的好青年，他的名字叫迪恩·克鲁兹，据说最早的五国联办夏季奥运会的伟大梦想产生于当年迪恩先生留学中国时上海黄浦江的一艘游轮上……人类因梦想而伟大，今天，奥运会的舞台就是各位运动员实现梦想的舞台，我们期待大家的精彩表现和成功！"视频在盛大的开幕式点火仪式中结束，而那一束火炬却是从航母最高的桅杆顶端燃起，一直追到天上遥远的星空，使人不由得联想起人类最早盗取天火的古老传说。

迪恩看了路易剪接的视频，深感路易真是太有创意了，凡世间事业至少要吸引人们眼球、吸引人们关注，互联网时代，要让人关注难，要让人持续关注难上加难，要让人持续关注并打款支持难于上青天。要在大家眼中的太平洋小国G国举办史上最特别的奥运会，不就是一件难上加难的事吗？但只要有人去做、去呼吁，总会有成功的一天。在中国，不是有一个愚公成功地把家门口两座大山移走的故事吗？

这一极具未来科幻色彩的倡议视频，因为路易做得简直就像一部好莱坞大片的推广短片，很快获得了世界各国大量网友的观看、点赞、嘲讽、恶评。幸运的是，还真有一个赌场老板表示愿意出资建造一个分赛馆，条件是同意他在那建造一家娱乐酒店。

当晚，迪恩心情激动，无论是科研的进展还是在中国的生活都一切顺利，他又开始了电脑上的生态模型建设，他把从互联网上收集到的数据进行整理以后，尝试着把海量的数据输入生态模型，却没想到电脑意外宕机了。他只好使用同事的电脑想再做一番尝试。

可惜，同事的电脑也压根没有反应，只是循环播放着一组灾难图片，谁也不知道这些照片是从互联网的哪个角落里冒出来的。

眼前满目疮痍，到处都是倒塌的楼墙、无数的垃圾、死鱼烂虾，甚至还有来不及运走处理的人的尸体，惊慌得迪恩心里一阵发毛，难道遇到外星人入侵电脑？

他一不小心碰到了桌面上的一支笔，那笔尖朝着屏幕滑了过去，仿佛就要刺破那一具腹部鼓胀的浮尸，一股令人恶心难闻的尸臭扑鼻而来。

这是什么情况，这些照片又是什么？是多年前印度洋海啸的照片？是日本福岛大地震的照片？是前一日报道的欧洲遭遇百年一遇的暴雨洪灾的照片？还是在警示他心中的梦想，在自己国家举办一届特别奥运会的危险？

仿佛灾难已经真的发生，而他是这一切灾难的罪魁祸首。想起这些，迪恩不由得毛骨悚然。这一刻，他觉得这一切好像都是真的。

恍恍惚惚的迪恩惊出一身冷汗，这可是从来没有过的人生体验，仿佛魂灵离开了自己的肉身，又仿佛一个人从噩梦中孤独地醒来，可刚才他分明一直睁着双眼啊！

此时亚运会官方微信号，正在不断地推送新的消息，提醒开幕式的持票人在一周后开幕式上注意的各项安全事项。

清晨，亚运村里的运动员村，伊朗运动员库尔曼和两名队友正准备前往杭州凤凰寺。据网上介绍，凤凰寺历史悠久，创建于中国唐朝，宋朝时不幸被毁。元朝著名伊斯兰教人物阿老丁开始重修，明朝期间再次扩建重修，最终形成了现在凤凰寺的建筑群规模。1646年，清朝政府下令再次重建，凤凰寺成为当时中国规模最大的清真寺之一。

三人参观完凤凰寺，便在附近河坊街闲逛，偶尔走入店家，看到一位中国古代的红脸将军，手持一把大刀。库尔曼用手机拍了照片，在互联网上搜索了一下，原来他就是大名鼎鼎的关公，只见关公像的基座上刻有"天下武功，唯快不破"。看过关公像，只见桌上有不少大小不一的观音像，包装盒的盖子内侧刻有"智慧不起烦恼，慈悲没有敌人"的字样。走出这一家后，三人又逛进了一家药店，在里面买了几瓶印度神油、中国万金油和一瓶治疗跌打损伤的药。

韩国运动员朴星泰正在亚运村里的健身房锻炼，他收到了麦克的信息，说他也到了杭州，届时将去击剑比赛的现场为朴星泰加油。

泰国运动员巴亚报到以后，正准备前往杭州最有名的寺庙灵隐寺敬香祈福，祈祷能早日找到自己的妹妹。他甚至天真地想，在中国杭州西湖边白蛇娘娘的帮助下，或许就会遇到妹妹呢。

路易的大学同学报名做了第19届亚运会的志愿者，今天路易和他的同学跟随导游组的工作人员，正在用RAP《杭州亚运会，我在这里等您》介绍杭州呢！

"您见过《富春山居图》上的杭州，您读过《马可·波罗游记》中的杭州，您听过'钱王射潮'传说，您能懂许仙白娘子西湖边的爱与愁。嗨，嗨，嗨，您一定没见过这一刻时变时新真实的杭州。来，来，来，您亲来看一看，我这里时变时新真实的杭州。"

"老子免费做导游，欢迎大家，都来杭州耍子儿！"这一句歌词路易特意学着用地道的杭州话说，还张开双臂做了一个热情的欢迎动作。

"杭州亚运会，我在这里等您！"

他分别用地道杭州话和英语各说了一遍！这是一首2020年他自己创作的亚运会应征歌曲，可惜当年落选了，今天他用路易直播进行宣传。隔着屏幕很多关注路易的网友都可以感受到他对亚运会的热情。

此时杜逸剑也回到了长春小区，给邻居阿莫儿大叔送亚运会击剑比赛的场馆门票，送完票后他约了日本运动员佐藤俊一，他要带佐藤俊一前往钱塘江大桥——那座由中国著名桥梁专家茅以升先生主持设计的知名大桥，那座当年因日军入侵中国人自己不得已炸断的大桥。而今天一名日本青年受其祖父的嘱托，要前来桥旁感谢当年的一名普通中国老婆婆。等比赛全部结束后，杜逸剑计划着约大家一起游西湖并在知名的楼外楼酒店用餐，他要好好地感谢大家在两年前拍摄"共同抗疫"的主题视频，张安莉可是好多次在微信里恳请他出面安排呢。

路易隔一段路就选不同的店家，让店主站在店门口念《杭州亚运会，我在这里等您》，也算是为他们自己的店代言。路易来到阿莫儿面馆门口，便进来邀请阿莫儿大叔念这一段RAP。

阿莫儿大叔觉得自己有浙江绍兴一带的口音，对自己说的有点不太满意，特意向路易推荐了隔壁商铺二楼上的麻将馆老板娘丽丽。丽丽下来后，便说要把地道的杭州麻将也拍摄进去，路易一个劲地说"OKOK"，跟随丽丽上了二楼。丽丽便以其中一桌四人正在打的麻将桌为背景，用地道的杭州话说起了这一段 RAP。

丽丽刚说完没有多久，路易的镜头透过窗户扫向街面，镜头里面突然有一辆时尚的跑车经过，紧接着又是一辆，接着又是第三辆，三辆跑车的车速明显比旁边其他车快。

正从灵隐寺敬香祈愿回来，走在街上的巴亚突然看到一辆特斯拉跑车副驾驶上竟坐着他的妹妹雅雅！他在惊得目瞪口呆约三秒后，立刻急速启动跑了过去，可是车上的他妹妹好像并没有看见他，也没有听见他的呼喊。急切之下，巴亚拦下一辆驶过来的小轿车，拉开车门，对着司机喊到："快追，快帮我追上前面的特斯拉！"

司机麦克一时都反应不过来，不过脚下还是加大了油门。看到司机长着一张美国人的脸，巴亚用英语急切地说道："追，快追上前面的特斯拉跑车，我妹妹被绑走了。"

麦克听说有人被绑架，反倒一下来了劲头，也顾不了是否闯红灯，很快就逼近了那辆特斯拉跑车。

特斯拉跑车里，司机楼永兴从后视镜里看到有辆奥迪跑车正在追赶他们，倒是来了劲头，也加大油门，离开市中心向郊外方向驶去。

不一会，旁边的车辆开始稀少起来，麦克开着从楼永旺处借来的奥迪跑车，一边问巴亚："嗨，伙计，你妹妹怎么会在中国被人绑走？"

"快追，快追，追上就一切明白了。"说完以后，巴亚才明白过来，他怎么刚好拦下一辆美国人开的车。

黄昏的夜幕下，公路上一览无余，前后数百米看不到其他车。

头车里是本地人楼永兴，后面两辆车里是他平日一起在玩漂移的年轻人，今天正玩得来劲，竟然碰到来和他们飙车的老外了，亚运会里的日子可真热闹啊。

路易拦下一辆出租车想追上去，但他们的车刚一加速，挡风玻璃就撞上了一只沙漠蝗虫。

"该死！难道非洲蝗虫到浙江境内了？"路易嘀咕道。

"别瞎说！怎么可能，我们杭州是一块风水宝地。"

"嗨，别跟丢喽！"

出租车司机一脚油门，车子轰鸣着像 F1 赛车一样冲了上去，但很快以为遇到了独家新闻的路易发现，他坐的出租车追上前面的跑车根本不可能，只能眼睁睁地看着那一排车在风驰电掣中越来越远去。

那四辆车肯定都已经全部超速，"把他们带到安吉天荒坪盘山公路，咱好好地给他们露一手！"楼永兴兴奋地说道，一边搂着身旁的美女。

不过很快，交警就发现了他们的车队，一时间两辆警车也迅速跟了上来。不一会儿，这一排车就出了主城朝安吉方向"狂野"地驶去。

夜幕中，直到安吉天荒坪的顶部，警车出于安全考虑才最终追上他们，麦克因超速和无证驾驶受到了交警处罚。看来，他很可能要在中国的看守所里看亚运会开幕式了，麦克一个劲地解释："警察先生，我不是无证驾驶，我有美国驾驶证，嗨，我这是追绑架嫌疑人，是你们说的见义勇为！"

巴亚终于见到了那位像极了他妹妹的女子，但人家并不认识他，那位姑娘一口略带中国四川口音的普通话，巴亚一句也听不懂。

妹妹啊你在哪里？在漆黑的夜里，在邻居国家的一处名曰天荒坪的山顶上，巴亚在心里不停地问着苍天。

巴亚向警官余志刚等出示他妹妹的照片，请求他们帮助，余志刚满口答应。经询问，弄清是两年前发生的事，但他依然耐心地解释说会交国际警务合作部，展现了中国警察友善的态度和耐心良好的服务。

而楼永兴他们三辆车的驾驶员，因为在道路上严重超速，将分别被处以罚款和吊销驾驶证的处罚。

一个终将被杭州城市历史记住的日子。

万众瞩目的亚运会开幕的日子终于到了，亚运会的各方工作人员迎来了真正的大考，而杭州普通市民则显得兴奋。

开幕式当天安检入场处，由慧海公司赞助的各种服务机器人纷纷登场。它们各自尽心尽力地工作着，虽然它们没有"心"，只有程序；没有生物力量，只有电池供给的机械力量。

六年级学生钱一新今天高兴地和他外公钱卫东教授一起，准备早点入场观看开幕式，钱卫东教授开着买了才两年的奥迪Q5汽车。车子远远地在外围停车场停下，今天有无数的志愿者在各个点位上热情工作，这可是杭州有史以来接待外来人员最多、最复杂，也最盛大的一次。

钱一新从他的剑包一侧口袋里拿出一辆微型遥控小甲壳虫汽车，小到可以抓在手心里，他要在入口处等待他的击剑伙伴，同年级的程俊凯，听说他的门票是他家的邻居送他的，这个邻居是一个面馆老板，老板的门票是亚运会运动员送的。

等到程向东把程俊凯送来后托付给钱教授，两个小朋友就在钱卫东教授的带领下准备入场。入口处，钱一新被拦了下来，原来是他手中的遥控汽车和遥控器不允许带入。两人自告奋勇地说自己会解决，不要钱卫东教授陪着。只见两个小鬼为了贪图方便，并没有走到老远处的汽车里，而是找了一张报纸包好后就近找了一处绿植，把遥控汽车偷偷地藏在那里，准备出来时再拿。

路易打扮成机器人耍酷，准备去亚运会场馆做直播。

四人一组的特警正在巡逻，其中一位手里还牵着警犬。突然，警犬把注意力转向了一旁的绿植，汪汪汪地喊个不停。

而机器狗似乎也发现了什么，停了下来。当警犬把绿植中的纸包叼出来后，一名特警按流程小心翼翼对待，以为是会场外发现的可疑爆炸物，却发现原来是两位小学生的杰作———一辆遥控汽车。

江边村的村民大胖阿花经过严格的培训，又加上自己的努力，成了一名亚运村酒店服务保洁员，正在负责一个楼层的水果配送。大胖阿花跨入电梯，发现一个黑人手里捧着一辆遥控汽车，不由得心里嘀咕：这么大的人还玩这种玩具？外国佬怎么和我们不一样。当她进入日本运动员佐藤俊一房间时，猛地一眼看到机器人"李白"，被吓了一跳。她忍不住拍了一下"李白"的屁股，嘴里念叨道"叫你吓我"，放好水果以后，她开始进入卫生间搞起清洁工作来。

可是她没有留意的是，"李白"突然开始自己活动。因为她前面那一巴掌，把开关打到了"开"的位置，而"李白"腹部的生物能源也积蓄充足，它就这样走出了房间，朝酒店的电梯走去。谁也没有留意到它，更没有人留意到他腹部的生物能源收集与转化装置这两周内的变化，里面产生了多少厌氧菌，产生了多少气体和热量，等等。最近因为亚运会的举办，人们见惯了各国朋友的各种服饰和打扮，对日本"李白"的一身打扮也就没有特别关注。

大胖阿花搞好卫生以后，竟没有发现吓了她一跳的"李白"已经走出房间，她依然像往常一样走到隔壁房间，敲门确认没有客人后便进入继续配送水果和搞卫生。

机器人"李白"成功地走出酒店，他要去哪？是去主体育场馆找他的主人佐藤俊一吗？

快递员程东风正在往亚运村酒店送快递，正捧着一个包裹准备往酒店里送时，看到酒店里走出一个奇装异服的老外，手上还提了一把剑。当他回身赶上几步想善意地提醒一下老外，可不能提着剑走在大街上。却不料老外根本没有理他。他只好跑几步走到老外前面。

这竟是一位外星人！受惊的他本能地做出身体往后仰的动作，像极了击剑中运动员后撤的动作，而他头上戴的头盔也有点像击剑运动员的头盔，只见机器人"刷"地一剑便挥了过来，一剑打在程东风的肩膀上，看到程东风没有让开，又是一剑，打在了他的手上。这下，程东风的手痛得连包裹都拿不住，"啪"的一声，包裹掉到地上，他也被痛得清醒过来，赶紧让开了道，用未受伤的左手掏出手机拨打110。

"110吗，我要报警，我要报警！快！"他有点语无伦次，"亚运村运动员村，我遇到外星人，被打伤了，快，请快过来……"

接听的值班警员以为有人在搞恶作剧，一再警告说："请你明白，谎报假的警情要负法律责任的。"

"知道，知道，这是真的！"程东风急得更加语无伦次。

主场馆内，文艺节目正在按次序上演。

一千台中国版"李白"机器人正受到干扰，主机程序被侵入。

钱卫东教授和身边的志愿者打了个招呼，请他们帮忙照顾一下两位小学生，自己赶紧带人赶往现场。

特警紧急行动组收到路上行人受伤的报告，发现有打扮成机器人的人前往会场。

警察余志刚正在街道路面巡逻，收到指挥部电话，让他们迅速找到可疑人员。今天开幕式的日子，不仅体育馆内都是热情的人，街上也都是人，人们都沉浸在欢乐的气氛里，街上找人并不容易。余志刚他们瞪大眼睛，四处搜索。

与此同时，指挥部正在监控室调取视频，很快他们就发现了路易，并实时把位置信息和视频截图传给了巡逻组的警员。

余志刚他们也发现了打扮得像外星人的路易，警车靠了过去，"刺——"地停在路易身旁，"Stop!Police."路易停了下来，一脸茫然，面对警察，他可是连肩膀都不敢耸一下。

还没等余志刚开口，警用对讲机呼叫器中传来指令，说他们抓错人了，不是路易，而是一个真正的机器人。机器人？余志刚惊得差点发出声音，很快机器人"李白"的照片就传了过来。

真正的机器人正在非机动车道上快速地行进，远远地看去，还以为是一个追风少年在模仿速滑运动员呢。

指挥部弄清路易是误认，赶紧呼叫街上各巡逻小组，寻找真正的机器人，终于发现了正在赶往主会场的机器人。也许它要去找它的主人佐藤俊一，也许它是想和那一群中国"李白"一起跳迎宾舞蹈吧。

正如画家对色彩和几何体敏感，音乐家对声音和韵律敏感，兵家和对抗性竞技者对守防攻、进顿退敏感，生物对食物链的上一级物种和下一级物种敏感，物以类聚，人以群分，此刻日本机器人李白也在寻找它的中国同伴，以及互联网数据里一切与"守防攻、进顿退"有关的信息代码。

当警察正在前方设置路障准备在一人流量较小的路口截停机器人时，令人类百思不得其解的事情发生了。机器人李白突然改变方向，朝谁也没有想到的一幢大厦快速行进。

它还没有到大厦大门口，就已经启动了慧海公司仓库里一切可启动的机器。

慧海大厦门口值班的门卫大叔一脸惊讶，怎么门自己开了。他并不知道，是机器人"李白"破译了自动门的密码遥控指令。

"您找谁？请先登记一下再进去！"

正当保安师傅追赶机器人时，由远而近，警笛响起，一大队警察奔涌而来。一转眼，机器人已进入大楼电梯。

快递小哥程向东已被送到医院，受伤的右手得到及时包扎救治。他本想回家休息，可是警方考虑到或许要进一步了解情况，建议他暂时留院观察。然而，医院外的情况变糟糕的速度似乎比人们想象的更快，其他机器也开始活动。

指挥系统似乎正在受到不明黑客攻击。

面对警方的询问，慧海公司的董事长楼建成既紧张又恐惧，因为担心事件会对第二天的公司股票价格产生影响，他一口否认失控的机器人是他们公司生产的。"要是我们公司能生产这么高级的机器人倒好喽！"

很快，警方找到了钱卫东教授和日本的佐藤俊一。

机器人"李白"想干什么，和人类对决？没有人能回答。

谁也无法预测机器人到底怎么想的，如何紧急控制事态的进一步扩大才是当务之急。

采用简单击毙？然而机器人全身都是不锈钢结构，一方面，不知道它的要害部位在哪里；另一方面，子弹遇到不锈钢后极易改变方向，流弹容易造成人员伤亡。那是否采用网枪抓捕？

当现场应急指挥组李局长说出"必要时让狙击手果断开枪击毙"时，楼顶视野开阔处的机器人视频捕捉到了李局长的脸部表情，随即空中的无人机方队排出了"撒谎—欺骗—掠夺—杀戮"的字样，这是机器对人类发出的警告。

东部战区值班雷达信号不稳定，有不明黑客试图入侵，IP 地址显示在亚运会场馆附近。各类真假难以辨别的信息都在往李局长这边传输，令他忙中更忙。

李局长只能站着在现场开紧急会议，他提出了三套方案。方案一，定点爆炸清除；方案二，人为关机；方案三，用网枪网住，然后迅速上前关机。

最后保守方案二被采纳，但只能给予 15 分钟处置时间。

"发明他的专家呢？快，快去找来。"

"发明他的专家不在！"

"不在，去哪儿了？快去找回来。"

"目前只查清它是从亚运村日本运动员居住区跑出来的。正在找国内同一领域的专家，他马上就到。"

"它是日本制造的，携带进来的人找到了，也正在赶过来。"

"对不起，对不起！"只见佐藤俊——路急速地跑了过来，人都没有站稳就一个劲地鞠躬道歉。

特级预案启动，而机器人"李白"却已经上了慧海大厦的顶楼，与试图围捕它的人类对峙。

十一、失控的机器？进化的机器？

几乎同时，在主会场周围，此前所有号称人工智能的机器，都在被入侵和远程启动程序指令，纷纷进入"进顿退、守防攻"模式，不少警力不得不投入到处理各类服务型机器人中，原本为了方便游客、观众和运动员，主会场和周边 5 公里，都提供了免费 5G 网络服务，未承想却方便了人工智能机器人。

第二方案是人与机器人的对战，人类企图耗尽机器人的电池，或通过对战过程，在确保安全的前提下手动关机。如果约定时间里面搞不定，则立刻按第一套方案果断处置。

一家在主场馆附近的击剑俱乐部紧急送来了击剑服装、面罩和剑；而亚洲击剑运动员被立即动员集结起来，一场世上前所未有的人与机器人的决战开始了。

一个作战场地在慧海公司的机器人仓库，一个在主会场的器材组，一个在慧海大厦顶楼。也许关掉主场馆周围的所有无线通信网络是最好的办法，可是，这样一来晚会的直播就受到严重影响，更要担心的是由此引发现场数万观众的恐慌，以及因恐慌而引发更大不可预测的连锁反应……

早先打扮得像机器人一样的路易，此刻早已扔掉头盔，脱去上衣外套，正精神头十足地直播，学着中国京剧的念白："醉卧疆场君莫笑，古来征战几人回！我去也！"

中外媒体记者就像鲨鱼闻到血腥味，一瞬间纷纷赶到现场，在警戒隔离带旁抢占位置，架起长枪短炮，自媒体博主们也开启了直播，给忙乱的局面增加了进一步的忙乱。

各种机器人似乎全在接收新的指令，加快了移动速度，阻挡靠近它们的一切人和移动的物体。

程俊凯和钱一新也加入了击剑队的队伍，他们也参与着与机器人的对决，收拾着一些电池不足的机器人。

日本佐藤俊一、泰国巴亚和杜逸剑三人上了顶楼。

伊朗库尔曼和韩国的朴星泰等一应击剑运动员，迅速到达机器人仓库，他们的任务是带领工人师傅控制住仓库里大乱的中国版"李白"，拆卸掉机器里的电池。

此刻，主会场附近的社区派出所接连收到市民报警，家用机器人开始蠢蠢欲动。慧海公司的客户售后服务部，也接连收到电话，他们市场销量最好的家用扫地机愚小公，都得到了启动的指令，开始在数万杭州市民的家庭里自动勤快扫地，许多市民都以为是上次使用时自己设定的，未承想是被机器人"李白"远程启动的。

阿莫儿大叔在家里一边大喊："我不会拆！"一边给儿子打电话请求帮助指导，最后实在没法关机，气得他只好把机器扔进抽水马桶里。

应急小组的领导正在紧张地预判局势的发展，也在简短的争论中迅速统一思想、布置行动方案：

"现在不是责备人的时候，这既不是日本人的问题，也不是中国人的问题，而是人类要共同面对的问题，先把局面迅速控制住，不要让它扩大空间和范围！"

警方迅速在大楼四周拉起了警戒隔离带，路易一刻都没拉下这样的热点时刻，也赶到了现场。而一名狙击手已经奉命在300米开外的大楼顶端瞄准。

而在钱塘江上空的无人机节目里，原定的内容遭到更改："我们欺骗，我们撒谎，我们偷窃！WE CHEATED，WE LIED，WE STOLE！"

一只南美洲亚马孙河流域热带雨林中的蝴蝶，偶尔扇动几下翅膀，可以在两周以后引起美国得克萨斯州的一场龙卷风。原因是蝴蝶扇动翅膀的运动，导致其身边的空气系统发生变化，并产生微弱的气流，而微弱的气流的产生又会引起四周空气或其他系统产生相应的变化，由此引起一个连锁反应，最终导致其他系统的极大变化，人类把它称为"蝴蝶效应"。

中外记者发布的新闻稿以及现场观众的自媒体信息充斥着互联网，真假难辨的"人工智能失控"消息已经铺天盖地，全球证券市场上立刻就有反应，几家人工智能公司的股票应声下跌……

在地球生物圈内，如果你发现了一只黑天鹅，那么，周围一定会有另外一只或几只黑天鹅，因为绝对的孤例在自然界是不存在的。

楼建成一边担心眼前的局面，一边担心星期一早市开盘后公司的股票行情，虽然他的脸上没有流露出丝毫情绪。

狙击手在远处呼叫请示："打哪部位？它的'心脏'在哪？"

"枪榴弹准备，"指挥部下着指令，"把狙击手撤回来。"

生存或死亡，这是一个问题。

"人类啊，你们的'莲花碗'里充满了各种声音和狂热，其实里面空无一物。15天以后，你们会留下满地的垃圾和空虚，连自己都嫌弃。"机器人"李白"转了一下头，朝主会场"莲花碗"瞥了一眼。

钱卫东教授听到日本版"李白"的这一段话后，惊得目瞪口呆。

人工智能的时代难道真的来临了？抑或是羽田先生提前把莎士比亚对生命的诘问储存在语言库里，此刻机器人"李白"已经能自己组织应景的对话语言，而且根据场景地址是在中国杭州，语言模式也已经自动切换到中文？

十二、人机对决

此刻，钱卫东教授的脑子就像高速运转的电脑芯片内存，平生关于机械自动化的知识以及近年来人工智能自我学习的知识资料闪过一遍。如果说前面机器人"李白"行走、击伤快递小哥，对于对抗、防守、进攻等敏感尚容易理解的话，那么，其刚才的对话，却已经完全出人意料了，这一刻，机器人行为已经超出人类所能理解的范围了。

"还剩7分钟！"李局长看着表，脸上透着镇定和刚毅，"各小组注意，各小组注意，第一套方案各就各位，5 分钟后注意接听命令，收到命令立即执行！"

"1 组明白！"

"2 组明白！"

"3 组明白！"

"4 组明白！"

"5 组明白！"

…………

各行动小组纷纷回话，所幸，机器人"李白"的高清视频摄像头这次没有捕捉到李局长的眼神和瞳孔，不然也许无人机会打出"人类、暴力、杀戮"的字样。

主会场"莲花碗"内，除了涉及的无人机编排节目和机器人舞蹈节目已由晚会总导演骆小海紧急调整外，其他节目依然顺利且精彩地呈现。

一心想要赶紧处理好危机的佐藤俊一，匆匆忙忙没有戴好面罩就和机器人"李白"对决，试图接近它关掉开关。却不料一进入攻击距离，"李白"就一剑挥来，俊一不得不格挡防守，又再次后撤两步。

第二次，俊一再次发起主动进攻，劈中了"李白"，然而因为"李白"和俊一都没有像正式比赛一样，穿着击剑服连着连接线，"李白"并没有接到指令自动停止进攻。当俊一试图再往前伸手去摸"李白"屁股上的开关时，只见"李白"迅速退后，自动调整距离后又快速向前一剑劈来，由于俊一正全力想去关开关，不幸被劈中脸颊，殷红的鲜血很快就渗出来，流到了脖子里，鲜血也染红了白色的击剑服领子。杜逸剑赶紧一剑接住"李白"的连续进攻。

杜逸剑一边看着"李白"的外表，一边在心里想，如果不能及时手动关机成功，那就尽力长时间对峙来消耗他的电池能量，直到把它消耗殆尽。佐藤俊一退到一侧，医务人员马上上来给他紧急包扎。

可是，指挥部担心夜长梦多，必须尽早解决，所以只给了 15 分钟，也许此时已经只剩不到 5 分钟，若时间到了仍然没有解决，则要启动全体人员撤离定点炸毁的方案。

5 秒钟关停所有 5G 基站以及相关网络，然后瞬间网住，瞬间关机。

本来，这一步要是一发现就立刻果断地执行就好了，目前，再想如此处置，情势已然被动，因为机器人李白似乎对任何接近它的人类都充满了警觉和敌意。

慧海公司的产品展示厅、成品仓库内，凡是蓄电池内有电力的人工智能机器人，都在活动。那些没有危险的扫地机器人，普通工人们都能对付，难的是那些击剑机器人。

程俊凯、钱一新合力打败了一个次品人工智能机器人，把它关机送到墙角一侧，由工人师傅帮忙取出了蓄电池。

仓库部分的机器人逐渐被控制下来。

随后伊朗、泰国等国的选手上楼加入了队伍，程俊凯、钱一新两个小家伙也跟着上了楼。人类选手开始车轮战，一起对付机器人"李白"，但"李白"似乎已经被激怒，它的进退速度、进攻力度都在不断加强。

杜逸剑再次接上"李白"的剑以后，开始了又一轮进顿退、守防攻的战斗。

认真观战的钱一新瞅准机会，朝"李白"的身后沿地面扔了一只网球，只见网球不偏不倚刚好滚到正在急速后退中"李白"的脚后跟，"李白"瞬间失去平衡，跌下楼顶。

终于解决了危机，几乎所有人心里都松了一口气，当然也担心高空坠物砸到地面行人。没想到杜逸剑随手扔掉面罩，用佩剑的护手盘挂住顶楼边界上的护栏，悬身去救"李白"，却不料被"李白"挥剑刺入颈部。

杜逸剑舍身去救机器人李白的举动，发生得快如电光石火，人们看得惊呆了，没有人注意到杜逸剑已经受了重伤。

滴答，滴答，滴答，血滴连续滴入"李白"的腹部，慢慢地使机器的生物能量转化装置瘫痪，直至整个机器瘫痪。杜逸剑注视着"李白"，仿佛它真是人类的一分子，眼里充满了慈悲。

阿莫尔大叔在电视镜头前大喊："豪烧（快）！豪烧（快）！豪烧（快）！"

巴亚一个箭步，跑过去伸手去救杜逸剑，在拉姆和库尔曼等人的合力协助下把杜逸剑和"李白"都拉了上来，朴星泰一眼发现杜逸剑受伤，立刻在现场大喊："快！快！快！"医学专业的他手法熟练地开始急救动作。

日本东京羽田先生的寓所，夫人井子正在一个人默默地整理羽田先生的遗物，电脑视频正在播放羽田先生按寺庙里观音像输入"慈悲"的镜头。

机器人在瘫痪前，发出的最后一条指令正是令钱塘江上空的无人机机群打出"慈悲"两个中文字和一张观世音图像。

主场馆内文艺晚会正在表演最后一个节目《蓝色星球》。

馆内全体人员，正在情不自禁地合唱……

慧海大厦楼顶现场，救护直升飞机正从空中小心翼翼地降落，焦急的人群在远处默默注视着，心里祈祷着直升飞机赶紧把杜逸剑送到医院。朴星泰和许馨单腿跪在地上，护着昏迷中的杜逸剑。

拉姆双手合十，口里念着《大悲咒》，梵语倒是一种历史悠久的国际语言，它的声音和程俊凯家老阿太每天念的惊人一致。

救护推车往直升机方向推上去时，程俊凯和钱一新有点舍不得放手，哭着大声喊："杜叔叔，加油！""杜叔叔，挺住！"

十三、未来已来？何去何从？

当耳麦里传来"报告，警情已处置，完毕"的声音，亚运会安保现场总指挥终于放下心来，他抬手看了一下表，从接到报告到此刻，刚刚过去了33分钟，虽然这33分钟他内心惊涛骇浪，脸上却自始至终不动声色。

主会场内开幕式文艺演出正在上演最后一个节目，该节目一结束，亚运会会旗入场仪式马上就要开始。

两位年轻的男女歌手，正声情并茂地演唱着主题歌，而巨大的背景高清屏幕上，是中国航天员刘伯明首次出舱的画面，观众们看到的正是航天员从太空视角的美丽蓝色星球——人类共同的家园地球。

第19届亚运会会旗正在缓缓升起……

主席台上，嘉宾们也为现场氛围所感染，纷纷站起身来。

亚奥理事会主席望着欢欣鼓舞的人群，缓缓地走到右后侧一旁的中方现场安保总指挥处说道："让我们一起努力举办一届精彩难忘的亚运会！"

"一场罕见'灾难'的结束，不仅仅促使我们追溯人类的遥远过去，也必将把我们的思想引向更加深邃未知的将来！"

"衷心感谢每一位安保人员！"

这一刻，几乎所有人的心里都涌起激动之情，主场馆内少数人知道刚刚过去的半小时内发生了惊心动魄的事件，多数人并不知道刚才场馆外发生了什么，在现场漫天灿烂烟花和熊熊燃烧的火炬辉映下，人们罕见地情绪一致，情不自禁地同频共振……

急救室里，医生们紧张地忙碌着，手术室外，许馨和杜逸剑的妈妈爸爸焦虑地等待着。

第二天，杜逸剑依然在重症监护室，丝毫没有醒来的迹象，关心他的人，除了父母，更有击剑队的领队、教练、队友、邻居钱卫东教授、面馆老板阿莫儿大叔以及陌生的热心人。

程俊凯和钱一新光荣地代替佐藤俊一和杜逸剑，出席亚运会击剑选手的开赛仪式。

观众席上，不知谁领唱了一句："一条大河波浪宽。"

人群里马上就有人跟着唱："风吹稻花香两岸。我家就在岸上住，听惯了艄公的号子，看惯了船上的白帆。这是美丽的祖国，是我们生长的地方。"

正在和孙子一起看电视直播的孙长子也跟着哼了起来，对他来说，那是一条大江波浪宽，风吹稻花香两岸……

电视屏幕上是现场观众在深情地合唱，此景此情真是令人激动。

程俊凯的爸爸程向东和钱一新妈妈钱见明在病房的电视屏幕前，不约而同惊喜地喊："那是我儿子！"

佐藤俊一则在外宾病床上，看着他的队友们进场。好在他伤得不重，再观察一两天就可以出院了。

许馨满眼泪水压抑不住，忍不住跑出病房到洗手间。靠着门，她终于再也忍不住，泪水夺眶而出。而手机里杜逸剑那天发给她的视频，那天晚上他正用情地在唱着日文歌曲《星》。

"你快醒来啊！"许馨哭着对着手机屏幕说。

护士长钱见明默默地进来，不知道用什么语言安慰许馨，唯有抱着她，静静地安抚着……

赛场里的观众席上，人们都站起来，声势浩大地一起唱着《我的祖国》。

人群中激情鼓掌的伊朗运动员库尔曼，不小心从衣服兜里掉出来一瓶中国治疗跌打损伤的药，滚落在观众席座椅下的一个角落里。稍过一会儿，恰巧被搞卫生的阿姨捡起来，当作垃圾打包扔进垃圾桶，这一幕被正在拍摄视频的留学生路易摄入镜头……

15 天以后，在全体参赛运动员、裁判员、工作人员，在中国人民、亚洲人民以及世界上其他国家人民的共同努力下，第 19 届亚运会在人们的掌声和歌舞声中圆满落幕！那主场馆莲花碗上空的灿烂烟花，留在当晚现场人们的心里久久难以忘记，也永久地留在了互联网数据的"云"里。

见天地，见众生，见自己！

亲身经历过生死灾难考验的人们，心灵总会烙下难以抹去的烙印，唯有靠时间来慢慢消退，"与天地和谐，与其他生物和其他人类和谐，与自己和谐"是一种多么美好的愿望啊！

钱卫东教授把受损的击剑机器人修复，不过和佐藤俊一商量后，暂时拆掉了生物能源装置。他也找到了芯片，发现羽田是把它分别安装在机器人的左右脚上，是两套完整的系统，其中一套作为备用，设计思路真是精巧。钱卫东教授封存了一套芯片，另一套芯片重新安装中国软件，他还用中国的萧吹奏了一曲中国的《花好月圆》和日本曲子《故乡的原风景》，特地录入芯片，作为对老朋友羽田男的怀念，他相信羽田先生会理解他的做法。

击剑的"机器思维"是什么？经历了这一次劫难，钱卫东教授不由得再次思量。

在高速"进顿退"中通过机械"伸缩转"，"守住己方'有效'部位，防住对方'有效'进攻，攻击对方'有效'部位"，仅此而已，这是两年前最早研发时的分析。

此刻，钱卫东教授却想起邻居程家老太太一天到晚念佛的形象，高大而清晰，而那一声声佛音和木鱼声却越来越嘹亮，仿佛弥漫了整个宇宙。

"守防攻，守防攻，守住'正念'，防住'贪念'，攻灭'恶念'，在人生的进顿退中守防攻，可不容易啊！"

钱卫东教授没有看到的是，此刻同一时间，杭州慧海智能机器人公司宽敞巨大的内部展厅里，董事长楼建成正和儿子楼永旺站在一起，看着广告公司的安装人员把展厅背景墙上的"极致科技，极致生活"蓝色大字，换成了"科技，让人类生活更和谐"！

而由楼永旺任董事长的"体秀体育科技"正式成立，楼永旺亲自为企业撰写广告语："您的孩子不只是来学习击剑，而是学习人生守防攻、进顿退的艺术。"这是他的体秀网上所有体育运动项目中唯一收费服务的实体俱乐部项目，也是他作为一名海外留学生归国创业的项目。在公司注册成功后第一天，楼永旺亲自盖出了公司历史上第一枚公章，委托一家知识产权代理公司申请注册了一系列和"体秀"相关联的商标——体秀秀、体练练、体美美、身健健、身康康、身壮壮、身秀秀、身美美、SPORTSSHOW，BODYSHOW，B-SHOW……而他们父子俩，也在这一年多里面在不知不觉中关系改善到如此融洽，这真是谁也没有料到的美事。

第二天，杭州萧山国际机场，神情肃穆的钱卫东教授在送别佐藤俊一，特别拜托佐藤带走修复的机器人——日本版"李白"。

佐藤俊一回国后，即去札幌一个绿树环绕的小山村祭奠羽田先生，机器人慈悲地站在羽田墓前，音箱里传出的是《故乡的原风景》的萧音，不喜不悲。机器失去了它的主人，不过它很快就将有新的主人，第二代、第三代产品很快也会出现。

井子一身素衣，在路口远远地站着，等俊一站起来慢慢地返身走回到路口时，井子给了俊一一只信封，鞠躬后默默地离去。望着她的背影慢慢远去，俊一打开信封，原来是东京一家医院给出的羽田先生的体检报告，报告上赫然用黑体标注着，家族遗传性腺体异常综合征——胰腺癌或性腺癌，建议早日安排复检和手术治疗。而旁边是羽田写的两行字：

生而为人对不起，井子，珍重！

俊一，请关照好机器人李白！

人生真是令人无限感慨啊……

一身素衣默然离去的井子，心中不停地想着作家村上春树的名言：每个人都是落向广袤大地的众多雨滴中那无名的一滴，即使是无名的一滴也有历史。余生她要把她熟悉和深知的羽田先生的人生经历记录下来，那是特别令人难以忘怀的少年时代，以及羽田先生特别小心翼翼又十分投入研发机器人"李白"专注寂寞的十年。

路易在中国大学毕业以后，正式留在中国开启了他新的事业。

此刻他正在做最新一期的直播：

"时间是宇宙永恒的主人公，进化是宇宙永恒的主题！各位路易直播的朋友，今天路易有独家新闻播报给大家，往期镜头里的清洁工听说近日因发热在医院住院，她是细菌炎症导致流感咳嗽，还是因为感染了新的病毒？

"请不要走开，路易直播将去医院亲身探访真相……"

阿莫儿大叔为了传扬击剑运动员杜逸剑的事迹，在面馆的中央位置专门布置了一条公益剑道，供周边学生习练和表演，借以讲述杜逸剑和他的击剑队友们"迎难而上的勇气和一份对机器人都心怀慈悲的非凡情怀"，同时向更多的有缘人推广这项魅力非凡的击剑运动。

面馆以前的招牌上加刻了一个"剑"字，变成了新的"面剑馆"。不久，其他城市也有人前来请求加盟，闻到商业气息的营销策划公司也主动前来洽谈，要帮着做商业方案，并提议他把面馆的名字改成洋气十足的新食尚馆，阿莫儿大叔被打搅得有点招架不住，不过他的儿子却感到好事上门财运来临，兴奋得好几个晚上都没睡好觉。

一档由中国杭州慧海智能公司赞助，由电视台精心打造的击剑教育娱乐节目《"李白"邀您来"激战"》开始上线，该节目使用了一个响亮的口号"国运兴体育兴，少年强中国强"，而主办方发布的宣传海报上称，年度总决赛的冠军奖金更是高达一百万人民币……选手们挑战"过五关战六将"，节目环节设计和气氛渲染在宣传短片里做得令人热血沸腾……

慧海公司趁机向市场推出了"诗仙李白""酒仙李白""剑客李白""全能李白"四个款式，这些机器人"李白"，不断地被全国各地和李白相关的旅游景点和文化景点购买，成为名副其实的代言人，游客们纷纷和李白对话吟诗，对剑合影，好一派红尘热闹景象，他们一边合影，一边说着："它不会和亚运会开幕式晚上的'李白'一样失控吧？"一旁的工作人员立刻回应道："不会，不会，您放一百个心！"

不过，在慧海公司市场部统计数据里，却发现销量最多最受市场欢迎的是"酒仙李白"款，经过市场部人员实地回访发现，自从请了"酒仙李白"，每家餐馆里酒的销量就翻了一番，毕竟"民以食为天"嘛。酒吧和餐馆的食客们面对纵情诗酒的"李白""一杯一杯复一杯"地劝酒，哪能不尽情地多喝几杯，而"酒仙李白"成为21世纪人类酒饮促销大师也是实至名归。

诗仙、酒仙、侠客集一身的古代人文加现代科技时尚——机器人"李白"，散发如此魅力，红尘人间的餐桌上，又有几人能挡？

与尔同销万古愁……客人们在红尘欢愉中与机器人"李白"对饮合影，阿莫儿"面剑馆"的生意格外地红火。

而"剑客李白"，是少年一代的时尚追求，大数据显示它是特定人群和特定景点销量增长最快的一款，旅游景点最热闹的是青少年穿上击剑服和"李白"合影的景象。

空间大师"宇"的脚步，依然匆匆……

时间大师"宙"的目光，依然茫茫……

第 三 部

一方溪坑红石的传奇

话说茫茫无限宇宙，孤零零一个地球，浩瀚的世界人文历史库藏里，藏着几块著名的石头。

其一被记录于希腊神话之中：众神对西西弗斯做出一项严厉的惩罚，让他每天把一块巨石推上山顶，然而每当石头抵达山顶时，众神却让巨石又滚下山去，如此日复一日，永不停息。

令西西弗斯之"人与石"的故事广为人知的是 20 世纪法国作家、哲学家加缪的《西西弗斯的神话》一书。

其二被记于《红楼梦》一书，却说那女娲氏炼石补天之时，于大荒山无稽崖炼成高十二丈、见方二十四丈的顽石三万六千五百零一块。女娲补天用了三万六千五百块，单单剩下一块未用，弃在青埂峰下。谁知此石自经锻炼之后，灵性已通，自去自来，可大可小。因见众石俱得补天，独自己无才，不得入选，遂自怨自愧，日夜悲哀……后来空空道人改《石头记》为《情僧录》，再后来曹雪芹在悼红轩中批阅十载、增删五次，纂成目录，分出章回，又题曰《金陵十二钗》。再后来，有人把它拍成影视剧，捧红了一大批演职人员，那是后话。

其三被记于《西游记》中，那座山正当顶上有一块仙石，其石有三丈六尺五寸高，有二丈四尺围圆。上有九窍八孔，按九宫八卦。四面更无树木遮阴，左右倒有芝兰相衬。盖自开辟以来，每受天真地秀，日精月华，感之既久，遂有灵通之意。内育仙胞，一日进裂，产一石卵，似圆球样大。因见风，化作一个石猴……因这石头引出一系列故事，后世有人把它拍成影视剧，它也捧红了一大批演职人员，那也是后话。

此处要说的这一方石头，虽然无论从质地还是外观上看，都是一方极其普通的溪坑红石，却也因为机缘巧合，演绎成一出 21 世纪人间喜剧，它倒没有捧红一大批演职人员，却捧"富"了一大片周边人群和拯救了一家濒临倒闭破产的房地产开发公司，那也是后话。它的这一段传奇故事在当下的快餐阅读时代只能择其简要，精选几个片段记录分享如下。

第一章 溪坑里搬走一块石头

一辆全新黑色奥迪 Q5 汽车沿着新修的盘山公路蜿蜒向上，浙江大学信息与自动化领域的教授钱卫东隐约觉得本次回家乡，总像有意想不到的事情要发生，具体可能是什么呢，他也一下说不清。也许人一上年纪，每当回到安葬有父母、祖先等的故土，就难免会有别样的心理产生，总感觉会有一种生命的神秘感从村口老树山崖石壁甚至空气中弥漫出来。

驾新车，回老家，开新路，而他自己这匹临近退休的老马也即将开启新途。其实 60 岁在当下，还年轻着呢，何况钱卫东教授身体好得很。"只要自己不觉得老，这世界上没有人可以让你觉得老。"但是，自从 2020 年新冠病毒肆虐以来，人群中如此自信满满的声音少了许多。敬天敬地敬祖先，中国人的传统文化基因总是会历经一番磨难后，再次焕发出一派生机。

2020 年 7 月，临近退休的钱卫东教授，已经提前 5 个月被一家邀请了他多年的人工智能机器公司聘用做技术总顾问。对方说这接下来的 5 个月并不需要他工作，请他继续安心在学校按往常一样上班，直到正式退休交接。

企业家们做事，总是颇有深意，提前 5 个月开始支付高额的报酬，慧海智能公司的楼董事长却一再强调不需要钱卫东教授马上工作，反而令钱卫东教授难以做到真的不去想未来工作方面的事，感到压力更加巨大，深恐有负他人厚望。其实他也知道慧海智能公司的楼建成董事长希望他能在大众体育领域的人工智能应用方面有新突破，这可是一个尚未爆发的巨大潜在市场，如果没有新冠病毒影响，这一领域本来应该早就热闹非凡了……

俗话说"风起于青萍之末"，特别是 2020 年的夏季，从一连串政策文件的字里行间，一向市场嗅觉敏锐的企业老板，也许早已闻到了"钱"的浓浓气息，只是普通人看不见闻不到而已，纵是经济学教授或大数据人工智能方面的教授也一样。不过企业老板支付的这 5 个月薪酬，倒是刚好可以使钱卫东教授换新车的计划得以提前实施。

且在此时他的同学兼老乡邀请他回家乡，出席老同学家新居落成酒席，而前段时间他大姐一直打电话给他，为家里老房子的事，要他回家一趟。

按工作计划，钱卫东教授那几天要去德国出席一个主题为"人工智能应用与潜在风险"的学术会议。因此他和老同学约好，提前两周回老家去看看，以表祝贺之意。其实他也想让自己的心在故乡山水中彻底放松下来，既能让自己对近 40 年在早期自动化机械和近期人工智能领域的工作做个梳理，更能静下心来思考一下新的事业未来。俗话说"拿人钱财，替人消灾"，既然拿了慧海公司的高薪，总该为人家创造价值——俗称做点事。

虽说从杭州到他的家乡现在开车只需两个多小时，但自从父母去世以后，钱卫东教授平时也很少回家乡。他家山里的两间老房子彻底关了门，他的两个姐姐都远嫁他村。虽然说大姐卫香家在邻村，但在以前，靠走路也要半天。二姐卫芳家就更远了，要一天才能走到。钱卫东教授的大姐打电话给他，就是希望他把老家修葺一下，或出租或委托隔壁邻居定期开窗户通风一下。

他们这一代 20 世纪 60 年代出生 80 年代上大学的人，当时从家里到省城，全靠走路和公交车，中间还要到县城换车。即使一大清早出门，到达省城往往也已经是晚上了，想当天来回是根本不可能的事。现在浙江全境不要说高速公路，连乡村级的公路都已经修得相当不错。

他穿过镇子，先回老家。看一下仪表盘上显示的时间，才两小时三十三分钟，他已经到了自己家的村子。他稍稍往前开，把车子停在邻居阿忠伯家屋前的空地上。他自己家还要上去几十米，路太小，车开不上去。

邻居阿忠伯正在自家屋前的一小块地里弄菜，算起来他应该八十六七岁了，身子骨看上去倒是还很硬朗。阿忠伯年轻时做石匠，还曾是民兵队副队长呢。

"阿忠伯。"钱卫东教授叫了一声，像孩提时候一样。

钱卫东教授在城里生活的绝大部分时间里，他的角色都是教授，只有回老家，他才是邻居长辈眼中隔壁读书用功且聪明，后来有大出息的小孩。

"阿东，你回来了。"阿忠伯声音依然洪亮如钟。

"嗯，您老身体好啊。"

"好，好，马马虎虎。"

停好车，他走向自家的老屋。老屋因为一年多都关着，有点荒凉，虽然离阿忠伯家的四间房也才30米，却不像在一个村里。

钱卫东的父母健在时与阿忠伯是好邻居，钱卫东教授的父亲因脑溢血，在10年前就去世了。父亲去世后，钱卫东教授把母亲接到杭州随自己一起住。可是才勉强住了一年，老母亲就因不习惯城里生活而执意回老家住。钱卫东教授虽放心不下，但母亲坚持说自己身体硬朗着呢，再说与邻居阿忠伯一家关系好且近。这样，他母亲又独自生活了5年，后来逐渐年迈体衰才搬去他大姐家又住3年。去世前3个月，他母亲又坚持回到老屋，最后在两个姐姐和钱卫东的轮流陪伴下，安详离世。

阿忠伯的身体倒是一直很好，年轻时做石匠，其他什么农活也都做。那时家家户户都一样，在地里、山里劳作，阿忠伯有两个儿子，分别取名光荣和光明。

老屋孤零零的，与不少人工智能公司抢着来找他的热闹形成反差。

钱卫东教授在房子各处看了看，说实在话，他也想不出处理的办法，房子不漏雨不漏风，只是无人居住。出租给别人住，又不是在镇上或城里，租给谁？

钱卫东教授出了门，从车子里拿了一瓶矿泉水和一袋面包，转身向后山走去，他要去看看自己家的自留地，那是父亲母亲劳作多年的土地，也是自己小时候帮着父母一起劳动过的土地，更是养活爷爷奶奶父母以及他们三姐弟的土地。

他独坐穷山，一待竟待了三个小时，直到老同学打电话问他到了哪里。

他这个在浙皖交界处的小镇中学做老师的高中同学朱建国，上大学比他低了三届，因为当年没有考上，复读了3年，考了3次，最后终于考上了师范大学，毕业后回到家乡中学执教语文。去年家里翻修了三楼的新房，他的儿子大学毕业后在县城一家计算机公司谋了份工作，他翻新房子就是为儿子结婚做准备。虽然他们前几年给儿子在县城也买了一套房子，但家里的房子总是要重新搞一下才满意。原来准备今年春节后举行落成仪式，因为新冠肺炎的影响，新屋落成仪式只好改期，结果一改改到了暑假里。

"好的，好，我快到你家了，大约再30分钟。"他站起身来，走去他停车的地方。

约半小时不到，他又回到镇子上，在一个虽称中心广场但其实并不大的路边上暂停一下，老同学朱建国坐上副驾驶领路。朱建国看上去比钱卫东略瘦高一些，坐在位置上约莫比钱卫东高半个头。

老同学家就在附近不远，一脚油门就到了。新屋其实是旧屋重新翻新，工程却十分浩大，因为借机增加了地下室，顶楼也经过重新设计，稍加增高，这么一来，房子其实就从原来的3层变成了5层。

老同学领着钱卫东，一层一层地参观。

"建国，如果在杭州，你这房子的面积是不得了了，绝对是大富豪啊。"

"哎，这不能和大城市比的。说起来，你家老房子呢？"

"空关着。"

"空关着不好，里面家具之类的容易坏。"

"是啊，不过也没有办法，村里家家户户都有自己的房子，白送都没人住啊。"

"将来山村旅游和民宿发展起来，或许就好了。"

"早着呢。你搞这么多层，怎么想的？"

"不是，你看，我们这大多数人家都这么搞。"

因为浙江大学的知名教授、人工智能专家来了，朱建国特意邀请了石岛中学现任的校长朱小强一起吃晚餐，虽然两人都姓朱，可没有亲缘关系。这一点，作为提拔朱小强担任校长的推荐人之一，朱建国可是给区县等上级组织部门说过很多次，朱小强的家是另外一个区的，离他们这有近60公里。朱建国自己40—50岁这十年也当过校长。除了朱小强，朱建国另外邀请了副镇长胡守一，新家上梁仪式的宴席尚未办，一般不请客正式吃饭或住客，所以他们选在镇上最知名的酒家——姐妹酒店用餐。

姐妹酒家老板娘是胡丽萍、胡丽芳姐妹俩，40多年前先是她们的母亲经营早餐摊，从溪头早点摊馒头、大姐面店、姐妹酒家一路发展而来，而她们两姐妹，早在镇上读书时就被称为石岛两朵花，开了饭店就更加在十里八乡出名了。

两年前，妹妹家的女儿胡慧敏大学毕业，在杭州的一家房地产公司做了一年多销售后，决定回家自己创业，并说服父母姨夫姨妈把酒家重新装潢布置。去年10月份全部装修完毕，可是才营业不到3个月，就受新冠肺炎疫情影响，暂时歇业近4个月，现在复业也才2个来月。

到底是大学生，又是市场营销专业的女大学生，新装潢的酒家透出一些新的气派。酒店布置上胡慧敏挺用心地去找镇上的摄影师收集了一些难得的老照片，她又把各个时期来他们家吃饭合影的照片选了一些出来，重新洗了装上镜框挂在上楼梯的过道和大厅的墙上。照片里有镇上人家来办满月酒、办谢师宴的，也有亲友聚会的，有店面开张的，也有年轻人过生日的，一张张不同时期的照片和笑脸，仿佛在说着一个个意犹未尽的小镇故事。小镇人文历史的一个侧面，在这里不经意间散发着烟火气息。

看到照片墙上这些老照片，你仿佛穿越时空隧道，又回到了当年。钱卫东教授用手机拍下其中一张 40 年前 7 个青春少年的合影照片，把它发在自己的微信朋友圈里。那是当年全镇 7 个考上大学的学生在一起的合影。但记忆里大家却并没有在一起吃饭，怎么会出现在姐妹酒家这儿？

7 张洋溢着青春的年轻人的脸，现在回头看，那是青葱岁月的痕迹。生命真是令人感慨的旅程，他们 7 个人，自此以后竟再也没有聚齐过一次。

当年全镇 7 名山村学子考上大学，公社里特意开了表彰会，每家奖励了一个红色热水瓶，又去镇上唯一的照相馆，其实就是摄影师王继芳家里一个小房间布置成的摄影室，照了一张合影。当年一些集体照的底片，因为单位里基本都不需要，反正要加印的话又要送回来，所以往往都留在摄影师王继芳家里。而王继芳都保留了下来，去年胡慧敏来向他讨要镇上的历史老照片时便翻了出来。

左一是朱为民，左二是钱卫东，左三是胡水明，中间是唯一的女生王秀珍，右一是胡财富，右二是汪水发，右三是葛建强。

现在，朱为民在德国；胡水明在杭州一家银行工作；唯一的女生王秀珍当年读的是国防科技大学，后来听说留校了；胡财富在杭州一所中学教书，当过教导主任；汪水发读的是水利水电专业，先是分配去了水利水电部门，后来又在职进修读了研究生，现在水利水电学院当上教授；葛建强大学毕业后，先在一家国有单位上班，后来听说辞职去了深圳。

胡丽萍的老公，大家都叫"大姐夫"的胡建强站在旁边插话道："当年你们考取大学风风光光走出大山时，我们留在山里的同龄人多少羡慕都不知道。"

"别在这瞎聊，洗菜去。"胡丽萍说道。

他们一批没能考上大学、中专的人，只能留在山里干活，后来出去城里打工。回想这段日子，胡建强说道："还好老一辈一代代传下来，安慰我们年轻人说，一个人安身立命，家中有三宝要珍惜，丑妻薄田破棉袄！"

胡建强自己感慨，当时年轻既听不懂还生气，现在一晃老了，想想觉得真是有道理。胡丽萍在外听到说道："年纪不小了，还在嫌弃老婆丑，难为情伐啦？也不拿镜子照照自己。"

他们开这家酒店 40 年，勤勤恳恳，不仅起了新楼又翻建了两次，加上这次按年轻一代胡慧敏的设计方案装修是第三次，两家还在县城里各自为孩子买了房子。妹妹胡丽芳家现在刚装修好，准备空在那里等女儿找到对象结婚呢。

晚餐主菜都是当地特色菜，溪坑小鱼、农家土鸡煲、土猪肉土豆，一道特色点心是胡家肉馒头，这四样几乎是来就餐的客人的必点菜。

酒也是当地特色的土烧酒——荞麦烧，今晚喝的是胡家自家地下室里存放了 3 年的酒，他们特意打开来招待钱卫东老师的。姐妹两家更有好几坛存了十年以上的酒，就等着妹妹家的女儿胡慧敏办喜事的那一天。

"您是省里专家，在外见多识广，多帮我们家乡出出金点子，牵牵金丝线。"饭桌上，副镇长胡守一一边敬酒一边说道。

朱建国则一个劲地说遗憾，要是钱卫东不用出国开会，下下个礼拜三就可以一起喝上梁酒，那时可以聚到的老同学更多。钱卫东则说，下次有机会。

朱小强校长一边敬酒，一边说些客套话。

姐妹酒家一楼是大堂，二楼是包厢，三楼是她们两家自己住的，四楼、五楼供旅客住宿。晚餐后，钱卫东就被安排在五楼一个标间，朱建国一个劲地说抱歉，说办过了上梁酒，下次来就可以住他们家宽敞的客房了。

"丑妻薄田破棉袄。"第二天清晨 6 点不到，一觉醒来，昨日其他的谈话几乎全没了印象，大姐夫说的老话，倒是醍醐灌顶一般，从钱卫东的脑海里渗透出来。他起了床，洗漱完毕后，下楼到大堂，胡丽芳已经在后厨洗菜整理，早餐稀饭馒头，钱卫东匆匆打发后，就从姐妹酒店告辞出来。

丑妻薄田破棉袄是老百姓的处世之宝，一慈二俭不敢为天下先是老子《道德经》教导的处世之宝，两者异曲而同工。趁着时间还早，钱卫东教授把车子停在离一处溪滩比较浅也比较近的公路旁，自己从车里下来，溪滩的上游就是镇政府和原来学校的方向。

他自己老家的村子离此有二十多分钟车程，以前则要走路近一个半小时，初中开始来镇里读书的往事仿佛就在昨天。公路旁左侧溪沟这几天因为汛情退却已过去一周，水已经恢复清澈。看着湍急的溪水，钱卫东教授心中涌起说不出的滋味。

"子在川上曰，逝者如斯夫。"每个人都会感慨光阴的流逝，古今中外，大抵都是一样的。

远处，石岛镇那块标志性的巨石依然凸出水面静静地挺立在那里。小时候，每当水涨得比较满的夏天，他们总喜欢爬上去，有一次最多时竟站了 9 个人，现在远远地看来好像也不大。也许是现在很多高楼大厦都在门前矗立一块门前石，大家看多了巨石，而在几乎一切都凭人力肩扛手拉的年代，这样的大石头是难得一见的。当然，那时候大家才十几岁，还都瘦骨伶仃，身体胖的同学一个都没有。

每当夏天的中午或下午放学以后，学校的男孩子们就会在这溪坑里玩，有时也会有女生参加。记得一次朱为民和胡水明为抢一块石头，还吵架打起来了，结果被石头砸了脚趾头，亏得他们被正在溪滩边上干石匠活的阿忠伯跑过来拉开了。当时朱为民脚一拐一拐地到校长办公室那里，用红药水纱布简单地包扎了一下，听说到后来一直都受影响。从此，短跑很快，经常拿百米冠军的朱为民，就再也没有在运动会上拿过第一。

昨天看见邻居阿忠伯都87岁了，身体倒还硬朗，钱卫东想想自己都从那时赤脚少年到60虚岁临近退休，真是光阴似箭啊。

钱卫东脱了鞋，走到溪坑里，一股凉意瞬间从脚底传了上来，仿佛在一阵一阵努力唤醒他少年时的记忆。他在溪沟里看到一块石头，模样和大溪坑中心的大石头有几分神似，便不顾弄湿衣服把它搬了起来，当他正在吃力往自己车子里搬时，只听见不远处有人说道："这种烂石头有啥用？"

钱卫东朝着声音来处望去，好像是小时候被人喊成"阿奎跷子"的阿奎。哦，阿奎头发稀疏，看来他也老了，只有走路一拐一拐的没有变。

费尽力气几乎闪了腰，终于把溪坑石搬到车后备厢里，钱卫东教授坐进新车的驾驶室，一边喘口气，一边想着苏东坡咏石的诗句"我持此石归，袖中有东海"，而他是"我持此石归厅堂有乡味"。他掏出手机和老同学朱建国在电话里告了别，带着一丝期待和回乡的暖意，嘴里哼着"有一个美丽的传说，精美的石头会唱歌……"在一路歌声里，神情轻松地驱车回省城。

令人意想不到的是，此一方普通的溪坑红石，后来竟然有人出价30万来求购，它究竟是遇到怎样的神奇经历呢？

第二章 溪坑石意外走红

一路回到杭州家里，钱卫东费力地搬出石头，放在客厅里左看右看，想着怎样放置和处理比较好。

与此同时，杭州的青年公务员谢明君却刚刚接到组织部门的工作通知，让他到浙皖交界的西部"穷"镇——石岛镇报到，进行驻村工作。他的另外两名新同事，被安排去贵州参加对口扶贫工作。原本谢明君不需要下乡参加扶贫工作，但前一阵子因婚房问题与女朋友意见相左，刚和女友吵架彻底分手，心情一度低落，所以这次他主动报名参与下乡扶贫。

一路从省城到石岛，在同一条路上，他和钱卫东教授，两个眼下素不相识的人，正相向而行。类似的风景，人类社会不是每天都在全世界数不胜数的道路上演绎嘛。

同事兼司机小王，驱车两个多小时，把谢明君送到镇政府办公大楼后就回去了，留下谢明君站在大楼下过道墙上全镇地图示意图前，左看右看，想着接下来如何开展工作比较好。

钱卫东教授一边用手抚摸着石头，一边想起了"海枯石烂"这一词汇，心中感慨，经过溪水经年累月冲洗的石头太硬了，要等到石头烂掉，真不容易啊，古人用"海枯石烂"来为爱情宣誓，倒是选了个好词汇，可惜仅止于宣誓而已。现实中，人类的感情和大自然的天气是最容易变化起伏的，人类的理智倒是可以保持相对长久不变，譬如一个人不能呼吸，生命就会受到威胁乃至死亡，这一条认识倒是大部分人都可以保持一生不变。

钱卫东的外孙钱一新，从外公刚搬上石头来时，就十分好奇，不过在看了几眼后觉得没什么好玩，就在客厅的另一旁摆弄着一把剑，独自练着打发时光。钱卫东的女儿钱见明一家住得离此不远，暑期外孙钱一新就和外公外婆在一起。因为女婿家也姓钱，当时外孙取名时，总有人开玩笑说叫钱多多好了，两个钱家加一起，还不是钱更多吗。

钱卫东教授坐在沙发上，想着如何摆弄这一方家乡的石头，他闪现了一个念头，在石头上刻上几个字或诗什么的。但他同时想起了诗人臧克家写的诗句，这又令他有些犹豫。

> 有的人
> 把名字刻入石头，想"不朽"；
> …………
> 名字比尸首烂得更早；
> …………
> 他活着为了多数人更好地活着的人，
> 群众把他抬举得很高，很高。

谢明君在镇上胡副镇长的办公室里，内心忐忑，感到一筹莫展。新的工作环境让他总有一丝担心，可是千条万条只要坚持一条"听话照做"，在遵纪守法的前提下，做那些能给村民带来好处的事情，总错不了。可是上面资金有限，而没有钱办事，如何给村民好处呢？

钱卫东教授坐在沙发上，一边喝着茶，一边用遥控器打开了电视机，近期正有不少电视频道在播红军长征的电视剧。

当他再次观石时，发现此石的顶部仿佛留好了放置一塔的塔基。他灵感一闪，觉得在此放上一个宝塔，再在石头的另一侧刻上毛主席的《七律·长征》，会有一个很好的意境。

钱卫东站起身，从书柜里翻出《毛泽东选集》和《毛泽东诗词》，结果在《论反对日本帝国主义的策略》一文中找到了毛主席关于长征是宣言书、是宣传队、是播种机的名言。

钱卫东想到自己退休后又被知名企业聘用，开启"新的长征"，所以刻上《七律·长征》这首诗是最好不过的，可以鼓舞自己克服接下来可能遇到的种种困难。当然，工作疲惫时，观石休息一下，也是一种不错的身心调节方式。

只是他并不会知道，这一方静静地躺在山涧溪坑里的石头被他搬到人事纷繁复杂的红尘后，会开启一段神奇的旅程。

钱卫东教授端起茶杯，喝了一口茶，觉得这真是一次幸运的回乡"遇石"之旅。

此时电话铃声响了起来，是慧海智能公司给他配的助手小林打来的，和他确认出国前的一些准备事宜，同时询问出发那天是否需要车子接送。

"不用麻烦了，我家离地铁口很近。"接完电话，一个问题马上冒了上来，请谁来石头上刻字呢？

他想到老家的老石匠阿忠伯，不过现如今阿忠伯年纪大眼睛花，可能不比年轻时。而且他觉得去打搅这么大年纪的阿忠伯难为情。钱卫东教授后悔当时没有问阿忠伯要个电话，不然哪怕向他打听一下别的人也行。

对，找姐妹酒家的人，酒家像镇上的活动中心，应该会有阿忠伯的电话。他从朱建国处要来姐妹酒家的电话，试着和她们联系。接电话的是妹妹家的胡慧敏，她给了阿忠伯儿子石光明的联系方式。

"光明啊，你好，我是你家邻居卫东啊……"打过电话才知道，阿忠伯两个儿子都不干石匠活了，倒是阿忠伯的孙子石超强继承他爷爷的手艺，现在还在搞石刻石雕，以及帮人家雕刻定制墓碑。

通过视频电话，石超强给钱卫东看了机器刻字的直播。现在传统手法的石匠已经几乎绝迹了，新一代石匠早已经广泛使用新一代技术的力量，这是令人类集体兴奋的科技进步力量，却也在使一些传统老手艺随着老一辈手艺人的离世而消失。

考虑到石头再搬去搬来也不方便，再加上石超强的鼓励，还是自己动手最富有意义。现在年轻人中不都流行 DIY 吗？钱卫东教授本身就因为工作研发所需，经常自己动手设计制作一些机械配件。他打开手机上的淘宝，按石超强的建议采购了一款电动刻刀和一批刀头，准备两天后货到了就自己动手试一试。

年近 60 岁的钱卫东教授在耐心地等采购的电动刻刀，而一位年近 30 岁的年轻人谢明君此刻在钱卫东教授的老家，已经马不停蹄地开始了乡村振兴的正式日常工作。

谢明君在安顿好自己的临时宿舍以后，根据胡守一副镇长的建议，对口负责一个村——上田村的扶贫工作。如何开展工作？首先还是去上田村的村支书那里熟悉一下情况再说，不过除了现任书记，他还要特意去一下老村支书家，也是胡副镇长堂的叔公家拜访，那是他来之前就听来过的人说起的一个极富有传奇的老村支书，听说他家墙上还挂着一把20世纪30年代德国造手枪的枪套呢，传说枪套里的那把手枪被胡家老太爷扔进黄溪滩了。

上田村的老书记胡嘉禾，可是一个话不多却厉害的人物，不说上田村，在整个石岛镇都几乎家喻户晓。石岛镇一带，许多人家都姓胡，当年因为上田村出了胡嘉禾，所以镇上胡姓人家更尊崇上田村胡姓。

胡嘉禾在20世纪50年代做书记，一直做到20世纪70年代末，30多年风雨不倒。他的父亲胡道直有个堂兄弟名叫胡道远，而道远的儿子胡嘉庆，新中国成立前可厉害了，乡亲邻里传说他做了蒋介石侍卫营里的副官，后来跟随国民党逃到台湾去了。20世纪80年代后期台湾国民党老兵探亲政策放开以后，听说有一同去台湾的国民党老兵来过胡家，带来过胡嘉庆在台湾最后日子的消息。你看，有一个堂兄弟是国民党营副的情况下，在当年讲阶级成分的年代，胡嘉禾却还能得到组织上信任，做上田村的村书记，可见他年轻时一定有着常人没有的能耐。

野百合也有春天，老百姓也有家史。可惜老百姓的家史仅有少数人家记于家谱中，大多数都在爷孙的口口相传中渐渐销声匿迹。

而胡家不同，胡家在石岛可是有祖宗祠堂的人家。胡家祠堂就在镇子上，镇子依山傍溪，可能因为雨季溪水暴涨时水质发黄，所以这条溪一直称黄溪。其实"黄溪"一年中绝大部分时间里都是清澈的。溪水穿镇而过，一直往下溪滩方向的朱家村而去。

按照胡家的家谱，上田村也是其中的一派支脉，新中国成立前后，其实胡姓人家在上田村并不占多数，最多的是田姓人家。随着时间的变迁，田姓人家现在在上田村反倒仅仅只占少数了。

在挂着上田村村民委员会牌子的两层小楼前，一脸黝黑的村支书王祖坤正在等谢明君。他见到游明君后说了一声欢迎，就带他去家里，先把落脚点安顿下来。

按工作惯例，谢明君应该住王书记家。

"王书记，今天时间还早，你能带我去拜见一下以前的老书记——胡老书记家吗？"

"可以啊，胡老书记可是十里八乡的名气大啊。"

他们两家离的也不远，走路十来分钟就到了，也许是听到了他们的脚步声，胡老书记已经站在院子里。院子一角有一棵柿子树，老爷子年近九十，大盘方脸，两鬓和络腮胡子有些斑白，远看白发满头，等走近了看却还是黑白相杂，一双眼睛依然深邃有神。

"胡爷爷，身体好啊。"

老爷子应了一声，带着他们到客堂里坐，王祖坤书记和老爷子介绍说，这是上面派来的扶贫干部。老爷子听了后起身，领着他们走进西边的房间，看来是留客人住的屋。

房间里干干净净，只有一床一柜，墙上挂着两张照片。谢明君还真在照片一旁，看到了一个手枪枪套，看来同事给他说起的传说故事是真的。

"他们以前也是住我家的。"老爷子看到谢明君他们驻足在照片前，说了一声。

照片上有一个年龄和当时的胡嘉禾相仿的男子，听说是被下放改造，当时就住在胡嘉禾家，整整"熬"了快三年，才"熬"出头，后来还当了大官。年轻一点的知识青年在老爷子家"熬"了两年多，听说后来替了他父亲的职，到铁路系统工作。虽然白天跟着上山干活，但靠那两年在胡家晚上安心自学打下的文化基础，后来成为一位铁路系统内的高级工程师，20 世纪 90 年代还特意带了老婆孩子来过胡家感谢他。

那个手枪枪套，早年间从来没有拿出来过，即使如王祖坤他们也是从自己的父亲辈那里，听说胡家曾经有一位国民党军官的长辈，传说当年有人来搜查枪支和美金，结果什么也没有搜到，有的只是山里人家常见的一支老猎枪。人们怀疑那把手枪被胡嘉庆的父亲扔进黄溪滩，被洪水冲走了。

"住这儿吗？就怕现在的年轻人熬不住啊。"老爷子向王书记问道。

刚才在王书记家里时，谢明君原本想，合适的话，就住老支书家的。现在见上了面，看到老爷子两夫妻虽然身子骨硬朗，但毕竟已经近九十高龄了，所以想想还是住王书记家。

从老支书家出来，谢明君脚步沉稳了许多。这次下乡工作首先心里要沉得住，有了这一条，工作思路才会慢慢打开。他决定先从帮村民网上直播卖土货开始，虽然没有新意，但全国各地的乡村扶贫都这么干，说明一来符合当下时代潮流，二来不需要多少资金就可以上马，三是容易落实执行。如果好高骛远地脱离实际搞创新，不是容易摔跟头吗？

订单下了以后三天，刻石的电动刻刀和刀头工具由快递小哥送到家，钱卫东教授便开始平生第一次在石头上刻字。

第一步，他先上网收看了一些教学视频；第二步，他找了一块石头试着按视频上教的方法刻了一个"钱"字，吹去灰尘端详着看了看效果，深感刻好字不容易。

钱卫东教授刻完《长征·七律》，一共花了两天一夜，最后不仅手腕酸，连腰也酸到快直不起来。如果没有一点平时的书法基础和手腕力量，恐怕更难以完成。

刻好以后的第二天，他又特意为字上了金粉，毛泽东思想在他们这一代人心中具有难以抹去的影响。

等到把一个宝塔的配件安装到顶部以后，钱卫东教授兴致极高，乘兴为石头拍了照片。效果似乎还不错，他把这两天一夜的成果放在微信朋友圈，打上三个字：石变记。

没想到自己聊发兴致的附庸风雅，一瞬间竟引来无数点赞和调侃。

老同学朱为民从德国的斯图加特来言：见石思乡，无尽的乡愁，还记得那次初中时，溪坑里抢石头玩的事吗？

另一老同学王兴国调侃：年近六十，没有回馈家乡一毛钱，却还搬走家乡的一方石头，难为情哦！还配上一个害羞的表情图。

就像生物基因对一个人的影响巨大，地理和水土因素也决定着一个地区的生存发展，以前山里人家通到外面世界的桥，该有多么重要。上田村在新中国成立前人口不多，村里基本上靠自给自足，当人口逐年增加以后，生存压力自然增加，当时人们想不通，为什么人们同样付出辛苦努力，听说杭嘉湖等地区老百姓就要富裕得多。

地理因素是人类生存的第一因素，火山高寒极地等地区不仅人口稀少，就连其他生命物种也都稀少。

不过，同样的地理环境因素，时代不同，价值也不一样，现在的石岛镇，在绿水青山就是金山银山的大氛围下，倒是有点兴旺起来的苗头。特别是暑期城里人来得逐渐多了，虽然吃农家山珍住山里民宿尚没有成大气候，但也许一年半载后就红遍网络呢，现在"一夜爆红"的事不是越来越多了嘛！

正在钱卫东教授与老同学们调侃时，手机里突然跳出个"30万，卖否？"的截图，惊得他以为自己老眼昏花。

原来是石头的图片被姐妹酒家的女儿胡慧敏转发到了自己朋友圈内，她本意只是炫耀一下自己家乡的石头，却不料被她一位前同事转发到别的微信朋友圈，结果竟有人出价求石了。

想要这方石头的是一个浙江温州籍房地产老板，他是一个毛主席的崇拜者和石头爱好者，最近公司正遭遇上百亿资金链断裂困难，看到此石上的《长征·七律》，有了很大感触。近期他正集中全部的精气神，做着种种努力，努力解决资金困难，努力争取新的项目，努力在危机中觅新机。其实他本想出价3万的，谁知手一抖按得太快，不小心就30万的出价给发了出去。

他想撤回也来不及，而且石头目前真正的主人钱卫东教授也不见得肯卖呢。

这是一个天涯即咫尺的时代，这是一个咫尺却天涯的时代；有道是无缘对门不相识，有缘千里来相会。这一方石头最终会落到浙江民旺房地产公司田董事长手里吗？至少眼下没有人知道。

在石岛镇上田村，谢明君首先想到的是如何利用现代互联网思维，直播销售当地特产笋干茶叶和山林放养的土鸡，促进当地农户家庭收入。为此，他正准备专门请杭州的专家同学给村民培训。他的直播卖货才刚要起步，村民们好不容易有点被激发起来的兴趣，却马上要被石头给吸引走了。

俗话说，好事不出门，坏事传千里。但那是以前通信科技不发达，没有互联网时代的旧版本。现在是全球信息爆炸的时代，无论好事坏事都不容易传出门，只有奇事才能勉强传出门，而且瞬间就会被后来的更新的奇事所淹没。

事情才起了头，这边八字都没写一撇，那边却传得有板有眼了。

一块山沟沟里普普通通的溪坑"烂"石头，居然被叫卖到了30万，这事在大城市玩石圈里不算什么，好的石头不要说卖30万连卖300万都有呢。但在石岛镇这样溪坑红石多得可以用卡车拉的地方，却被当作神奇新闻传开了，以至于后来越传越神，居然家家户户开始囤积起石头来。不过这也不能怪村民，因为20世纪90年代初，离石岛镇中心15公里远的田黄村，就发生过凭挖到一小块鸡血石田黄石就可以造一栋三层小楼而发财致富的奇迹，其间甚至还发生过村民为了抢夺石头械斗流血事件。朱建国老师的一位外甥到现在小腹还有当年留下的一道疤痕，左手小臂骨折，至今干重活都受影响。

驻村两周后，上田村五十八户人家，谢明君至少表面上都摸了一遍。胡副镇长可能听说他在村里，也干不了具体什么工作，当然这本身就有许多客观困难，不然上田村的发展也不会等到今天。再说他自己就是从上田村出来的，他的远房叔公还做过多年老书记。上田村就是传统的农业收入好、自然环境风光好的地方。在改革开放前，大家都是吃农业饭时，上田村是富裕村、和睦村。随着改革开放，别的村是什么来钱快就干什么，慢慢地上田村就落后了。现在，因为美丽乡村建设，上田村的自然环境才又变成优势，"绿水青山就是金山银山"，但真正做起来，可不是一蹴而就的。虽然有几户人家已经率先做起农家乐和民宿，但客人还是太少，让他们都有点心灰意冷。胡副镇长正在担心年轻人是否熬得住。他叔公年轻时，可硬是陪着把下乡改造的右派、知青个个熬成了人才，但现如今毕竟时代不同了。

谢明君听说一方石头卖了30万的传言，想设法联系上钱卫东教授，如果能够把溪坑红石利用起来，那可真是变废为宝、点石成金了。

对家乡石头感兴趣的还有石岛中学的李老师，新的学期石岛中学在加强素质教育的氛围下，开设了篆刻印石社团课。语文老师，同时也是书画印爱好者李老师为了激发学生兴趣，给他们讲起了石岛石头的一些往事。

"相传明朝国师刘伯温破风水路经此地，见镇西的青龙山藏有龙脉。他挥剑一斩，果然龙血涌出，将整座山都染成了红色。从此以后，青龙山的土和石均成了红色，龙鳞纷纷掉下来落入山脚下的溪滩里，而山上的红石也成了村民的石雕材料。可惜到了近代，石头好的村，石匠刀刻功夫差；石匠刀刻功夫好的，石头差。两头不靠中间落空就要吃苦，结果当年多是青田方向的石老板，出高价大批大批地把鸡血石、田黄石买走，精雕细刻加工以后卖了天价。"

说起这段历史，依然让人唏嘘不已。田黄村当年就发了一个最原始的财，挖鸡血石、田黄石卖，一直挖得山都塌了，有一年雨季暴发山洪时不幸出了人命。所以李老师向校领导建议开设篆刻印石社团课，既可以借机让学生了解本地的历史，养成生态保护意识，也能让学生学习了解中国汉字文化渊源，从为自己刻一枚姓名章入手，也许将来还能为家乡建设派上用场呢。当然如果能像校长说的那样，和外国的小学初中结成友好学校，让外国小朋友来了解汉字，那本校对篆刻感兴趣的学生就会更多了。可是，这只是校长一次酒桌上的豪言壮语而已，天上哪会掉下来这样的好事。

当听到传言说一方他们这里的普通溪坑石竟然卖了30万，他的心里也是充满了无尽的好奇。天下竟有这等事，这是一方怎样的石头，让溪坑红石卖出了鸡血石、田黄石的价？

正如只要朝水中扔下一块石头，就会荡起阵阵涟漪；人世间的情形倒是从水中捞起一块据说"值钱"的红石头，人心便开始荡起阵阵"追逐财富"的涟漪，石岛镇一时间再也平静不下来了。

而那一方神奇石头的"始作俑者"，此刻却不在中国，而是刚刚坐上国际航班，去遥远的德国斯图加特一个风光旖旎的小镇参加主题为"全球人工智能应用与潜在风险"的国际学术会议。

第三章　肯出 30 万求石的老板何许人也

2020 这个庚子年啊，真是大疫之下，百业艰难。

在如此艰难的大环境下，竟有人为了一块普通溪坑红石"一掷千金"，这位老板究竟何许人也？钱卫东教授猜想一定是个新晋富豪。

但真实的情况，一是出价想购石的人，不是新晋富豪而是曾经的富豪，而且现在他已然是"负翁"了；二是他原意是出 3 万而不是 30 万，30 万是手滑而发出去的。

民旺公司是一家房地产开发公司，两年前的财报显示年利润还能维持在上亿左右，但是去年，亏损居然高达 15 亿，今年更是上半年预亏就高达 15 亿。

据说不光是亏损，更严重的是外边还有许多陆续要到期的欠债。眼下业务上赚不到钱就还不了债，目前到期的债务连本带利已经 40 多亿，外界传闻董事长已经跑路了，只有极少数家里人才知道他躲在哪里。

唉，真是"人衰病上身，年荒多谣言"。本来前几年民旺公司风头正健时，那些做资金生意的 P2P 也好、银行信贷部门也好，好多都是主动找上门来。谁知市场风云突变，才三五年光景，目前资金链已经紧张到公司面临崩盘倒闭境地，银行信贷部那几个经理，高冷到连他打的电话也不接，客气点的过两三小时回复一句"不好意思刚才在会议中"，至于 P2P，好几家自己都出了问题。正是商场如战场，战场形势瞬息万变令人措手不及。

如果短时间内不能筹钱还债，改善企业现金流，那么倒闭也不是一点不可能。

民旺公司的董事长田房丰近期可说是焦虑万分，日子难熬啊。但虽说压力巨大，他还是在人前谈笑自若，回想当年他的起家就具有传奇色彩，就是一个因祸得福的案例，后来的事业也因此而成就。他说自己是命中注定要发房地产的财，谁叫他父母给他取的名字叫田房丰呢，这不就是田地房子多的意思嘛。

20多年前，中国房地产将起未起的时候，田房丰刚从一个泥瓦匠发迹，变成了建筑工程公司的老板。他的发迹，应了一句古话"祸兮福所倚"。

当年，民旺建筑工程公司刚成立不久，正开始涉足房产，准备放手大干时，却出了一个建筑事故，脚手架不幸倒塌，造成2死5伤。"民旺，民旺，旺过头就会民亡！"出了人命以后，当地有人这样传言，田房丰在巨大经济赔偿压力和精神压力下，咬紧牙关，相信既然有人传言民旺旺过头民亡，那么民亡以后就一定会旺，甚至会更旺！

抱着这样一个"不可理喻"的信念，既靠田房丰自身死扛硬冲，也靠时运凑巧和一个大发展的大时代，他一心不乱惊险地挺过艰难时刻。

当时工程被迫停下来，电视新闻对民旺工地上的事故现场也做了报道，给相关政府方面也带来了压力，同时民工闹事的风险陡然增加。政府部门的刘区长气得骂他，不要拖，不要讨价还价。虽说心智不乱，但毕竟心理焦虑再加心疼好不容易前些年赚的钱，他的压力也很大。当有一天他精神压力过大简直快要崩溃时，他从办公室走出，避开人群，独自去了当时老百姓心目中尚算郊区的一座小寺庙烧香拜菩萨。

本想安安静静地一个人去烧香祈祷老天保佑，却没想到因此彻底改变了民旺公司和他田房丰此后的命运。

因为他不仅见到了小寺庙的住持，还惊喜地发现小寺庙周围一大片荒山坡地，几乎没有人打理。一个"惊天方案"在他心中成形，凭着他的商业敏感，他相信不出三年，这片地就会被开发利用。随后的三个月，他一边积极处理民工的赔偿事宜，一边布局一个背倚佛教文化的房产项目。他积极地给当家和尚释法音游说谋划，从小寺庙的修复以及进山之路、山门建造等开始。起初，他只是梦想将来政府开发时，能获得一些可观的赔偿款，当然最好是因为提前"铺路"获得项目的开发权。

此后一年，一切机缘都朝着田房丰期望的方向发展，刘区长因各方面工作成绩出色，成绩中也包括果断及时圆满地处理民旺公司的建筑事故，升任了书记，而一个围绕小观山寺的佛教文化综合区开始开发。此后，民旺公司就像鸡毛飞上天，很快从地方小房地产商成长到省级房地产商，又经过8年"借款拿地—拿地借款"的快速扩张发展，及时赶上了那一年全国七家房地产公司同一年A股上市的好年景。一路走到今天，却不承想又来到发展的艰难时刻。

　　天性乐观的田房丰，成功化解第一次危机后，不仅迎来公司的蜕变大发展，还换了房子、妻子、车子，在杭州安了家。他的第一个老婆是老家的农家女，因为没有生育小孩，又因后来田房丰发迹了，两人离了婚，田房丰还专门为她在县城买了一套大房子。而现在的老婆则为他生了一对儿女，他的脸上洋溢出压抑不住的庆幸。

　　现在的老婆是他因急性阑尾炎手术在杭州看病时，在贵宾病房里认识的美女护士，嫁给他不久后变成全职太太。

　　只是世事变迁，眼下公司的债务压力和经营状况，比自公司成立以来的任何时候都更大。

　　当然，客观地看，眼下不单单是民旺一家公司面临困境，整个房地产行业都相差无几，以前靠借债拿地，然后卖楼还款，是一条高速运转的流水线。但这不是一条普通流水线而是背负巨额资金的流水线，唯有回款足够快，数量高于还款资金和利息的要求，企业才有巨额利润；如果资金回款太慢，则很快还款和利息的压力就会巨大到足以压垮公司，这考验的是运作流水线的团队能力。

　　"早知今日，当初不借那么多就好了。"民旺财务部的副总经理有一次在感叹。

　　"当初是当初的形势，当初别人又是借贷又是发债，你不借钱扩大规模，早就出局了。现在不是后悔当初借多了，而是后悔当初借少了。"

　　当年遇到危机反而觅得新机的经历，不就是从一次不经意地拜访一座荒凉小寺庙开始的吗？既然微信朋友圈里的石头来自浙西山区小镇，田房丰董事长想，不如自己亲自去兜一圈，放松一下紧张的神经，从危机中觅新机，时下正是考验一位企业老板真功夫的时候。

　　他带了助手小李，一路前行。在两个多小时路程的车上，他无心看车窗外的风景，倒是想起当年一起打拼的兄弟。人生风风雨雨起起落落，遇见的聪明人不少，能干的人不少，骄横的人不少，勇敢的人不少，狡诈伪善的人不少。想到自己今天还在打拼，田房丰愈来愈佩服公司兼财务的副总谢钟鸣，能够做到八面玲珑、做账滴水不漏的人有，可是能够做到见好就收的人少，而谢钟鸣就是少有的一个。与田房丰董事长眼下正处于焦虑之中不同，谢钟鸣前天还在微信朋友圈里发他站在南极的冰面上，旁边企鹅做伴、意气风发的照片，并预告南极去完要再去北极呢！

　　田房丰最羡慕他的，一是时间自己掌控，二是身体也自己掌握。时间自己掌控，那不是一般人；时间和身体自己能掌控，那更不是一般人，那简直是"神"一样的存在。

有的人在你身边时，他默默无闻，你感觉不到他的存在；他走了以后时间越久，他的形象、一言一行反而愈加清晰起来。在田房丰眼里，谢钟鸣就是这样一个人。直到谢钟鸣出人意料地主动提出辞职一年后，田房丰才第一次觉悟到"老谢真是一个高人"。简单总结一下谢钟鸣在民旺的十几年，只需一句话——"出了力、拿了股、套了现"。然后就潇洒地主动退出，他请辞时才40多岁，真是"四十不惑"啊。高，真是难得的高人啊。

"花无百日红，人无千日好。"此话知道的人多，而能做到的人少。田房丰想，这次危机过后，他也要选择退隐，只是不知道自己命里有没有这么好的福报？

到了山清溪秀的石岛镇，田房丰心里也在暗暗祈祷，希望这次能像20多年前一样，不仅逢凶化吉，迎来一片新机，而且能让他见好就收顺利退休。

正在美丽乡村建设中的绿水青山间，那一山又一山的山坳里，应该会有些机会吧？在陌生的新环境里，寻觅一些新的机会或新的创意，本也是一种生命与生俱来的本能啊。

钱卫东的德国之行却是任务轻松、行程简单，既不是去寻觅新商机，也不是去谋划新战略，他只是去完成三个"一"：参加一个有关"全球人工智能最新应用与潜在风险"的学术会议，参观一家人工智能相关系列产品制造企业，看望一位考上大学后再没见过面的中学老同学。最令他期待的是和老同学的见面，分别40多年，虽说3年前大家建了一个老同学微信群，彼此偶有信息相通，但40年已经是一个可以让人感知"人生不惑"的时长。

德籍华裔朱为民研究员在生化实验室里，最近他和他的研究团队刚刚完成公司一批针对亚洲人，确切地说是黄种人的肝炎病毒的新药研制，目前已经按程序进入医学临床三期。新药招了一些亚裔志愿者，接下来他准备展开人类药物依赖与精神方面研究。同时他也想研究一下田径运动员，确切地说是短跑运动员的身体，特别是足部结构与"念头"方面的关联度，他的研究对象依然是亚洲人。

说起来，这还是他少年时就留下的疑惑，当年他在学校里短跑一直第一，他的几个堂兄弟跑步也很快，他堂伯，参加过中国人民解放军，在部队也是跑步健将。可是后来他脚趾受伤，就再也没有跑快过。大学他读的是生物学，后来出国读的是生物分子遗传学，再后来才去了知名生物制药公司。他好奇的是到底是因为脚受伤确实影响跑步，还是他先产生了"再也跑不到以前的速度了"的念头，才影响了他继续跑出好纪录。他从小即观察到，他们家几个跑得快的人，脚和一般人相比，大脚趾格外地长而大。

　　所以当年他的左脚大脚趾受伤后，他就立刻觉得，哎呀，自己再也跑不快了，那可是他百米短跑起跑时的发力腿。他同时注意到的一系列人类现象还有非生理性阳痿、非生理性瞬间耳聋等。

　　这真是一个奇怪的念头，可是一切生命（除了少量病毒细菌外）都是源于一个细胞，可仿佛又受制于细胞的本能"念头"。

　　细胞是什么，人们通过生物学知识已经普遍知晓，无论单细胞生命或多细胞生命皆可观察可描述可触摸；可念头是什么呢，它长什么样？即使是单细胞生物，它也会主动向"食物"靠近，这是一种什么样的本能？如果有"本能"的话，生命体最本能最原始的意识或"念头"到底藏在哪呢？

　　神秘的意识"念头"啊，当人们面对同样的一个苹果，为什么产生这样的念头而不是那样的念头？即使同一个人，在饥渴时和非饥渴时为什么产生的念头也不一样？

　　细胞一直在分裂，宇宙一直在膨胀，可人的"念头"呢？它好像永远也停不下来，它是受脑神经细胞决定呢，还是别的？……

　　想到今天国内的老同学要来，朱为民忙了一个上午后早早地收拾了一下实验室，和同事打了个招呼，比往常提早半天回家准备晚餐。

　　他家是一栋独立小别墅，价格可能相当于国内很多省会城市一套一百平方米的公寓。朱为民的妻子来自中国台湾，当年也在德国留学，学的是物理。她家经济基础比朱为民家好，他们是在一次活动中认识的。活动中安排有打乒乓球，而朱为民可以说在运动方面有点小天赋。他们结婚成家可以说基本全靠自己，他们育有一女一子，女儿已经工作，儿子刚好在上研究生。今晚他还邀请了同样来自中国的陈航，他也是一位机械方面的工程师。

　　晚餐的准备工作一切准备停当后，朱为民开车去接钱卫东，此时钱卫东参观完了一家人工智能机械公司以后，随公司方面安排正在参观一所中学呢。

　　抵达那所学校校门口没多久，就看见钱卫东正随德国同行出来，朱为民用德语和钱卫东的同行打着招呼，钱卫东感到自己的老同学已经完全融入德国当地生活了。

　　在车上，钱卫东说道："为民，你现在是德籍华人了，当年年纪轻，一听说你留学德国了，我们都替你高兴，以为你是从苦海到天堂彼岸。现在上了年纪，才知道你比我们在国内的同学苦多了，刚从国内来到德国留学，一定很难吧？"

　　"在一个人生地不熟的国度里活下去，"朱为民笑道，"活下去且不要被送回国啊。

最大的困难是没有钱，当时是主动寻求资本家来剥削自己，却是没有人要剥削你，想想真是可怜啊。"

至于德语不够好是表面现象，准确来说其实是自己没有能为别人创造价值，后来他去一家中餐馆打杂工，又在导师的帮助下得到实验室打工的机会，这是当时唯一可以做到的为别人创造价值的工作，赚一点点生活费。因为学费是拿了全额奖学金，几乎全免的。

"现在好了噢！"

"现在生活上是还好了，毕竟这么多年了，心态也不一样，稳定了。"大约开车一小时，他们来到朱为民在德国的家。朱为民的父亲 1999 年来过这里一次，但很快就回国了，因为吃住都不习惯。他父亲在 66 岁时就因胰腺癌去世了，母亲随姐夫姐姐一起生活，现在回想起来，他的一个小叔公可能也是因为同样的疾病离世，只不过限于当时的医疗条件，根本没有去看医生。这令他担心是家族遗传病，因为他当年攻读的就是遗传病这一领域，但要找到规律和预防措施很难。他甚至心里藏着一个隐忧，因为那次父亲来，他太太就说父子俩相貌还挺像的。父亲回国后，他仔细端详了当时才三岁的儿子，看他像他太太还是自己，后来儿子慢慢长大，越来越像他太太，他才放下心来。

晚餐时，朱为民儿子住校不回家，太太和大女儿吃好后打了招呼就忙自己的，没有参与他们海阔天空、东长西短的聊天。

同席的年轻人陈航的家乡在江苏常州，约 10 年前来的德国，一开始是企业派出来学习的，倒和近几年纯粹来德国留学读书的学生们不一样。目前在一家为奔驰汽车制造配件产品的下游企业工作，因为住的房子和朱为民家不远，两家成了好邻居。

陈航刚来到德国时并不懂德语，经过一年多的时间，才基本上能听懂同事们的德语对话。以前虽然没有在德国留学或者工作的经历，但好在工程师有工程师的语言，面对陌生的文化环境，依然能出色完成工作。现在他德语也流利了，还带领着一个由 30 多名德国本土工程师和全球大约 100 人组成的团队，都是一群挺不错的研发工程师。

晚餐除了德国不同风味的香肠、火腿肠、皱叶卷心菜、水果沙拉等，朱卫东还特意烧了辣椒炒鸡块、红烧牛肉。

"卫东，你尝一尝，只是这里买不到家乡那种地道的辣椒。"

这么多年，朱为民已经基本适应德国的生活，饮食上也基本和德国人一样，因为德国菜做起来方便。

"和他们现在不一样，他们这一代来德国前，就对国外有所了解，我们那时全凭一腔热血且身无分文，先冲了出去再说。他们这一代绝大部分家里都比较有钱，心理上比我们这一代强，祖国强大了，他们开始平视世界，而我们那时候说实在话普遍有点崇洋。"

"各有各的难，小陈，你们也有你们一代的难吧？"钱卫东说道，一边夹了一片德国火腿肠。

"是啊，感谢前辈理解。"陈航回应道，两人都涉足机械工程领域，倒是有种天然的亲近，建立同频语言比较快。

陈航现在管理一个小的工程师团队，其实并不容易。陈航也是慢慢适应，适应以后发现其实这也有好处，团队稳定，一些确定下来的研发项目得以越做越深。

"像钱老师前面所说的击剑机器人，德国工程师不是做不出来，而是立项比较难，时间成本、资金成本、市场应用前景等，几大问题分析下来可能就否决了。不像国内，目前整体氛围就是勇于尝试，市场上各类风险投资资金也比较多。当然，从风险的角度上讲，盲目性也比较大。说白了，就是钱——投入的钱和将来回报的钱。哎呀，今天钱老师来了，给我们带来的话题都是钱，哪天让我们有很多的钱，多到足以不需要再谈钱。"

"来，钱老师，我敬你一杯。"陈航端起酒杯，他们今天喝的德国的"烧酒"——朗姆酒，据说最早是由古巴人用甘蔗烧的蒸馏酒，酒味甘冽而香，让钱卫东想起了家乡的荞麦青茅烧。

陈航在德国这边做的一些汽车上的东西，比如传感器的 MEMS 和芯片之间怎么连接、MEMS 会有哪些问题、芯片会有哪些问题，钱卫东觉得对他即将进行的人工智能运动器材研制，必然会有极高的参考借鉴作用。

全球村的竞争环境之下，"天下武功唯快不破"，在很多领域是相通的，无论是资金流动、人才流动，还是具体器物配件的流动，都必须在快速的同时保持平衡，如果速度太慢将失去市场，如果失去平衡，一样会给企业带来极大的困境。

"来，老同学，干一杯德国的'烧酒'！"朱为民端起杯提议道。

由于互联网技术和信息的大量流动与公开，世界正在日益扁平化和透明化。朱为民数十年一直研究的是基因遗传、不同人种易感疾病的新药研发，他说道："依我看，每个领域只要像运动比赛项目那样，提供一个比赛公开、规则公平、仲裁公正的平台，各项事业自会良好发展。重点是公开，凡事一经公开，就会朝着好的方向发展，因为人嘛，长久看终究是要脸面的，就像大英帝国博物馆内的不少藏品，虽然英国舍不得还给人家，但终究不能否认不少精品是从世界各地抢来的历史。"

"现在是越来越没有技术秘密的时代，或者说技术迭代太快，所以关心技术的人有时候莫名的压力大。"陈航说道。

对钱卫东来说，这次德国之行收获颇丰，人工智能会议上大家纷纷提出了未来方向性的担忧，又参观了一家当地大量应用人工智能管理的中学，还有幸观看了一场以前只在电视上看过的击剑比赛。这次机缘难得，钱卫东在德国中学近距离观看了击剑实战比赛，刚才坐在老同学车里，他高度抽象地概括了这一运动：从方向轴看，进顿退；从功能轴看，守防攻；从机械轴看，伸缩转。

现在，和老同学聚会，刚好遇到汽车方面的工程师陈航，正好探讨一些相关的思考，他的思绪从脑海里突然飘出去，想着守防攻对应的机械动作，也想到慧海智能公司请他的初衷。

现在看来，世界是平的，将来已知世界是透明的，未知世界是大家共同探索，而探索的信息相互之间也是因交流而几乎透明的，一个透明的世界正在逐渐展现出来。

三个人，喝着"德国烧酒"，可以彻底地放松，谈着随机想到的话题。

离故乡越远的人，越想念故乡。故乡其实通过视频网络上都可以看见，可是想念故乡，却成为逐渐"老去"的每一个生命的难题。

人生总是充满悖论和无奈，就像学生时代做数学题，不是每道题目都有解的，有些题就是无解的。

朱为民笑着平和地说话的神情，和年轻时的积极进取的他判若两人，钱卫东觉得也许是老同学在国外待久了，也许是大家都老了。

年轻时，从家乡向外走，年老时，从外乡往故乡走；年轻时积极进取，年老时只想守住本心。

"来，我敬两位前辈。"陈航到底年纪轻些，酒量也好。

"不能再喝了，再喝要醉了。"钱卫东举起杯，干了杯中的酒。

钱卫东手机的微信里，来自国内的信息却在不断地增加着，隔着屏幕都能感受到家乡政府官员想努力发展美丽乡村的热情。

从微信里的留言可以看出，石岛镇年轻一代的镇领导，正在新时代的感召下，怀着一颗奋发有为的心，跟年轻时的钱卫东和朱为民一样，恨不得拎起自己的头发向前飞，恨不得吹口气把大石头推到山顶，发展的愿望和心情，跃然屏幕上。

钱卫东在微信里回复了四个字："下周回国。"

过了一会，可能感觉到"下周回国"已经是网络热词，他又加回了两字："联系。"

"明天几点的回程航班？"朱为民关心地问道。

"上午10点45分。"钱卫东想起早先老同学们在微信朋友圈里的调侃，关于为家乡做点事，就提议朱为民道，"为民，你可以帮着家乡中学和这里的中学搞个友好学校。"

"这个可以试一试吧，我的两个孩子都是在附近的学校读的小学、中学，那个老师因为对中国文化感兴趣，到现在我们还有联系。"

"那太好了，要是联系成功，你也算是为家乡的教育事业出了份力。这些年都没有家乡的人联系你吗？"

"没有，你也知道，以前我们家乡比较穷，谁会想到出国啊，尤其是小学生、中学生，发展友好学校也是杭州这样的大城市优先做吧。现在倒是一个机会，你看，连国际间的重大会议、国家领导人之间的会见都在通过视频形式，一方面是疫情因素，另一方面也倡导以后全世界人们要更加习惯于视频交流。不是凡事都得面对面，现在是一个互联网技术新时代啊，真难预测6G，7G时代会是什么样子。"

"哎呀，不知不觉，都快把第二瓶酒喝完了，真是故乡有人来，千杯也嫌少。"

这一晚，三个人是真尽兴，陈航是后来他老婆接走的，而钱卫东教授就睡在朱为民儿子的房间。第二天上午，朱为民又亲自把钱卫东送到了机场。

石岛镇的这一届领导班子，正在学习落实市里区里"一加强三整治"的规划相关部署，总结第一阶段，推进下一阶段工作。

石岛镇小城镇环境综合整治其实一年前就开始了，自开展整治以来，根据"一加强三整治"的规划要求，围绕魅力亲民的风情小镇和浙西特色山核桃小镇建设，规划打造"四个一"：即一个新的商业精品街区、一条黄溪滨河景观带、一片山核桃及生态茶园体验区、一片老街历史风貌沉浸式旅游体验区。

可是，纸面文章好做，现实世道艰难，做起来，哪怕是让人从溪坑里搬出一块石头，也是要付工钱才有人帮你实现的，何况是拆整改，那可都是要钱的。实际可用资金和计划想做的事两者之间实在相差太远，而拆整改中碰到的人对于补偿款的心里预期则更大。

第一阶段的拆整工作以来，随着全力对集镇范围的违章建筑、绿色的钢瓦顶棚、危旧房及有碍观瞻的建筑进行拆除，资金就用掉了一大半。

看得见的成就是腾空面积达万余平方米。

第二阶段的项目建设，重点推进电线水管"上改下"、飞线入户、农贸市场、公厕革命、店招店牌、入镇口沿线、新大街、老街背街小巷整治等项目建设，资金需求量更大。副镇长胡守一心里已经开始犯难。

理想很丰满，现实很骨感，钱少事难办啊。

新的商业精品街区建成后，那些新的精品商品供应商是谁，又要卖给谁？滨河景观带，当地人来玩？肯定不是，如何吸引外来游客？老街历史风貌体验区，到底让游客体验什么？就打年糕、炒瓜子山核桃、印石雕刻，怎么留住游客更长时间？

看来，一个生态环境美、生产劳动美、生活人文美的石岛需要大手笔的领军人物，才有可能实现。

胡副镇长提议，下月开始，正式成立"美丽乡村建设招商办公室"这样一个虚拟的办公室，便于对外开展联络工作，胡守一让谢明君负责写招商文案和联络接待，这也是用年轻大学生之所长。另一个原因是他也担心谢明君在上田村时间一久会重蹈前几任扶贫年轻干部的覆辙。

周日谢明君从上田村回到镇上，他并没有回杭州家里，却走进姐妹酒家，选了一楼大堂倚窗的一个位置上坐了下来，他在想，胡老爷子一定会对他有点失望，感叹现在的年轻人不如以前。唉，他自己都觉得像蜻蜓点水，心里更加钦佩起胡老爷子以及他家墙上照片里的人物，他们是如何熬了三年，就像胡老爷子说的靠"熬鹰"一样熬出来。

"快中午了，吃饭吗？"胡慧敏望着放了一杯茶，发呆半天的谢明君问道。

其时谢明君心里正在感慨，几十年来，村里的人到镇里，镇里的人到县城里，县城里的人到省城里，省城里的人到北京上海大都市，大都市的人到世界上更大的都市，人们总是尽力努力不住地往外走。现在的世道好像人流出现了回流现象，他大学时好几位同学就回到家乡去了，三十年河东三十年河西，沧海桑田啊。

这世界啊，似乎一个字就能概括，第一是觅"食"的食字在主宰所有的生命，所以才有"人为财死鸟为食亡""千里为官只为吃穿"之说；人类发明货币以后，似乎是觅"钱"的钱字在主宰所有人，所以才有"天下熙熙，皆为利来；天下攘攘，皆为利往"之说；但似乎人心难测，又是一个"心"字在主宰所有人。不然，前人也不会说"思想是行动的指南""心定咬得菜根香"了。

"哦，好的，就点一盘野菜。"

胡慧敏好奇地瞪大眼睛，感觉她面前的帅哥在另一个虚拟空间里还没有回来。

周一，胡副镇长可能是因为白天参加会议时，在和其他镇对比下感受到了工作压力，到了晚上，他特意召集乡村振兴工作组的相关人员开会，总结反思近期工作和谋划下一步工作思路，谢明君负责记录和倒茶水。

但是正如老话所说：好吃要油盐，好看要铜钿。关键是钱。按老百姓的话说，所谓的美丽乡村建设，不就是三个字——"拆改建"，拆要钱，改要钱，建要钱，哪来这么多钱？

整治环境卫生乡容镇貌，建设公共厕所以及道路美化可都需要钱啊。说说容易做做难，做可是要真金白银的。

像石岛镇这种规模的美丽乡村建设，即使看上去有些项目有商业利益，也往往是大公司看不上，小公司则做不上，指挥部左右为难，大小难找。

事非经过不知难，人间万事出艰辛。

会议开到深夜，胡副镇长提议道："今天先讨论到此吧，大家肚子也饿了，干工作不能把身体搞垮了。走，大家一起去街上吃碗面吧，我请客。"

在姐妹酒家，看到墙上的一张张照片，胡副镇长自语道："新时代，要把各种资源整合起来。"

不能关起门来搞建设，还是要敞开大门引进外来人才、资本、智本。"看来要向国家学习，我们也要引进外资、外智。"

如果一个人一个地方自给自足，当然最好，如果没有或不足，只有想尽办法"引"或"借"，中国古典名著《三国演义》里的诸葛亮，不就是"借箭、借东风、借荆州"的一个"高手借客"，他靠"借"的超级功夫帮刘备三分天下。

一旦真的要着手向外借，哪一样都不容易借，钱呢，难道从石头缝里蹦出来？看来，还是从"智"先借起，胡副镇长看着钱卫东教授他们七人的那张黑白老照片。

是的，先从石头的文章做起，从祖籍在石岛的各位专家找起，先从简易的事情做起！天下大事，必作于细；天下难事，必作于易。如果真能把溪坑里的普通石头变成钱，这不是多了一条因地制宜的致富产业嘛。

钱卫东教授在回国的航班上，望着晴空万里下的云海，脑海里不断地回想着前一天德国中学生击剑比赛的画面，尤其是一段不为一般人关注的画面——一个大胡子教练在比赛场地一个角落对一名女学生选手的对练辅导。他把"它"高度概括为"出剑（回车）01—10 防守 00—00 反击（回车）01—10"，然后是千万次重复，而脚下是"进01—顿00—退10"三种类型变换重复。一款用于击剑的智能机器人在脑海里渐渐地成型……

此时他家乡的盘山公路上，田房丰董事长让小李开车，接下来三天里准备把石岛镇以及周边三十几个自然村都跑个遍，这真是一次破天荒的考察行为，尤其是民旺公司已经上市成长为大公司以后。

绿水青山间能有块种粮的耕地和造房居住的宅基地已经很不容易，所以土地资源极其宝贵。田房丰都找不到一块像样点的适合做房产的地，倒是有几处零散地种着玉米、茶叶的坡地，整平以后可以改造成别墅，可是别墅如果太少，达不到一个基本数，那建筑的成本可就大喽。再说，当地人只需把自己现在房子适当改建重新装修一下，家家都是别墅，他们一个都不会来买，当然估计也买不起。所造的别墅太少没有品牌效应，推广到大城市又能卖给谁去？

风光最秀丽的青龙山清凉峰，因为半山腰的崖壁间有个观音祠，特别是观音出家日、观音成道日以及正月十五等日子，周边民众到此来敬香朝拜的听说很多，倒是可以想办法做做文章。

这一处重修扩建比较容易，一是本来有一些基础，二是老百姓容易捐钱，部分企业老板也愿意。可是，它的四周以及附近，都没有可以用来开发的土地。想起自己掘得第一桶金的经历，当时不就是利用小观山顶上的小寺庙才做成的大文章，获得旁边的土地开发权而一飞冲天的，可惜，这样让好戏重演的剧本，在新时代已经不太可能了。

第一天参观完清凉峰后，他们回到镇上，听说石岛镇姐妹酒家最好，所以他们准备住在姐妹酒家。

办入住手续时，田房丰才明白，原来他从销售部张经理那里看到的"长征石"照片，最初是从这家酒家的小姑娘这里发出来的，而且她还在民旺公司的销售部门待过一年呢。她在公司的时候，房子已经不怎么好卖了。而十几年前房子旺销时，他们公司销售部门的不少小姑娘，可都是赚了不少，胆子大点的靠参与炒房，甚至赚的比他们的部门总经理都多得多。

晚饭以后，田房丰在房间里稍作休息，体力有所恢复就和小李一起走到街上。山里小镇的夏日傍晚，凉风习习，他们向人打听镇上有什么有意思的去处。溪边桥上纳凉的人手指了一下，说前面胡同里有个胡氏宗祠。

胡氏宗祠是一座保存完好的石木四合院，占地约三百平方米，共有房屋十余间。新中国成立初曾经被改成乡委会办公室，后来公社新办公楼造好后，又改成石岛镇上溪村村民委员会的办公场所，20世纪80年代后开始陆续退出，现在则变成一处公共景点。

虽然说已成公共景点，但等田房丰和李小林走过去时却发现，胡家祠堂半掩着门，里面一个人也没有，大堂屋顶只有一盏节能灯，亮着奶白色的灯光，仿佛是一处指引着出入藏着无尽故事的洞口，而四周黑沉沉的背景里则隐藏着无数的人物与故事。

从胡家祠堂往街角一侧走，顺着黄溪滩的沿街房，有一家酒作坊正在烧土烧酒，酒香随着夏风四处飘逸，旁边放了一些坛坛罐罐，店主正在收摊准备回家。也许是出于好奇，也许是出于对儿童时岁月的回忆，田房丰董事长让制酒的人灌满了一坛，准备明天回去后放在地下室里储藏它几年再拿出来享用，那一定是一种小时候的味道。小时候，他看做村干部的爷爷农活收工以后，晚餐时能够喝上一口土酒，脸上有一种难以描述的满足味道。

无论是美好崇高的理想还是生活的日常所需，都需要物质支撑。而物质即需要钱，谁又离得开钱呢？

田房丰董事长在石岛镇连续转悠了三天，凡开车能到的地方都到了，凡汽车不能到的，自第二天起，他让小李在镇上一家旅游品店买了望远镜，也尽力看了又看，只差爬山间小道了。

一个计划在他的心中逐渐成形，只是时代不一样了。在变局中开新局，在危机中觅新机，不然企业就死路一条。不过对田房丰而言，其实从小出生在浙江温州泰顺农村的他，自懂事起就一直在危机中觅新机，从未停止。

一个"积小块为大块，变车库为酒窖"，以"山居晓屋"为获利重心，以溪坑红石、山溪清酒、有机素菜茶叶为铺垫的综合开发蓝图，在田房丰的脑海里逐渐清晰起来。

世道变化快啊，时隔20多年，同样的套路升级以后如法炮制，再来一次还能成吗？田房丰自己心里都底气不足，可是眼下没有更好的办法，只能战战兢兢如履薄冰向前。

他突然想起那个钱教授，他应该已经回国到家了吧？

第四章 生命从来是生不易，活也难；石头为开发商代言

钱卫东教授一回到国内，由于心里朦朦胧胧有了一款击剑机器人的想法，他计划把学校的一点手头工作早点安排完毕，自己则着手先在技术领域做个全面的资料搜集，至于应用市场前景方面，等机会成熟时再给慧海智能公司董事长楼建成正式汇报。市场方面他们企业家才是专家，他们的鼻子才是拥有特殊嗅觉的鼻子，才能闻到未来和钱的气息。

田房丰从姐妹酒家的胡慧敏那里要来钱卫东教授的联系方式，试着和钱卫东教授联系了一下。

钱卫东教授回复道："谢谢厚爱，暂不出让。"

当谢明君和钱卫东教授联系时，他回复道："自娱自乐之作，30万买石的传言，切不可当真啊。"

不过，谢明君看了钱卫东教授的红石照片后，也觉得非常精美。一般观石者的第一反应就是延安宝塔山，其中一张照片显示，红石顶上放了一匹马，马背上有一只猴子，更显得颇有一番生机。而这一"马上成候（猴）"的意象，在另一位观者田房丰眼里，是只要苦难中坚持马上就会成气候的意思。这让谢明君觉得似乎把普通的溪坑红石加以适当雕刻加工，确实是可以当作一种旅游商品开发。他回想起自己小时候，他爷爷就说起过"镇宅之宝"一说，而他们家的镇宅之宝是一方据说祖上传下来的玉石。

在绿水青山就是金山银山的背景下，石岛全镇一定要好好谋划。

上田村的这一方绿水青山，说起来胡家长辈胡嘉禾书记是有功劳的。

流经石岛镇的黄溪据说是从天目山脉一路蜿蜒过来，不过以当地人的眼光看，黄溪头部是上田村那一段，肚皮是镇上这一段，因镇中的一段中间有块巨石，所以以前老百姓都称这里为"大石坑"，随后溪水顺着下溪滩朝东南方向笔直而去。石岛镇世代居住在上田村的村民，一直延续着靠山吃山的原始生存方式，直到 20 世纪 90 年代的一场鸡血石狂潮来临，而那场男女老少挖鸡血石以致富的狂潮，首发地是顺着下溪滩方向 30 里的田黄村。

守住作为上田村村民集体资产的绿水青山，当年靠的是胡嘉禾村支书的威望和辈分。

当然胡老支书当面挨了不少抱怨，背后挨了不少骂，什么难听的话都有。但 1998 年的山洪暴发，田黄村不仅被山洪冲塌了一大片地里庄稼，更是连房子都冲塌了好几家，最惨的金姓一家，不仅两层楼的三间房子被冲塌，家里两位老人被埋、孩子受伤，等人被救出来后不久，老金还未被送到县医院半路上就去世了。上田村的村民听到这个消息，纷纷庆幸胡老支书的固执。再后来，政府对山里村民挖石采矿的行为严格管制起来，大家挖石致富的心思也就慢慢地平息下去了。

可是，这次不同，这次是溪坑里的普通石头，到处都是，只是稍加雕刻加工，便可变废为宝。

一转眼下乡工作两个多月过去，谢明君感到自己仿佛是多余的，有力无处使，工作也难以立竿见影。双休日他也没有回杭州的家，反而是来到镇上最热闹的街口，似沉思非沉思地在街上走了一圈，中午时分不到，他走进姐妹酒家，挑了一处倚窗的位置坐下。

因为来过几次，胡慧敏和他有点熟悉起来。这天食客不多，谢明君只是点了一碗面，又要了两个馒头。

胡家馒头经过改进，味道是越来越好。

胡慧敏走到他的桌子旁边，请他给酒店提建议，谢明君直夸她家的馒头做得好。

"什么馅，猜猜看？这胡家馒头，有秘方的。"胡慧敏脸上有点神秘微笑。

谢明君细细品了一下，心里明白几分，因为和他小时候他家奶奶做的口味极像，那是猪肉里又加了牛肉的肉馅。

"我猜着了什么奖励？奖我一个馒头？"

"好啊，这小意思，馒头遇到懂它的食客，不也是幸事一桩嘛！"

"一半猪肉一半牛肉混合，再用盐和少量生鲜酱油，对不对？"

胡慧敏一脸惊讶，脱口而出："厉害呀！"

"你怎么猜中的？"

"告诉你答案，再送一个，好事成双嘛。"

"没问题，看你在石岛工作，也挺辛苦的。"

原来，谢明君在家里，从小学开始就经常吃他奶奶自己做的肉包子当早餐，馅是他奶奶特意用猪肉和牛肉自己调的，而他爷爷负责手工切肉和剁肉馅，做出来的自然又香又鲜。现在爷爷年纪大了才买市场里用机器绞好的肉回家自己再和好。

其实，感到最近工作进展缓慢的不仅仅是谢明君，石岛镇的书记、镇长也同样如此，而作为真正冲在前面的执行组长胡守一副镇长，更是有点焦虑。

胡守一坐在办公桌前，虽然说石岛的乡村振兴工作和其他镇相比有点落后，但毕竟也说不上落后多少，他认为石岛只是在表面势头上有些不如人家热闹罢了。上级领导让他们向别人学习，他倒觉得确实有必要花点时间研究一下自己和别人。

其实工作也都做了，大家也都努力了，拆也拆了一部分，然而建设新的却需要大资金，农家乐、民宿也动员组织了，但这主要得靠农户自己，而清凉峰旅游景点需要扩建新的如"玻璃栈道"之类，这既需要审批，更需要额外的大资金，电商卖山里农特产品，大学生干部谢明君试了一试，村民热闹一下子，似乎马上就冷清，问题出在哪里？

打开工作笔记，他需要列两张清单：第一张是我们没有什么，我们有什么；第二张是我们想要什么，我们不要什么。

石岛有什么？有青山、溪水、笋干、山核桃、茶叶、玉米、荞麦……

石岛没有什么？大资金、高级人才…….

石岛不要什么？不要黄、赌、毒，污染严重的，破坏生态的……

石岛要什么？健康的，时尚的，科技含量高的，……

以前的时代发展要因地制宜、因时制宜、因人制宜；现在的时代，谁能吸引到大资金，谁就能发展。即使在沙漠里，也能依靠大棚滴灌种植绿色蔬菜，即使在大海里，也能填海造楼，不是听说在阿联酋迪拜，有一座世界闻名形状像帆船的七星级酒店嘛吗。

可是资金呢，难道从石头缝里蹦出来？

石头可是石岛遍地都是的资源，如果那位钱卫东教授的石头真有人愿意出价30

万，那不要说 30 万，就是 300、3000、30000 发展起来，也是一条不得了的新产业，并且是石岛的特殊产业。想到这里，胡守一副镇长兴奋地从座位上站了起来，他走出办公室，出了政府大楼朝着姐妹酒家的方向走去。

周日的镇子，街上除了本地人，依然很少看到外地游客。临近姐妹酒家，胡守一看到胡慧敏和谢明君在一张靠窗的桌子那对坐着，不知道在聊些什么，远看倒像一对城里来旅游的年轻情侣。姐妹酒家的"风水"出美女，胡慧敏在大城市读了四年大学，又在房地产公司"混"了近两年，可是出落得标致，比他母亲年轻时更强了。

看胡守一走进店里，胡慧敏早已起身离开桌子在门口候着，热情地称呼他"胡镇长"。谢明君比胡慧敏慢了一步，也起身赶紧过来和胡副镇长打招呼。

"怎么样，小谢，我们石岛不仅山美水美，姑娘更美，努力一下做石岛的女婿？"胡守一开玩笑地说道，胡慧敏听了倒是神态落落大方，反而是谢明君的脸上闪过一丝害羞神情。

"镇长，给您来点什么？"

"不了，谢谢，我是来向你打听有人出价 30 万求购石头的事的，真有这事吗？"

"是啊，不过钱教授不卖。那个老板的联系方式我也有，我转发给您，他前一阵子还特意来过我们石岛呢。"

"哦，还这么巧，好的，你把他的手机号或微信号发给我。"

胡守一副镇长思量着，也许，石岛的石头产业开发还真有戏好唱，下周开会，他得好好向书记汇报这一另辟蹊径的特色产业发展思路。

周一上午，书记以及两位副镇长照例开工作碰头会，胡守一把设想提了出来，大家正在讨论，区里的分管书记朱奇事先没打招呼，突然来石岛检查工作了。胡守一把谢明君叫进来，负责倒茶以及做会议记录。同时，他把设立石岛美丽乡村建设与招商办的虚拟办公室的想法也汇报了一下。

"你们继续讨论，该怎么开就怎么开。我主要是来听意见和建议，有什么好的想法、做法值得面上推广的。"

石岛镇书记、镇长、副镇长几乎异口同声地说道："惭愧，惭愧，领导批评我们工作进度了。"

胡守一把刚才石头、特色农产品、当地烧酒的综合开发思路又汇报了一遍，考虑到近期可能要联系的是一位房地产公司董事长，胡守一副镇长向朱书记问道："朱书记，现在如果，我说的是如果，有房地产公司要来石岛开发旅游地产之类，我们这儿可以搞吗？"

朱书记没有急着回答，而是先端起杯子，喝了一口石岛当地产的绿茶，赞道："这茶挺香的，是本地出产的吧。"

"是的。"镇委的张书记回答道，"比不得杭州的龙井、安吉的白茶，我们自己觉得口感清香，只是卖不高价钱，影响农户收入啊。"

一口茶下去，朱书记才回答胡守一的提问，他缓缓地说道："先不急于下结论，第一，有没有地？如果没有地，那么就到此为止。第二，有地，那就看符不符合政策用地，是否是要保护的耕地？如是耕地那也到此为止。第三，有地也符合政策，那就看适合谁来做，造起来适合卖给谁？怎么卖？卖多少价格？这都要一步一步来，要听取专家的意见，专业的事让专业的人去做。"

"同时问计于民，从群众中来，到群众中去，积极而稳妥，不要一讲生态保护就不敢开发，一讲发展就不顾生态保护。"他又补充说道。

到底是上一级领导，看问题有视野，讲道理具逻辑。坐在后排一角的谢明君，心里佩服得五体投地。

如果上市的房地产公司能介入石岛开发，那石岛的美丽乡村建设，可是从"石器时代"一步跨入"太空时代"。

有了朱书记周一碰头会上的一番讲话，胡守一副镇长觉得和民旺公司的田房丰董事长联系，突然底气足了许多。

田房丰董事长回到杭州，站在他的办公室里小李彩色打印出来的石岛镇地图前，琢磨着是否能寻寻觅觅或创造出一个机会来。一样的石岛镇现有客观地理条件下，在不同人眼里，总是有不同的利用价值。由田房丰来统筹规划，一篇发展的大文章就开始展现出雏形来，而他意图再次险中求胜。

把鸡零狗碎的一小片一小片山坡地高效率地利用起来，那它就像和尚的百衲衣，其实总面积不小，只是这会因需要机械设备转场地，以及建筑材料运输等而增加成本。但是，正因为这些地不理想，所以感兴趣的公司不多，地价也不会高，综合算下来，应该是合算得很。

民旺公司现在的困局是房产在拿到销售证之前不能提前销售，资金紧张，如何解决资金难题？

唯一可行且合法的做法就是必须做足售前各项准备，一旦拿到销售批文，立刻能做到销售一空。

一个他取名为"山居晓屋"的综合开发项目开始在眼前的地图上、在他的脑海里展现开来。

"一定要替出钱人着想，人家才会出钱。"

一切为"山居晓屋"未来的业主着想，让他们自己住得舒服安心，舒服安心到愿意在互联网上晒照片吸引别人来住，让他们投资获得好且长期回报，他们才会出钱。

要做足暑期短期住宿的文章和非暑期的住宿文章，做足智能化管理的文章，做足周围私人种菜种茶的联动文章，做足储藏山溪青茅酒的文章，做足镇宅之石和姓名石章的文章。

总之一句话，给别人一个来的理由，把石岛能够吸引人的地方做足。

20年前开发房产，只要拿到地，能把房子造起来，谁都能卖掉。即便一时卖得不快，隔了两三年再卖，反而阴差阳错价格卖得更高，有的楼盘甚至翻倍。正是随后的那几年，房产公司纷纷抢地屯地，也因此资金需求越来越大，一不小心债务越积越多。

如今如果不能对政府有交代，配以民生配套工程；如果不能对游客有交代，配以观光景点与游乐项目，工程怎么做得下去？

政府部分通不过，"山居晓屋"怎么造得出来？游客部分通不过，"山居晓屋"怎么卖得出去？因此不是他大方，而是不得不如此而已，20年前如果你这样做，那是手段高明，现在这样做已经是常识标配，目前最急难险重的任务是如何快速销售回笼资金，这才是现阶段市场下的真功夫。

溪水游乐可以开始建，投入不大，制酒工艺要的就是让游客看得见和可参与，奇石馆、印石馆之类也容易，难的重头戏当然是房子。那可是需要巨量资金才能造起来的，反过来，也只有房地产才有机会获得巨额回报，虽然这一饕餮盛宴或许会以出人意料的方式悄然结束。

从图纸到模型，从PPT到微电影，提前宣传，拍卖升级，宣传升级。不过设想是好的，石岛镇是否有兴趣能够一拍即合呢？

钱卫东经过一段时间的研制，望着眼前的一款击剑智能机器人，也在想先找一所杭州的中学试一试，哪家学校能够有机缘"一拍即合"呢？

击剑运动在中国，目前是一项小众运动，像在德国，不少小学就已经在开展这项运动，普及率还蛮高的，别人的教学方法就是合适的年龄做合适的事，早期孩童的特点是"兴趣与好玩"，中期少年的特点是"荣誉与竞争"，终期成人的特点是"责任与爱"。

　　经过近一个月的努力，钱卫东把一款智能击剑机器人的模型先行制作完成。他极其重视，特地先找慧海公司的董事长楼建成的秘书，请他安排时间做一个专题汇报。

　　楼建成董事长听说钱卫东教授已经研发出一款人工智能的击剑机器，得意于自己独具慧眼，钱教授果然与众不同啊，行业专家终究不是浪得虚名。

　　不过关于钱卫东教授建议找一所杭州的学校试一试的想法，楼建成却提出："做事要顺着国家的形势走，当下乡村振兴是一项国家重点，乡村振兴当然包括乡村教育的振兴，而乡村教育的振兴，一定不单单是语数外的振兴，为何不找一所合适的山区小学或中学试一试呢？"

　　真是一语点醒梦中人，钱卫东教授想，是啊，为何不找老同学朱建国问一问呢？

　　临近 2020 年的年底，石岛镇班子会议上，张书记正在传递上级部门一次会议精神："和全国相比，我们浙江是东部经济强省，也没有非常贫困的山区乡村，但是我们和省内其他发达地区相比，总是比较落后的，特别是和安吉余村那更是没法比。所以仍然要学习借鉴别的省市地区的好经验，同时更高质量更高水平地做好我们自己的美丽乡村建设。从这次会议交流的材料上看，各地大多是利用易地搬迁扶贫、产业扶贫、旅游扶贫、电商扶贫等精准帮扶举措，结合贫困山区特色优势发挥出精准效能。精准扶贫任务能否高质量完成，关键在人，关键在干部队伍作风。而精准扶贫的一个重要要求就是因村派人精准。通过实施驻村帮扶、'第一书记'等制度，促使基层干部深入贫困地区基层前线，切实帮助贫困地区开展精准扶贫，不仅助力贫困地区改变贫困现状，也进一步增强了基层工作者的组织动员能力，提升了基层治理水平。今年是打赢脱贫攻坚战的决战决胜之年，当此攻坚拔寨冲刺之时，更应咬定青山不放松，面对难中之难、坚中之坚的'硬骨头'，需继续加大投入，强化资金支持。像上田村那样，只是派一位大学生支援干部还是弱了，他们毕竟年轻，光有干劲是不够的。"

　　胡守一副镇长心里却想，关键是张书记讲的强化资金支持，可是单靠政府资金，也是有限的；如果能走市场化道路，那么广阔的市场大海里，资金是无限的。

　　可是，如何让社会力量，市场资金源源不断地自愿流入石岛呢？俗话说成事需要或"贵人提携"或"高人指点"，石岛镇的"贵人或高人"在哪里呢？

　　会后石岛镇副镇长胡守一，尝试着拨通了胡慧敏给他的房地产老板田房丰的电话……

第五章　新发展？时尚的击剑和古老的红石

时间来到 12 月末，艰难的 2020 年就要过去，让人们充满期待的 2021 年——中国农历牛年就要来临。

中国牛，我最牛！中国人喜欢在新年来临时讨个好彩头，而石岛镇的一个会议再次在镇政府会议室召开，却是为了追赶工作进度。

时不我待啊，一年马上过去了，虽然说有疫情因素可以推脱，当然也是客观事实，但每个人打心里都是想把工作做好、做出成绩。

石岛镇也曾经有过辉煌的年代。新中国成立前直到 20 世纪 70 年代，地处浙皖两省交界的石岛，物产丰富，除了茶叶、笋干等，动物野货皮毛等也不少，以前老猎人还能捕到山鹰，野兔等更是多得不计其数。

随着人口的增多，以及改革开放后，沿江沿海地区发展更快，石岛才相比之下落后了。

按胡副镇长的说法，石岛是第一步错过了八九十年代，第二步因此跟不上 00 年代，现在终于等到了新时代，这第三步一定要奋发作为跨上去。但是任何事情，光靠喊口号单凭一时热情是没有用的，光靠拼命也是不行的，经济发展的事只有符合经济规律才行。

上级朱书记倒是思路开阔开放，鼓励下属既要大胆创大胆试，也要依法干依程序地干。石岛的发展，既需要动员激发本地群众的干劲，也需要引进外来资本和智本；石岛虽小，也要像国家一样，对内改革对外开放，即"对内激活动力，对外引进助力"。

今天的石岛发展讨论会，可以说就是在这样的背景和特别的机缘下召开的，因为今天不仅请来儿时从家乡出外求学，现如今已是国内人工智能管理领域专家的浙江大学钱卫东教授，还请到了民旺公司的董事长田房丰，他可是上市公司的董事长。

话题最自然不过的，是从钱卫东教授的一方红石聊起，说起来大家倒是"因石结缘"。但是涉及发展的话题，可是硬碰硬、见实招，一切需要经得住实践检验的。

胡副镇长让谢明君先简单地介绍了先前已经在开展的工作，谢明君介绍了山里笋干、茶叶、农家土鸡等电商直播情况，也把和钱卫东联系开发溪坑红石的想法说了。

谢明君在发言中讲到一段故事，当年他们家的祖屋在杭州城隍山脚下，杭州城市第一轮开发时被政府拆迁，当时拆迁不像现在比较规范，补偿额也很低。也因此他爷爷奶奶偶尔到现在都会遭到他老爸的抱怨，说20年前的拆迁协议签字同意得太快了。留给当时他这个小孩子影响很深的是搬家时，爷爷特别留意一只小箱子，说是"镇宅之宝"。可想而知，镇宅之宝一说，在中国有深厚的民众基础和民间信仰基础。

胡守一副镇长补充道："老实说，石岛镇的乡村振兴虽然做了一些工作，但关键的提升遇到瓶颈；山村里原来就有的产品，无论价格和销量都没有实现根本性大幅提高，没有提高意味着村民的收入没有大幅提高，我们甚至想到了把村民一直在烧的荞麦烧也开发起来，把青龙山红石开发起来。重点无非是提升村民的收入，让游客亲自参与古法烧酒，既传承了中华民族生生不息的酒食文化，也有助于进一步开发土烧酒市场。但青龙山红石开发也不容易，我们真没有想到，钱老师从溪坑里捡的普通红石，经过钱老师的加工，带来这么大的动静，所以，关键还是要有能人高手。"

"可是我们既没有大的资金也没有高手，更没有市场开拓的经验，小打小闹的惯性思维一时很难改变。所以特意请田董事长和钱老师给我们出谋划策，石岛如果大发展了，我替全镇人民感谢两位啊！"

田房丰两天前接到胡守一的电话后，内心一阵惊喜，感到真是老天开眼，20年前的剧本又有希望重演了。今天坐在车里，他还提醒自己不要流露出其实民旺公司本身很渴望参与这个项目的意愿。听了胡守一刚才的讲话，他倒被石岛镇领导的真诚打动，感觉真应该为石岛镇老百姓谋一点实实在在的利益。

田房丰说道："按照国家倡导的方向，即向消费升级产业升级的方向努力，一坛酒，千元级，普通的才百元级；镇宅之石，万元级，普通的也就千元级，我们有一个设想，只有这样，消费才能到百万元级。"

到底是做房地产的，一出口就是大气魄。田房丰董事长刚开个口，大家就听的一愣一愣的。

田房丰董事长把他在自己办公室里谋划已久的设想，一个以"山居晓屋"旅游自住及投资用酒店为主，以溪水乐园、古法土酒、山里特产等为辅的综合开发项目做了简单介绍，当然还可以开发溪坑红石、石雕石砚之类的石工艺产业。他计划利用青龙山红石的古老传说，毕竟溪坑里的红石就是传说中山上的龙身上掉下来的龙鳞啊。

胡守一副镇长听了以后，心想这么算来，按每套100万计算，开发1万套不就100亿了。确实也是，100亿对普通人而言，是大数目；对房地产老板而言，那真是味如鸡肋的小项目。要不是疫情造成经济下行、百业唯艰，估计民旺公司也不会看上这样的小项目啊。

胡守一副镇长想，只要有1亿，那就不得了，石岛镇的美丽乡村建设可以搞得红红火火红遍天。思想一解放，他突然感觉自己之前真像一个守着宝山而哭穷的毛头小伙子。

钱卫东教授因为之前听过慧海智能公司楼建成董事长的想法，所以今天他也大胆地初步表态，他将建议慧海智能公司将来给石岛赞助击剑教育设备，听了田房丰董事长的宏伟蓝图，称愿意负责未来"山居晓屋"酒窖的智能化管理，以及室内和小区门禁卫生等一系列的智能化管理设备和软件配套工程。

讨论会忽然就变得生气勃勃，连窗外的阳光都格外亮丽起来，似乎正在透露着一个好兆头。

中午胡副镇长让谢明君联系胡慧敏，说中餐在她家酒店吃。今天开了一个成功的发展讨论会，他甚至觉得将来会载入石岛镇的发展史册。

中餐是工作餐，所以没有上酒水，而是喝了当地的一种绿茶。

"谢谢大家，特别感谢田董事长！今天以茶代酒，谢谢大家。"胡守一首先站起身来，恭敬地双手端起杯子敬道。

饭桌上，田董事长一边举杯，一边又问钱卫东教授讨要起"长征石"来。

钱卫东教授一时难以拒绝，说如果今天的蓝图在大家共同努力下，开始正式动工实现，到时候印石馆也建起来，他一定捐献出来，其实是"石回故里"。

"哎，不管钱老师收不收，30万我还是要出的。"田房丰董事长慷慨地说道。

胡副镇长则希望民旺公司抓紧派人来查看哪些地方适合，他才可形成报告，然后逐级上报请国土资源以及城乡规划地质水利等相关部门审批。

席间，当说到房子设计时，胡副镇长想起阿奎的外甥女婿来，听说阿奎的外甥女婿，就是省建筑设计院的一位知名设计师，一般房产项目，设计费就是一个巨额费用，为家乡的振兴出力，可以让他少收点费。

这一餐虽然大家没有喝酒，却是 2020 年大家吃得最喜气最浓香四溢的一餐饭，而且饭钱还不贵，6 人不到 300 元钱。

餐后送走田房丰董事长一行和钱卫东教授，胡副镇长带着谢明君去找阿奎。没想到本以为一说就灵的，阿奎却说，他去了没有用，需要先找阿奎的外甥帅小兵。

人说阿奎脚拐，可是两个外甥、一个外甥女倒个个都是一表人才。帅小兵原先在镇文化站工作，后来镇文化站改制后，就在镇街上开了一家广告家装综合设计室，他的书法写得很好，得过省市县区的不少比赛奖项，再加上有一个在省设计院的姐夫，他的设计室从开张就有生意，到现在生意一直很好，镇子周围富裕起来的老板建房子，都是叫他设计的。

胡副镇长一行到了帅小兵的工作室，说明来意后，帅小兵一口答应下来，计划择日陪着胡守一副镇长前往杭州一趟。

不管如何创新，围绕"衣食住行玩"创新，总是一条颠扑不破的真理，因为这是人类的生理属性决定的。

俗话说时间一到锣鼓响，好戏开场。

退休时间一到，钱卫东教授从学校安静地交接完相关工作，履行退休程序，立即低调地正式投入一款智能击剑机器人的研发工作，分析了国内外许多相关资料，以及目前其他体育项目上人工智能的应用现状，如乒乓球发球机、机器人打羽毛球，等等。当他把项目的技术思路和市场应用前景预测向楼董事长汇报后，楼董事长立刻召集公司高层，特意开会专题讨论投资的可行性和市场的可行性，经过激烈争论，最终公司决定"做"，并且要"大格局"地去做。

正如钱卫东在从德国回杭州的航班上所思考的那样，技术思路全球大家都类似；现在要比拼的是速度、精度、力度、持续度、能耗度。这也是一个哲学思路，全世界无论军工产品还是民用产品，比拼的不就是这些数字吗？而从长期看，则是在达到这些指标的情况下谁的生产成本更低，不计成本长期投入地干一件事，除了国家，哪个组织、哪个人能做到。

虽然钱卫东教授已经六十岁，但这一次既然答应人家，就必须认真开启属于他自己的"长征"，虽然天上没有飞机大炮，但是研究一个新课题、研发一款新产品却有无数看不见的国内外同行甚至跨界人士。他们一样是一群特殊的追兵，被追上或超过了，虽然不会丢失性命，却会立刻把研发资金变为泡影，甚至有时连个泡泡都不起。

钱卫东教授这一自觉为研究资金极度负责的秉性，或许正是楼建成董事长自认识起就"挖"了他十年的原因。楼建成笑着说，当年追老婆都没有这么卖力。

而楼建成董事长说的大格局，就是要着眼于全中国，多应用场景，可持续发展。而不是仅仅局限于击剑运动队或学生体育课，他的心里谋划着一盘更大的棋。

从击剑运动深刻领悟出来的守防攻、进顿退——不正是世上每个人人生的日常修行课吗？楼建成自己就是第一个粉丝，不仅要能守能防能攻，能进能顿能退；还要"知守""知防""知攻"，"知进""知顿""知退"。能不能是一种能力，知不知却需要"智慧"，两者缺一不可。击剑这一运动的妙处，目前社会大众还未曾体察到，楼建成仿佛一下读懂欧洲老牌资本主义国家为何以前"贵族教育"里都有击剑这一内容。

如何把握项目进顿退的速度，民旺公司的田房丰董事长可谓煞费苦心，因为如果资金从投入到回收太慢，则不仅缓解不了眼下资金本身就紧张的局面，而且会导致资金更紧张。因此，要尽可能地设计好未来的销售环节，力争一开售，就被一抢而空。

把镇政府所在地边上和上田村那几块最合适的坡地作为第一期，又预留伏笔第二期、第三期，由公司开发部门和策划部门联合制作的综合报告很快就送到了石岛镇的胡守一副镇长那里。这边，销售部门研讨策划也开始提前行动，七嘴八舌讨论。大家也担心，如果现在就开展前期工作，万一以后项目上不了，不就浪费时间精力、浪费宝贵资金吗？可是如果不提前做，等一切明朗合同签好再开展，又怕没有机会，而且整个项目的时间往往和以往一样拖得很长。

一家杭州专门制作和发布视频的专业房产推广公司ABC，经过帅小兵的提议，进行了视频资料片的制作。

而一个先买红石先买酒的创意活动方案，经过策划出笼，它们不须审批，而又完全来自那一片山、那一条溪……

连期房预售证都没有，如何解决？先买红石，石头本身已成工艺品且分别编号，买一种默契，将来作为一种回馈客户的礼品，先做美好预期。其实，美好预期也是一种特殊产品，不然，人类发展史上，也就不会出现那么多证券市场、期货市场了。证券和期货市场，它们对人类社会的发展作用可大着呢，而它们贩卖的不就是一种预期嘛。

大家一致觉得"长征"红石最合适，一是本次乡镇开发大讨论，它起了特殊的推动作用；二是走好每代人自己的长征路，符合时代的主旋律；三是因地制宜的特色经济是做好做大"石头"的文章，它是得以窥探全豹的最具代表性的那"一斑"。

当拍摄制作组还在制作视频时，市场部计划邀请省内金融房地产栏目的知名的主持人，主持一场拍卖促销活动，在"山居晓屋"尚在设计图纸阶段时，就开始炒热预约。主持人汪怀德可是圈内鼎鼎有名的主持人，曾经创造一场大型楼盘发布会，意向成交销售额高达 27 亿、实际成交 26 亿的纪录。汪怀德非常敬业负责，提出要实地考察一番，哪怕是一片空地，也要见一见那片"真实的空地"。

田房丰董事长让助手小李陪同汪怀德来到石岛。晚餐时小李拿出田房丰董事长特意让他带过来的茅台酒，不过当正要开启第二瓶茅台时，胡家姐妹提出要不要尝一尝石岛荞麦青茅烧。一般客人大多数都会愿意尝试一下，既然素菜、土鸡、溪鱼都是本地产的好，酒也就可以尝一尝本地的。在对比了茅台和土烧以后，不细心品酒的人还真难以辨别，因为都是蒸馏酒，而姐妹酒家的酒还是储存在地下室至少三年以上的酒。酒过三巡，主持人汪怀德感慨道："军人说最残酷的是战场，对的生、错的死；商人说最残酷的是商场，对的盈、错的亏；官员说最残酷的是官场，对的上、错的下；学生说最残酷的是考场，对的进、错的出。要轮到主持人拍卖师说，最残酷的是拍卖场，拍的好石头拍出翡翠价，拍的烂翡翠拍出石头价。"

民旺公司的李助理端起酒杯附和道："是啊，是啊，成年人的世界，哪有'容易'二字，来，汪哥，我敬你一个！"

一群人就餐结束，桌面上的馒头还剩了四五个，"请问要打包吗？"大姐胡丽萍收拾餐桌时问道。

这么好吃的馒头，谢明君可舍不得扔，所以决定打包拿回去。不过今晚他和汪怀德要住在姐妹酒家，明天，谢明君要陪他实地转一转呢。

胡慧敏一边打包馒头，一边给他俩讲了一则当地流传的关于"馒头的规矩"。

据说是很久以前下溪滩田家有位老太爷，一次可能酒喝高了，老发仙（指人老玩世不恭）作恶作剧，把拌了砒霜用来药狼、果子狸的馒头，故意用布包了一袋，丢在野外路边一处草丛中。

结果没想到邻村的一个新娘子由年幼的弟弟陪着回夫家。行至半路，弟弟看到草丛中有个包袱，出于好奇捡了起来，发现包袱中有些热乎的馒头。弟弟很高兴，以为捡到好东西，姐姐则正为娘家太穷，没有东西带给公婆而苦恼，心想有了这些馒头，正好带回夫家孝敬公婆。

人间悲剧就这样发生了，几个吃了馒头的人，在当夜全都中毒而死。新娘的丈夫在外打短工，听闻噩耗，急忙赶回家。问了新娘后，新娘说公婆和大伯、小叔子等人都吃了她在野外捡来的馒头，她不知道馒头有毒，又是悲伤又是懊悔，哭得喉咙都哑了。

姐弟俩被押入大牢只等秋后问斩。

故事的结局是老太爷因整宿难眠，良心实在受不了谴责，投案自首，被判问斩抵命；而姐弟俩被释放出来，可是经过这样的大灾难，家也散了。

据说从此以后，十里八乡的村子就立下规矩，一律都不能用整个馒头煎饼等喂狗、药狗或上山药野货，狗食一定只能是碎骨头或吃剩的零碎。把好端端的粮食糟蹋了要遭天报应的，也会害人害己的。

家乡是内蒙古的汪怀德等听了这故事，不由心里一震，类似的故事好像在古老的草原上也曾发生。天地良心，无论哪个时代，人活在世上都要守规矩，凡事不能过头，过头了就会遭老天报应，无论大草原还是别的地方，做人要有良心的道理是一样的。一周后在杭州知名酒店举办的拍卖活动上，可不能海阔天空地胡讲。可是既不能胡讲，又要让听众听了心里激动，还得心动加掏钱订购才行，这可是考验主讲人真正的演讲水平啊！

田董事长他们出高价来请他主持，看中的不就是他这个金融房地产节目主持人超强的分寸把握能力吗？

等上楼到了房间后，汪怀德自己泡了一杯当地的绿茶，轻轻地抿了一口。深夜，他再三考虑，决定给田房丰董事长发一个微信，建议推迟活动，等视频资料片做得更完善后再举办，因为人们总是相信眼睛看见的东西。

第二天回到省城，听了汪怀德的详尽解释，田房丰董事长觉得有道理。

谨慎总是没有错的，俗话说小心驶得万年船。既然主持人提出建议，稳妥些也是好的，兵法说不打无准备之仗，准备不充分的仗，非迫不得已最好别打。

2020年这一年哪，确实自己太心急了些。

当胡守一副镇长向上级领导汇报了由民旺公司编写的石岛综合开发计划以后，领导朱书记讲话总是积极稳妥滴水不漏，哦不，应该说他总是谨言慎行。"既要生态保护，又要发展民生，一句话，就是要自觉符合新时代的新发展理念，完成高质量高水平的发展！"

"先把现有的政策悉数收集学习一遍，对照计划中意向坡地，确认是否合规、合适？这都需要时间，候选地出来以后，要做地质水文检验，同时由于不是常规国有土地拍卖造商品房，所以我们必须做好发展与合规的统一，当然，这个设想是一个非常好的设想，可以说如果做得理想的话，是一个多方满意皆大欢喜的好事，而且是一个可持续发展的典型，因为学生暑期生态生活游活动，那是每一年都有的好活动。"

胡守一副镇长听了朱书记的前几句，心都凉了半截；听了后半段，才又信心回升。

在等待有关部门审核审批的时间里，由 ABC 公司制作资料片这种小投入的举措，已经提前开始。

片子总是从大众的和独特的两方面去结合，绿水青山的大背景下，看谁有本事把大家都很熟悉的农家乐、民宿、溪水乐园、探宝捡石头展示得有无穷的吸引力。

即使故事情景重复和雷同也不要紧，因为游客们喜欢戏水，喜欢土特产，喜欢投资小回报高，恰恰证明这是对路的，就像全世界都有数不胜数的饭店餐厅，因为不论哪国哪族，人人都需要吃饭，关键是在同类中做出特色。

除了以上共同性，石岛也有石岛独特的——古老的红石和时尚的击剑，这可是目前不多见的一道风景线。

古老美丽的石头和时尚亮丽的校园击剑先热闹起来，在中国，很多新事业都离不开孩子，因为家家户户都把子一代视作宝贝。通过学校，自然就能带动其他山村特色旅游和农家乐民宿等，而"山居晓屋"则被巧妙地安排在剧情里。

一样运筹帷幄的还有慧海智能公司的董事长楼建成，自从决定钱卫东教授领衔的团队开始正式试制一款击剑机器人，他也在匠心独具地导演一场好戏——如何把大众体育和大众娱乐教育嫁接在一起，创造出一个巨大的市场来。

楼董事长在等时机，他要为新品上市选择一个合适的城市和时间点。独辟蹊径或称"反向操作"的思路在他脑海里闪过，以前新品上市，多会选择北京上海等大城市，互联网时代，却可以从任何一处具备网络直播的偏僻小山村开始，有时候反而产生因新奇而成网红的效果。

击剑这种人们心目中的"贵族运动"，却偏偏在偏僻山村的学校里播下种去，或许这就是企业家的独特战略眼光。不知楼建成董事长的这个判断，实际效果如何，能否开出花来？好在这个体育项目没有任何不良副作用，所需投入的资金总量也有限，风险完全在可控制的范围。

石岛中学开展新颖的体育项目，吸引了全体教职员工和全体学生的眼球。毕竟这之前，他们听说和关注击剑运动的人实在太少了，不少老师一听学校要搞"击剑"，一开始还以为是学校要搞"基建"呢，以为要改善办公条件了，结果是空欢喜了一阵，后来才弄明白原来是击剑。

"要想习剑好，支架对练不可少。"钱卫东教授和石岛中学的体育老师小黄老师探讨着。

黄老师看到学生们排成一排，对着击剑支架的训练情景，发现这大大提高了一个老师能够管得住的学生人数。刚开始听说学校要上这一社团时，他还有点担心，击剑可不像篮球足球，一个教练可以管一群学生。

凡是对抗性竞技项目，对抗练习怎么能少呢？全世界都一样，无论是足球、拳击还是击剑，都是需要反复对练的。可是普通习练者，哪有条件总是找人对练啊，而有了击剑支架，家里也可以练，而学校如果有了击剑机器人，那么没有对手也可以对打。听说钱卫东教授研发的击剑机器人正在改进，不久以后，比眼前这款试制品更加高级的正品就能正式亮相，有了以上辅助器材，对于新颖的击剑社团课，黄老师显得信心十足。

钱卫东把相关视频和照片发给远在德国的老同学，中国的山区学校也在开展击剑运动，应该也会令拥有击剑传统的德国人感到很好奇吧？同时，他也把李老师印石课上孩子们刻自己姓名章的视频发了过去，让老外也感受一下中国字与中国印。

隔了两天朱为民才回复，同时发来一个好消息——一所德国的学校有意向和石岛的学校结为友好学校，他已经把前期工作都做好了，只等疫情完全控制后双方校长能率队见面，签约确认。

当各类人群都有一个理由，愿意来石岛时，无论是来玩水、玩石、吃农家乐，还是去清凉峰观音殿求子、暑期度假、做土法烧酒、到菜地种菜……石岛自然就热闹了，那时村民们想不富裕都难。

谢明君发现，自己写的招商文案和 ABC 公司策划人员写的一比，简直是天壤之别，那是一把"青龙偃月刀"与一挺"机关枪"的差距。

房产销售人员和微电影制作人员，倒是颇有相见恨晚的感觉，一个合作的新方案马上在 ABC 公司张总经理的心里酝酿出来：当下时代，中国到处都在进行美丽乡村建设，何不以石岛为背景，以中华民族古老的石刻文化和古老的烧酒文化为脉络，讲好一个新时代山里人奋发有为的当代故事……

而当 ABC 公司得知山村学校开展击剑社团课时，更是为发现这一亮眼的镜头而兴奋得跳了起来。

当这个精心制作的宣传片制作完成后，一场精心准备的拍卖会正式登场，会场特意选在杭州红娘一条街附近一家叫丽苑的酒店。

主持人汪怀德自信沉稳地等待着活动人员入场。

首场活动的参与人员，可是民旺房产公司的销售部门精心找来的，现在"70后""80后"家庭的离婚率比较高，因为家族家庭的观念太淡薄，宗亲意识渐渐淡漠。而宗族意识在中华民族传统文化之中可谓源远流长，家里置上"镇宅之宝"的做法也是历史悠久。

所以要主推"镇宅之石"系列，必然要倡导家和万事兴，商品要畅销，必须文化先行。无论器物还是文化，都要切中消费者心理，走到消费者心中。"福"山石、"寿"山石一定会有市场，同时从购买力上分析，"60后"也是为自己养老度假和为儿孙积累财富传承的主力人群，而提前为子女的喜事窖藏一坛好酒，也可以打动不少父母的心。

主办方特别邀请一家国有银行和三家商业银行的信贷部工作人员到场助力，其实背后的深意是为下一步的购房贷款做铺垫准备。当然，今天他们只是来看一眼热闹的场面，领走主办方特意为他们准备的一份心意：一坛酒和一方姓名章。

会前大家觉得"长征石"使命光荣、任务艰巨。"山居晓屋"的片子开始播映，在一片青山绿水中，有一条盘山公路，一辆辆旅游大巴正在外面奔驰，这是一群群家长带着孩子来参加特色暑期夏令营，他们或欢乐地尽情戏水，或激情地体育时尚击剑，或参与式体验和参观土法制酒……第二天一早又前往"自家山地"种植有机蔬菜……而一方方作为"镇宅之宝"的红石，则如点睛般安放在"山居晓屋"的客厅里……

虽然没有一句台词在说山居晓屋，但山居晓屋所呈现出来的暑期夏令宾馆的意象却被表现得淋漓尽致，看得每一个观众都觉得非常值得投资这样一套既可以自住又可以提供给客人住的"晓屋"。更令人遐想不已的还有智能化管理的地下酒窖，那一坛坛土酒排列在那里，仿佛电视里出现的茅台酒广告，"从青藏到红"一句专为山溪青茅酒设计的广告语，静候着主人家儿女好日子的来临。

当精心准备的"山居晓屋"资料片播完，人们就被深深吸引住了，大家似乎还沉浸在画面的意境里。

山居晓屋，未建先红。

　　带到拍卖会现场的一方方独特的溪坑红石和十几坛阿奎前几年就做好藏在地窖里的好酒，在主持人的主持下，屡屡被人拍出高价买走。如果石岛镇的村民看见，一定会惊得目瞪口呆，自己都不相信自己。而拍出最高价的是"长征红石"，自然是被"神秘嘉宾"拍走了，拍出来366666元人民币。

　　同一件物品，在不同人、不同的时间点，价值完全不一样，所谓"乱世黄金盛世书画"，一旦战火纷飞时，人类一下回到生命的原始状态，其实空气、水和食品才是第一位的。

　　可是，眼前的世界，毕竟是一个和平与发展的时代啊，和平的维护要钱，发展的举措要钱，钱可是好东西啊。镇宅之红石与儿女喜酒有好的寓意，而寄托人类美好愿望的器物，往往容易价格昂贵，谁又愿意在美好愿望上讨价还价要折扣呢？

第六章 地球村时代，天下的人心是相通的；天下的石头也是相似的

　　每一个生命，虽然生在同一个地球，却活在不同的世界；不同的地理空间、不同的人文空间、不同的时间点位，决定着每一个生命处在哪一个世界。世上有一小部分人，更是在不同的世界里娴熟地进出交往，他们时常被他人称为能人，田房丰董事长就是这样的一个人，他上能和政府高官一起喝茅台，下能和阿奎瘸子干烧酒。

　　田房丰从16岁开始做泥瓦匠小徒弟，变成小包工头，变成建筑工程队长，后来成立房地产公司。他经历了一次又一次的蜕变，每一次几乎都是被逼上梁山，所以，他总是说一句口头禅："不要急，会变的。"虽说海难枯石难烂，可是经过雕刻加工的石头，人们对它的态度、对它的价格的判断也骤然不同。这世上有不变之物吗？也许，不变的只有时间永远向前。

　　"水利万物而不争。"直到临近五十，田房丰才觉悟到，老祖宗的话真的有道理，真正成功的人是能给各个方面都带来利益的人。而且一个人在红尘的"财务收支账本"不仅要经得起老婆询问，还要经得起国家有关部门"反行贿反贪污反偷税漏税"的调查。只有皆大欢喜，才算得上真正的成功，真是不容易啊，做人难，人难做，难做人！

　　在"神奇的石头"拍卖会资料片的基础上，一个更大的创意，微电影《石岛传奇》，一部以新时代美丽乡村建设为主题，以石岛普通溪坑红石的神奇蝶变为故事线索、以传统古法烧酒为文化线索，表现新石岛人民创新创业故事的微电影开拍了。

从来只有看电影、看电视、看别人故事的石岛镇普通百姓，做梦也没有想到有朝一日竟也可以自己演自己，成为电影中本色出演的主人翁。

在《石岛传奇》开机仪式上，区委宣传部门的周主任表示，这部微电影创造了两个第一：国内第一部从石头的雕刻入手来介绍传统印石文化变迁，以制酒工艺来弘扬劳动人民勤劳智慧的微电影；第一次将社会资本引入记录和宣传美丽乡村建设的电影创作，由政府主导但不是由政府出资，这是一部完全由社会资本参与、完全遵从商业原则按市场化运作的电影。

周主任特别感谢了田房丰董事长。田房丰董事长则是一个劲地感谢周主任的支持，无论红石雕刻还是土法烧酒，都需要一方山水这一独特的地理空间，这正是把"山居晓屋"项目巧妙嵌进去的绝佳创意。田房丰觉得这生意很值，早些年民旺公司的一处新楼盘上市，光包下持续一周的都市报整个版面就花了一千万，当然新楼盘被排队抢购一空也带来了巨额回报。

"山居晓屋"的业主，和其他城里住宅业主不同，他们投资的其实是酒店公寓，不是自己长住，不需要地下车库。再说山地地下车库湿度太大，但地下如果用来藏酒则非常好，特别是藏本地的土烧最好。单买这酒窖位，就可以获得令人惊叹的收益。排列着一坛坛酒的酒窖位，气势十足，足以让房产业主在亲友圈感到有面子，他既可以自己屯酒，也可以借于亲友屯酒，届时5年存、10年存的山溪青茅酒，正如视频中所说，从青藏到红。

再加上慧海智能公司钱卫东教授的鼎力支持，一个完全智能化管理的酒窖很快建成。客户可以实时看到自己定制的酒在酒窖的情况，巡视机器人会实时测温度、湿度等，这些技术机械都是5年前钱卫东教授已经研制成熟的，早就在不少实体企业的仓库里广泛应用，最主要的是可以让业主借助智能酒窖管家在朋友圈里实时晒视频，每次都是广告，每次都能为山溪青茅酒增值。

请走一方"镇宅之石"，储下一坛"山溪青茅酒"。这是田房丰的"山居晓屋"送给每位业主的美好礼物，也是促销的手段。

首次投资金额300万，预算1000万制作一个微电影，真是值得！

300万人民币用来平整地基，估计打几根主要桩子都不够。田房丰惊讶地发现，现在国内影视制作水平真是大幅度提升，他的"山居晓屋"经过影视制作团队的制作，仅仅凭借设计图纸和效果图，就能呈现和实景拍摄一模一样的效果，甚至比实景都好。看了一个三分钟左右的小样片，田房丰对整个项目的信心又增强了不少，甚至可以说是信心百倍。

他终于可以内心笃定、神情淡定地去参加市里召开的企业界"危机中觅新机，变局中开新局"会议。这是他最近一年来参加各种会议心里面最为笃定踏实的一次。

与会时，坐在前面一排的同行"中旺"公司的董事长李宝德侧身时看到田房丰，两人几乎是同时和对方打了个招呼。

"李董，您好！"

"田总，气色不错啊！"

"您也是，李董。"两人互道客气话。

当首期资金300万支付给ABC公司以后，编剧工作和实拍试拍就陆续开展了起来。

其中阿奎被邀请本色演出，他虽然只有三句台词，却也紧张兴奋地练了三个晚上，为祖祖辈辈生活在此一方山水，为他"喝了烧了"数十年的家乡"荞麦烧、高粱烧"，哦不，是经过编导建议改为突出制酒辅料"野青茅根茎"的"山溪青茅酒"，而自信满满地大声吆喝："山溪青茅酒，一坛来自大山里的好酒，中国老百姓喝得起且放心的好酒嘞！山溪青茅酒，从'青'藏到'红'！中国老百姓喜宴才开坛喝的好酒嘞！"

微电影中，绝大部分演员都本色出演，老石匠阿忠伯和他孙子石超强各自展示了他们的石刻手艺。因为这次拍摄，阿忠伯对于孙子他们年轻一代用机器雕刻的看法也有所改变，他亲眼看到手工石刻有手工的好处，也有手工的难处；而依靠机器有机器的好处，也有机器的难处。但有一条是不变的，那就是做出一件好东西都不容易，都需要一颗匠心和过硬的手艺。

李老师的印石社团课堂也得到了充分展示，几十名学生一起坐在那里专心致志地刻自己的姓名章，场面颇为耐看，像一所颇有规模的手工作坊。

编导把这优秀的中华传统文化艺术之一用镜头语言表现出来，一方精美的红石头，被艺术造诣精湛的李老师这一乡村学者刻上几笔，方寸之间无穷魅力就神奇地显现出来。印面寥寥数字"大象无形"，镌出万种气象，也仿佛把历史、文化、艺术、自然瞬间融合在一起。边款洋洋近百字，表述了石岛历史渊源以及石岛中学印社的缘起，既考验了李老师微刻小字的功夫，也抒发了一份人文情怀，印组别出机杼、韵味无穷。

微电影的导演看来深谙中国知名导演们的惯用技法，总是在细致微小处和集体大场面间不露痕迹地切换，"简到极致与宏大到极致"，他们把李老师的一枚精致闲章拍得韵味无穷，把土法烧酒拍摄得极其壮观又有满满的生活气息。

制作烧酒的师傅穿着统一的红黄色系马甲，比画着一致的动作，当100炉烧酒一起烧的时候，蒸气直冒得云雾腾腾，仿佛仙境一般。而透过玻璃窗，镜头渐渐推远，黄溪滩两侧层峦叠嶂、云蒸霞蔚，效果十分好，其实，真实的土法烧酒体验区只有10只炉子，其他是现代化规模生产的大炉子大作坊。

高度智能化管理的"山居晓屋"，也将在微电影中低调亮相。

智能化管理水准极高的"山居晓屋"，门禁管理极其方便，订房付费获得密码，退房后密码失效。其他如机器人扫地、水电管理系统等，可以让投资客自主打理，十分方便，将来如果委托石岛的服务团队打理也可以。这一切细节，提前在影片中得以精致展现，似乎导演深知田房丰董事长想要"山居晓屋"未造先红的心思。

而地下室的酒窖，一长排一长排的酒坛子，散发着中华酒文化的气息，更是气势不凡。一台机器人不停地自动监视，就像一位尽职的忠诚仆人。墙上显示屏里一声"家有喜事才开坛的好酒嘞"，阿奎浑朴的吆喝声里传递着中国人自古就对儿女幸福的期待。而这一种期待和祝福文化，促进着中国"家"的美好和"社会"的和谐，大家一起家和万事兴嘛！这一组既唯美又散发生活气息的镜头已经清晰地在导演的脑海里。

有关微电影所有的一切，其实"山居晓屋"才是不言而喻的重点，可是，它却还静静地躺在图纸上。如何让它尽快地"生"出来"长"起来，一纸审批报告已经开始逐级上报。

幸运的是，这些一小块一小块的山坡地，都不是基本农田的范围，重点是要通得过地质环境测评。

在等待上级部门以及有关机构的专业测评之前，乡村文化大礼堂扩建以及印石馆选址工作已经开始，乡村文化大礼堂本身有美丽乡村建设的资金，而印石馆则要等上面批准才可以建设，但提前选址也不会有错。

石岛小镇首期项目有一个突出的特点，即所需资金少、易启动、见效快、后期能升级。投小钱先出效果，形成一定的民意氛围，最终推动项目的早日通过和真正实施。

溪水和玩石游乐体验，使小镇旅游功能更加丰富；土法烧酒，只需要把以前的旧厂房重新设计改建，增加大的落地玻璃，要照顾到游客拍照的审美需求，然后是食品安全需求；而当地出产的蔬菜、茶叶、土鸡要突出的是有机和新鲜，要透过镜头都能让人闻得到露水的清香，而一片片生态水田，要的是天地与人和谐的意境。

石岛镇二期则要吸引外来产业、外来资金、外来人才、电商平台、外来游客，由此带领本地产业、本地资金、本地人才的集聚和提升。

石岛还有一个极其吸引媒体眼球的项目——智能击剑机器人正式版，其取名"李白"。董事长楼建成选择的不是从人们惯性思维中的大都市开始，却是从一个偏僻山村中学开始，这不是"农村包围城市"的策略吗？

"从市场推广上，当然要选大都市，但从吸引媒体眼球上，却最好从最偏僻的山村，从人们最意想不到的地方开始。"

当年一个地处延安西北部黄土高原丘陵沟壑地带的小县城，名为志丹县，人口不到15万，却因为一群足球少年上了CCTV，当时的新闻留给楼建成的印象极为深刻。

那是2014年，志丹县的足球队在一次赴德国的比赛活动期间，受到正在德国进行国事访问的国家主席习近平的接见。

钱卫东教授隐约看懂了楼董事长的深意，他猜测并相信，楼董事长也在默默地准备，期待受到媒体极大关注的一幕到来。

2021年的新学期，首批新产品——一款击剑机器人"李白"在石岛的一个山村学校正式亮相，经过市、区级电视报纸以及新媒体报道，引得了不少好奇点赞和转发。

楼董事长的战略眼光确实厉害，一切正如他预料的那样，经过媒体的报道，石岛镇中学开展击剑运动立刻成为头条新闻。如果选在杭州的中学，反而没有这样的曝光度，而且与德国的友好学校之间的交流，目前先视频联系上，一旦全世界疫情过去，两校师生就可以直接往来，届时又是一波极高的曝光度。

新项目陆续顺利开工，而资金量最巨大实现困难也最大的项目——山居晓屋，民旺公司的田房丰董事长正积极筹措资金，自信满满地准备大干一场。

一周后的一个早上，坐在自己办公室里的田房丰接到了石岛镇张书记的一个电话，说要当面和他沟通一下"山居晓屋"项目的开工事项。等田房丰驱车赶到石岛，到了镇政府大楼张书记办公室时，发现连区里的朱书记都在。朱书记站起身，格外热情地亲自给田房丰倒了一杯茶。

"田董，真的非常感谢你为石岛带来的变化。"

田房丰心里"咯噔"一下，政府官员如果骂你、发脾气，这是好事要来，如果对你很客气，他不敢想，像被告席上的人似的听取下文。

　　果然，他被知会，民旺公司最终将无缘参与石岛镇的开发建设，不是因为山坡地的地质水文原因，那个地块已经正式审批通过了，而是另一家规模和影响力更大的公司——中旺房地产公司获得了开发权。

　　所谓的商业默契，却无法确保田房丰的如意算盘。"大到不能倒，保大舍小"他想到了这句话。一个商业计划毕竟不是知识产权，一个策划文本也无法申请专利，即使有专利，别人也只要模仿时稍加改动，退一万步讲，即使是签订了商业合同，也是可以违约的，只不过增加一个违约责任而已。

　　只是，自己辛苦谋划半年，他望着窗外的青山，紧了紧嘴唇，沉默无语。

　　隔了一个多月，印石馆首先被建了起来，其实田房丰心里早猜到，一是单建一个印石馆，所需资金有限；二是因为项目首先需要一个像印石馆大小的体面场馆。所谓"英雄所见略同"，中旺公司的李董事长自然也是这样想的。

　　听说印石馆竣工，钱卫东教授特意驱车从杭州把"长征石"送来，却没想到，做了不少前期工作的民旺公司没有正式介入，场面难免有点尴尬。本来说好的，他不要那3万也好，30万也好，只要能帮到自己家乡的建设就心满意足了，那30万不如让田房丰董事长多为石岛中学购置10条击剑剑道和裁判器等设施。

　　"田董，想开点，别伤心。一派青山景色幽，前人田地后人收。后人收得休欢喜，还有收人在后头。谁都是为他人做嫁衣。"小李想安慰田房丰，说着昨晚他正在追的历史剧里听来的台词。

　　"没事，我想得开。经过这一年，思想觉悟长进了。上千人面临失业和上万人面临失业，换成我做领导，也会做出同样的选择决策。人生是一个过程，近一年多来，我们的心血不是白费的，我们的处境也不是简单地从终点又回到起点。"

　　不是有句话这么说来着："上天关上一扇门，就会开启一扇窗。"田房丰坚信一定能找到那扇窗的，但接下来找那扇窗，也和以前年轻时的理解不一样了。

　　"还是钱卫东教授说的对啊，真正原创的好东西，在哪都可以发光！自然能吸引感兴趣的全国乃至全世界的粉丝过来；若不是，则哪怕是搞在省城市民中心或闹市区的十字路口，也没有用。"田房丰说道，经过这半年多的努力，他明白他一定要找到真正属于他自己的那扇"好窗"，自己的"原创"——别人学不来偷不去的原创，单靠只要占据好的资源或有一个好的模式就能发展的时代已经一去不返。

　　他回头瞄了一眼黑色宝马车后座上的"长征石"，感慨人生不就像希腊神话中的西西弗斯一样，不停地把石头推上山顶而后又无数次从头再来，而他不过是再次开启新的长征，一次又一次地在生命旅途上不停地"长征"，这就是他田房丰的人生宿命。

他如约出款36万多，为石岛中学购置了12条剑道等击剑设备，作为纪念物和精神象征的"长征石"，他要拿走放在自己办公室里。一块普通的溪坑红石，因为钱卫东教授亲自雕刻的长征诗词，成了不可复制的独一无二的作品。

只要活着，他从来就不信困难会把一个人困死，一个人连"死"都不怕，又有什么好担心的呢？这也是他喜欢这块"长征石"的原因，其实他的性格与逢山开路遇水架桥的红军战士是相通的。

老石匠阿忠伯家里有一方红石头，当年两个少年玩耍时还为此受了伤，从溪坑里搬上来以后，阿忠伯本来只是想，为儿子写毛笔字做一块砚台临时用。未承想初步加工好倒入水后，却发现仿佛是三条鱼向他游来，在月光下更是活灵活现，遂被人传说成会保佑子孙后代福禄绵长的"日月有鱼"的石头。在全镇印石馆向村民募集石头时，阿忠伯拿出来捐了。如果真的有神灵，那就请求神灵不仅仅保佑自己一家，更是保佑全镇更多的人家。

"噢，这就是照片里的红石头！""咦，还是照片里的漂亮！"印石馆里的游客不时地发出惊叹。

从杭州来参加美丽乡村建设和精准扶贫工作的驻村干部谢明君，站在印石馆内前言墙前面，感慨自己近一年多来的工作，深深地觉得只有按着一种人文基因、一种山川地理基因，也即因人制宜因地制宜地开展乡村振兴工作，工作才能开展下去。

虽然以前自己大学求学时和作为年轻干部参加培训时，听不同的授课老师讲过这些话，但那时觉得，这些话都是党校老师讲的永不过时的"正确套话"。此刻他才明白，凡事只有亲历过才会渗入人心里去，知识才会成为自己真正的识见，而只有成为"识见"才会成为一个人的行为准则。如果加上生物生理基因，这三种基因的遗传和变异具有持久而强大的力量，这三股基因的力量，推动着人类滚滚前进。

"给我一个支点，我将撬动整个地球。"这是上学读书时老师说的古希腊阿基米德的名言。谢明君此刻觉得，他需要的是"给我一个'定'在那里不动的'支'点，我将安度一生"。他从石岛镇的老书记胡嘉禾老爷子身上看到了一个人哪儿也不去，守着"一方山"安度一生，从老石匠阿忠老爷子的身上看到了一个人守着"一方石"的安度一生。他逐渐地看到胡慧敏身上显示出来一种守着"一个馒头"安度一生的影像，而这个影像迷迷糊糊中又仿佛和他奶奶的形象重叠起来。

谢明君走出印石馆，其实他知道印石馆不久又将被中旺公司借回去，将被布置成售楼处——用来接待一批批看房投资客，当然，他们也一定会带动溪坑红石和土法烧酒的销售。谢明君整了整衣裤，把一颗心安顿下来，朝姐妹酒家走去，他要向胡慧敏大胆地正式求婚，他把自己的工作守好以后，愿意协助她一起把胡家"馒头"守好，或"胡谢馒头"做好。一生做好一只馒头，一只"馒头"将是他谢明君的守身之宝。

当天晚上，谢明君和胡慧敏正沿着黄溪滩散步时，接到了去贵州参与扶贫工作同事的电话，原来同事也听说了他在石岛美丽乡村振兴中风风光光的工作，同事在贵州仁怀县茅台镇隔壁乡镇的一个偏远山村工作。一个充分利用浙江贵州两省两地优势，共同开发一款山溪青茅酒的设想，在两位年轻人心中描绘，他的同事踌躇满志地说道，要将谢明君举办婚宴的日子，作为该酒首次在浙江地区上市的日子，他们要勠力同心共同开拓"一坛中国老百姓喜宴上用的好酒"来。看来，谢明君不仅要留在石岛做石岛女婿，还要在石岛大干一场呢！"应该搞个贵州茅台十二名酱酒。"正在追《长安十二时辰》这部电视剧的胡慧敏笑着建议道。

每个人要能真正安顿在地球的某一个点上，至于世界，只要你安顿好了，周围世界就跟着安顿好了。世界这么大，它一直在那，随时随地，你都可以出去看一看，而一个人有了安身处，生活事业一切都会顺达起来。

谢明君把家安在石岛镇与安在杭州又有什么区别，重要的是他在这里有一个永远不动的"支点"——胡慧敏和胡谢馒头，将近一年的美丽乡镇扶贫驻村工作，把谢明君心中隐藏之"贫"和一些浮躁不安给"扶好"了，这真是谁也想不到的意外结果。

一篇新石头记——由语文老师朱建国起草的小镇近百年简要历史文字，由李老师手书记录于印石馆隔壁的文化礼堂墙上。

石岛镇文化礼堂，不久将对本地村民和外地游客全面开放，他们中的一部分人应该是"山居晓屋"的未来业主，礼堂一楼大厅每天安排播放免费的微电影《石岛传奇》，下午和晚上各一场。该片的片尾曲是一首经改编了的《神奇的红石》，歌曲首两句抄引的是"一个美丽的传说"的歌词："有一个美丽的传说，精美的石头会唱歌……"

每隔一段时间，歌声总是会不停地在礼堂内外响起。

钱卫东教授此刻正在省城慧海智能机械公司的总部大楼顶层董事长办公室里，从董事长楼建成手里接过给予他相关股权期权的协议书，郑重地签署下名字，一家旨在"普及大众体育文化与教育娱乐"的新型体育文化科技公司已经正式成立，钱卫东教授等几位技术专家骨干以技术入股的方式，由钱卫东教授领衔的研发团队发明的一款用于击剑的机器人——正式取名剑客"李白"，即将开启一段属于人工智能击剑机器人自己命运的人间红尘之旅。

走出楼董事长办公室，"嘀"的一声，钱卫东教授点开一条由陈航发自德国的视频，视频中老同学朱为民躺在病床上，人极虚弱，难道他的家族遗传病真是无法避免？

"谢谢你，老同学，家乡友好学校的事接下来要拜托你啦，这个事，很欣慰，谢谢，谢谢，谢谢大家。"视频中朱为民瘦得很，人极其虚弱，钱卫东教授的心里瞬间涌起一阵一阵的悲伤。

世间万物，除了时间本身，难觅永恒的存在，而每个生命的时间之旅，一刻也无法停歇！

慧海智能公司的董事长楼建成在慧海智能大楼的顶层董事长办公室，看着眼前的一台正式样品击剑机器人——"李白"。透过19米宽的落地玻璃窗，向着北岸望去，钱塘江尽收眼底，此刻正值钱塘江下午涨潮时间，潮水翻涌着，由东而西掠江而过。

回想着国家领导人有关体育的讲话"体育强则中国强，国运兴则体育兴"，楼建成董事长感到信心满满！一台与电视台合作的集体育教育娱乐于一体的综合节目"李白邀您来激战"，一本以青少年击剑为题材的微电影《击剑吧，少年》，一款集"人文的李白、侠客的李白"于一体的击剑机器人，以杭州亚运会为契机将要隆重推出，他相信新公司的业务一定会越做越旺。

"国运兴则体育兴，'李白'红则慧海红。"他轻声自语道，他相信中国人自古就喜欢博弈，人们对于博弈输赢的运动项目一定会勇于尝试，将有不少人会来和"李白"对战或穿上帅气的击剑服合影，此项运动会越来越受人喜欢并不断普及开来，何况当下国家正在大力倡导全民运动全面健身呢。

隔江相望，钱塘江北岸高楼林立，其中一处建筑物——中旺房地产大厦里，公司全体上下抓机遇抢发展的新一轮部署正在全面展开。

中旺房地产公司在董事长授意下，执行部门把营销方案稍做改动，一个"三百居"的联动项目一经推出就受到市场的热烈反响，全中国100处"山居晓屋"、100处"岛居晓屋"、100处"城居晓屋"，凡屋主自愿即可候鸟式居住这300处"晓屋"，全年屋主不住的日子则可全权委托专业公司打理获得投资回报。一段时间以来遭遇发展困境，被传"大到不能倒"的中旺，士别三日便令人刮目相看，公司再次驶入新发展的快车道，而第一处"山居晓屋"样板房，就在石岛镇以惊人的速度破土动工，如雨后春笋般拔地而起。同时三批考察海岛是否适宜开发"岛居晓屋"的工程部人员也已出发，至于原本受疫情影响滞销的一个城市酒店式公寓项目，销售部本计划每一平方米降价 2000 元促销，只因冠以"城居晓屋"的"三百居"综合营销方案反而加到政府指导价的最高值被热销一空。而促成这一切的背后"功臣"却是首批 300 艘以红石雕刻的浙江嘉兴"红船"，中旺公司把 2021 年全年的市场营销和品牌推广预算费用用于结合中国共产党成立 100 周年纪念活动，作为党的生日献礼！其中的主船由老党员老石匠石一忠老人和其孙子石超强花了足足三个月精心制作完成，而余下的 300 艘将由石超强他们新一代工艺人来制作，中旺公司计划将这 300 艘"红船"赠送给中国国内 300 处中国共产党的党史教育基地，红色基因、红色文化、红色旅游通过红色石头雕刻的浙江红船就这样与中旺公司的三百处"晓屋"默契地配合在一起。

新时代，所有房地产从业者应当奋力做出令党和人民都满意的新业绩。赠送用红石雕刻的 300 艘红船绝不仅仅是一个作秀的仪式，而是中旺公司全体上下学习"红船精神"的文化践行和精神洗礼。

"如果有人质疑我们捐赠 300 艘红船是一种作秀行为，那么我们更加要正大光明理直气壮地带头做好这个秀，永远听党话感党恩跟党走，前些年公司上下多多少少有一点只听资本话只感恩资本只跟资本走的味道，新时代公司要拿出凤凰涅槃的勇气来重塑、来新生，大家一起努力，再创新业绩、再铸新辉煌！"李宝德董事长在公司会议上掷地有声地说。

中国老百姓从骨子里喜欢投资加旅游。听说半年以后，当田房丰董事长知悉了中旺公司的红船计划，他不由得对中旺的李董事长佩服得五体投地，强中自有强中手，这一次，他"输"得服服帖帖，甘拜下风，也学到了极其宝贵的一课，他默默地注视着被他放置在客厅西北一角的一尊红木底座上的"长征石"，心里涌起四个字：继续长征！

站在 19 米宽的落地玻璃窗前，向着南岸望着眼前的钱塘江，董事长李宝德在中旺大厦的 27 层顶楼办公室，轻轻地自语道："大而不能倒，不，大了就不会倒！"

本故事纯属虚构，欢迎祖国各地的美丽乡村自己对号入座！全力宣传自己美丽的家乡；把家乡随处可得的溪坑石雕刻成蕴蓄文化内涵的"镇宅之宝"以致富，把家乡随时在烧的"荞麦烧、高粱烧"配以适量的野青茅果实和根茎，制成一种按国家酒类标准统一的清香绵柔可口的"山溪青茅酒"以待客！

山溪青茅酒，从"青"藏到"红"！

一辈子都在"烧"酒的石岛镇做酒师傅阿奎说，"山溪青茅酒"这个商标，如果国家商标局正式核准下来，那么全中国乡镇做酒的师傅都可以免费使用，世上真正的好东西都是免费的，一个人活命最重要的水空气阳光不都是免费的吗？他还要把他们家一张据说是明朝万历皇帝时传下来的做酒方子贡献出来，大家一起努力做一坛中国老百姓世世代代喝得起且放心的好酒嘞！